吃茶去

与星云大师一起参禅

星云大师·著

现代出版社
MODERN PRESS

·目录·

卷一　禅在红尘中

“你也许是不远千里而来，我这里实在没有什么值钱的东西，但你总不能空手而回，现在我就把身上的衣服当成礼物送给你吧！”小偷拿了衣服就溜。良宽身上只穿着内衣裤坐在路边观月，他在心里不断地吟道：“但愿我能把这美丽的月色也送给他就好了！”

卷二　文人斗禅

白居易：“既无分别，何以修心？”惟宽：“心本无损伤，云何要修？要知道无论是垢是净，一切都要不可起念！”白居易：“垢，可以拂拭，不可起念；净，能无念可乎？”惟宽：“如人眼睛，物不可住，金屑虽珍宝，在眼亦为病，乌云遮蔽天空，白云同样遮蔽天空。”

卷三 禅的功课

德照非常焦急道："四面都有山逼近时，老师，我要如何才好呢？"洞山禅师道："我以前也是从人家屋檐下走过来的。"德照道："假若如此，我和老师在屋檐下相遇，请问老师，我和老师是互相回避呢，还是不互相回避呢？"

卷四　禅思交辉

有弟子问："时限若已到时，禅师是去好呢，还是留住好？"保福禅师非常安详地反问："你说是怎么样才好呢？"这个弟子毫不考虑地答道："生也好，死也好，一切随缘任它去好了。"禅师哈哈一笑："我心里要讲的话，不知什么时候都被你偷听去了。"言讫跏趺示寂。

卷五　你做什么来

禅师：“谁在喊痛呀！”云门：“老师，是我！”禅师：“你在哪里呢？”云门：“我在门外啦！”“你人在外面，为什么叫痛呢？”“因您把我的脚关在门里面了。”禅师：“脚在门里，为什么人在门外呢？”云门：“您确实把我分成里外了。”禅师：“愚痴！一个人还有里外之分？”

卷六 顿悟

一日夜晚，德山禅师站在崇信禅师身旁，久久不去。龙潭禅师说道：“时间已经不早，你怎么不回去休息？”德山禅师向门外走了几步，回头说道：“外面天黑！”龙潭禅师点了纸烛给德山禅师，德山禅师正想用手去接，龙潭禅师一口气又把纸烛吹灭，德山禅师于此大悟。

卷七　抬杠禅

赵州禅师说："我是一头驴子。"文偃接着说："我是驴子的屁股。"赵州又说："我是屁股中的粪便。"文偃不落人后地说："我是粪便里的蛆虫。"赵州禅师无法再比喻下去，反问："你这蛆虫在粪便中做什么呀？"文偃回答："我在粪便里避暑乘凉啊！"

卷八　棒喝禅

学僧们异口同声："大喝一声，这是非常简单的事。"径山禅师立刻大喝一声，问："这一喝，是什么意思？"众学僧茫然不知如何应对。径山禅师道："那一喝上通天堂，下达地府，竖穷三际，横遍十方，你们五百学人大多放逸散漫，犹如聋哑，怎能懂得狮子吼声？"

序

发现生活禅的密意

现代的一般家庭，总是把客厅整理得窗明几净、舒适美好，如果能摆设一盆淡雅香洁的鲜花，整个客厅将显得生气盎然；在洁白宽大的墙上，如果悬挂一幅烟岚云岭的山水图画，整个山河大地仿佛拥抱在怀；一盘色香俱佳的菜肴里，如果加点调味品，就更可口美味了。禅，就像茶几上的那盆花、墙上的那幅画、菜肴中的调味。在我们的生活里，如果能加上一点禅味、禅趣、禅机，人生的情况就别有意境了，正是“平常一样窗前月，才有梅花便不同”。

生活在忙碌、紧张、动荡、纷乱的今日社会，必须寻找一股安定我们浮躁心灵的力量。禅，无疑是祛除我们心中焦虑疑惧的力量；禅，是安定我们身心的一剂清凉散。禅的里面有智慧，禅的里面有幽默，禅的里面有慈悲。禅可以把我们的妄想烦恼止于无形。一句难堪的言语，一个尴尬的动作，不忍回想的前尘往事，在禅的洒脱、幽默、看破、逍遥之中，一切都如春波无痕、烟消云散。禅，是一种艺术的生活；禅，更是一种圆融的生命、自然天成的本来面目。如此美妙的禅，不只属于寺院所有，也不仅仅是出家人所独享。禅，应该属于我们每一个人、每一个家庭；人的生活里，都需要禅的智慧、自在、率性与逍遥。

卷一 禅在红尘中

“你也许是不远千里而来，我这里实在没有什么值钱的东西，但你总不能空手而回，现在我就把身上的衣服当成礼物送给你吧！”小偷拿了衣服就溜。良宽身上只穿着内衣裤坐在路边观月，他在心里不断地吟道：“但愿我能把这美丽的月色也送给他就好了！”

慈悲

有兄弟三人，虽然没有出家，但都喜好打坐参禅，因此就跟随佛光禅师学禅；时日一久，为了求更高的悟境，相约一起出外行脚云游。有一天，在日落时借宿于一个村庄，这户人家的妇人刚死去丈夫，带了七个子女生活。第二天三兄弟正要上路的时候，最小的弟弟就对两位哥哥道："你们两位前往参学吧！我决定留在这里不走了。"

两位哥哥对弟弟的变节非常不满，认为他太没有志气，出外参学，才见到一个寡妇就动心想留下来，气愤地拂袖而去。一个妇道人家要独自抚育七个年幼的孩子实在不容易，幸好有这位三弟自愿帮助她。她看到三弟一表人才，就自愿以身相许。

三弟说："你丈夫刚死不久，我们马上就结婚实在不好，你应该为丈夫守孝三年，再谈婚事。"

三年以后，女方提出结婚的要求，三弟再拒绝道："如果我和你结婚，实在对不起你的丈夫，让我也为他守孝三年吧！"

三年后，女方又提出要结婚，三弟再度婉拒道："为了彼此将来的幸福美满，无愧于心，我们共同为你的丈夫再守孝三年吧！"

三年，三年，再三年，经过九年，这户人家的小儿小女都长大了，三弟看到自己助人的心意已完成，就和妇人道别，独自步上求道的路。

这位三弟，喜好参禅，他没入山打坐，而是为一家孤儿寡母服务，不为世间的五欲六尘所转，而转变秽土为净域，可以说他才是真正懂得禅机的。所谓禅者，如果能活用，好比苦海的舟航、黑夜的明灯，更是救世的良方。

八折诵经

有一个儿子，因为父亲去世，就去寺里请佛光禅师为他的父亲诵经超度。禅师于是筹备香花素果之类的供品，为亡者诵经。

这个孝子顾虑诵经费用，不停地问佛光禅师诵一卷《阿弥陀经》要多少钱。佛光禅师看不惯这个孝子悭吝的态度，就不客气地答道："诵一卷《阿弥陀经》需要十两银子。"

孝子不以为然，就讨价还价说："禅师，十两银子太贵了吧！能不能打八折，八两如何？"

禅师点头道："好吧！"

诵经佛事进行当中，孝子听到禅师念念有词："十方诸佛菩萨，请将今天诵经的一切功德，回向给亡者，让他能往生东方世界……"

孝子听了就向禅师抗议道："不对呀，禅师！我只听说过人过世以后往生西方极乐世界，不是说往生到东方世界呀？"

禅师就回道："往生西方极乐世界要十两银子，你坚持要八折计算，只好到东方世界去啦！"

孝子不得已说道："我再加二两好了，你还是让我父亲往生西方世界吧！"

这时在棺木中的亡者，忍不住大声地骂儿子道："你这个不肖子，为了省二两银子，害你的老子一下子到东方，一下子到西方，让我东奔西跑，跑得好辛苦啊！"

佛法不是商品，不应该以商业行为讨价还价。佛经上说："心田事不同，功德分胜劣。”同样十块钱（事）的施舍，因为受者（田）的价值不同，甚至发意（心）大小，结果就千差万别了。佛法无价，不能以金钱多少来决定功德的大小；只有依发心的真妄、大小，才能分出功德的胜劣！

禅师的眼泪

空也禅师有一次出外弘法时，经过一条山路，突然冒出很多强盗土匪，拿着刀剑向他索取买路钱。空也禅师看了以后，不觉掉下眼泪。土匪一看空也禅师落泪，哈哈大笑说道：“这么一个胆小的出家人。”

空也禅师说道：“你们不要以为我流泪是怕你们，生死我早就置之度外了。我只是想到你们这些年轻力壮的人，有力气而不为社会工作、为人服务，却每天在此打家劫舍，我想到你们所犯的罪过，固然为国家的法律、社会的道德所不容，而且将来还要堕入地狱去受三涂之苦，因此为你们着急而流下了眼泪！”

强盗们听了，终于抛弃贪欲嗔恨的心，而皈依在空也禅师的座下。

眼泪，有悲伤的眼泪，有欢喜的眼泪，有感动的眼泪，更有慈悲的眼泪。空也禅师的眼泪就是慈悲的眼泪。慈悲的眼泪从慈悲的禅心中流出，就是强盗土匪，在慈悲的眼泪之前也会息灭嗔恨的邪念。有禅心的人们，不必心灰意懒，以慈悲的心、慈悲的眼泪，来洗尽世间的罪业吧！

我不是佛

有一秀才住在寺中读书，自觉聪明，常以禅机与赵州禅师论辩。

有一天秀才问禅师道：“佛陀慈悲，普度众生时总是恒顺他的心愿，不违众生所求，不知是不是如此？”

赵州禅师回答说：“是的！”

秀才又说：“我很想要禅师您手中那根拄杖，不知是否可以满愿得到？”

赵州一口拒绝说：“君子不夺人所好的道理，你懂吗？”

秀才机辩道：“我不是君子。”

赵州当头大喝说：“我也不是佛。”

秀才虽然无以为对，却不认输。有一天，秀才坐禅时，赵州禅师从他身旁经过，他看看禅师，并不理睬，赵州禅师责问道：“年轻人见到长者怎么不站起来行礼迎接！”

秀才学着禅师说道：“我坐着迎接你，就如同站起来迎接你！”

赵州禅师听后，忽然上前打了秀才一个巴掌。

秀才大怒，责问赵州禅师道：“你为什么打我？”

赵州禅师温和地说道：“我打你就如同不打你！”

秀才是知识分子，禅师是体悟真理的圣者，知识分子不是体悟真理的圣者的对手。尤其是赵州禅师，他的禅风活泼捷巧，干净利落，随便一言，让你无法招架。赵州不是悭吝不给拄杖，而是不喜欢秀才强词夺理讨杖的方法。尤其是给秀才一掌：“我打你就如同不打你！”这就是给只学禅而不悟禅者的训诫了。

将军的忏悔

梦窗国师有一次搭船渡河，当船正要开航离岸时，有位带着佩刀拿着鞭子的将军，大喊道：“等一下，船夫，载我过去！”

全船的人都说道：“船已开行，不可回头。”

船夫也大声回答道：“请等下一班吧！”

这时，梦窗国师说道：“船家，船离岸未多远，给他方便，回头载他吧！”

船夫看到是一位出家师父讲话，因此就把船开回去让那位将军上船。将军上船以后，刚好站在梦窗国师的身边，拿起鞭子就抽打了梦窗国师一下，嘴里还骂道："和尚！走开点，把座位让给我！"

这一鞭打在梦窗国师头上，鲜红的血汩汩地流下，国师不发一言就把位子让出。大家看了都非常害怕，不敢大声讲话，都窃窃私语，说禅师要船载他，他还打禅师。将军已知道刚才的情况，但仍不好意思认错。

船到对岸，梦窗国师跟着大家下船，走到水边默默地、静静地把脸上的血洗掉。蛮横的将军终于觉得对不起梦窗国师，上前跪在水边，对国师忏悔道："禅师，对不起！"

梦窗国师心平气和地说："不要紧，出外的人心情总是不太好。"

世间什么力量最大？忍辱的力量最大。佛说："修道的人不能忍受毁谤、恶骂、讥讽如饮甘露者，不名为有力大人。"世间的拳头刀枪，使人畏惧，不能服人，唯有忍辱才能感化顽强。诸葛亮七擒孟获，廉颇向蔺相如负荆请罪，此皆忍辱所化。

宜默不宜喧

灵树院有一年夏季安居的时候，五代时的后汉刘王坚持礼请云门禅师及其寺内大众全体到王宫内过夏。诸位法师在宫内接受宫女们礼敬问法，莺莺燕燕，热闹非凡。尤其刘王虔诚重法，故禅修讲座，无日无之。寺中耆宿也都乐于向宫女和太监们说法。唯有云门禅师一人却在一旁默默坐禅，致使宫女们都不敢亲近请示。

有一位值殿的官员经常看到这种情形，就向云门禅师请示法要，云门禅师总是一默。值殿官员不但不以为忤，反而更加尊敬，就在碧玉殿前贴一首诗道：

"大智修行始是禅，禅门宜默不宜喧；万般巧说争如实，输却禅门总不言。"

禅门高僧，一向如闲云野鹤，或居山林，或住水边，三衣一具，随缘任运，即使法缘殊胜，王宫侯第，亦不为利诱，不为权动。如云门禅师者，“一默一声雷”，虽不言语，实则有如雷轰顶之开示，吾人如在沉默时体会出千言万语，就可以说已透到一点禅的消息了。

化缘度众

昭引和尚云水各地，被大家认做是一个行脚僧时，有信徒来请示：“发脾气要如何改呢？”

“脾气皆由嗔心而来。这样好了：我来跟你化缘，你把脾气和嗔心给我好吗？”

信徒的儿子非常贪睡，父母不知如何改变他，昭引和尚就到他家，把他摇醒：“我来化缘你的睡觉，你把睡觉给我吧！”听到信徒夫妻吵架，他就去化缘吵架。信徒喝酒，他就去化缘喝酒。

昭引和尚毕生皆以化缘度众，凡是他人的陋习均是以化缘改之，所到之处，蒙其感化的信众不计其数。

化缘有缘，这本是美好的事啊！

洗面革心

良宽禅师毕生修行参禅，从未稍懈一天。当他老年时候，从家乡传来一个消息，说他的外甥不务正业，吃喝玩乐，快要倾家荡产，家乡父老希望这位禅师舅舅能大发慈悲，救救外甥，劝他回头是岸，重新做人。

良宽禅师终于为乡情所感，就不辞辛苦，走了三天的路程，回到童年的家乡。良宽禅师终于和多年没见过的外甥见面了。外甥非常高兴与他的和尚舅父相聚，特地留舅父过夜。

良宽禅师在俗家床上坐禅坐了一夜，次日早晨离去的时候，就对他的外甥说道："我想我真是老了，两手直是发抖，可否请你帮忙把我草鞋带子系上？"

外甥非常高兴地助了他一臂之力。良宽禅师慈祥地说道："谢谢你了。你看，人老的时候，就一天衰似一天。你要好好保重自己，趁年轻的时候要把人做好，要把事业基础打好。"

禅师说完话后，掉头就走，对于外甥的任何非法行为一句不提。但就从那天以后，他的外甥再也不花天酒地去浪荡了。

禅宗的教学法，有时当头棒喝，有时反诘追问，有时有无不定，有时含蓄暗示。总之，禅的教育，就是不说破，不说破的才是自己的全部。

天下爱护儿女的父母们，你们能懂得这种禅心吗？

母亲的信

惠心禅师在还只是个十五岁的沙弥时，因其聪明伶俐，就受到皇帝的召见，得到不少赏赐。他就将皇上的赏赐送给故乡的母亲，以表孝思，但母亲回给他一封信，表示不同的看法：

"你送给我的东西，又是皇上的赏赐，我当然十分欢喜。但我当初送你学道为僧，是希望你做一个有修有证的禅人，并不希望你在名利场中生活。如果你只好世间的虚荣，这是违背我的心愿，希望你收到母亲这封信的时候，要记住什么叫做'真参实学'，什么叫做'人天师范'！"

惠心收到这封信后，立志要做一个真正弘法度众的宗教家，从此效法《华严经》中的指示，"但愿众生得离苦，不为自己求安乐"，而不再汲汲名利上的追求。

惠心受母亲的感动，托人告诉母亲，明年暑假拟向师父请假，返乡探望母亲一次。不久，母亲又来信告诫道："我既已送你出家入道，你就已经是佛门所有，一切众生所有，你已不是母亲一个人的。儿子，你从今以后，应该是如来的'佛子'，孝顺师长，亲近三宝，不可只以母亲一人为念！明年暑假返乡探亲之举，应该打消！"

惠心经过母亲这两次的教训，精勤学道，发心立愿，终于成为一个真正的僧宝禅者！

卖生姜

宝寿禅师在五祖寺库房担任司库。那时的住持和尚戒公偶尔因病服药，需用生姜为引，侍者就到库房取用，宝寿便叱之使去。戒公知道以后，令拿钱去买，宝寿才取给他。

后来洞山寺院缺住持，郡守来信，托戒公介绍，戒公便说："那个卖生姜的汉子可以去得。"宝寿便去做洞山的住持，所以禅门有"宝寿生姜辣万年"的佳话。

宝寿爱护公家物品，不拿公物作私人感情；住持戒公推介宝寿，不以私利作名器取舍。一个公事公办不徇私，一个维护贤能，重视公德。

禅的妙用

仙崖禅师外出弘法，路上遇到一对夫妇吵架。

妻子："你算什么丈夫，一点都不像男人！"

丈夫："你骂，你如再骂，我就打你！"

妻子："我就骂你，你不像男人！"

这时，仙崖禅师听后就对过路行人大声叫道："你们来看啊！看斗牛，要买门票；看斗蟋蟀、斗鸡都要买门票；现在斗人，不要门票，你们来看啊！"

夫妻仍然继续吵架。

丈夫："你再说一句我不像男人，我就杀人！"

妻子："你杀！你杀！我就说你不像男人！"

仙崖："精彩极了，现在要杀人了，快来看啊！"

路人："和尚！大声乱叫什么？夫妻吵架，关你何事？"

仙崖："怎么不关我事？你没听到他们要杀人吗？死人就要请和尚诵经，诵经后，我不就有红包拿了吗？"

路人："真岂有此理，为了红包就希望杀死人？"

仙崖："希望不死也可以，那我就要说法了。"

这时，连吵架的夫妇都停止了吵架，不约而同地围上来听仙崖禅师和人争吵什么。

仙崖禅师对吵架的夫妇说教道："再厚的寒冰，太阳出来时都会融化；再冷的饭菜，柴火点燃时都会煮熟。夫妻有缘生活在一起，要做太阳，温暖别人；做柴火，成熟别人。希望贤夫妇要互相敬爱！"

仙崖禅师就这样活用"禅"了。

偷不去

日本良宽禅师住在山脚下的一间小茅屋中，过着非常清淡的生活。有一天晚上，有一个小偷光顾他的茅庐，结果发现这里没有一样值得一偷的东西。

良宽从外面回来，碰见了鼠贼，就对他说道："你也许是不远千里而来，我这里实在没有什么值钱的东西，但你总不能空手而回，现在我就把身上的衣服当成礼物送给你吧！”

小偷感到不知所以，大概因为太穷，拿了衣服就溜。

良宽身上只穿着内衣裤坐在路边观月，他在心里不断地吟道：“但愿我能把这美丽的月色也送给他就好了！”

世上不少人用乞讨或偷窃来生活，但从没有乞者和小偷能够发财；世上的人用种种方法侵占、聚敛，但人生最后究竟拥有了什么？所谓空空而来，空空而去。其实，果真想要拥有世间的话，清风明月可以欣赏，大地山河可以周游，何必斤斤计较于那一点点的声色货利呢?

月亮是偷不去的，自家宝藏的佛性也是偷不去的，大自然的财富都是我们的，何必要偷取一些小利呢?

随他去，不管他

有一则现代的禅案。

一位美丽的姑娘，决心要参禅悟道，因此向一位老禅师请教说：“禅师！我要怎样才能参禅悟道呢？”

禅师看看她，心想：这么漂亮的女孩子，尘世里的羁绊纷扰一定很多，如何能参禅悟道呢？因此就教她一句诀：“随他去，不管他！”

当然，禅师过去教人参禅的方法很多，比如参“念佛是谁”“父母未生我之前，什么是我的本来面目”……如今这一句诀，无非是要她止息心外的纷扰，得以明心见性，证悟佛法。而这位小姐，不负禅师的指导，紧紧记住这句诀，努力地参究。

有一天，有人转告她，男友来找她。

她说：“随他去，不管他！”

不久，美国大学寄来入学通知书，她也不看，说：“随他去，不管他！”

一天，母亲打来电话：“你为留学买的爱国奖券，中了特等奖。”她还是一句：“随他去，不管他！”

经过多次的“随他去，不管他”，她冲破了一道又一道的难关。有一天，无意之中看到童年时候和老祖母的合照，发黄的相片中那个天真可爱的小女孩就是自己。她想：“再过几十年，自己不也和老祖母一样要埋骨黄泉吗？”

一个转念，她冲破了最后一道生死的关卡，对她来说，生死不再是那么可怕的事。透过了无常的生死，她体会到了不生不灭的究竟安乐。

她的这一悟，比起世间虚妄的所有，价值又高多了。

待客之道

赵王特地去拜访赵州从谂禅师，赵州从谂禅师正在床上休息，他躺着对来访者说道：“大王！我现在已老迈，虽然你专程来看我，但我实在无力下床接待你，请别见怪。”

赵王非但不见怪，反而对赵州更加尊重。第二天，赵王派遣一个将军送礼品给他，赵州一听却马上下床到门外相迎。事后弟子们不解，就问赵州禅师道：“前天赵王来时，你不下床；这次赵王的部下来时，你为什么反而下床到门外相迎呢？”

赵州禅师解释道：“你们有所不知。我的待客之道有上、中、下三等分别：第一等的上等人来时，我在床上用本来面目接待他；第二等的中等人来时，我下床到客堂里用礼貌接待他；第三等人来时，我用世俗的应酬到前门去迎接他。”

有人用“茶、泡茶、泡好茶；坐、请坐、请上坐”的话嘲讽寺院知客的势利，其实并非势利，实则此乃正常人情之礼。世间法中，本来就是在平等法中示有差别。像赵州禅师的待客之道，从禅心中示观不同于世俗的知见，就是高人一等了。吾人做人处世，俗谛乎？真谛乎？真俗双融乎？望有心者一参！

只偷一次

石屋禅师外出，碰到一位陌生人，畅谈之下，不觉天色已晚，两人投宿旅店。半夜，石屋禅师听到房内有声音，就问："天亮了吗？"对方回答："没有，现在仍是深夜。"石屋心想，此人能在深夜漆黑中起床摸索，一定是见道很高的人，或许还是个罗汉吧？于是又问："你到底是谁？"

"是小偷！"

石屋："哦！原来是个小偷，你前后偷过几次？"

小偷："数不清。"

石屋："每偷一次，能快乐多久呢？"

小偷："那要看偷的东西，其价值如何。"

石屋："最快乐时能维持多久？"

小偷："几天而已，过后仍不快乐。"

石屋："原来是个鼠贼，为什么不大大地做一次呢？"

小偷："你有经验吗？你共偷过几次？"

石屋："只有一次。"

小偷："只有一次？这样够吗？"

石屋："虽然只有一次，但毕生受用不尽。"

小偷："这东西是在哪里偷的？能教我吗？"

石屋禅师一听，就往鼠贼的胸部一把抓住说："这个你懂吗？这是无穷无尽的宝藏，你将此真正的一生奉献在此事业上，毕生受用不尽，你懂吗？"

小偷："好像懂，又好像不懂，不过这种感受却让人很舒服。"

这个小偷，深深后悔自己偷窃的行为，进而皈依石屋禅师，做了一个禅者。

奇怪！奇怪！人为什么贪取身外之财，自家宝藏为什么不要呢？

在前变障

通慧禅师年幼当沙弥时，师父要他去打水；碰巧有一卖鱼者经过，一条鱼不经意地跃入通慧打水的脸盆里，通慧就顺手将鱼击毙。

后来通慧做了住持，有一天，就对他的弟子说：“三十年前一段公案，今日应该了了。”

弟子就追问是什么事，通慧禅师说：“到正午就会知道了。”

说完就在座上闭目趺坐。代统兵张浚，是一个念佛虔诚的净土行者，其时带兵至关中，经过通慧禅师的寺前，忽然性情大变，暴怒异常，竟手持弓箭就径自走入法堂，面对着通慧禅师怒目相视。

通慧禅师笑着说：“我已经等你好久了。”

张浚不明所以：“我与禅师素不相识，今日一见为何满腹嗔恨？甚至想置你于死地，自己都不知道为什么。”

张浚说完仍忿恨不已。通慧禅师就叙述了三十年前，自己尚是沙弥时，无心击毙一条鱼的往事。张浚听后感动不已，便说道：“冤冤相报何时了，劫劫相缠岂偶然；不若与师俱解释，如今立地往西天。”说完就站着往生了。

通慧禅师一看张浚已往生，就在一张纸上写——

“三十三年飘荡，做了几番模样；谁知今日相逢，却是在前变障。”

写完也自然地于座上往生了。

“因果业报，如影随形”，诚不虚也。

他已谢过了

晚上，七里禅师在诵经，有一强盗手拿利刃进来恐吓道："把钱拿来，否则这把刀就结束你！"

禅师头也不回，安然无事地说道："不要打扰我，钱在那边抽屉里，自己去拿。"

强盗搜刮一空，正要转身时，七里禅师就说："不要全部拿去，留一些我明天要买花果供佛。"

强盗要离开时，禅师又说道："收了人家的钱，不说声谢谢就走了吗？"

后来强盗因其他案子被捕，审问知道他也偷过禅师的东西，衙门于是请禅师指认，禅师说："此人不是强盗，因为钱是我给他的，记得他已向我谢过了。"

强盗非常感动，后来服满刑后，特地皈依七里禅师，成为门下弟子。

禅的教育是非常活用的，禅有自悟性，禅更有化他力。

安住何处

唐朝丹霞禅师有一次想要去拜见马祖禅师，在路上碰到一个白须苍苍的老人及一个髫龄的童子。丹霞禅师见老者气宇不凡，因此向前恭谨地问道："公住何处？"

老人用手一指上下，回答道："上是天，下是地。"这意思是说宇宙之内都可为家。

丹霞好像抓住了老人的辫子，追问道："若遇天崩地陷时怎么办？"这意思是说：宇宙天地毁灭了怎么办呢？

老人高声呼叫道："苍天！苍天！"这意思是说宇宙天地是成住坏空的。

童子就在旁边"嘘"了一声。这嘘声的意思是透露自家本性的住处是不生不灭的。

丹霞大大地赞美道："非其父不生其子。"

老人与童子随即入山而去。

住，吾人要住何处？慈航法师说："只要自觉心安，东西南北都好。"所以上是天，下是地，处处无家，处处为家。

但世间人把自己住在声色货利里，住在功名权力里，而声色货利、功名权力在变异不停，哪里能安住？

人若能肯定自己，不被五欲六尘的境界牵着鼻子走，心能安住，则天崩地裂又奈我何！

菩萨清凉月，常游毕竟空，看到月亮在空中四无依靠，像是非常危险，其实非常安全，就因菩萨住于般若空性之中。了无挂碍，菩萨才能生活得自由自在。

国家战士

有一次，一团野战军军事演习，有些军官认为把部队设在峨山禅师的寺院中最为隐秘，并且要寺中负责三餐。

峨山禅师吩咐典座说："用跟我们吃的一样的东西，和他们结缘。"

因为没有鱼肉，只有青菜萝卜，实在吃不惯，于是他们生气了，其中一位军官跑来，指着峨山禅师怒斥道："你把我们当什么人？"

峨山禅师不慌不忙地说："我把你们当自己人。"

军官仍然责问道："你竟然每天只煮一些青菜萝卜的家常菜给我们吃？"

峨山禅师解释道："青菜萝卜既是家常菜，天天吃它也不会讨厌！"

军官非常生气，大声吼道："你把我们当什么人？我们是国家的战士，是不惜头颅脑髓要和敌人拼命的！”

峨山禅师终于也不客气，大声吼道：“你把我们当什么人？我们是人间真理的使者，我们舍弃一切为的是要救度一切众生！”

对于世界和平、人类福祉，宗教与宗教家的贡献也是不可限量的。今日整个世界，种种暴力事件，天灾人祸、恐怖分子、战争威胁，可以说时时笼罩着死亡的阴影，弄得人心惶惶。若是缺少宗教力量来安定人心，社会将更加混乱。

出家人割爱辞亲，为了延续真理的传承不断，让人类精神有所寄托，而奉献终身，甘于淡泊，并非人人都能做得到的。所以古德说：“出家乃大丈夫之事，非将相所能为。”

炷香增福

唐朝的裴休宰相是一位很虔诚的佛教徒，他的儿子裴文德年纪轻轻就中了状元，皇帝封他为翰林。但是裴休不希望儿子这么早就飞黄腾达，因此就把他送到寺院里修行参学，并且要他先从行单（苦工）上的水头和火头做起。这位少年得意的翰林学士，天天在寺院里挑水砍柴，弄得身心疲累而又烦恼重重，心里就嘀咕，不时地怨恨父亲把他送到这种深山古寺里来做牛做马。但因父命难违，他又强自隐忍，这样心不甘情不愿地做了一段时间之后，终于忍耐不住，满怀怨恨地发牢骚道：“翰林担水汗淋腰，和尚吃了怎能消？”

寺里的住持无德禅师刚巧听到，微微一笑，念了两句偈回答道：“老僧一炷香，能消万劫粮。”

裴文德吓了一跳，从此收束身心，苦劳作役。

伟大人物，不是坐在高位上给人崇拜。禅者是从卑贱作务、苦役劳动中身体力行，磨砺意志。儒者有“天将降大任于斯人也，必先苦其心志，劳其筋骨，饿其体肤，空乏其身”的说法，佛教更是重视苦行头陀，劳役历练。虽然如斯，这也只是充实福德因缘，乃属世间有为法。若禅者炷香，心能横遍十方，性能竖穷三际，心性能与无为法相应，当然“老僧一炷香，能消万劫粮”了。

与佛无缘

有位信徒非常虔诚，有次遇到水灾，他不得不爬到屋顶上避水。水渐渐涨高，终于淹到脚下，他急忙祈求道：“大慈大悲观世音菩萨赶快来救我啊！”

不久，一位原住民驾了一艘独木舟要救他，他却说：“我不要你这原住民来救我，我有观世音菩萨来救我。”

独木舟没办法，只好驶走。雨水继续上涨，已高及腰部，他很着急地祈求道：“观世音菩萨赶快来救我啊！”

然后又来了一艘快艇，要载他到安全地方，他又说：“我一生最讨厌科技文明，什么机械东西我都不喜欢，我有观世音菩萨来救我。”

快艇只好驶去。水已涨到胸部，他大喊着：“观世音菩萨赶快来救我啊！”

然后来了一美国人驾直升机来救他，信徒一看：“你是外国人，我不要你救，我有观世音菩萨救我。”

结果信徒差点被水淹死，好在遇到一位佛光禅师，把他救起。他向禅师抗议道：“像我如此虔诚地信仰，为什么观世音菩萨却不来救我？”

佛光禅师解释道：“你真是冤枉了观世音菩萨，当你水淹到脚时，菩萨变化了独木舟救你，你却嫌对方是原住民而不喜欢。不得已，菩萨又变化快艇救你，你又说你不喜欢科技文明的机械。没办法，菩萨赶紧化身直升机救你，你也不愿意。观世音菩萨一次一次地救你，你不但不感谢，还嫌这个嫌那个，看起来你与佛菩萨无缘，我真不该救你，还是让你到阎罗王那儿报到好了。”

菩萨三十三化身，光是执著信仰，而无禅的智慧，不能认识“青青翠竹总是法身，郁郁黄花无非般若”。难怪佛光禅师要慨叹不管了。

女子出定

佛陀有一次在说法时，有一个女子就坐在佛陀身旁入定，文殊菩萨就问佛陀道：“佛陀！这个女子为什么能在您身旁就座，且入于三昧？而有智慧第一之誉的我，为什么却不能呢？”

佛陀回答道：“你把她从定中引出，自己去问她。”

于是文殊菩萨就绕此女子三匝，并鸣指一下，但此女子都无动于衷。文殊甚至把她托至梵天，尽其神力，都不能使这个女子出定。

佛陀便道：“现在，就算有百千万个文殊，也没有办法使这女子出定。如果一定要她出定，在下方世界过四十二恒沙国土，有位罔明菩萨可以做得到。”

不久罔明菩萨从地涌出，向佛陀作礼后，便至此女子前，鸣指一下，此女子马上就出定了。

罔明应该就是无明了。禅定，不为外境所动，虽文殊般若智慧，亦不为所动。但无明烦恼的力量不可小看，随便一句话，能令你欢喜，也能令你烦恼；随便一件事，能让你高兴，也能让你生气。吾人生存于世，若无禅定实在可怜：每日生活，他人要我们欢喜，说几句好话，我即欢喜；要我烦恼，说几句坏话，我即暴怒。别人掌握了我，我不能自主，连喜乐我都无法对治，此皆禅定不够。

虽系女子，但能入定，文殊菩萨亦不能动，但下方的无明起时，鸣指一下即出定，所谓：“一念嗔心起，百万障门开。”可不慎乎！

最具魅力

有一位女施主，家境非常富裕，不论其财富、地位、能力、权力，及漂亮的外表，都没有人能够比得上，但她却郁郁寡欢，连个谈心的人也没有，于是她就去请教无德禅师，如何才能具有魅力以赢得别人的欢喜。

无德禅师告诉她道："你能随时随地和各种人合作，并具有和佛一样的慈悲胸怀，讲些禅话，听些禅音，做些禅事，用些禅心，那你就能成为有魅力的人。"

女施主听后，问道："禅话怎么讲呢？"

无德禅师道："禅话，就是说欢喜的话，说真实的话，说谦虚的话，说利人的话。"

女施主又问道："禅音怎么听呢？"

无德禅师道："禅音就是化一切音声为微妙的音声，把辱骂的音声转为慈悲的音声，把毁谤的音声转为帮助的音声，哭声闹声、粗声丑声，你都能不介意，那就是禅音了。"

女施主再问道："禅事怎么做呢？"

无德禅师："禅事就是布施的事、慈善的事、服务的事、合乎佛法的事。"

女施主更进一步问道："禅心是什么心呢？"

无德禅师道："禅心就是你我一如的心、圣凡一致的心、包容一切的心、普利一切的心。"

女施主听后，一改从前的骄气，在人前不再夸耀自己的财富，不再自恃自我的美丽，对人总谦恭有礼，对眷属尤能体恤关怀，不久就被称为"最具魅力的施主"了！

禅，不是理论，禅是生活。生活里有禅，就会法力无边，在人人尊，在处处贵。有禅，人生前途无往不利！

多捡一些

鼎州禅师与沙弥在庭院里经行。突然刮起一阵风，从树上落下了好多树叶，禅师就弯着腰，将树叶一片片地捡起来，放在口袋里。在旁的沙弥就说道："禅师！不要捡了，反正明天一大早我们都会打扫。"

鼎州禅师不以为然地道："话不能这样讲，打扫难道就一定会干净吗？我多捡一片，就会使地上多一分干净啊！"

沙弥再说道："禅师！落叶那么多，您前面捡，它后面又落下来，您怎么捡得完呢？"

鼎州禅师边捡边说道："落叶不光是在地面上，落叶在我们心地上，我捡我心地上的落叶，终有捡完的时候。"

沙弥听后，终于懂得禅者的生活是什么。

当佛陀住世的时候，有一位弟子叫周利槃陀伽，非常愚笨，佛陀教他一首偈颂，会念前句就忘了后句，会念后句就忘了前句。不得已，佛陀问他会什么，他说会扫地，佛陀就叫他扫地的时候念"拂尘扫垢"，他念久后，心想：外面的尘垢脏时，要用扫把去扫，心内污秽时要怎样清扫呢？

这样，周利槃陀伽就聪明开智慧了。

鼎州禅师的捡落叶，不如说是捡心里的妄想烦恼，大地山河有多少落叶不去管它，心里的落叶捡一片少一片。禅者，只要当下安心，就立刻拥有了大千世界的一切。儒家主张凡事求诸己，禅者要求随其心净则国土净。故人人应随时随地除去自己心上的落叶。

废纸一堆

在白隐禅师门下有位弟子，自认已经开悟，既不拜佛，也不焚香，甚至经常撕碎《大般若经》来当草纸，并且常说："我就是佛，经文是记载佛的说法，既然现在有佛在此，这些经文就全是废纸一堆，拿来当草纸用，有何不可！"

白隐禅师知道这件事后，就对他说："听说你已经成佛了，可喜可贺！但是，佛的屁股是何等尊贵，用这种废纸当草纸，不是太不相称了吗？以后你还是用清洁的白纸吧！"

有些禅者以为奇奇怪怪的状况就是悟道。"喝佛骂祖"，是不能随便的。反常，要有反常的实力；矛盾，要有矛盾的统一。铁链可以锁人，金链同样可以锁人。把佛经当做废纸，这是通达三藏、彻悟宇宙真理以后才可以说的，否则白纸要爱惜，废纸也要爱惜。

做女婿

一休禅师在谈笑间有旋转乾坤的菩提心量。有一天，一个信徒来向他说道："师父！我不想活了，我要自杀！请超度我吧！"

"活得好好的，为什么要寻短见呢？"

"师父啊！我经商失败，现在债台高筑，被债主们逼得无路可走，只有一死了之！"

一休禅师道："难道除死以外没有别的方法可想？"

信徒痛苦地说："没有！我除了有一个年幼的女儿，已经山穷水尽别无所有了！"

一休禅师灵光一闪，说道："哦！我有办法了，你可以把女儿嫁人，找个乘龙快婿帮你还债呀！"

信徒仍然失望而着急地说："师父！我的女儿是八岁的幼童，怎能嫁人呢？"

一休禅师道："那你就把女儿嫁给我吧！我做你的女婿，帮你还债！"

信徒大惊失色道："这……这简直是开玩笑！您是我的师父，怎能做我的女婿？"

一休禅师胸有成竹地挥挥手说："要帮助你解决问题啊！好啦，好啦！不要再说了，你赶快回去宣布这件事，到迎亲那天，我就到你家里做女婿，快去，快去！"

这位商人弟子素来十分虔信一休禅师的智慧，回家后立刻宣布：某月某日一休禅师要到家里来做他的女婿。这个消息一传出去，立刻轰动全城。到了迎亲那一天，看热闹的人挤得水泄不通。一休禅师抵达后，吩咐在门前摆一张桌子，上置文房四宝，然后写起书法来了。大家看一休禅师的字写得好，争相欣赏、购买，反而忘了今天到底来做什么的。结果，卖书画的钱积了几箩筐。

禅师问信徒："这些钱够还债了吗？"

信徒欢喜得连连叩首："够了！够了！师父你真是神通广大，一下子就变出这么多钱！"

一休禅师长袖一挥说："好啦！问题解决了，我女婿也不做了，还是做你的师父吧！再见！"

有禅的人，就能这样方便解决问题。

乞丐与禅

挑水云水僧是一位有名的禅师，可以说饱参饱学，曾在好几个丛林禅院住过，并在各地教过禅人。

他所住持的这一座禅院，吸引了很多的僧信学徒，但这些学生往往不能忍苦耐劳，半途而废，使他不得不对他们表示，他将辞去教席，并劝他们解散，各奔前程。此后，谁也没有发现挑水禅师的行踪。

三年后，他的一个门人发现他在京都的一座桥下，与一群乞丐生活在一起，立即恳求挑水禅师给他开示。

挑水禅师不客气地告诉他：“你没有资格接受我的指导。”

门徒问道：“要怎样才能有资格呢？”

挑水禅师道：“如果你能像我一样在桥下过上三五天的时间，我也许可以教你。”

于是，这个弟子扮成乞丐模样，与挑水禅师共度了一天乞丐的生活。第二天，乞丐群中死了一个人，挑水禅师于午夜时分伙同这个弟子将尸体搬到山边埋了，事成之后，仍然回到桥下的寄身之处。

挑水倒身便睡，一直睡到天亮，而弟子却始终未能入眠。天明之后，挑水禅师对门人说道：“今天不必出去乞食了，我们那位死了的同伴还剩一些食物在那儿。”然而弟子看到那肮脏的碗盘，是一口也吞咽不下去。

挑水禅师不客气地说道：“我说过你无法跟我学习。这里的天堂你无法享受，你还是回到你的人间吧！请不要把我的住处告诉别人，因为天堂净土的人不希望有别人打扰！”

弟子哭着跪下来，诉说道：“老师！您珍重吧！弟子确实没有资格跟您学习，因为您的天堂，弟子无法领会！”

一位真正禅者的眼中，天堂净土在哪里？卑贱工作里有天堂净土，爱人利物里有天堂净土，化他转境里有天堂净土。原来天堂净土是在禅者的心中，不在心外。

地狱

无德禅师收了不少青年学僧，大家慕名而来跟他学禅，禅师叫大家把所有一切都不准带进山门。在禅堂里，他要学僧“色身交予常住，性命付给龙天”。但学僧有的好吃懒做，讨厌工作；有的贪图享受，攀缘俗事。无德禅师不得已，说了下面一段故事——

有一个人死后，神识来到一个地方，当他进门的时候，司阍对他说：“你喜欢吃吗？这里有的是东西任你吃。你喜欢睡吗？这里睡多久也没有人打扰。你喜欢玩吗？这里有各种娱乐由你选择。你讨厌工作吗？这里保证没有事可做，更没有人管你。”

于是这人高高兴兴地留下来。吃完就睡，睡够就玩，边玩边吃，三个月下来，他渐渐觉得有点不是滋味，于是跑去见司阍，请求道：“这种日子过久了，并不见得好。因玩得太多，我已提不起什么兴趣；吃得太饱，使我不断发胖；睡得太久，头脑变得迟钝……您能不能给我一份工作？”

司阍：“对不起！这里没有工作。”

又过了三个月，这人实在忍不住了，又向司阍道：“这种日子我实在受不了了，如果你再不给我工作，我宁愿下地狱！”

司阍：“你以为这里是天堂吗？这里本来就是地狱啊！它使你没有理想，没有创造，没有前途，渐渐腐化。这种心灵的煎熬，要比上刀山下油锅的皮肉之苦，更来得叫人受不了啊！”

禅，不是闭眼打坐，闭眼打坐只是进入禅的方法之一。真正的禅是什么？搬柴运水是禅，腰石舂米是禅，犁田锄草是禅，早耕晚课是禅。其他还有，忍耐慈悲是禅，劳苦牺牲是禅，方便灵巧是禅，棒喝教化是禅。无禅是地狱，有禅才是天堂极乐。

飞来佛

南京栖霞山的栖霞山寺，被誉为是六朝圣地、千佛名蓝的道场。

栖霞山以石刻的千尊佛像工程为最大，在无人能攀上的最高山峰顶上有一尊站立着的佛像，庄严生动，在峰下经过的人无不举目上视。

一九四一年，有一信徒参观栖霞山时，见到峰顶上的佛像，就问引导的卓成禅师说：“老禅师！那尊佛叫什么名字？”

卓成禅师回答道：“哦！那尊佛叫飞来佛！”老禅师的意思是说：那个山峰很高，人没办法爬上去雕刻，这尊佛应该是从别处飞来的。

信徒听后，很好奇地又问道：“既然是飞来的，为什么又不飞去呢？”

卓成禅师道：“一动不如一静。”

信徒再问道：“为什么要静在这里呢？”

禅师回答道：“既来之，则安之。”

卓成禅师随意的回答，给予我们很多的启示：“一动不如一静”，这是多么美妙的境界；“既来之，则安之”，这是多么肯定的生活。人，在动的世间上没有一刻的宁静，就是睡觉的时候，独头意识都会起来活动（做梦）。静中的境界才是广大的、平等的；静中的生活才是安详的、富有的。

所以，参禅，正如飞来佛给吾人的启示，“一动不如一静”、“既来之，则安之”。卓成禅师的妙答，也正是禅的妙用！

不变应万变

道树禅师建了一座寺院，与道士的庙观为邻，道士放不下观边的这座佛寺，因此每天变一些妖魔鬼怪来扰乱寺里的僧众，要把他们吓走。今天呼风唤雨，明天风驰电掣，确实将不少年轻的沙弥都吓走了。可是，道树禅师却在这里一住就是十多年。到了最后，道士所变的法术都用完了，可是道树禅师还是不走；道士无法，只得将道观放弃，迁离他去。

后来，有人问道树禅师说：“道士们法术高强，您怎么能胜过他们呢？”

禅师说：“我没有什么能胜他们的，勉强说，只有一个‘无’字能胜他们。”

“无，怎能胜他们呢？”

禅师说：“他们有法术，有，是有限、有尽、有量、有边；而我无法术，无，是无限、无尽、无量、无边。无和有的关系，是不变应万变。我‘无变’当然会胜过‘有变’了。”

老做小

有一位信徒到寺院礼完佛后，便到客堂休息，才坐下来，就听到一位年轻的知客师对在旁已非常年老的无德禅师道：“老师！有信徒来了，请上茶！”

不到两分钟，又听到那位年轻的知客师叫道：“老师！佛桌上的香灰太多了，请把它擦拭干净！”

“拜台上的盆花，别忘了浇水呀！”

“中午别忘了留信徒用饭。”

这位信徒只见年老的无德禅师在知客师的指挥下，一下子跑东，一下子往西，实在看不过去，就问无德禅师道：“老禅师！知客师和您是什么关系呀？”

老禅师非常得意地答道：“他是我的徒弟呀！”

信徒大惑不解地问道：“这位年轻的知客师既然是您的徒弟，为什么对您如此不礼貌？为何一下子叫您做这，一下子要您做那呢？”

老禅师非常欣慰地说道：“我有这样能干的徒弟，是我的福气。信徒来时，只要我倒茶，并不要我讲话；佛前上香换水都是他做，我只要擦一擦灰尘；他只叫我留信徒吃饭，并不叫我去煮饭烧茶。寺内上下一切都是他在计划、安排。这给我很大安慰，否则，我就要很辛苦了！”

信徒听后，仍不甚了解，满脸疑惑地问道：“不知你们是老的大，抑或是小的大？”

无德禅师道：“当然是老的大，但是小的有用呀！”

有句俗谚：“和尚要能老，老了就是宝！”信徒供养僧众，大都也是供老不供小，护持僧众也是护老不护小，因为信徒心中，总以为老的大、幼的小，不容易懂得：王子虽幼，将来可以统领国家；沙弥虽小，将来终会成为法王！

像无德禅师这样不轻后学，更能从另外角度看破放下，随缘知足，这就是禅的平等观了。

艳诗

管刑法的官员陈君，年老辞职还乡，为信佛因缘，途中参访法演禅师，问道："如何才能认识自己的本来面目？"

法演禅师是有道高僧，但解释问题时却用艳诗："频呼小玉原无事，只要檀郎认得声。此中事不知长官会得吗？"

陈君应声道："会得！"

法演禅师问道："会得声？会得意？"

陈君不能答。

一日，圆悟禅师自外返寺，问道："听说老师用艳诗和陈君谈论佛法，不知他会得吗？"

法演禅师道："他只认得声，不能会得意！"

圆悟禅师道："诗中意思，只要檀郎认得声，他既认得声，为什么又说他不能会意？"

法演禅师答道："如何是祖师西来意？庭前柏树子！你道会也不会？"

圆悟禅师听后，心有所悟。作礼退出时，忽见一只公鸡飞上栏杆，鼓翅鸣叫，圆悟自语说道："此亦不是声。"遂再回法演禅师丈室，以诗偈呈明心得道："金鸭香锁锦绣帏，笙歌丛里辞扶归；少年一段风流事，只许佳人独自知。"

法演禅师听后，大喜道："此佛祖大事，非小根器所能造诣，我为你欢喜。"

这首艳诗，从字面上看，目的只是求认得声音，但诗的含意却不是以认声为足，这是要闻声的人能体会发声的人呼叫小玉的本心，由认声而能通达心源深处，由认声而能彼此两心相结。

既是两心相结，那就无声胜有声了。

育才之道

有一位信徒在佛殿礼好佛后，便信步到花园散步，碰巧看到园头（主管园艺的僧人）正埋首整理花草，只见他一把剪刀在手中此起彼落，将枝叶剪去，或将花草连根拔起，移植另一盆中，或对一些枯枝浇水施肥，给以特别照顾。

信徒不解地问道："园头禅师！照顾花草，您为什么将好的枝叶剪去？对枯的枝干反而浇水施肥，而且从这一盆搬到另一盆中，没有植物的土地，何必锄来锄去？有必要这么麻烦吗？"

园头禅师道："照顾花草，等于教育你的子弟一样，人要怎样教育，花草也是。"

信徒听后，不以为然道："花草树木怎能和人相比呢？"

园头禅师头也不抬地说道："照顾花草，第一，对于那些看似繁茂却生长错乱、不合规矩的花，一定要去其枝蔓，摘其杂叶，免得它们浪费养分，将来才能发育良好；就如收敛年轻人的气焰，去其恶习，使其纳入正轨一样。第二，将花连根拔起植入另一盆中，目的是使植物离开贫瘠，接触沃壤；就如使年轻人离开不良环境，到另外的地方接触良师益友，求取更高的学问一般。第三，特别浇以枯枝，实在是因为那些植物的枯枝，看似已死，内中却蕴有无限生机；不要以为不良子弟都是不可救药，就对他放弃，要知道人性本善，只要悉心爱护，照顾得法，终能使其重生。第四，松动泥土，实因泥土中有种子等待发芽；就如对待那些贫苦而有心向上的学生，助其一臂之力，使他们有新机成长茁壮！"

信徒听后非常欣喜地说道："园头禅师！谢谢您替我上了一课育才之道。"

《涅槃经》云：“情与无情，同圆种智。”世间上没有不可救的生命，没有不可教的人才。

寺院山门口往往供一尊笑容满面的弥勒佛圣像，意思是用慈悲（爱）摄受你；但弥勒佛的背后，却供了一尊手拿降魔杵的将军韦驮圣像，意思是用威武（力）折服你。父母师长对年轻子弟，一面授予爱的摄受，一面给予力的折服，子弟不会不成材的！

活得快乐

有三个愁容满面的信徒，去请教无德禅师如何才能使自己活得快乐。

无德禅师：“你们先说说自己活着是为了什么？”

甲信徒道：“因为我不愿意死，所以我活着。”

乙信徒道：“因为我想在老年时能儿孙满堂，会比今天好，所以我活着。”

丙信徒道：“因为我有一家老小靠我抚养，我不能死，所以我活着。”

无德禅师：“你们当然都不会快乐，因为你们活着，只是由于恐惧死亡，由于等待年老，由于不得已的责任，却不是由于理想，由于责任。人若失去了理想和责任，就不可能活得快乐。”

甲、乙、丙三个信徒齐声道：“那请问禅师，我们要怎样生活才能快乐呢？”

无德禅师：“那你们想得到什么才会快乐呢？”

甲信徒道：“我认为我有金钱就会快乐了。”

乙信徒道：“我认为我有爱情就会快乐了。”

丙信徒道：“我认为我有名誉就会快乐了。”

无德禅师听后，深深不以为然，就告诫他们道：“你们这种想法，当然永远不会快乐。当你们有了金钱、爱情、名誉以后，烦恼忧虑就会随后占有你。”

三个信徒无可奈何地道：“那我们怎么办呢？”

无德禅师：“办法是有。你们先要改变观念，金钱要布施才有快乐，爱情要肯奉献才有快乐，名誉要用来服务大众才会快乐。”

信徒们终于听懂了生活上的快乐之道！

禅的境界是自主、解脱、安静、快乐。禅也是促进快乐的泉源，钱少没有关系，只要有禅，禅里的宝藏很多；没有爱情，禅里有更多美化的爱情；没有名位，禅里的名位更高。重要的是改变观念。

放下！放下！

过去有一个人出门办事，跋山涉水，很辛苦。有一次经过险峻的悬崖，一不小心，掉到深谷里去。眼看生命危在旦夕，此人双手在空中攀抓，刚好抓住崖壁上枯树的老枝，总算保住了生命。但是人悬荡在半空中，上下不得。正在进退维谷、不知如何是好的时候，忽然看到慈悲的佛陀站立在悬崖上，慈祥地看着自己，此人大喜过望，赶紧求救：“佛陀！求求您慈悲，救我吧！”

“我救你可以。但是你要听我的话，我才有办法救你上来。”佛陀慈祥地说着。

“佛陀！到了这种地步，我怎敢不听您的话呢？随您说什么，我全都听您的。”

“好吧！那么请你把攀住树枝的手放下！”

此人一听，心想：把手一放，势必掉到万丈深渊，跌得粉身碎骨，哪里还保得住生命？不由得更加抓紧树枝不放。佛陀看到此人执迷不悟，只好离去。

我们想明心见性，就要遵循佛陀的指示，把手放下来。在悬崖的地方，把手放下来才能得救，否则拼命执著，怎好救你脱离险境呢？

衣服吃饭

一休禅师有一个将军弟子。有一天将军请师父吃斋，一休禅师到达时，守卫的人不准他进去，因他穿着破烂的衣服。一休禅师没有办法，只好回去换了一件海青袈裟，再去赴宴。

当用斋的时候，一休把菜一直往衣袖里装，将军看见了很诧异，就说道："师父！是不是家中有老母？或寺里有大众？等一会儿我令人再煮菜送去，现在请您先用啊！"

一休禅师道："你今天是请衣服吃饭，并不是请我吃饭，所以我就给衣服吃！"

将军听不懂禅师的话中之意，一休禅师只得解释道："我第一次来的时候，因为穿了一件破旧法衣，你的守卫不准我进门，我只好回去换了这身新的袈裟，他这才放我进来。既然以穿衣服新旧作宾客的标准，所以我以为你是请衣服吃饭，我就给衣服吃嘛！"

从这一段禅话里，可以看出社会上的势利虚荣。人，有时不以人格品德论高低，而以衣服新旧作标准，所以一般人只讲究"金玉其外"，不管"败絮其中"。一休禅师把饭菜给衣服吃，对今日的社会人心，真是一针见血的讽刺呀！

畸形

有位信徒向默仙禅师说道："我的妻子悭贪吝啬，对于好事一财不舍，你能慈悲到我家去，向我太太开示，行些善事好吗？"

默仙非常慈悲地答允。

当默仙到达信徒家时，信徒的妻子出来迎接，但一杯茶水都舍不得端出来供养。禅师就握着一个拳头说道："夫人，你看我的手，天天都是这样，你觉得如何？"

夫人："如果手天天这个样子，这是有毛病，畸形呀！"

"这样子是畸形啊！"接着默仙禅师把手掌伸开，问道："那假如天天这样子呢？"

夫人："这样子也是畸形！"

默仙禅师立刻道："不错，这都是畸形。钱只知道贪取，不知道布施，是畸形；钱只知道花用，不知道储蓄，也是畸形。钱要流通，要能进能出，要量入为出。"

这位夫人在默仙禅师巧妙比喻之下，对做人处世和经济观念、用财之道，了然于心了！

世上有人过分贪财，有人过分施舍，均非佛教中道之义。悭贪之人应知喜舍结缘乃发财顺利之因，不播种，怎有收成？布施之人应在不自苦不自恼情形下为之，否则即为不净之施。默仙禅师以掌为喻，实有至理。

一片菜叶

雪峰、岩头、钦山等三位禅师结伴四处参访、弘法。有一天行脚经过一条河流，正计划要到何处托钵乞食时，看到河中从上游漂来一片很新鲜的菜叶。

钦山说："你们看，河流中有菜叶漂流，可见上游有人居住，我们再向上游走，就会有人家了。"

岩头说："这么完好的一片叶，竟如此让它流走，实在可惜！"

雪峰说："如此不惜福的村民，不值得教化，我们还是到别的村庄去乞化吧！"当他们三人你一句我一句地在谈论时，看到一个人匆匆地从上游那边跑来，问道："师父！你们有没有看到水中有一片菜叶漂过？因我刚刚洗菜时，不小心一片菜叶被水冲走了。我现在正在追寻那片流失的菜叶，不然实在太可惜了。”雪峰等听后，哈哈大笑，不约而同地说道：“我们就到他家去弘法挂单吧！”

爱惜东西叫做惜福，唯有惜福的人才有福。一花一木，一饭一菜，不是物质上的价值，而是禅师心上的价值观念啊！

三件古董

一休禅师的弟子足利将军请一休禅师到家里用茶，并将其所珍藏的古董一件件地拿出来展示，且频频问一休禅师的看法。禅师回答道：“太好了！为了增添你这些古董的光彩，我也有三件古董可以卖，一是盘古氏开天辟地的石块，二是历朝忠心大臣吃饭的饭碗，三是高僧用的万年拐杖，如果你也收藏在一起就好了。”

将军欢喜不已地说：“谢谢禅师，要多少钱一件？”

一休道：“不用谢，每件物品只要一千两银子。”

将军虽然心疼，因为觉得这三件古董价值很高，还是花了三千两银子把它们买下，并叫侍从随着一休禅师前去取货。

一休回到寺中，就对弟子说：“把在门口抵门的那块石头，还有喂狗食的饭碗，以及十钱银子买的那根拐杖，给来人带回去吧！”

侍从将这三件东西拿回去呈给主人，并说明其来处，将军非常生气地跑去找一休禅师理论。一休和颜悦色地开示道：“目前正是饥荒时候，户户人家三餐不继，将军却还有心思在欣赏古董？所以我将你的三千两银子拿去救济贫民，替你做功德，其价值终身受用不尽，比古董更宝贵啊。”

将军除惭愧外，更深深佩服禅师的智慧与慈悲。

禅，不是哲学，不是理论，不是只供给谈论。禅是生活，是艺术的生活；禅是本心，是超越的本心；禅是自然，是古今一样的自然。把真我融和在智慧与慈悲里，那就是禅了。

把门关好

有个小偷晚上钻进一座寺院，想偷东西，但翻箱倒柜的都找不到值钱的东西。不得已，正准备离去时，睡在床上的无相禅师开口叫道："喂！这位朋友，既然要走，请顺便为我把门关好！"

小偷先是一愣，随即就说："原来你是这么懒惰，连门都要别人关，难怪你寺里一点值钱的东西都没有！"

无相禅师说："你这位朋友太过分了，难道要我老人家每天辛辛苦苦，赚钱买东西给你偷吗？"

小偷觉得遇到这种和尚，真是一点办法也没有。

禅师不是没有东西，禅师拥有的是别人偷不去的无尽宝藏。世间上的人只是知道聚敛，人为财死，心为物累，你有钱了，连小偷都不放过你，不如拥有自家本性里的无限智慧宝藏，又有什么人能偷得去呢！

放逐天堂

一休禅师行脚在外，由于天色已晚，就借宿农庄。深夜被一连串的哭声吵醒，原来是邻家的主人因病去世。一休便说："真是不幸，我去诵卷经超度他吧！"

由于这位亡者生前是以捕鱼捉鸟杀生为业，故卧病时常为过去的杀业而不安，其家属就要求一休禅师作法让死者上升天堂。

一休禅师诵完经，就在一张纸上题了字，让死者握在手中，并告诉他的家人说："好了！亡者会到天堂的，你们放心吧！"亡者家属对一休如此关照非常感动，也很好奇：到底一休纸上写的是什么字呢？于是打开字条，只见上面写着："这个人所犯的杀生罪业，如须弥山那么多，恐怕连阎罗王的账簿上也找不出地方可以记了。"

死者太太看了，内心非常难过：为什么一休禅师要如此捉弄人呢？

一休："你先生的杀业，你不承认有如须弥山那么多吗？"

"我承认，只是难道没有方法可以超度他吗？"

一休："我本以诵经为他消罪解业，你却那么要求，所以我才写信告诉阎罗王，像这样罪大恶极的人，实应放逐到天堂去，免得在阎罗王的账簿上记不完而麻烦。你先生拿了信，必定可以到天堂的！"

一休禅师的话，实在是对世人最好的教育。

地狱与极乐

有一地方首长去拜访白隐禅师，请示佛门常说的地狱与极乐是真实的呢，或是一种理想，并希望禅师能带他参观到真实的地狱与极乐。

白隐禅师立刻将脑中所能想得到最恶毒的话辱骂他，使得这位长官十分惊讶。刚开始时基于礼貌的关系，长官都没有回嘴，最后实在忍不住了，就随手拿起一根木棍，并大喝："你算什么禅师？简直是个狂妄无礼的家伙！"说着拿木棍就往禅师身上打去。白隐跑到大殿木柱后，对着面露凶相、从后追赶的长官说："你不是要我带你参观地狱吗？你看，这就是地狱！"

恢复自我的长官，察觉到自己的失态，急忙跪地道歉，请禅师原谅他的鲁莽。

白隐禅师："你看，这就是极乐！"

天堂、地狱在哪里？这有三说：第一，当然天堂在天堂的地方，地狱在地狱的地方；第二，天堂地狱就在人间；第三，天堂地狱都在我们的心上。

我们的心，每天从天堂、地狱不知来回多少次。

虔诚的心

有一个青年名叫光藏，未学佛前，一心想成为佛像雕刻家，故特别去拜访东云禅师，希望禅师能指点一些佛像的常识，使其在雕刻方面有所成就。

东云禅师见了他以后，二话不说地只叫他去井边汲水。当东云看到光藏汲水的动作以后，突然间开口大骂，并赶他离开。因为时近黄昏，其他弟子看到这种情形，颇为同情，就要求师父留光藏在寺中住一宿，让他明天再走。

到了三更半夜，他被叫醒，去见东云禅师。禅师以温和的口气对他说："也许你不知道我昨晚骂你的原因，但我现在告诉你：佛像是被人膜拜的，所以对被参拜的佛像，雕刻的人要有虔诚的心，才能雕塑出庄严的佛像。白天我看你汲水时，水都溢出桶外，虽是少量的水，但那都是福德因缘所赐予的，而你却毫不在乎。像这样不知惜福且轻易浪费的人，怎么能够雕刻佛像？"

光藏对此训示颇为感动而钦敬不已，在深加反省后，终于入门为弟子，其佛像的雕刻技艺也独树一帜！

"虔诚的心"就是敬业精神，岂单指雕刻佛像？无论做什么，都应该有虔诚的心和敬业的精神。

三种人

玄沙师备禅师开示大众说道："诸方长老大德，常以弘法利生为家业，如果说法的时候碰到盲、聋、哑这三种人，要怎么去接引他们呢？你们应想到对盲、聋、哑三种人怎么好说禅。假如对盲者振揵槌、竖拂尘，他看不见；对聋者说任何妙法，他又听不见；对哑者问话，他又不会言表——如何印可？如果没有方法接引此三种残障人士，则佛法就会被认为不灵验。”

大家都不知如何回答。有一个学人，就将上面玄沙禅师的开示，特地向云门禅师请益。

云门禅师听后，即刻道：“你既请问佛法，即应礼拜！”学人依命礼拜，拜起时，云门就用拄杖向他打去，学人猛然后退。

云门说：“汝不是盲者！”

复大叫：“向我前面来！”

学人依言前行。

云门曰：“汝不是聋者！”

云门停了一会儿道：“会吗？”

学人答曰：“不会！”

云门曰：“你不是哑者！”

学人听后当下有省。

吾人本来不聋、不盲、不哑，但心地不明，终于成为盲聋哑者；今日若能多几位云门禅师，方便揭开学人心地，朗朗乾坤，不就是在当下吗？

银货两讫

诚拙禅师在圆觉寺弘法时，法缘非常兴盛，每次讲经时人都挤得水泄不通，故信徒间就有人提议要建一座较宽敞的讲堂。

有一个信徒用袋子装了五十两黄金，送到寺院给诚拙禅师，说明是要捐助盖讲堂用的。禅师收下后，就忙着做别的事去了。信徒对此态度非常不满，因为五十两黄金不是一笔小数目，可以给平常人过几年生活，而禅师拿到这笔巨款竟连一个“谢”字也没有，于是就紧跟在诚拙的后面提醒道：“师父！我那袋子里装的是五十两黄金。”

诚拙禅师漫不经心地应道：“你已经说过，我也知道了。”禅师并没有停下脚步。信徒提高嗓门道："喂！师父！我今天捐的五十两黄金，可不是小数目呀！难道你连一个'谢'字都不肯讲吗？"

禅师刚好走到大雄宝殿佛像前停下："你怎么这样唠叨呢？你捐钱给佛祖，为什么要我跟你说谢谢？你布施是在做你自己的功德，如果你要将功德当成一种买卖，我就代替佛祖向你说声'谢谢'，请你把'谢谢'带回去，从此你与佛祖'银货两讫'吧！"

不要拂拭

有一青年脾气非常暴躁，易怒，喜欢与人打架，所以很多人都不喜欢他。有一天无意中游荡到大德寺，碰巧听到一休禅师正在说法，听完后发愿痛改前非，就对禅师说："师父！我以后再也不跟人家打架口角，免得人见人厌，就算是受人唾面，也只忍耐地拭去，默默地承受！"

一休禅师说："嗳！何必呢，就让唾涎自干吧，不要去拂拭！"

"那怎么可能？为什么要这样忍受？"

"这没有什么能不能忍受的。你就把它当作是蚊虫之类停在脸上，不值得与它打架或者骂它，虽受唾沫，但并不是什么侮辱，微笑地接受吧！"一休说。

"如果对方不是唾沫，而是用拳头打过来时，那怎么办？"

"一样呀！不要太在意，这只不过一拳而已。"

青年听了，认为一休说得太没理，终于忍耐不住，忽然举起拳头，向一休禅师的头上打去，并问："和尚！现在怎么样？"禅师非常关切地说："我的头硬得像石头，没什么感觉，倒是你的手大概打痛了吧？"

青年哑然，无话可说。

世间上无论什么事，说很容易，做很困难。说不发脾气，但境界一来，自我就不能把持。禅者曰："说时似悟，对境生迷。"就是这种写照。

一坐四十年

佛窟惟则禅师，宋朝长安人，少年出家后，在浙江天台山翠屏岩的佛窟庵修行。他用落叶铺盖屋顶，结成草庵，以清水滋润咽喉，每天只在中午采摘山中野果以充腹饥。

一天，一个樵夫路过庵边，见到禅师，好奇地向前问道："你在此住多久了？"

佛窟禅师回答道："大概已易四十寒暑。"

樵夫好奇地再问道："你一个人在此修行吗？"

佛窟禅师点头道："丛林深山中，一个人在此都已嫌多，还要许多人何为？"

樵夫再问道："你没有朋友吗？"

佛窟禅师以拍掌作声，好多虎豹由庵后而出，樵夫大惊，佛窟禅师说"莫怕"，示意虎豹仍退庵后。禅师道："朋友很多。大地山河，树木花草，虫蛇野兽，都是法侣。"

樵夫非常感动，自愿皈依作为弟子。佛窟对樵夫扼要指示佛法的心要道："汝今虽是凡夫，但非凡夫；虽非凡夫，但不坏凡夫法。"

樵夫于言下契入。从此慕道者纷纷而来，翠屏岩上白云飘空，草木迎人，虎往鹿行，鸟飞虫鸣，成为佛窟学的禅派。

一住四十年，用普通的常识看，四十年是漫长的岁月，但在证悟无限时间、进入永恒生命的圣者，已融入大化之中的惟则禅师，这只不过是一瞬之间而已。在禅者的心中，一瞬间和四十年并没有什么差距。

禅者的悟道中，他所悟的是没有时空的差距，没有人我的分别，没有动静的不同，没有生佛的观念（众生与佛）。

"虽是凡夫，但非凡夫之流"，因为人人有佛性，真理之中绝生佛之假名，哪有是凡夫非凡夫的分别？"虽非凡夫，但不坏凡夫法"，禅者悟道，不破坏另有建立，不坏万法，而已超越万法了。

心净国土净

有一位虔诚的佛教信徒，每天都从自家的花园里采撷鲜花到寺院供佛。一天，当她正送花到佛殿时，碰巧遇到无德禅师从法堂出来。无德禅师非常欣喜地说道："你每天都这么虔诚地以香花供佛，依经典的记载，常以香花供佛者，来世当得庄严相貌的福报。"

信徒非常欢喜地回答道："这是应该的。我每次来寺礼佛时，自觉心灵就像洗涤过似的清凉；但回到家中，心就烦乱了。作为一个家庭主妇，如何在烦嚣的尘世中保持一颗清净纯洁的心呢？"

无德禅师反问道："你以鲜花献佛，相信你对花草总有一些常识。我现在问你，你如何保持花朵的新鲜呢？"

信徒答道："保持花朵新鲜的方法，莫过于每天换水，并且于换水时把花梗剪去一截，因花梗的一端在水里容易腐烂，腐烂之后水分不易吸收，就容易凋谢！"

无德禅师道："保持一颗清净纯洁的心，其道理也是一样。我们生活环境像瓶里的水，我们就是花，唯有不停净化我们的身心，变化我们的气质，并且不断地忏悔、检讨、改进陋习缺点，才能不断吸收到大自然的食粮。"

信徒听后，欢喜作礼感谢说道："谢谢禅师的开示，希望以后有机会亲近禅师，过一段寺院中禅者的生活，享受晨钟暮鼓、菩提梵唱的宁静。"

无德禅师道："你的呼吸便是梵唱，脉搏跳动就是钟鼓，身体便是寺宇，两耳就是菩提，无处不是宁静，又何必等机会到寺院中生活呢？"

古德说："热闹场中作道场。"宁静，只要自己息下妄缘，抛开杂念，哪里不可宁静呢！深山古寺，如果自己妄想不除，就算住在深山古寺，一样无法修持，禅者重视"当下"，何必明天呢？"参禅何须山水地，灭却心头火亦凉。”即此之谓。

威德与折福

南北朝时的僧稠禅师住在嵩山的时候，寺中有僧众百人，每天靠着一眼自然涌出的泉水饮用。有一天有一个妇女穿着一件污秽的衣服，两腿夹住一把扫帚坐在喷泉的石阶上，听僧众们诵经，众人当她是疯子，齐力要驱逐她出去。这妇女看到这种情形，非常生气，就用脚踢泉水，泉水立刻枯竭，她也随着不见了。

当时在旁的僧众非常惶恐，大家知道闯祸了，便将此事一五一十地告诉僧稠禅师。禅师面露笑容，从寺里慢慢地走出寺外，口里三呼着：“优婆夷（在家学佛的妇女）！优婆夷！优婆夷！”

话犹未完，刚才那个衣衫褴褛的妇女应声出现，禅师对她说道：“众僧正在行道，你应善加护持，不可骚扰！”

优婆夷于是用脚轻轻地撩动枯竭的喷泉一下，水就又冒上来。大家都很感激僧稠禅师的威德与神异。

后来齐文宣帝每逢办完了国事便带着卫士到寺里参谒问道。每次僧稠禅师随任文宣帝来来往往，却从不曾迎送过一次。经常如此，弟子中有的看不过去，便劝谏老师：“禅师！皇帝每次降临礼佛，对佛法弘传大有帮助，而禅师却从不迎送，恐怕会遭受非议吧！”

僧稠禅师不以为然地说道：“从前宾头卢有一次迎王七步，致使国王蒙难七年，我的道德虽比不上别人，但我不能使皇帝折福。”

论一般世俗的看法，齐文宣帝是国君，但在真理的王国中说，僧稠禅师是当时的法王，国君与法王，究竟谁为最尊？在僧稠禅师前不久，东晋慧远大师正在倡导“沙门不敬王者”，他有名的高论是：“袈裟非朝廷之服，钵盂岂庙堂之器？”僧稠禅师不迎王者，大概就是这个意义了。

我往西方走

南宋的道悦禅师曾任镇江金山江天寺的住持，他是宋朝名将岳武穆王岳飞最崇敬的高僧。

当岳飞被秦桧以十二道金牌从朱仙镇招回时，途经金山江天寺，道悦劝他出家，不要回京，但是岳飞秉持耿耿忠心，明知此行不利，还是坚持南归。

临别时岳飞请求开示，道悦禅师告诉他道："岁底不足，谨防天哭；奉下两点，将人害毒。"

岳飞当时不知其意，直到被诬下狱，含冤遭毒的时候，方才悟解。那年的十二月是小月，只有二十九日，当天晚上又下起雨来。听到室外雨声，岳飞预知大难已经临头，这正好应了道悦禅师的偈语："岁底不足，谨防天哭。""奉下两点"是"秦"字，意指奸相秦桧。"将人害毒"，果然就在这天岳飞被秦桧害死在风波亭上。

秦桧害死岳飞后，查问刽子手，岳飞临终时有说什么话没有。刽子手说："他只说了一句：悔不听金山道悦禅师之言。"

秦桧得知此事，马上派遣亲信何立带兵前往金山提拿道悦禅师。在何立到达江天寺的前一日，道悦禅师聚众说法，最后说了四句偈语：

"何立自南来，我往西方走；不是法力大，几乎落他手。"

语毕，即时坐化。当时大众不明就里，悲戚而又莫名其妙。等到次日何立率兵而来，大家这才恍然明白。

道悦禅师知道岳飞的生死，当然也会知道自己的生死，但为什么不珍惜生死，逃避生死？盖因生死业力不可逃避。岳飞逃不过命中的定业，道悦禅师当然也逃不过生死的业力。悟道的禅师虽不免业报牵引，但禅者悟道后已无惧于生死，生固很好，死亦很美也。

快活烈汉

性空禅师，汉州人。出家后，自号妙普庵主，结庐于青龙山野，日常除了修习禅定外，常以吹笛自娱。建元初年，徐明举兵反叛，经过乌镇，纵兵劫掠，滥肆杀戮，百姓逃亡一空。性空禅师慨然："我不能不救。"因而策杖独往贼营。贼首见他貌伟而庄，以为他有诡异之谋，便大声喝道："你是什么人？到什么地方去？"

"我是出家人，要到你们贼窝去！"

贼首大怒，喝令将其斩首！

性空禅师毫无惧色，对贼首道："要头就砍去，不必发怒。不过我还没有吃饭，总不能让我做饿鬼吧！请给我一顿饭，作为我的送终饭如何？"

贼首叫人拿来猪肉饭菜给他。他也不管是什么，先一本正经地念起供养咒来，然后和在寺内一样用食如仪。贼众看了，都在一旁发笑。

性空禅师念好供养咒后，又对贼首道："今天我死，什么人为我写祭文呢？"

贼首被他这种奇怪的举动弄得好笑起来。

性空禅师望着贼众又说："既然没有人替我作祭文，请拿纸笔来，我就自己写吧！"

贼众拿来纸笔，他便从容不迫地大书起来，写了一篇文情并茂的祭文。他还大摇大摆，煞有介事地朗诵一遍。读完，拿起筷子又再大啖肉饭。贼众看了更是哄然大笑。

吃过饭后，性空禅师对贼首说偈道：

"劫数既遭离乱，我是快活烈汉；如今正好乘时，便请一刀两段。"

于是大呼："斩！斩！斩！"

贼首见他如此慷慨豪勇，不禁骇异动容，不仅不杀他，反而向他合掌谢罪，护送他回山。乌镇一地因此得免于难，远近道俗对他越加敬重！

禅，表现在慧解上容易，表现在慈悲上不容易，像性空禅师语多禅机，而行又义勇慈悲。他能以般若慈悲，折贼刀剑，故禅者真妙用无穷也。

国师是宝

慧忠国师是浙江人，俗姓冉，号光宅，是六祖慧能大师的弟子，二十六岁时入河南党子谷，修行四十年，敕住南阳龙兴寺，玄宗、肃宗、代宗皆曾召请进入宫内说法。

有一天，代宗召见一人，该人自号太白山人，不言真实姓名年龄乡里，代宗就告诉慧忠国师道："此人自认是一代奇人，颇有见解，敬请国师考验。"

慧忠国师先看看太白山人，然后问道："陛下说你是一异士，请问你有什么特长？"

太白山人道："我会识山识地，上知天文，下知地理，作文认字，无一不精，并长于算命。"

慧忠国师道："请问山人，你所住的太白山是雄山呢，还是雌山呢？"

此问一出，太白山人茫然不知所对。慧忠国师又指着地问道："请问这是什么地呢？"

山人道："算一算便可知道。"

慧忠国师又在地上写了"一"字，问道："这是什么字？"

山人答道："一字！"

慧忠国师不以为然，纠正他的话道："土上加一应说是'王'字，为什么会是'一'字呢？现在，我再请问你，那三七共是多少数字？"

山人回答道："三七是二十一，谁人不知？"

慧忠国师道："三和七合起来是十，怎么一定会是二十一呢？"

在旁的代宗非常欣悦地说道："朕有国位，不足为宝；朕有国师，国师是宝！"

一些江湖之士，或通天文，或通地理，或能卜卦，或能相命，自以为神奇异士，但在佛法正道之前，他们就成为旁门左道了。因其道从外境上去了解，故又称“外道”；禅师内修内证，故佛法又称为“内学”。慧忠国师考验太白山人之话，虽非佛法，但从禅慧中流出之名言，岂是外道以分别意识所能应对！

大小粪桶

现在世人非常景仰的金山活佛——妙善禅师，是一九三三年才在缅甸圆寂的，其行迹神异，又慈悲喜舍，到处都流传着他难行能行、难忍能忍的奇事。

在妙善禅师的金山寺旁，有一条小街，住了一个贫穷的老婆婆，与独生子相依为命。偏偏这儿子忤逆凶横，经常呵骂母亲。妙善禅师知道这件事后，便常去安慰这老婆婆，和她说些因果轮回的道理。逆子非常讨厌禅师常来家里，有一天起了恶念，悄悄拿着粪桶躲在门外，等妙善禅师走出来，便将粪桶向禅师兜头一盖，刹那腥臭污秽粪尿淋满禅师全身，引来了一大群人看热闹。

妙善禅师却不气不怒，一直顶着粪桶跑到金山寺前的河边，才缓缓地把粪桶取下来。旁观的人一看到此狼狈相，更加哄然大笑。妙善禅师毫不在意地说道：“这有什么好笑的？人身本来就是众秽所集的大粪桶，大粪桶上面加个小粪桶，有什么值得大惊小怪的呢？”

有人问他道：“禅师！你不觉得难过吗？”

妙善禅师道：“我一点也不会难过，老婆婆的儿子慈悲我，给我醍醐灌顶，我正觉得自在哩！”

后来那忤逆的儿子为禅师的慈悲感动，改过自新，就向禅师忏悔谢罪。禅师欢欢喜喜地开示他道：“父母养育之恩山高水深，不能好好孝养，反而打骂犯上，如此不孝，何以为人？”受了禅师的感化，逆子从此痛改前非，以孝声闻名乡里。

金山活佛妙善禅师是近代的一位禅门奇人，他会替人看病，但从不用医药；他又会为人解难救危，但从不用神异。他给你一杯水，说是般若汤，你吃了病就会好；他给你两个耳光，说不定你的灾难就没有了。他和宋朝道济禅师（济公）类似，但因禅门不重灵异，禅僧传中不列此等名录，实为可惜！

他将身体看做大的粪桶，加个小的粪桶，也不稀奇。其实粪桶对他并不秽臭，因为他的道德慈悲，人格智慧，正很芬芳！

提起放下

赵州禅师是一位禅风非常锐利的法王，学者凡有所问，他的回答经常不从正面说明，总会要你从另一方面去体会。

有一次，一个信徒前来拜访他，因为没有准备供养他的礼品，就歉意地说道："我空手而来！"

赵州禅师望着信徒说道："既是空手而来，那就请放下来吧！"

信徒不解他的意思，反问道："禅师！我没有带礼品来，你要我放下什么呢？"

赵州禅师立即回答道："那么，你就带着回去好了。"

信徒更是不解，说道："我什么都没有，带什么回去呢？"

赵州禅师道："你就带那个什么都没有的东西回去好了。"

信徒不解赵州禅师的禅机，满腹狐疑，不禁自语道："没有的东西怎么好带呢？没有的东西怎么好带呢？"

赵州禅师这才方便指示道："你不缺少的东西，那就是你没有的东西；你没有的东西，那就是你不缺少的东西！"

信徒仍然不解，无可奈何地问道："禅师！就请您明白告诉我吧！"

赵州禅师也无奈地道："和你饶舌多言，可惜你没有佛性，但你并不缺佛性。你既不肯放下，也不肯提起，是没有佛性呢，还是不缺少佛性呢？”

信徒至此才稍有契悟。

禅门的人生观，好像皮箱一样，有时候你要提得起，有时候你要放得下，当提起的时候提起，当放下的时候放下。没有禅慧的人生，当提起的时候不提起，当放下的时候不放下；当放下的时候反而提起，当提起的时候反而放下。

赵州禅师和信徒的一番对话，信徒不能契悟，赵州禅师只有怪他没有佛性，但赵州禅师又慨叹说：人，并不缺少佛性啊！

树的根

有一位刚学佛不久的信徒，在《劝发菩提心文》上看到“……金刚非坚，愿力最坚……”这句话时，不懂其意，就跑去请示无相禅师。无相禅师道：“在学佛的菩提道上，难免因人的惰性、机缘、业魔等障而有退失菩提心的时候，必须要靠愿力来支撑、鞭策，故历代的高僧大德其道业的成就，无一不是靠誓不退转的愿力完成的，如普贤菩萨的十大愿，观音菩萨的十二大愿、阿弥陀佛的四十八大愿、地藏菩萨的‘地狱未空，誓不成佛’的悲愿，无一不是学佛者的榜样。”

信徒听后，仍不懂地问道：“为什么想成佛，就一定要立下志愿普度众生呢？”

无相禅师回答道：“如一棵树，众生好比是树的根，菩萨就像树的花，佛便是树的果。要想一棵树开花结果，就必须努力灌溉树的根，并且爱护它，照顾它。否则根部一受到损害，树就要枯萎了，又怎能开花结果呢？所以在《华严经》上也提到‘欲作诸佛龙象，先做众生马牛！’”

信徒听后，也深觉愿力重要，问道：“禅师！您的愿力是什么呢？”

无相禅师道：“我的愿力不能告诉你！”

信徒不解地问道：“为什么禅师的愿力不能告诉我呢？”

无相禅师道："我的愿力是我的，你为什么不发你的愿力呢？"

信徒终于心开意解，礼谢而去。

愿力，各人有各人的愿力，不必问别人愿力，先问自己愿为大众做什么。例如，我愿做一艘船，载运行旅；我愿是一条道路，供人行走；我愿做一棵树，普荫大众；我愿做一头牛，为众效劳。

当然，吾人可以发愿，成圣成贤，成佛成祖，因为愿力成就，所做一切自然就会成就的！故《劝发菩提心文》又说："尝闻入道要门，发心为首；学佛之本，立愿为先。"即此之谓。

百年一梦

金山昙颖禅师，浙江人，俗姓丘，号达观，十三岁归投到龙兴寺出家，十八岁时游京师，住在李端愿太尉花园里。有一天，太尉问他道："请问禅师，人们常说的地狱，究竟是有呢，抑是无呢？"

昙颖禅师回答道："诸佛如来说法，向无中说有，如眼见空华，是有还无；太尉现在向有中觅无，手揞河水，是无中现有，实在堪笑。如人眼前见牢狱，为何不心内见天堂？忻怖在心，天堂地狱都在一念之间，善恶皆能成境，太尉但了自心，自然无惑。"

太尉："心如何了？"

昙颖："善恶都莫思量。"

太尉："不思量后，心归何所？"

昙颖："心归无所，如《金刚经》云：'应无所住，而生其心。'"

太尉："人若死时，归于何处？"

昙颖："未知生，焉知死？"

太尉："生则我早已知晓。"

昙颖："请道一句，生从何来？"

太尉正沉思时，昙颖禅师用手直搗其胸曰："只在这里思量个什么？"

太尉："会也，只知贪程，不觉蹉跎。"

昙颖："百年一梦。"

太尉当下有悟，而说偈曰：

"三十八岁，懵然无知；及其有知，何异无知？滔滔汴水，隐隐惰堤；师其归矣，箭浪东驰。"

生从何来？死往何去？这是一般人经常想到的问题，不少人都在探究的问题，但都没有揭破这个谜底。释迦牟尼佛和历代禅师们道出了原委，又不易为人了解。生命有隔阴之迷，意即换了身体就不知过去一切，故千古以来生命之源一直众说纷纭，莫衷一是。其实生命的形相虽千差万别，而生命的理性则一切平等，佛教的缘起性空、三法印、业识、因果等的义理能通达明白，则生从何来、死去何处，即不问可知了。

自伞自度

有一信者在屋檐下躲雨，看见一位禅师正撑伞走过，于是就喊道："禅师！普度一下众生吧！带我一程如何？"

禅师说："我在雨里，你在檐下，而檐下无雨，你不需要我度。"

信者立刻走出檐下，站在雨中，说道："现在我也在雨中，该度我了吧！"

禅师说："我也在雨中，你也在雨中。我不被雨淋，因为有伞；你被雨淋，因为无伞。所以不是我度你，而是伞度我，你要被度，不必找我，请自找伞！"

说完便走了。

自己有伞，就可以不被雨淋；自己有真如佛性，应该不被魔迷。雨天不带伞，想别人助我；平时不找到真如自性，想别人度我。自家宝藏不用，专想别人的，岂能称心满意？自伞自度，自性自度，凡事求诸己，禅师不肯借伞，这就是禅师的大慈悲了。

能大能小

有一信者问无德禅师道：“同样一颗心，为什么心量有大小的分别？”

禅师并未直接作答，告诉信者道：“请你将眼睛闭起来，默造一座城垣。”

于是信者闭目冥思，心中构画了一座城垣。

信者：“城垣造毕。”

禅师：“请你再闭眼默造一根毫毛。”

信者又照样在心中造了一根毫毛。

信者：“毫毛造毕。”

禅师：“当你造城垣时，是否只用你一个人的心去造，还是借用别人的心共同去造呢？”

信者：“只用我一个人的心去造。”

禅师：“当你造毫毛时，是否用你全部的心去造，还是只用了一部分的心去造？”

信者：“用全部的心去造。”

于是禅师就对信者开示道：“你造一座大的城垣只用一颗心，造一根小的毫毛还是用一颗心，可见你的心是能大能小啊！”

割耳救雉

智舜禅师，隋代人，一向在外行脚参禅。有一天，在山上林下打坐，忽见一个猎人打中一只野雉，野雉受伤逃到禅师座前，禅师以衣袖掩护着这只逃生的小生命。不一会儿，猎人跑来向禅师索讨野雉：“请将我射中的野雉还给我！”

禅师带着耐性，无限慈悲地开导着猎人：“它也是一条生命，放过它吧！”

“你要知道，那只野雉可以当我的一盘菜哩！”

猎人一直和禅师纠缠，禅师无法，拿起行脚时防身的戒刀，把自己的耳朵割下来，送给猎人，并且说道：“这两只耳朵，够不够抵你的野雉？你可以拿去做一盘菜了。”

猎人大惊，终于觉悟到打猎杀生乃最残忍之事。

为了救护生灵，不惜割舍自己的身体，这种“但为众生得离苦，不为自己求安乐”的德行，正是禅师慈悲的具体表现。禅者，不是逃避社会，远离人群，禅者积极舍己救人的力行，从智舜禅师的割耳救雉，可见一斑！

诚实无欺

道楷禅师，宋人，得道后，大阐禅门宗风。曾担任过净因寺、天宁寺等大寺的住持。一日，皇上派遣使者颁赠紫衣袈裟，以褒扬他的圣德，并赐号定照禅师。

禅师上表坚辞不受。皇上再令开封府的李孝寿至禅师处，表达朝廷褒奖的美意，禅师仍不领受。他因此触怒皇上，敕交州官收押。州官知道禅师仁厚忠诚，当到达寺中时，悄声问道：“禅师身体虚弱，容貌憔悴，是否已经生病？”

禅师：“没有！”

州官：“如果说是生病，则可免除违抗圣旨的惩罚。”

禅师：“无病就无病，怎可为求免于惩罚而诈病呢？”

州官无奈，遂将禅师贬送淄州，闻者皆泪流不已。

我们经常看到禅者性格风趣活泼，但禅者的诚实固执于道楷禅师行谊见之。如明代莲池大师赞之曰：“荣及而辞，人所难也；辞而致罚，受罚而不欺，不日难中之难乎？忠良传中，何得少此？录之以风世僧。”

除却心头火

有一久战沙场的将军，已厌倦战争，专程到大慧宗杲禅师处要求出家，他向宗杲道：“禅师！我现在已看破红尘，请禅师慈悲收留我出家，让我做您的弟子吧！”

宗杲：“你有家庭，有太重的社会习气，你还不能出家，慢慢再说吧！”

将军：“禅师！我现在什么都放得下，妻子、儿女、家庭都不是问题，请您即刻为我剃度吧！”

宗杲：“慢慢再说吧！”

将军无法，有一天起了一个大早，到寺里礼佛。大慧宗杲禅师一见到他便说：“将军为什么起那么早来拜佛呢？”

将军学习用禅语诗偈说道：“为除心头火，起早礼师尊。”

禅师开玩笑地也用偈语回道：“起得那么早，不怕妻偷人？”

将军一听，非常生气，骂道：“你这老怪物，讲话太伤人！”

大慧宗杲禅师哈哈一笑道：“轻轻一拨扇，性火又燃烧，如此暴躁气，怎算放得下？”

放下！放下！不是口说放下就能放下，“说时似悟，对境生迷”。习气也不是说改就能改的，“江山易改，习性难除”。奉劝希望学道入僧者，莫因一时之冲动贻笑他人。

一与二

在中国佛教史上，道教的道士和佛教的出家法师时常辩论斗法。有一个道士向法印禅师说道："你们佛教怎么样也比不上我们的道教，因佛教最高的境界是一心，是一乘，是一真法界、一佛一如来，都是一，而我们道教讲什么东西都是二，可以说，二胜过你们的一，比方乾坤、阴阳，这都是二。实在说，二要比你们一高明。"

法印禅师听后，像是不解地问道："真的吗？你们的二真能胜过一吗？"

道士："只要你说一，我就能二，一定能胜过你们。"

法印禅师就跷起了一条腿来，慢慢地说道："我现在跷起了一条腿，你能把两条腿跷起来吗？"

道士哑口无言！

佛教史上记载我国有"三武一宗"的教难，大都因为道士嫉恨佛教所引起。佛教尚和平，但仍难免有道教之不兼容，连一二都成为争论主题，如法印禅师之方便机辩，亦禅之巧妙应用。

一休与五休

一休禅师很有名，有人问他："禅师！什么法号不好叫，为什么您要叫'一休'呢？"

一休："一休万事休，有什么不好？"

信徒听了认为不错，"一休万事休"，很好，很好。

一休："其实一休不好，二休才好。"

信徒："二休怎么好呢？"

一休："生要休，死也要休，生死一齐休才能了脱生死，所以是烦恼也要休，涅槃也要休，二者一起休。"

信徒："不错，不错，二休才好。"

一休："二休以后，要三休才好！"

信徒："三休怎么好？"

"你看，你老婆天天和你吵架，像只母老虎，最好是休妻；做官要奉迎，也很辛苦，最好是休官；做人处事有争执，所以要休争。能够休妻、休官、休争，这三休是最快乐，最好了！"

信徒："不错，不错，三休真好！"

一休："四休才是最好。"

信徒："四休怎么好呢？"

"酒、色、财、气四种一齐休才好呢！"

信徒认为四休也是很好。

一休："四休不够，五休才好。什么叫五休？人生最苦的，就是为了我们有五脏庙，这个肚子要吃饭，所以才有种种的辛苦，假如把这个五脏庙一休，统统都没有事了。"

千休与万休，总不如一休，一休万事休，更莫造怨仇，这就是一休的禅了。

古镜未磨

有道禅师当初行脚时，路过一间卖茶的茶坊，因为口渴，就顺道进去想喝杯茶，小憩一下。店主一看是位云水僧，就热忱招呼，并且问道："禅师！辛苦了，喝茶吗？"

只见有道禅师用平淡眼光看了一下茶架，点一下头，其他一句话也不说。

店主似乎也是禅道高手，小心谨慎地说道：“想必您是一位禅道高深的禅师。禅师！小的有一个问题想请教您，如果您告诉我，我就供养您，如何？”

有道禅师：“你问吧！”

店主问道：“古镜未磨时如何？”

有道禅师很快地答道：“黑如漆。”

店主再问道：“古镜既磨了以后如何？”

有道禅师回答道：“照天照地。”

店主不以为然，说道：“对不起！恕我不供养。”说着转身就入店内去了。

有道禅师愣了一下，心想：“我数十年参禅，现在连个店主都不如，可见其禅道之高了！”于是决定苦心闭门深修，以求开悟。

三年后，有道禅师又出现在茶坊的门口。店主仍亲切地招呼道：“呵！三年不见，仍想请教那句老话——古镜未磨时如何？”

有道禅师顺口说道：“此去汉阳不远。”

店主再问道：“古镜既磨后如何？”

有道禅师再回答道：“黄鹤楼前鹦鹉洲。”

店主听后，诚恳地说道：“请禅师接受我的供养！”随即转身吆喝道：“伙计！泡茶，泡茶，泡好茶！”

古镜有否磨过，有道禅师第一次说“未磨黑如漆，已磨照天照地”。此古镜喻我们自性，自性本自清净，本不生灭，本自朗照，何能分别未磨已磨？自性者，在圣不增，在凡不减，故有道禅师未能认识如古镜之自性，难怪吃不到茶。第二次回答古镜未磨，“此去汉阳不远”，古镜已磨，“黄鹤楼前鹦鹉洲”，即能认识自性当下即是，故有好茶吃。

生活的层面

天刚破晓，朱友峰居士兴冲冲地抱着一束鲜花及供果，赶到大佛寺想参加寺院的早课。谁知才一踏进大殿，左侧突然跑出一个人，正好与朱友峰撞个满怀，将他捧着的水果撞翻在地。朱友峰看到满地的水果，忍不住叫道："你看！你这么粗心，把我供佛的水果全部撞翻了，你怎么给我一个交待？"

这个名叫李南山的人非常不满地说道："撞翻已经撞翻，顶多说一声对不起就够了，你干吗那么凶？"

朱友峰非常生气道："你这是什么态度？自己错了还要怪人！"

接着，彼此咒骂，互相指责的声音就此起彼落。

广圄禅师正好从此经过，就将两人带到一旁，问明原委，开示道："莽撞的行走是不应该的，但是不肯接受别人的道歉也是不对的，这都是愚蠢不堪的行为。能坦诚地承认自己过失及接受别人的道歉，才是智者的举止。"广圄禅师接着又说道："我们人生活在这个世界上，必须协调的生活层面太多了，如：在社会上，如何与亲族、朋友取得协调；在教养上，如何与师长们取得沟通；在经济上，如何量入为出；在家庭上，如何培养夫妻、亲子的感情；在健康上，如何使身体健全；在精神上，如何选择自己的生活方式。能够如此，才不会辜负我们可贵的生命。想想看，为了一点小事，一大早就破坏了一片虔诚的心境，值得吗？"

李南山先说道："禅师！我错了，实在太冒失了！"便转身向朱友峰道："请接受我至诚的道歉！我实在太愚痴了！"

朱友峰也由衷地说道："我也有不对的地方，不该为点小事就发脾气，实在太幼稚了！"

广圄禅师的一席话，终于感动了这两位争强好斗之人。禅，有高调，也有低调。

那就是禅

王田是一个精于医术的医生，但经常仍有许多病人死去，因此他每天都惧怕死的阴影。一次在出诊的路上，碰到一位云水僧，王田于是就请示道："什么叫禅？"

云水僧回答道："我也不知如何告诉你，但有一点可以确信的是，一旦会了禅，之后就不用怕死了。"于是在云水僧的指示下，王田前往参访南隐禅师。

王田医师找到南隐禅师的住处，说明来意，请求开示。

南隐禅师道："禅不难学，你既然身为一个医师，就应该好好对待你的病人，那就是禅！"王田医师似懂非懂地前后拜访了南隐禅师三次，南隐禅师总是对他说道："一位医生不该把时间每天消磨在寺院里，快回家照顾你的病患去！"

王田医师非常不解地想着：这种开示，怎能祛除怕死的心呢？因此，当他第四次参访时，就抱怨道："有位云水僧曾告诉过我，人一旦学了禅就不怕死。每次我到这里，你总是要我照顾我的病患者。对于这一点我很明白，但假如这就是所谓的禅，我以后就不必再来向你请教了。"

南隐禅师微笑地拍着王田的肩膀说道："我对你太严格了，让我给你一个公案试试吧！"

所谓公案就是南隐禅师要王田参"赵州无"的话头。王田苦参这"无"字公案前后二年，当他将心境告诉南隐禅师时，得到的答案是"尚未进入禅境"。王田并不灰心，又专心致志参究一年半，终于自觉心地澄明，难题逐渐消失，"无"已成了真理。他善待他的病人而不知其为善待，他已脱离了生死挂虑。

最后，当他叩见南隐禅师时，禅师只对他微笑说了一句话："从忘我到无我，那就是禅心的显现了。"

王田医师经常接触老病死生之人，“眼看他人死，我心急如火，不是伤他人，看看轮到我”，所以对死亡就起了恐惧。南隐禅师要他好好照顾病患者就是参禅，因为一个人放弃责任，放弃爱心，怎能入禅呢？至他参透了“无”字的公案，从有心到无心，从有我到无我，从有生到无生，那就是无死的禅境了。

不复再画

月船禅师是一位善于绘画的高手，他每次作画前必坚持购买者先行付款，否则决不动笔。这种作风，社会人士经常有微词批评。

有一天，一女士请月船禅师帮她作一幅画，月船禅师问：“你能付多少酬劳？”

“你要多少就付多少！”那女子回答道，“但我要你到我家去当众挥毫。”

月船禅师允诺跟着前去，原来那女子家中正在宴客。月船禅师以上好的毛笔为她作画，画成之后，拿了酬劳正想离开，那女士就对宴桌上的客人说道：“这位画家只知要钱，他的画虽画得很好，但心地肮脏，金钱污染了它的善美。出于这种污秽心灵的作品是不宜挂在客厅的，它只能装饰我的一条裙子。”

说着她便将自己穿的一条裙子脱下，要月船禅师在它后面作画。月船禅师问道：“你出多少钱？”

女士答道：“哦，随便你要多少。”

月船开了一个特别昂贵的价格，然后依照那位女士要求画了一幅画，画毕立即离开。

很多人怀疑：为什么只要有钱就好？受到任何侮辱都无所谓的月船禅师心里是何想法？

原来，在月船禅师居住的地方常发生灾荒，富人不肯出钱救助穷人，因此他建了一座仓库，贮存稻谷以供赈济之需。又因他的师父生前发愿建寺一座，不幸其志未成而身亡，月船禅师要完成其志愿。

当月船禅师完成其愿望后，立即抛弃画笔，退隐山林，从此不复再画。他只说了这样的话："画虎画皮难画骨，画人画面难画心。"钱，是丑陋的；心，是清净的。

有禅心的人，不计人间毁誉，像月船禅师以自己的艺术素养求取净财，救人救世，他的画不能以一般画来论，应该称为禅画了。因为他不是贪财，他是舍财，可是世间人有多少人能懂得这种禅心呢？

护贼度贼

有一天晚上，残梦禅师正在方丈室读书时，突然听到墙壁上有声响，猜想可能是个小贼，于是就叫侍者道："拿些钱给那凿墙的朋友吧！"

侍者走到邻室，大声地说道："喂！不要把墙壁弄坏，给你些钱就是了！"

小偷一听，吓得转身就逃走了。

残梦禅师以责备的语气对侍者说道："你怎么可以大声吼叫？一定是你的声音太大，把他吓着了，可怜钱也没有拿到就跑走……这么冷的天气，可能还没有吃过晚饭，你赶快追上去把钱拿给他。"

弟子无法，只得奉师命，在寒冷的深夜里，到处寻找不知躲在哪里个角落里的小偷。

又有一名叫安养禅尼的，一天夜半睡觉时，小偷潜进来偷窃，把他唯一的一条棉被偷走了。安养没有办法，只好以纸张盖在身上取暖。

小偷在惊慌之间，被负责巡寮的弟子撞见了，仓皇地将偷到手的棉被遗留在地下。徒弟们捡到这床师父的棉被，赶紧送回师父房间，只见安养禅尼身上盖着纸张，缩着身子直打哆嗦。他看到被送回的棉被就说道："哎呀！这条棉被不是被小偷偷走了吗，怎么又送回来呢？既然是小偷拿去了，就是他的东西，赶快拿去还给他。”

弟子无奈，在师父百般催促下，费了九牛二虎之力才把逃得很远的小偷找到，表明师父的意思，坚持把棉被给他。小偷受了感动，特地跑回寺院向安养禅尼忏悔，并因而皈依，从此改邪归正。

有人说禅者都是铁石心肠，他们特立独行，不太关心人间苦难。但看残梦禅师和安养比丘尼，他们的慈悲、推己及人的爱心，岂是一般人可比？其实，像佛陀割肉喂鹰，舍身喂虎，大仁大勇，大智大行，无缘大慈，同体大悲，只因是禅悟之人。

有与无

有一在家居士问智藏禅师：“请问老师，有没有天堂地狱？”

“有啊！”

“请问有没有佛和菩萨？”

“有啊！”

“请问有没有因果报应？”

“有啊！”

不管你问什么，智藏禅师都答：“有啊！有啊！”

这位居士听后，怀疑起来，就说：“老师，您说错了。”

“我怎么说错了呢？”

“我问径山禅师，他都说‘无’。”

“怎么说‘无’？”

“我问他有没有因果报应，他说无；再问他有没有佛菩萨，他说无；我问他有没有天堂地狱，他说无。可是你为什么说有呢？”

智藏禅师了解到这位居士的根性，终于道：“哦！原来如此，我问你，你有老婆吗？”

“有。”

"你有儿女吗？"

"有。"

"你有金银财宝吗？"

"有。"

"径山禅师有老婆吗？"

"没有。"

"径山禅师有儿女吗？"

"没有。"

"径山禅师有金银财宝吗？"

"没有。"

"所以径山禅师对你说'无'，我跟你说'有'，因为你有老婆儿女啊！"

这些问题，此处说有，彼处说无，是真的不同吗？实在没有不同的。道只有一个，有无只是道的两面，道是因人而有所不同的。禅师的问话与答话，有时说有，有时说无，只是从我们不同的程度或层次来体会不同的问题而已。

禅味

唐朝时，有一位懒瓒禅师隐居在湖南南岳的一个山洞中，曾写了一首诗表达他的心境："世事悠悠，不如山丘，卧藤萝下，块石枕头；不朝天子，岂羡王侯？生死无虑，更复何忧？"

这首诗说明他的洒脱生活。后来这首诗传到唐德宗的耳中时，德宗很想见见这位禅师到底是怎样的一个人物，于是就派大臣去迎请禅师。大臣拿了圣旨寻找到了岩洞，正好瞧见禅师在洞里举炊，便在洞口大声呼叫道："圣旨驾到，赶快下跪接旨！"洞口的懒瓒禅师却装聋作哑，毫不理睬。

大臣探头一瞧，只见禅师以牛粪生火，炉上烧的是地瓜，火愈烧愈炽，烟火弥漫，洞里洞外黑雾缭绕，熏得禅师涕泗纵横。侍卫看得忍不住叫道："喂！禅师，你的鼻涕流下来了，为何不擦一擦呢？"

懒瓒禅师头也不回地答道："我才没有闲空为俗人擦拭鼻涕呢？"

懒瓒禅师随即夹起炙热的地瓜，就往嘴里送，并连声赞道："好吃！好吃！"

大臣见状，惊得目瞪口呆，因为懒瓒禅师吃的是一块一块的石头。懒瓒禅师顺手捡了两块递给大臣，并说："请趁热吃吧！三界唯心，万法唯识，贫富贵贱，生熟软硬，心田识海中不要把他们分在两边。"

大臣见禅师的奇异举动及听了难懂的佛法，不敢回答，只好赶回朝廷，据实报告皇上。德宗听了十分感叹地道："国有如此禅师，真是大家之福！"

在出家人中，有人间比丘，也有独居比丘。人间比丘弘法利生，服务社会；独居比丘深山岩穴，清净修道。有些人间比丘是人在红尘，心在山林；有些独居比丘人在道场，心在世俗。像懒瓒禅师，遇到皇帝的宠召视如阎王的招魂，宝物的赏赐看作拖累的负担，实在已是一个超越人间的圣僧了。

不知道

宋朝将军曹翰在讨伐南方的贼寇之后，路经庐山的圆通寺，寺僧因知曹翰的军队风纪不好，吓得四散逃逸，只有住持缘德禅师端坐法堂不动。曹翰叫他，他也不理不睬，甚至连瞧一眼都不肯。曹翰英雄式的自尊心受到伤害，非常生气地说道："我的军队路过此间，只想借宿贵寺，让士兵们休息一下，为什么你连一声招呼都没有？你竟敢如此无理，难道你不知道面前站着一个杀人不眨眼的将军吗？"

禅师听后，平静地睁开双眼，回答道："一个军人站在佛前咆哮，如此无礼，难道你不怕因果报应吗？"

曹翰更是大吼道："什么因果报应不报应，难道你不怕死吗？"

缘德禅师也提高了声音说道："难道你不知道面前坐着一个不怕死的禅僧吗？"

曹翰非常讶异于禅师胆量，同时也被禅师如此的定功折服，问道："这么大的一座寺院只剩下你一个人，其他人呢？"

缘德禅师道："只要一打鼓，他们就会闻声回来。"

曹翰就猛力敲鼓，敲了好久，却没有出现任何人。曹翰不悦道："已经打鼓了，怎么还没有人回来？"

缘德禅师从容道："因为你打鼓的时候杀气太重，请念一句'南无本师释迦牟尼佛'，然后打一下！"

因此，曹翰念佛打鼓，打鼓念佛，不久藏起来的寺僧都跑回来了。曹翰此时非常有礼地合掌问道："请问禅师上下？"

禅师平静地回答道："我是缘德。"

曹翰惊叹不已，随即跪下来祈求道："原来是德高望重的缘德禅师！禅师！请指示我，如何才能在战争中制胜？"

缘德禅师漠然地应道："不知道！"

自古以来，社会每有战乱，总有一些大德护卫道场，愿与寺庙共存亡，像缘德禅师者，勇敢、慈悲、智慧之人也。兵难不离是勇，叫人念佛是慈，随兴回话是智。尤以问战争取胜之道，回以"不知道"，真智仁勇之大德，此岂非禅心之功用也。

回向

有一个农夫，礼请无相禅师到家里来为他的亡妻诵经超度。佛事完毕以后，农夫问道："禅师！你认为我的太太能从这次佛事中得到多少利益呢？"

无相禅师照实地说道："当然！佛法如慈航普度，如日光遍照，不止是你的太太可以得到利益，一切有情众生无不得益。”

农夫不满意道：“可是我的太太是非常娇弱的，其他众生也许会占她便宜，把她的功德夺去。能否请您只单单为她诵经超度就好，不要回向给其他的众生？”

无相禅师慨叹农夫的自私，但仍慈悲地开导道：“回转自己的功德以趣向他人，使每一众生均沾法益，是个很讨巧的修持法门，回向有回事向理、回因向果、回小向大的内容，就如一光不是照耀一人，一光可以照耀大众，就如天上太阳一个，万物皆蒙照耀，一粒种子可以生长万千果实。你应该用你发心点燃的这一根蜡烛，去引燃千千万万支的蜡烛，不仅光亮增加百千万倍，本身的这支蜡烛并不因而减少亮光。如果人人都能抱有如此观念，则我们微小的自身常会因千千万万人的回向，而蒙受很多的功德，何乐而不为呢？故我们佛教徒应该平等看待一切众生！”

农夫仍是顽固地说道：“这个教义很好，但还是要请法师破个例。我有一位邻居老赵，他对我可说是欺我、害我，能把他除去在一切有情众生之外就好了。”

无相禅师以严厉的口吻说道：“既曰一切，何有除外？”

农夫茫然，若有所失。

人性之自私、计较、狭隘，于这位农夫身上可以完全看出。只要自己快乐，自己所得所有，管他人的死活？殊不知别人都在受苦受难，自己一个人怎能独享？如论世间，有事理两面。事相上有多少，有差别，但在道理上则无多少无差别，一切平等。等于一灯照暗室，举室通明，何能只照一物，他物不能沾光？懂得一切的人，才能拥有一切；舍弃一个，就是舍弃一切。舍弃一切，人生还拥有什么呢？

听不懂

王辅益是个非常发心的信士，除了工作以外，只要有空就往东禅寺里跑，常常帮园头师种菜浇水，要不就帮典座师劈柴煮饭。如果碰到无名禅师对信徒说法，或与学僧小参开示时，他总聚精会神地用心听讲。

有一次，王辅益在禅堂外静然地望着学僧，个个眼观鼻，鼻观心的禅姿，不禁长长地叹了一口气。

刚巧，无名禅师从他身边经过，问道："你为什么叹气呢？"

王辅益又深深叹了一口气。

无名禅师再问道："平常你发心帮忙寺内的工作，听闻佛法也非常用心，可以说身口意都在法海里泛游，为什么你要叹气呢？"

王辅益答道："不瞒禅师，我的烦恼是因为我听不懂佛法，禅师您对学僧们开示的佛法，例如'祖师西来意'、'狗子有佛性否'、'即心即佛'、'如何是宗门中事'、'如何是佛'、'如何是本来面目'、'道在何处'……每当我听到这些佛法时，我就好像雾里看花，不知所云。禅师！为什么我这么用心听讲，还是听不懂呢？"

无名禅师道："以前德山禅师见学僧入门便棒，临济禅师见学僧入门便喝，雪峰禅师见学僧入门便道是什么，睦州禅师见学僧入门便道现成公案放汝三十棒。历代祖师大德有的尽其一生参究一个公案尚不能开悟，可见学禅必须要用心去参，而不是用听的。"

王辅益仍不解似的问道："但要如何去参呢？"

无名禅师道："就参此听不懂！"

王辅益至此若有所悟。

参禅，要参话头，这是不得已的方法，因为总要借助一种标示，集中自己的精神，统一自己的意志，主要就是不让你胡思乱想。禅师们所提的话题，如西来意、本来面目、庭前柏子树等，本来就不是易懂的问题，但参究下去，这些话头像一把钥匙，会启开人生和宇宙的奥秘之门。无名禅师要人参"听不懂"，不亦宜乎！

立地成佛

无德禅师教徒非常严格，在他座下有一位沙弥，在走夜路时不小心踏死了一只青蛙。

无德禅师知道了以后，就非常严厉地教训道："你怎么可以随便踩死生灵呢？这是犯了杀生根本大戒，为免业报轮回，你到后山跳悬崖去舍身谢罪吧！"

沙弥一听，刹那间犹如五雷轰顶，这才知道闯下大祸；只好拜别师父，万分伤心地走到悬崖，预备殉身谢罪。往下一看，哎哟！峭壁悬崖，只要往下一跳，立刻粉身碎骨。此时命在须臾，沙弥心想：跳下去，必死无疑；不跳呢，违背师父的指示。这可怎么办呢？沙弥左思右想，真是进退为难，忍不住掩面痛哭了起来。

就在他哭得伤心的时候，有一个屠夫刚巧经过此山，看到沙弥跪在路旁哀哀痛哭，便上前问道："小师父！你为什么在此哭得如此伤心？"

沙弥回答道："我踏死一只青蛙，师父要我跳崖自杀，以忏悔谢罪！"屠夫一听，顿时悲从中来，悔恨万分道："小师父啊！你不过无心踏死一只青蛙，罪孽就这么重，要跳崖才能消业。我天天杀猪，屠来宰去，满手血腥，这罪过岂不无量无边，不知有多深多重。唉！小师父呀！你不要跳崖自杀，让我跳吧，让我来代你谢罪赴死！"

屠夫一念忏悔心起，就毫不迟疑地纵身朝悬崖一跳。正当他随风飞坠，眼见就要命丧深谷时，一朵祥云冉冉从幽谷中升起，不可思议地托住了屠夫的身子，救回了他的生命。

"放下屠刀，立地成佛"这个典故，大概即源于此！罪业，在佛法里不是严重的问题，所谓严重，是造了罪孽不肯忏悔！忏悔的法水可以洗净一切罪业！即是受戒的人，不怕犯戒，只怕不悔，因为破戒不重，破见才严重哩！

水车原理

无相禅师在行脚时，因口渴而四处寻找水源，刚好看到不远处有一个青年在池塘里打水车。无相禅师趋前向青年要了一杯水喝。青年以一种羡慕的口吻说道："禅师！有一天，如果我看破红尘，我一定会跟您一样出家学道。不过我出家后，不想跟您一样到处行脚居无定所，我会找一个隐居的地方，好好参禅打坐，而不再抛头露面。"

无相禅师含笑地问道："哦！那你什么时候会看破红尘呢？"

青年答道："我们这一带就数我最了解水车的性质了，全村的人都以此为主要水源，若找到一个能接替我照顾水车的人，届时没有责任的牵绊，我就可以找自己的出路，我就可以看破红尘出家了。"

无相禅师道："你最了解水车，如果水车全部浸在水里，或完全离开水面，会怎么样呢？"

青年说道："水车的原理是靠下半部置于水中，上半部逆流而转，如果把水车全部浸在水里，将无法转动，乃至会被急流冲走；同样的，完全离开水面也不能车上水来。"

无相禅师道："水车与水流的关系可说明个人与世间的关系。如果一个人完全入世，纵身江湖，难免不会被五欲红尘的潮流冲走；假如纯然出世，自命清高，不与世间来往，则人生必是漂浮无根，空转不前的。因此，一个修道的人，要出入得宜，既不抽身旁观，也不投身粉碎。出家光看破红尘还是不够，更要发广度众生的宏愿才好。使出世与入世两者并立，这才是为人处世和出家学道的正确态度。"

青年听后，欢喜不已地说道："禅师您这一席话，真叫我茅塞顿开，您真是我的善知识。"

一个人如果对世间五欲六尘的生活太执著，热烘烘的贪爱会烧昏了头；如果太舍弃世间的观念，也会冷冰冰的了无生气。吾人的生活，最好当放下的时候放下，当提起的时候提起，好像水车，要合乎中道原理才好，所谓有出世的思想，更要有入世的事业，诚不虚也。

不辱国体

了元禅师，江西人，俗姓林。十九岁时，曾参学于圆通居讷禅师。圆通居讷禅师一看到他风韵飘逸的气质，就赞赏道："相貌和气质，好似雪窦禅师，佛门之龙象。"后来了元禅师在云游时，到了江西庐山，便随侍在开先禅师左右，悟入般若空性，并成为开先禅师的入室弟子，并且嗣法为其门人。

了元禅师五十五岁时，任金山江天寺住持，其时朝鲜僧统义天法师渡海来朝中国，问法受道，到处迎饯，犹如王公大臣。一天，义天法师到了金山，前来参访了元禅师，了元禅师待他如一般云水僧——自己坐在禅座上，要义天展具行礼才肯接待开示。随侍义天的官员杨杰看到了元禅师如此怠慢贵宾，急忙说道："禅师！义天僧统是朝鲜佛教领袖，是我们的国宾，不可以把他看做一般的云水僧！"

了元禅师不以为然，回答道："义天是朝鲜的僧统，是我们的国宾，但不可废佛门之礼。他既穿僧服而来，即是僧众，当然要依禅门挂单规矩，怎可以改变呢？"

杨杰仍然劝解道："禅师！他不是大宋僧伽，他远从国外来，不必要以中国禅门之礼待他！"

了元禅师坚持道："禅门没有内外。义天既来我国参访云游，我们应以中华之礼接待，尤其更应以佛门戒腊先后为序，你一再要我苟且随俗，诸方将笑我失去人天眼目，如此，将何以表华夏之尊与圣教之师法呢？"

义天僧统对了元禅师的道风不以为忤，行大礼参禅以示敬法。因此，了元禅师的声名更加震动朝野。

六十多岁时，了元禅师游方至京城，蒙哲宗皇帝召见，钦佩其不辱国体的行谊，并赠赐"佛印"封号。

佛印了元禅师，在禅宗史里是一位非常幽默风趣的禅者，尤其和苏东坡交往，所有禅门唱和、公案、轶事，真是脍炙人口，中国社会老少皆知。但禅师也有其刚正不阿、严肃无比的一面，所谓“宁教老僧堕地狱，不拿佛法做人情”，金山江天寺禅门高风实由如佛印禅师等所树立。千余年后，吾人应向佛印禅师敬礼！

岂曾混淆

有一位云水僧在参访时，路过一位老太太所管理的庵前休息，他问老妇人道：“师姑！这座庵堂除你之外，还有其他的眷属吗？”

老婆婆：“有！

云水僧：“怎么没有看到呢？”

老婆婆：“喏！山河大地若草若木都是我的眷属呀！”

云水僧：“无情不是有情，那些山河草木何曾是师姑的样子？”

老婆婆：“那你看我是什么样子？”

云水僧：“俗人！”

老婆婆：“你也不是出家人！”

云水僧：“师姑！你可不能混淆佛法。”

老婆婆：“我并没有混淆佛法呀！”

云水僧：“俗人主持庵堂，草木皆成道友，你这样不是在混淆佛法是什么？”

老婆婆：“法师！你不可这么说，要知道你是男人，我是女人，何曾混淆？”

宇宙万有本是一体的，心、佛、众生是无差别的，吾人却硬是要将此一体割开，作无差别的分别，故世间之上，是非善恶，情与无情，甚至男女异类，世出世间诸法，就对待不已了，若以一真法界而言，如老婆婆者何曾混淆？

服从

盘珪禅师在说禅时，信徒们总是把讲堂挤得水泄不通，引起了一外道的嫉妒，就决定到盘珪的讲堂找他辩论。

“喂！禅师！”盘珪正在说法时，外道突然在外面吼着，“尊敬你的人自会敬服你的话，但一个像我这样的人就不服你，你能使我服从你吗？”

“到我这边来，我可以做给你看。”盘珪禅师指着他的右边答道。

外道昂然地推开大众，走到右边。

“请到我左边来，比较好说话。”盘珪微笑着说。外道走到他左边。

“嗯，不对。”盘珪又说道，“你到我前面来，我们也许可以好好谈谈。”外道傲然地走到中间。

“你看！”盘珪禅师说道，“你已在服从我了，因此我想你是一位非常随和的人。现在，坐下来听法吧！”

禅能服一切，诚不虚也。

洗碗扫地

有一青年请教赵州禅师道：“我是刚入门的求道者，诚恳地请求老师给予一些特别的指教。”

赵州道：“你吃过早饭没有？”

“谢谢！用过了！”

“那么，去把自己的食器洗干净吧！”

“洗干净了。”

“请将地清扫一下吧！”

青年终于非常不满意地道：“难道洗碗扫地以外，老师就没有别的禅法教我吗？”

赵州禅师也很不客气地说道：“我不知道除洗碗扫地以外，还有什么禅法？”

禅，离开不了生活。穿衣吃饭是禅，搬柴运水也是禅，一个人不把生活照顾好，禅安住在什么地方呢？碗不洗，地不扫，生活问题都解决不了，生死怎么能解脱呢？有诗云：“粥罢令教洗钵盂，豁然心地自相符；而今参饱丛林客，且道其间有悟无。”

荣枯一如

药山禅师在庭院里打坐，身旁坐了两位弟子，一位叫云岩，一位叫道吾。他忽然指着院子里一枯一荣的两棵树，先对道吾问道：“那两棵树，是枯的好呢，还是荣的好呢？”

道吾回答道：“荣的好。”

药山再问云岩：“枯的好呢，荣的好呢？”

云岩答道：“枯的好！”

这时，正好一位姓高的侍者经过，药山又以同样的问题问他：“枯的好呢，荣的好呢？”

侍者回答道：“枯者由他枯，荣者任他荣。”

同一个问题有三种不同的答案：“荣的好”，这表示一个人的性格热忱进取；“枯的好”，这表示清净淡泊；“枯者由他枯，荣者任他荣”，这是顺应自然，各有因缘。所以有诗曰：“云岩寂寂无窠臼，灿烂宗风是道吾；深信高禅知此意，闲行闲坐任荣枯。”

了无功德

梁武帝是中国历史上护持佛教的君王楷模，他在位的时候曾经广建寺院及佛像，修造桥梁道路，福利百姓。当时菩提达摩禅师从天竺来中国弘法，梁武帝礼请禅师，并且问："我这样不断地行善，会有什么功德？"

"了无功德。"达摩禅师泼了一盆冷水。

武帝听了非常不高兴，再问他为什么。禅师不答，终于因为道不相应，遂拂袖而去。

事实上，梁武帝的善行，岂是毫无功德？禅师所说的了无功德，是说明在禅师的内心并不存在一般事相上"有无"对立的观念，我们唯有通过了"有无"对待的妄执，才能透视到诸法"是无是有，非无非有，是可有是可无，是本有是本无"的实相，这种超越向上是禅家必经的途径，这种境界才是禅家的本来面目。

虚空眨眼

在一次法会上，唐肃宗向南阳慧忠国师请示了很多问题，禅师却不看他一眼。肃宗很生气地说："我是大唐天子，你居然不看我一眼？"

慧忠国师不正面回答，反而问唐肃宗道："君王可曾看到虚空？"

"看到！"

"那么请问，虚空可曾对你眨过眼？"

肃宗无话可对。

吾人生活中，所最注意关心的皆是人情上事，谁对我好、谁对我坏，每日患得患失，不是计较金钱，就是计较感情。钱关、情关之外，还有恭敬关，终日要人赞美，要人行礼，要人看我一眼；比之虚空，虚空不要吾人眨眼，吾人又何必要虚空眨眼？法身真理，犹若虚空，竖穷三际，横遍十方，弥纶八极，包括两仪，随缘赴感，靡不周遍。肃宗不解，难怪南阳国师要问“虚空可曾对你眨眼”？

佛今在何处

唐顺宗有一次问佛光如满禅师道：“佛从何方来？灭向何方去？既言常住世，佛今在何处？”

如满禅师答道：“佛从无为来，灭向无为去，法身等虚空，常住无心处；有念归无念，有住归无住，来为众生来，去为众生去；清净真如海，湛然体常住，智者善思维，更勿生疑虑！”

顺宗皇帝不以为然，再问：“佛向王宫生，灭向双林灭，住世四十九，又言无法说；山河与大海，天地及日月，时至皆归尽，谁言不生灭？疑情犹若斯，智者善分别。”

如满禅师进一步解释道：“佛体本无为，迷情妄分别，法身等虚空，未曾有生灭；有缘佛出世，无缘佛入灭，处处化众生，犹如水中月；非常亦非断，非生亦非灭，生亦未曾生，灭亦未曾灭，了见无心处，自然无法说。”

顺宗皇帝听后非常欣悦，对禅师益加尊重。

有人常常问道：阿弥陀佛在西方净土，药师佛在东方世界，那么释迦牟尼佛现在又在哪儿呢？其实释迦牟尼佛正在常寂光土。而常寂光土又在哪里呢？这种问题，经禅者答来，就非常活泼，因为有心，看到的是生灭的世界，那是佛的应身；无心，看到的是不生不灭的世界，那才是佛的法身。无心就是禅心，唯有用禅心，才知道佛陀真正在哪里。

“有缘佛出世，无缘佛入灭。”灭不是生灭的灭，灭是涅槃境界。在常寂光土则灭除一切烦恼、差别、对待，是绝对解脱快乐的寂灭世界。

说粗说细

唐宣宗尚未即位时，曾经因为避难而隐居在佛寺丛林里，担任盐官禅师的书记。他对禅门所谓不立文字、不着形象、不假外求之天真洒脱的禅道颇为欣赏。

其时，黄檗禅师是担任该寺首座。有一天，唐宣宗看到黄檗禅师以七尺之躯五体投地地礼拜佛像，便问道："首座禅师！你过去一向教诫我们不著佛求、不著法求、不著僧求，现在你这么虔诚地礼拜，你究竟所求什么？"

黄檗禅师听后不高兴，立即呵斥道："不著佛求、不著法求、不著僧求，应该要如是求，你懂吗？"

宣宗听后不服气，用讥讽的口吻责问道："既然如此，那禅师礼拜又有什么用呢？"

黄檗禅师听了以后，毫不客气，用力打了宣宗一个巴掌。唐宣宗愣了一下，便非常不高兴地批评道："还亏你是个修道人，怎么这样粗暴呢？"

黄檗禅师又给他一个耳光，说道："这是什么地方，你居然敢在这里说粗说细！"

宣宗不甘示弱："你能拜佛拜法拜僧，我为什么不能说粗说细？"

黄檗禅师听后，非常欢喜，笑道："你说得不错。我可以拜佛、拜法、拜僧，你可以说粗说细。"

黄檗禅师是一个有独立精神的禅师，他的思想宽容，心胸阔大，但不喜欢人云亦云。他最强调的禅法是："诸佛与一切众生，惟是一心，更无别法。此法即心，心外无法，此心即法，法内无心，心自无心，亦无无心者，将心无心，心即成有。"他又提出了无心的禅道。不着佛法僧求，这是无心的禅；当作如是求，这是有心的求。有心与无心，其实皆为真心，甚至说粗说细，皆从真心中流露出之佛法僧。

化人说法

唐文宗生性嗜好蛤蜊，沿海民众受命捕捉蛤蜊进贡朝廷。有一次御厨在烹调时，打开蛤蜊的硬壳，见壳内一尊酷似观音菩萨的形象，梵相具足，非常庄严。文宗就让人以美锦宝盒供奉在兴善寺，让大家瞻礼。水产的蛤蜊，其中现出菩萨圣像，很是稀奇，因此唐文宗在上朝时问群臣道："众卿之中，不知有谁知道蛤蜊内出现菩萨圣像，是象征什么祥瑞之兆？"

有一大臣说道："此乃超凡入圣之事，非一般学者凡人能知。圣上如必须探究此事，在太一山有药山惟政禅师，深明佛法，博闻强记，可以诏来询问。"

惟政禅师到达宫中，便告诉唐文宗道："物无虚应，此乃开启陛下信心。《法华经》云：'应以菩萨身得度者，即现菩萨身而为说法。'今菩萨现身，乃为皇上说法！"

文宗道："菩萨虽已现身，但未闻其说法？"

惟政禅师解释道："陛下认为此蛤蜊中现观音圣像，能否启发陛下的信心？"

文宗说道："这种稀奇的灵异之事，是我目睹，当然相信。"

惟政禅师道："陛下既已起信，那菩萨已为您说法说好了。"

药山惟政禅师对唐文宗的说法，极尽巧妙，此种灵慧均由禅心中得来。所谓有了禅心，真是信口说来，皆成妙谛。吾人对佛法禅道能有体悟，则世间一色一香，一草一木，无不是道。你如懂得那青青杨柳、郁郁黄花，都是诸佛如来的法身，你如能明白那江海涛声、檐边水滴，都是诸佛如来说法的声音，哪里一定要观音现身呢？哪里一定要观音说法呢？

国师与皇帝

清朝顺治皇帝有一天特召迎玉琳国师入宫，请示佛法。顺治问道："《楞严经》中，有所谓七处征心，问心在哪里？现在请问，心在七处，不在七处？"

玉琳国师回答道："觅心了不可得。"

顺治皇帝："悟道的人，还有喜怒哀乐否？"

玉琳国师："什么叫做喜怒哀乐？"

顺治皇帝："山河大地从妄念生，妄念若息，山河大地还有也无？"

玉琳国师："如人梦中醒，梦中之事，是有是无？"

顺治皇帝："如何用功？"

玉琳国师："端拱无为。"

顺治皇帝："如何是大？"

玉琳国师："光被四表，格于上下。"

顺治皇帝："本来面目如何参？"

玉琳国师："如六祖所言：不思善，不思恶，正恁么时，如何是本来面目？"

后来顺治皇帝逢人便道："与玉琳国师一席话，真是相见恨晚。"

顺治皇帝是一位佛法素养很高的皇帝，从他的《赞僧诗》中说的"未曾生我谁是我？生我之时我是谁？长大成人方是我，合眼蒙眬又是谁？不如不来又不去，来时欢喜去时悲。悲欢离合多劳虑，何日清闲谁得知？"就可以知道他的思想非常契合佛法。

顺治皇帝是一国君主，但他羡慕出家为僧的生活，他说："黄金白玉非为贵，唯有袈裟披肩难；百年三万六千日，不及僧家半日闲……黄袍换得紫袈裟，只为当年一念差；我本西方一衲子，为何生在帝王家？"他对玉琳国师的恭敬，可想而知。

玉琳国师是一位美风仪的高僧，平时喜静，不爱说话，即使是皇帝问佛法，他也简明扼要，不愿多言，使人感到禅门一言，不易求也。

缘起性空

弥兰陀王非常尊敬有过禅悟的那先比丘。那先比丘从禅修中证悟的智慧，出言吐语，充满了慧思灵巧。有一天，弥兰陀王问那先比丘道："眼睛是你吗？"

那先比丘笑笑，回答道："不是！"

弥兰陀王再问："耳朵是你吗？"

那先比丘再回答道："不是！"

"鼻子是你吗？"

"不是！"

"舌头是你吗？"

"不是！"

"那么，真正的你就只有身体了？"

"不，色身只是假合的存在。"

"那么意，是真正的你？"

"也不是！"

经过这些问答，弥兰陀王最后问道："既然眼耳鼻舌身意都不是你，那么你在哪里？"

那先比丘微微一笑，反问道："窗子是房子吗？"

弥兰陀王一愣，勉强回答："不是！"

"门是房子吗？"

"不是！"

"砖、瓦是房子吗？"

"不是！"

"那么，床椅、梁柱是房子吗？"

“也不是！”

那先比丘悠然一笑道：“既然窗、门、砖、瓦、梁柱、床椅都不是房子，也不能代表这个房子，那么，房子在哪里？”

弥兰陀王恍然大悟！

弥兰陀王悟了什么？“缘起性空”，大地山河，宇宙万有，那是因缘和合的存在，没有因缘，就没有一切！世间上没有单独存在的东西，一切假因缘而生，一切是自性空。缘起性空，应该就是禅！

卷二 文人斗禅

白居易：“既无分别，何以修心？”惟宽：“心本无损伤，云何要修？要知道无论是垢是净，一切都要不可起念！”白居易：“垢，可以拂拭，不可起念；净，能无念可乎？”惟宽：“如人眼睛，物不可住，金屑虽珍宝，在眼亦为病，乌云遮蔽天空，白云同样遮蔽天空。”

破布裹真珠

唐朝相国裴休有一次到大安寺，请示大安的寺僧道：“佛陀的十大弟子，各有第一，请问罗睺罗以何为第一？”

寺僧大众认为这是简单的佛教常识，所以就异口同声地回答道：“以密行为第一。”

裴休对大家的回答并不满意，随口问道：“此处有禅师吗？”

碰巧龙牙居遁禅师正在后园种菜，寺僧请他出来，裴休以同样的问题问道：“罗睺罗以何为第　？”

龙牙禅师毫不犹豫地说道：“不知道！”

裴休听后，大喜，随即礼拜并赞叹道：“破布裹真珠。”

大家都知道，十大弟子中罗睺罗是密行第一的阿罗汉，既是密行，怎可说知道？因此龙牙的一句“不知道”，裴休认为他才是真知道。而其他众僧答称“密行”，从禅者来看，知道的反而是不知道了。知之为知之，不知为不知，知与不知，实在是虚假不来的呀！智慧与道德不一样，道德四两可以冒充半斤，而智慧四两就是四两，半斤就是半斤，丝毫虚假不得。龙牙禅师虽然修苦行种菜，衣不蔽体，但破布裹真珠，无怪乎要愧煞那些金玉其外，败絮其中的禅和子了！

佛法无二般

韩愈因《谏迎佛骨表》被贬潮州，因当地文化落后，无人论学谈心，不得已，有一次去参访大颠宝通禅师，问道："禅师春秋多少？"

宝通禅师提起手中念珠道："会吗？"

韩愈答道："不会！"

宝通补充一句："昼夜一百八。"

韩愈仍不知其意，因为无法对谈，不得不回去。后来越想越放不下：为什么与一个和尚对话，自己会听不懂？第二天再来时，在门前碰到首座，便请示首座，昨天与宝通禅师之对话意旨如何。

首座听完后，便叩齿三下。韩愈更是茫然不解。

韩愈到法堂内见到宝通禅师，重问道："禅师春秋多少？"

宝通禅师亦叩齿三下。

韩愈忽然像明白了什么，说道："原来佛法无二般。"

宝通禅师问道："为什么呢？"

韩愈答道："刚才首座的回答，也跟禅师一样。"

宝通禅师像自语似的道："佛儒之道无二般，我和你也是一样！"

韩愈终于有省，后皈依大颠禅师，执弟子礼。

韩愈问春秋多少，其实人生岁月何用挂心，要紧的是人天合一、心佛不二。所谓道的大统，儒也，佛也，一以贯之也。是故禅师以手珠示意，佛儒一统也，及昼夜一百八，意指岁月无多，莫为佛儒争论，佛道、儒道，共襄携手。

无事手

唐朝相国裴休是一位学禅的居士，他将其参禅的心得用文字记载下来，编印成册，册成之后，非常恭敬地呈送到黄檗禅师面前，希望禅师对其内容有所指示。

黄檗禅师接过手后，看也不看就往桌上一放，许久才问裴休道："你懂我的意思吗？"

裴休诚实地回答："不懂！"

黄檗禅师方便开示道："禅是教外别传，不立文字，你把佛法表示在笔墨文字上，是扼杀了佛法的真义，也失去吾宗的宗旨，所以我才不看。"

裴休听后，对禅更加契入，也更加敬重黄檗禅师，并作颂赞曰：

"自从大士传心印，额有圆珠七尺身；挂锡十年栖蜀水，浮杯今日渡漳滨。八千龙象随高步，万里香花结胜因；拟欲事师为弟子，不知将法示何人？"

黄檗禅师看了这颂，并无说好说坏之意，只道："心如大海无边际，口吐红莲养病身；自有一双无事手，不曾只揖等闲人。"

黄檗禅师在中国禅宗史里是一位最坦荡耿直的人，他和临济禅师齐名，是为棒喝禅风的始祖。六十五岁时，住江西龙兴寺，裴休将他的说法辑为《传法心要》上卷；七十二岁，在河南开元寺时，裴休将他的开示辑为《传法心要》下卷。但他对裴休的记录竟然看也不看，可见其禅门高风，不易一见了。

怎能会得

云门禅师在睦州陈尊宿那里开悟以后，就出外游方。在江州遇到陈操尚书，陈尚书亦禅门学者，初见面时便带着考试的口气问道：“什么才是衲僧的行脚事？”

云门不答，反问道：“你这话问过几个人了？”

尚书：“不管我问过几个人，我今天只问你。”

云门：“这事且慢谈。我先问你，什么是如来一代三藏教义？”

尚书：“黄卷赤轴。”

云门：“这只是文字纸墨，不是佛法真义。请再说，什么是教义？”

尚书：“口欲言而辞丧，心欲缘而虑忘。”

云门：“口欲言而辞丧，为对有言；心欲缘而虑忘，为对妄想。尚未说对，请再说，什么是教义？”

陈尚书无言以答。

云门：“据说尚书平时研读《法华经》？”

尚书：“是！”

云门：“经中道：一切治生产业皆与实相不相违背，请问，非非想天有几人退位？”

尚书茫然不知所对。

云门：“十经五论看过的师僧，抛却经论后再入丛林修行，经过十年二十年也不见得就会开悟，尚书只看几卷经论怎能会得？”

尚书：“请禅师原谅，是我罪过！”从此云门住陈尚书家宅三年。

禅门证悟，不怕不开口，只要一开口，就知有没有。禅者不是逞口舌之能，任意一说。云门初参睦州，被他三捶其胸，三逐门外，后来千辛万苦，才能开悟，故陈尚书只看几部经论，怎能与他相比呢？

高僧真仪

裴休相国有一次到龙兴寺时，看见壁画问道：“这是什么图像？”

寺僧：“是高僧的真仪。”

裴休："真仪我是看到了，可是高僧呢？"

寺僧无言以对。

裴休："不知此地有禅人否？"

寺僧："最近有位来挂单的云水僧，好像是一位禅僧。"

裴休便劳寺僧请此云水僧出来相见。

裴休："刚刚我向寺僧请示的问题，不知可否请你开示？"

云水僧："请相公发问。"

裴休正开口要问时，云水僧高叫一声："相公！"

裴休随声应诺。

云水僧："在什么处？"

裴休当下如获宝珠，说道："原来你就是高僧。"

随即拜此云水僧为师。

此云水僧不是别人，正是黄檗希运禅师。

裴休宰相真是奉行了黄檗希运禅师说的"不著佛求，不著法求，不著僧求，当作如是求"。原来真仪是真仪，高僧是高僧！

成见不空

有位学者特至南隐禅师处请示什么叫做禅。

禅师以茶水招待，在茶倒满杯子时并不停止，仍然继续注入。眼看茶水不停地一直往外溢，学者实在忍不住，就说道："禅师！茶已经满出来了，请不要再倒了。"

"你就像这只杯子一样！"南隐禅师说道，"你心中满是学者的看法与想法，如不事先将自己心中的杯子空掉，叫我如何对你说禅？"

自满、傲慢、一直怀着成见的人，就算天降甘露，也无法流入他的心中。

器皿要装入真理的法水，一要空而无物，二要清洁无染，否则即使再好的饮料，也会变质。

听到了

杜鸿渐相国有一次与无住禅师在寺院后论道，刚好庭前树上有只乌鸦拉高了嗓子在啼叫，无住禅师问杜相国是否听到乌鸦的啼声。杜相国回答道：“听到了！”

紧接着乌鸦飞走了，无住禅师再问杜相国是否还听到乌鸦的啼声。杜相国照实回答道：“听不到了！”

无住禅师却非常认真地说道：“我现在还听到乌鸦的啼声！”

杜相国听后，惊奇不已，问道：“乌鸦已经飞走，早就没有啼声，为什么你说还听得到乌鸦的啼声呢？”

无住禅师解释道：“有闻无闻，非关闻性，本来不生，何曾有灭？有声之时，是声尘自生，无声之时，是声尘自灭，而此闻性，不随声生，不随声灭；悟此闻性，则免声尘之所转，当知声是无常，闻无生灭，故乌鸦有去来，而吾人闻性则无去来。”

杜相国终于契入。

世间诸法，皆为对待之法，如来去、上下、有无、生灭、大小、内外、善恶、好坏等，吾人妄心，终日即在此对待法上起种种分别，时而这样，时而那般。乌鸦啼声有“来去”，有“有无”，吾人不悟，故终日亦在此六尘境上是非执著；若能心不随意转，则“只手之声”，皆美妙无比。

佛的烦恼

有信者问赵州从谂禅师："佛陀有烦恼吗？"

赵州："有！"

信者："那怎么会呢？佛陀是解脱的人，怎么会有烦恼呢？"

赵州："那是因为你还没有得度。"

信者："假如我修行得度了以后，佛陀有烦恼吗？"

赵州："有！"

信者："我既已得度了，佛陀为什么还有烦恼呢？"

赵州："因为还有一切众生！"

信者："一切众生，当然无法度尽，那么佛陀永远都在烦恼之中而无法超越了？"

赵州："已经超越，已无烦恼。"

信者："众生既未度尽，佛陀为什么又不烦恼呢？"

赵州："佛陀自性中的众生都已度尽。"

信者于言下似有所悟。

凡夫众生的烦恼，是从无明妄想生起；而佛陀有烦恼，是从慈悲心生的；佛陀无烦恼，是从般若上说的。各位读者，你有烦恼吗？你的烦恼是从慈悲生呢，抑或是从般若生呢？怕只怕就是从烦恼生烦恼啊！

一无所求

宋朝雪窦禅师在淮水旁遇到学士曾会先生。曾会问道："禅师，您要到哪里去？"

雪窦很有礼貌地回答道："不一定。也许往钱塘，也许往天台方面去看看。"

曾会就建议道："灵隐寺的住持珊禅师跟我很好，我写封介绍信给您带去，他定会好好地待您。"

雪窦禅师到了灵隐寺，并没有把介绍信拿出来求见住持，一直陆沉在大众中过了三年。曾会于三年后奉令出使浙江时，便到灵隐寺去找雪窦禅师，寺僧却没有人知道有这么一个人。曾会不信，便自己去云水所住的僧房内，在一千多位僧众中找来找去，才找到雪窦，便问道："为什么您不去见住持而隐藏在这里？是不是我为你写的介绍信丢了？"

雪窦道："不敢，不敢！因我是一个云水僧，一无所求，所以不做你的信差呀！"即从袖里拿出原封不动的介绍信交还给曾会，双方哈哈大笑。曾会即将雪窦引见与住持珊禅师，珊禅师甚惜其才，嗣后苏州翠峰寺缺住持时，就推荐雪窦任其住持。

今日社会上为求职小事，经常攀亲带故，请托之风比比皆是，如雪窦禅师者，虽有晋升之阶，但弃而不用。吾人若能精勤修学，一日自然瓜熟蒂落，龙天推出，所谓"何患无位，患所以不立"。

贵耳贱目

唐代朗州刺史李翱非常向往药山惟俨禅师的德行，一天特地亲身去参谒，巧遇禅师正在山边树下看经。禅师虽知太守来，但仍无起迎之意，侍者在旁提示，他仍然专注于经卷上。李太守看禅师这种不睬态度，忍不住怒声斥道："见面不如闻名！"

说完便拂袖欲去，惟俨禅师至此才冷然说道："太守何得贵耳贱目？"

短短一句话，李太守为之所动，乃转身拱手致歉，并问道："如何是道？"

惟俨禅师以手指上下说："会吗？"

太守摇了摇头，说："不会。"

惟俨："云在青天水在瓶！"

太守听了，欣然作礼，随述偈曰："炼得身形似鹤形，千株松下两函经；我来问道无余说，云在青天水在瓶。"

今日社会上，人与人初见时常说"久闻大名"，其实心中可能在想"不过如此"，此皆贵耳贱目之人。见面不如闻名，闻名不如死后说好，此皆人之劣根性。李翱居高官，性倨傲，以儒者自居，何能忍受药山禅师之冷漠，此即禅与儒深度不同之明证。

禅的心要

大诗人白居易有一次请问惟宽禅师道："身、口、意如何各自修行？"

惟宽："无上菩提者，被于身为律，说于口为法，行于心为禅；应用者三，其致一也。如江淮河汉，在处立名，名虽不一，水性无二。律即是法，法不离禅，身、口、意合一而修，身、口、意皆名为心。云何于中，妄起分别？"

白居易："既无分别，何以修心？"

惟宽："心本无损伤，云何要修？要知道无论是垢是净，一切都要不可起念！"

白居易："垢，可以拂拭，不可起念；净，能无念可乎？"

惟宽："如人眼睛，物不可住，金屑虽珍宝，在眼亦为病，乌云遮蔽天空，白云同样遮蔽天空。"

白居易："无修无念又何异凡夫？"

惟宽："凡夫长无明，二乘长执著，离此无明和执著的二病，是名真修；真修者，不得勤，不得忘，勤者近执著，忘即落无明，此为心要云尔！"

白居易有悟，后终于成为佛教实践的行者。

世间一切，有好有坏，有大有小。例如布施，布施多，多功德，布施少，少功德，故一切都有分别。身修则有不杀、不盗、不邪淫；口修则有不妄语、不绮语、不两舌、不恶口；意修则不贪欲、不嗔恚、不邪见。身、口、意的修行，当然各各有别。若于真心自性上讲，本自清净，本自具足，何假修证？何有勤忘？故惟宽禅师以此为之禅之心要。

桶水天地

有一信士请示无德禅师道：“禅师！我学禅多年，但仍不能开悟。尤其对经典上所说的地狱与天堂，深深怀疑，除人间外，哪里会有什么天堂地狱呢？”

无德禅师并没有立刻回答他的问题，只叫信士去河边提一桶水来。

当水提到时，无德禅师指示信士道：“你看看水桶里面，也许会发觉地狱与天堂的情况。”

信士一听觉得非常奇怪，就聚精会神地看着桶子里的水，看了一会儿，什么也没有嘛！无德禅师突然将他的头压到水里面，信士痛苦地挣扎；就在快喘不过气来的时候，禅师松了手。解脱痛苦的信士呼呼地喘息着，责骂禅师道：“你真太粗鲁了，把我压在水桶里，你要知道，那痛苦像地狱一样！”

禅师毫不生气，平和地道：“现在，你感觉如何？”

“现在，呼吸自由，我感觉好像天堂一样！”

禅师庄严地教示道：“只一会儿工夫，你从地狱到天堂都来回过了，为什么你还不相信天堂地狱的存在？”

没有到过欧洲，就不相信欧洲的存在，这是无知，但并不因为无知就能把欧洲存在的事实否定。愚痴的人，不到黄河不死心，不见棺材不掉泪；聪明的人，虽不见不闻，但能感受得到。

求佛与问道

唐代杨庭光在司空山会见了本净禅师，问道："生死事大，无常迅速，我一心一意地求道，请禅师慈悲开示我吧！"

本净禅师："你是从京城来的，帝王所在之地有很多禅者，你就在那里问道好了，我对你所说的道一概不知。"

当杨庭光再作发问时，本净禅师说："你到底是要求佛还是要问道？求佛的话，即心是佛；问道的话，无心是道。"

杨庭光并不懂话中含意，于是再度求教。

本净禅师："所谓即心是佛，就是佛由心得，若再悟无心的话，便连佛也没有了，而无心不外乎是真正的道。"

听了这句话，杨庭光便说："都城的大德们多说以布施、持戒、忍辱、苦行等来求佛，但禅师你却说无秽的般若之智慧本来就具备着，不须经由修行来获得。若果如此，则以前我所作的布施、持戒等修行，原来都是白费的了。"

本净禅师斩钉截铁地说道："白费的！"

达摩祖师初来中国，梁武帝问曰："朕建寺安僧，宣扬佛法，功德多少？"答曰："并无功德。"实则并非无功德，只是真如佛性，人人本具，不假世求，故曰无功德。但吾人如何见性成佛？彼岸虽有，如无实筏，焉能得度？故布施持戒的功德庄严，多多益善。

本空非有

有一天，佛印禅师登坛说法。苏东坡闻说，赶来参加，座中已经坐满人众，没有空位了。

禅师看到苏东坡说：“人都坐满了，此间已无学士坐处。”

苏东坡一向好禅，马上机锋相对：“既然此间无坐处，我就以禅师四大五蕴之身为座。”

禅师见苏东坡与他论禅，于是说：“学士！我有一个问题问你，如果你回答得出来，那么我老和尚的身体就当你的座位；如果你回答不出来，那么你身上的玉带就要留在本寺，作为纪念。”

苏东坡一向自命不凡，以为准胜无疑，便答应了。

佛印禅师就说：“四大本空，五蕴非有，请问学士要坐哪里呢？”

苏东坡为之语塞。

因为我们的色身是由地水火风四大假合，没有一样实在，不能安坐于此；苏东坡的玉带因此输给佛印禅师了，至今还留存于金山寺。

意在镢头边

唐代陆希声居士初访仰山禅师时便问道：“三门俱开，从何门进入？”

仰山：“从信心门入。”

希声：“其他二门要它何用？”

仰山：“亦可从其门进入。”

希声：“从何门进入？”

仰山：“从慧心门入。”

希声：“另一门如何进入？”

仰山：“从慈心门入。”

希声：“一门即可，何用三门？”

仰山：“信门者从佛而入也，慧门者从法而入也，慈门者从僧而入也。所谓三宝门中可入道，即此之谓也。”

陆希声入法堂又问道：“不出魔界便入佛界时又如何？”

仰山禅师以拂子倒点三下，陆希声便礼拜，礼拜毕，问道：“禅师还持戒否？”

仰山：“不持戒！”

希声：“还坐禅否？”

仰山：“不坐禅！”

陆希声沉思良久，仰山禅师问道：“会吗？”

希声：“不会。”

仰山：“滔滔不持戒，兀兀不坐禅；酽茶三两碗，意在镢头边。”

语云“条条大路通罗马”，亦即“门门皆可入佛道”。但要进入佛道，首重持戒参禅，今仰山禅师说不持戒、不参禅岂非叛道者乎？实者不然，盖戒律重规则、仪制，凡事可与不可有严格的规定，而禅学则重解脱、超越，不为一般形式观念拘束，乃至魔来魔斩，佛来佛斩。故仰山禅师先否定一切对待以后，再曰“酽茶三两碗，意在镢头边”，意即真正禅者不离中道的生活。

多少重

翰林学士苏东坡因与照觉禅师论道，谈及“情与无情，同圆种智”的话后，忽有省悟，因而作“未参禅前”、“参禅时”、“参禅悟道后”三偈表明心得。

未参禅前的境界是：“横看成岭侧成峰，远近高低各不同；不识庐山真面目，只缘身在此山中。”

到了参禅时，其心得是：“庐山烟雨浙江潮，未到千般恨不消；及至归来无一事，庐山烟雨浙江潮。”

及至参禅悟道以后，其心境是：“溪声尽是广长舌，山色无非清净身；夜来八万四千偈，他日如何举似人？”

苏东坡自此禅悟后，对佛法自视更高，闻荆南玉泉寺承皓禅师禅门高峻，机锋难触，心中甚为不服，因此微服求见，想要试一试承皓禅师的禅功如何。才初见面，苏东坡曰：“闻禅师禅悟功高，请道禅悟是什么？”

承皓禅师不答反问道：“请问尊官贵姓？”

苏东坡道：“姓秤！乃称天下长老有多重的秤！”

承皓禅师大喝一声，说道：“请问这一喝有多少重？”

苏东坡无以为对，遂礼拜而退。

苏东坡参禅三个层次，正如青原行思禅师说的参禅三个阶段：“参禅前，见山是山，见水是水；参禅时，见山不是山，见水不是水；参禅悟道后，见山是山，见水是水。”

禅者经此三关，虽能开悟，但并非修证，悟是解，修属证，故禅者由悟起修，由修而证。如无修证者，若遇承皓禅师此等禅门宗匠，对你大喝一声时，即瞠目结舌，哑口无言了。

归鸟迷巢

有一信士问佛光禅师道：“经说：供养百千诸佛，不如供养一无心道人。不知百千诸佛有何过，无心道人有何德？”

佛光禅师用诗偈回答道：“一片白云横谷口，几多归鸟尽迷巢。”这意思是说：只因多了一片白云，归巢的鸟雀都迷了路，飞不回家了。因为供养诸佛，有了对象，反而迷失了自己；供养无心道人，乃以无分别智超越一切。百千诸佛，虽无过失，但无心道人，乃能认识自己。

信士又问道：“既是清净佛伽蓝，为何敲打鱼和鼓？”

佛光禅师仍用诗偈回答道：“直须打出青霄外，免见龙门点头人。”这意思是说：清净寺院道场，所以敲打木鱼、撞击皮鼓，完全别有深义。如敲木鱼，是因鱼在水中，从不闭眼，故以木鱼以示精进不懈；打鼓，只为消业增福。鱼鼓之声，上达云霄之外，何必还受轮回之苦？

信士再问道：“在家既能学佛道，何必出家着僧装？”

佛光禅师还是用诗偈答道："孔雀虽有色严身，不如鸿鹄能高飞。"这意思是说：在家修行固然很好，但终不比出家修行更能精专一致。孔雀的颜色虽然好看，终不比雁鸟能够高飞！

信士的心中疑云终于被佛光禅师拂拭了。

有些问题没有通达时，真是心有千千结；但经过解释，就如拨云见青天。禅，有时不解释，有时就是解释，也都说些不相干的事。如果能于言外会意，则禅师们的一言一语、一动一静，就无不是禅了。

方外之交

杭州净土院的药山惟政禅师持律甚为精严，曾接引太守李翱皈依佛法，也曾入朝为唐文宗解释"蛤蜊观音"之事。但他生性淡泊，不喜应酬，朝中大臣经常争相供养，禅师均借故推辞。

禅师与蒋侍郎颇为深交。一日，蒋侍郎对禅师道："明日寒舍文人雅集，有几个知己好友相聚，大都是当代学者名士，恳请禅师能拨空前来普洒甘露，演说妙法，则我等不胜荣幸！"

惟政禅师推辞，蒋侍郎不允，不得已，勉强承诺前往。第二天侍郎派人前来迎接禅师时，惟政禅师已不在寺中，迎者遍寻禅师不着，但见其经案上留有一偈，偈云：

"昨日曾将今日期，出门倚杖又思维；为僧只合居岩穴，国士筵中甚不宜。"

迎者将此偈呈交蒋侍郎，蒋侍郎不但不怪他失信侮慢，反而更加尊敬惟政禅师，认为惟政禅师才是他真正的方外之交。

出家人的性格个个不同，有的发心在各阶层弘法度众，经中称为"人间比丘"，有的喜欢居住在深山丛林，经中称为"兰若比丘"，这就是大小乘的悲愿不同所致。人间佛陀的释迦，经常活跃在王公大臣的周围，但也容弟子大迦叶经常山林水边静坐。故《高僧传》中有义学比丘、弘传比丘、持律比丘、神异比丘等不同。禅门大师的风格，有为当朝国师者，有隐遁不出者，但均能树立佛法有益于众生，不必同一形象。

找不回来

有一位朱慈目居士是对净土法门非常有修持的信徒，一天特地去拜访佛光禅师道："禅师！我念佛拜佛已经二十多年了，最近在持佛号时好像不太一样。"

佛光禅师问道："有什么不一样呢？"

朱慈目道："我过去在持佛号时，心中一直有佛性，就算口中不念，而心中仍然觉得佛声绵绵不断，就是不想持，但那声音仍像泉源，会自动流露出来。"

佛光禅师道："这很好呀！表示你念佛已念到净念相继，与佛相应，找到自我的真心了。"

朱慈目道："谢谢禅师的赞叹。但我现在不行了，我现在很苦恼，因为我的真心不见了。"

佛光禅师道："真心怎么会不见呢？"

朱慈目道："因为我与佛相应的心没有了，心中佛声绵绵不断的净念相继没有了，要找也找不回来了。禅师！我为此好苦恼，请您告诉我，我到哪里去找我的真心呢？"

佛光禅师指示道："寻找你的真心，你应该知道，真心并不在任何地方，你的真心就在你自己的身中。"

朱慈目道："我为什么不知道呢？"

佛光禅师道："因为你一念不觉和妄心打交道，真心就离开你了。"

朱慈目听后，似有所悟。

真心没有了，这就好像说失落了自己，找不到自己的家门。人为什么会迷惑？总是因为虚妄盖覆了真心。永嘉大师说：“君不见，绝学无为闲道人。不除妄想不求真，无明实性即佛性，幻化空身即法身，法身觉了无一物，本源自性天真佛。”即此义。

求人不如求己

佛印了元禅师与苏东坡一起在郊外散步，途中看到一座马头观音的石像，佛印立即合掌礼拜观音。

苏东坡看到这种情形，不解地问：“观音本来是我们要礼拜的对象，为何他的手上与我们同样挂着念珠而合掌念佛，观音到底在念谁呢？”

佛印禅师：“这要问你自己。”

苏东坡：“我怎知观音手持念珠念谁？”

佛印：“求人不如求己。”

学佛，其实就是学自己，完成自己。禅者有绝对的自尊，大都有放眼天下、舍我其谁的气概。所谓“自修自悟”、“自食其力”，那就是禅者的榜样。

吾人不知道自己拥有无尽的宝藏，不求诸己，但求诸人，希求别人的关爱、别人的提携，稍有不能满足所求，即灰心失望。一个没有力量的人，怎能担负责任？一个经常流泪的人，怎么把欢喜给人？儒家说：“不患无位，患所以不立。”只要自己条件具备，不求而有。观音菩萨手拿念珠，称念自己名号，不就是说明这个意思吗？

诗偈论道

苏东坡住在庐山东林寺，作了一首七言绝句，诗云：

“溪声尽是广长舌，山色无非清净身；夜来八万四千偈，他日如何举似人？”

这首诗的前面两句，气势博大，确是惊人。

一天，证悟禅师前往谒见庵元禅师。他俩夜里闲谈，证悟就举出苏东坡的诗偈，并赞叹地说：“这也是不易到达的境地哦！”

庵元不以为然，批评说：“这种说法还没有看到路径，哪里说到了目的地呢？”

证悟：“溪声尽是广长舌，山色无非清净身——若不是已到了那种境界，如何有这个消息？”

庵元：“是门外汉而已。”

证悟：“和尚慈悲，可为指破？”

庵元：“且从这里用心参破，即可以知道本命元辰落在何处。”

证悟听了茫然一片，整夜深思，无法入睡，不知不觉中天已亮了，忽闻钟声，恍然大悟，去其疑云，说道：

“东坡居士太饶舌，声色关中欲透身；溪若是声山是色，无山无水好愁人？”

拿此偈语奔告庵元禅师，庵元说：“向你说是门外汉嘛！”

禅，不是用语言能说的，也不是用文字能写的，更不是用心思能想的。禅，完全是透过悟才能体认的。证悟禅师的一夜深思，那钟声终于敲开了心扉，他和东坡的境界就不同了。

八风吹不动

宋朝苏东坡在江北瓜州地方任职，和江南金山寺只一江之隔，他和金山寺的住持佛印禅师经常谈禅论道。一日，自觉修持有得，撰诗一首，派遣书童过江，送给佛印禅师印证，诗云："稽首天中天，毫光照大千；八风吹不动，端坐紫金莲。"（注：八风是指吾人生活上所遇到的"称、讥、毁、誉、利、衰、苦、乐"等八种境界，能影响人的情绪，故形容为风。）

禅师从书童手中接看之后，拿笔批了两个字，就叫书童带回去。苏东坡以为禅师一定会赞赏自己修行参禅的境界，急忙打开禅师的批示，一看，只见上面写着"放屁"两个字，不禁无明火起，于是乘船过江找禅师理论。

船快到金山寺时，佛印禅师早站在江边等待苏东坡。苏东坡一见禅师就气呼呼地说："禅师！我们是至交道友，我的诗，我的修行，你不赞赏也就罢了，怎可骂人呢？"

禅师若无其事地说："骂你什么呀？"

苏东坡把诗上批的"放屁"两字拿给禅师看。

禅师呵呵大笑说："哦！你不是说'八风吹不动'吗？怎么'一屁就打过江'了呢？"

苏东坡惭愧不已。

修行，不是口上说的，行到才是功夫。

像牛粪

苏东坡到金山寺和佛印禅师打坐参禅，苏东坡觉得身心通畅，于是问禅师道："禅师！你看我坐的样子怎么样？"

“好庄严，像一尊佛！”

苏东坡听了非常高兴。佛印禅师接着问苏东坡道：“学士！你看我坐的姿势怎么样？”

苏东坡从来不放过嘲弄禅师的机会，马上回答说：“像一堆牛粪！”

佛印禅师听了也很高兴。禅师被自己喻为牛粪，竟无以为答，苏东坡心中以为赢了佛印禅师，于是逢人便说：“我今天赢了！”

消息传到他妹妹苏小妹的耳中，妹妹就问道：“哥哥！你究竟是怎么赢了禅师的？”苏东坡眉飞色舞，神采飞扬地如实叙述了一遍。苏小妹天资超人，才华出众，她听了苏东坡得意的叙述之后，正色说：“哥哥，你输了！禅师的心中如佛，所以他看你如佛；而你心中像牛粪，所以你看禅师才像牛粪！”

苏东坡哑然，方知自己禅功不及佛印禅师。

禅，不是知识，是悟性；禅，不是巧辩，是灵慧。不要以为禅师们的机锋锐利，有时沉默不语，不通过语言文字，同样有震耳欲聋的法音。

虱子是什么做的

苏东坡和秦少游两个人因为才华都很高，往往为了谈学论道，互不相让。这天吃饭的时候，刚好看到一个人走过，由于许多天没有洗澡，身上爬满了虱子。苏东坡就说：“那个人真脏，身上的污垢都生出虱子来了！”秦少游坚持异议说：“才不是呢，虱子是从棉絮中长出来的！”两人各持己见，争执不下，便决定去请佛印禅师作个公道，评论虱子是怎么成的，并且议定输的人要请一桌酒席。

苏东坡求胜心切，便私下跑到佛印禅师那里，请他务必要帮自己的忙。过后，秦少游也去请禅师帮忙，佛印禅师都答应了他们。两人都以为稳操胜券，放心地等待评判的结果。不料禅师评断说：“虱子的头部是从污垢中生出来的，而虱子的脚部却是从棉絮中长出来的。”

禅师做了一次美妙的和事老，有诗云：

“一树春风有两般，南枝向暖北枝寒；现前一段西来意，一片西飞一片东。”

这首诗告诉我们什么呢？就是物我的合一，物我是一体的，外相的山河大地就是内在的山河大地，大千世界就是心内的世界，物与我之间已没有分别，而将它完全调和起来，好比一棵树上，虽然接受同样的空气、阳光、水分，但每片树叶却有不同的生机，而能彼此无碍地共存于同一株树上。

大小不二

唐朝江州刺史李渤问智常禅师道：“佛经上所说的‘须弥藏芥子，芥子纳须弥’，未免失之玄奇了。小小的芥子，怎么可能容纳那么大的一座须弥山呢？太不懂常识了，是在骗人吧？”

智常禅师闻言而笑，问道：“人家说你读书破万卷，可有这回事？”

“当然！当然！我岂止读书万卷？”李渤一派得意扬扬的样子。

“那么你读过的万卷书如今何在？”

李渤抬手指着头说：“都在这里了！”

智常禅师道：“奇怪啊，我看你的头颅只有一颗椰子那么大，怎么可能装得下万卷书？莫非你也骗人吗？”

李渤听后，脑中轰然一声，当下恍然大悟。

一切诸法，有时从事上去说，有时从理上去解。要知宇宙世间，事上有理，理中有事，须弥藏芥子是事，芥子纳须弥是理，若能明白理事无碍，此即圆融诸法了。

南泉救鹅

李翱拜访南泉禅师，问道："古时候有一个人，在一个玻璃瓶里饲养着一只小鹅。后来鹅渐渐地长大起来，终于没有办法从瓶中出来。事既如此，而这个人的本意又不想把瓶打破，同时也不想把鹅伤着，请问禅师，假如是您的话，究竟要怎么办？"

这个时候，南泉禅师突然叫道："李翱！"

李翱乃自然地回答道："在！"

南泉禅师微笑道："出来了！"

吾人自性本是天真自然，无染无缚，只因妄自分别，终日为名枷利锁所囚，若想跳出烦恼深坑，重获自由自在生活，即如瓶中之鹅，何能安然而出？若能当下认识自我，不坏一法，即明自性本来就是逍遥自在，所谓"若能识得春风面，万紫千红总是春"啊！

浮生梦中

杭州西湖喜鹊寺的鸟窠禅师，本名道林，九岁出家，于陕西韬光禅师门下当侍者而悟道。后来独自到泰望山，在一棵枝叶非常茂盛、盘屈如盖的松树上栖止修行，好像小鸟在树上结巢一样，所以时人皆称他为"鸟窠禅师"。

大文豪白居易非常敬仰鸟窠禅师的道行，有一次特地来请示禅师，并用诗偈问道：

"特入空门问苦空，敢将禅事问禅翁；为当梦是浮生事，为复浮生是梦中？"

鸟窠禅师也用诗偈回答道：

“来时无迹去无踪，去与来时事一同；何须更问浮生事，只此浮生是梦中。”

人生如幻如化，短暂如朝菌，但是如果体悟到无生的道理，超越来去的限制和对待，生命就能在无尽的空间中不断地绵延扩展，不生亦不灭。

后来，白居易在佛法中找到安身立命之处，成了在家弟子，遍访名山高僧，晚年素食，并且舍宅为寺，定名香山寺，自号香山居士，尤醉心于念佛，时常吟诗作偈，表达他信佛有得之心境，如：“爱风岩上攀松盖，恋月潭边坐石棱；且共云泉结缘境，他日当作此山僧。”诗中充满悠闲、飘游的意境，实是生活在禅的世界中。

白居易皈依鸟窠禅师，不但成为在家学佛的优婆塞，甚至从他的诗还发现他来生出家为僧的意思。白居易不但参禅，他晚年修习净土念佛更是认真，他有一首《念佛吟》说：“余年近七十，不复事吟哦；看经费眼力，作福畏奔波。何以慰心眼？一句阿弥陀；朝也阿弥陀，晚也阿弥陀；纵饶忙似箭，不离阿弥陀。达人应笑我，多却阿弥陀；达也作么生，不达又如何？普劝法界众，同念阿弥陀。”

白居易从禅到净，再禅净双修，他的生活就更充实丰富了。

鸟窠与白居易

一天，白居易去拜访鸟窠道林禅师，看见禅师端坐在鹊巢边，于是说：“禅师住在树上，太危险了！”

禅师回答说：“太守！你的处境才是非常危险！”

白居易听了不以为然：“下官是当朝重要官员，有什么危险呢？”

禅师说：“薪火相交，纵性不停，怎能说不危险呢？”意思是说：官场浮沉，钩心斗角，危险就在眼前。

白居易似乎有些领悟，转个话题又问道："如何是佛法大意？"

禅师回答道："诸恶莫作，众善奉行！"

白居易听了，以为禅师会开示自己深奥的道理，原来是如此平常的话，感到很失望："这是三岁孩儿也知道的道理呀！"

禅师说："三岁孩儿虽道得，八十老翁行不得。"

这首《七佛通偈》看起来稀松平常，可是又有几人能够做得到呢？如果人人能够消极地不为恶，并且积极地行善，人间哪里还有邪恶？社会哪里不充满爱心和乐呢？也因此，白居易听了禅师的话，完全改变了他那自高自大的傲慢态度。

大颠与韩愈

唐宪宗非常崇信佛法，迎接佛舍利入宫殿供养。有一天，殿中夜放光明，早朝时群臣都向皇帝祝贺，只有韩愈不贺，并陈《谏迎佛骨表》，斥佛为夷狄，触怒了对佛教虔诚信仰的皇帝，于是被贬到潮州当刺史。

当时潮州地处南荒，文化未开，大颠禅师道行超迈，深为大众所推崇。韩愈耳闻此地有一高僧，有一天抱着问难的心情去拜访大颠禅师，正当禅师入定禅坐，不好上前问话，因此苦等了很久。侍者看出韩愈的不耐烦，于是上前用引磬在禅师的耳边敲了三下，轻声对禅师道："先以定动，后以智拔。"

侍者的意思是说：你禅师的禅定已打动了韩愈傲慢的心，现在你应该用智慧来拔除他的执著了。韩愈在旁边听了侍者的话后，立刻行礼告退，他说："幸于侍者口边得个消息！"

这一次韩愈不请开示了。时隔不久，韩愈仍觉得心中疑团不解，再度拜访大颠禅师问道："请问和尚春秋多少？"

禅师手拈着念珠回答说："会吗？"

韩愈不解其意说："不会！"

"昼夜一百八。"

韩愈仍然不明白其中含意，第二天再来请教。当他走到门口时，看到一位小沙弥，就向前问道："和尚春秋有多少？"小沙弥闭语不答，却叩齿三下。韩愈如坠五里雾中，又进入谒见大颠禅师，请示开示，禅师也同样叩齿三下。韩愈方才若有所悟地说："原来佛法无两般，都是一样的。"

这则公案是什么意思？韩愈问春秋有多少，是立足于常识经验，对时间想作一番的计算，事实上，时间轮转不停，无始无终，哪里可以谈多少呢。在无限的时间、空间中，生命不断地轮回，叩齿三下，表示在无尽的生命中，我们不应只逞口舌之能，除了语言、文字外，我们应该实际去体证佛法，认识自己无限的生命，见到自己本来的面目，寻找三千大千世界中的永恒存在。

大千为床

有一次苏东坡要来见佛印禅师，并且事先写信给禅师，叫禅师如赵州禅师迎接赵王一样，不必出来迎接。

苏东坡自以为了解禅的妙趣，佛印禅师应该以最上乘的礼来接他——不接而接。可是他却看到佛印禅师跑出寺门迎接。苏东坡终于抓住取笑禅师的机会，说道："你的道行没有赵州禅师洒脱，我叫你不要来接我，你却不免俗套跑了大老远的路来迎接我。"

苏东坡以为禅师这回必居下风无疑了，而禅师却以一首偈子回答道：

"赵州当日少谦光，不出山门迎赵王；怎似金山无量相，大千世界一禅床。"

赵州不起床接见赵王，那是因为赵州不谦虚，而不是境界高；我佛印出门来迎接你，你以为我真的起床了吗？大千世界都是我的禅床，虽然你看到我起床出来迎接你，事实上，我仍然躺在大千禅床上睡觉呢！你苏东坡所知道的只是肉眼所见的有形床，而我佛印的床是尽虚空遍法界的大广床啊！

德照非常焦急道：“四面都有山逼近时，老师，我要如何才好呢？”洞山禅师道：“我以前也是从人家屋檐下走过来的。”德照道：“假若如此，我和老师在屋檐下相遇，请问老师，我和老师是互相回避呢，还是不互相回避呢？”

糖饼

有学僧到睦州道明禅师那儿去参访，禅师问道："你平常都看哪一方面的佛学？"

学僧没有隐瞒，回答："曾经读过唯识法相。"

禅师再问："能够讲说唯识论吗？"

学僧谦虚地答道："不敢。"

禅师拈起一块糖饼，分作两片，问道："三界唯心，万法唯识，你怎么说法？"

学僧无语为对。

禅师追问："这个东西叫糖饼对呢，还是不叫糖饼才对呢？"

学僧紧张，汗流浃背地回答道："不可不叫作糖饼。"

禅师看看，随即轻松地问一个侍立在旁的沙弥道："一块糖饼分作两片，你怎么说法？"

沙弥毫不犹豫，说道："两片留在一心。"

禅师再问道："你称它作什么？"

沙弥回道："糖饼。"

睦州道明禅师哈哈大笑："你也会讲唯识论。"

学唯识和学禅，方法和方向都不一样。唯识重知识，重分析，而禅不重知解，不重分析。禅者是直接本心，见性成佛。禅师们的言句幽默，态度亲切，他们不喜欢板起面孔说教。他们有时说东，实在指西；有时打你骂你，实在是爱你护你。唯识家横说竖说，要明唯识义，而禅者一句唤它作什么，曰："糖饼！"已将"三界唯心，万法唯识"表达无遗了。

啐啄妙用

河南宝应院的南院慧颙禅师是临济禅师的门下，有一次示众道："现在各禅林间对于啐啄之机的问题（喻时机成熟契悟之义）仅具有啐啄同时的体而已，尚未具有啐啄同时的妙用。"

有一学僧向前问道："请问什么是啐啄同时的妙用？"

慧颙禅师解释道："啐啄是像击石出火、闪电出光，间不容发的时机所做的。如果有意识地去做时便失其机了。"

学僧不满意地抗辩道："对此我尚有疑问。"

慧颙禅师慈悲地道："什么疑问？"

学僧轻慢地大声道："已经不是疑问，是你说的更教人糊涂了。"

慧颙禅师听后，便用棒向此学僧打了过去。学僧还要开口辩解，慧颙禅师就将他赶出山门。

这个学僧后来又到云门禅师座下参学，一日，就将其离开慧颙禅师处的情形告诉了文偃禅师的门人，门人听后问道："慧颙禅师棒打你，此棒有折断吗？"

学僧听后豁然有悟，便赶快回到南院，想向慧颙禅师忏悔，但慧颙禅师已经迁化圆寂，南院宝应寺已由风穴延沼禅师担任住持。风穴延沼禅师问道："你当时是想怎样才不服先师的？"

学僧回道："我当时好像是在灯影摇晃中走路一样。"

风穴探问了究竟后，说道："那么你已经会了，我给你印证。"

有语云："饭未煮熟，不要随便一开；蛋未孵熟，不要妄自一啄。"啐啄妙用，当下一刻，即是一个新的生命。慧颙的打逐只是孵化期中，文偃门人的一句"棒有所折断吗"才是一啄的妙用！

覆船生死

有一学僧去参拜雪峰禅师，雪峰禅师问他道："从哪里来？"

学僧回答道："我从覆船禅师那边来。"

雪峰禅师故意幽他一默："生死之海还没有渡过去，你为什么先要覆船呢？"

这个学僧不了解雪峰禅师的意思，便回去把经过告诉覆船禅师。覆船禅师对这个学僧说道："你真愚笨，为什么不说我已超越生死苦海，所以才覆船呢？"

于是学僧又回到雪峰禅师的地方来。雪峰禅师又问道："既已覆船，还来做什么？"

学僧胸有成竹地说道："因为既已超越生死，还不覆船做什么？"

雪峰听后，就不客气地说道："这句话是你老师教的，不是你说的。我这里有二十棒请你转给你的老师覆船，告诉他，另外还有二十棒就留给我自己吃——这一切与你无关。"

雪峰禅师给覆船和尚二十棒，自己也甘愿挨二十棒，这个公案意思至为明显：禅，应该无言说教，所谓言语道断，不应在语言上传来传去；两个人都卖弄了禅，所以各挨二十棒！这不关学僧的事，学僧还不够资格挨二十棒哩！

行恶与修善

有学僧请示峻极禅师道："如何才是修行行善的人？"

峻极："担枷戴锁者。"

学僧："如何是邪恶为非的人？"

峻极："修禅入定者。"

学僧："学僧根机愚昧，禅师的开示颠倒难明，恳求禅师还是用简明易晓的言辞开示吧！"

峻极："所谓恶者，恶不从善；善者，善不从恶。"

学僧如堕五里雾中，仍是茫然。良久，峻极禅师问学僧道："懂了吗？"

学僧："不懂。"

峻极："行恶者无善念，行善者无恶心，所以说善恶如浮云，无所生也无所灭。"

学僧于言下有悟。

善恶，在世间法讲，做好事名曰善，做坏事名曰恶，善有善报，恶有恶报，三世因果，历然俱在，在事相说，一点不虚。但在本性上讲，善恶之名都不立，若能不思善不思恶，即名见性（见到自己本来面目）。所谓"罪恶本空由心造，心若亡时罪亦空"。行善是枷锁，作恶名禅定，这不怪禅师颠倒。在真理上讲，作福行善，一味执著人天福报，岂非为枷锁所囚？作恶为非，虽要恶道流转，但本性仍是如此。故峻极禅师兴大慈悲，发此高论，乃要吾人莫为善恶所迷。应该知道，为善上升时，就一味执著有为法，以为是究竟解脱，这就错了；作恶下堕时，就心灰意冷，以为人生无望，这也是错的。实则"善恶是法，法非善恶"。

佛心是什么

慧忠禅师有一次问紫璘供奉（僧官职称）道：“供奉学佛多年，佛是何义？”

紫璘不假思索，随口回答道：“佛者，是学悟之义。”

慧忠禅师进一步问道：“佛会迷吗？”

紫璘不以为然，忍耐着反问慧忠禅师：“已经成佛，怎会迷呢？”

“既然不迷，觉悟作什么呢？”

对慧忠禅师的反诘，紫璘供奉无语可对。

又有一次，供奉在注解《思益梵天所问经》，慧忠禅师就说道：“注解经典者，必须要能契会佛心，所谓上契诸佛之理，下契众生之机，才能胜任。”

紫璘不悦地答道：“你说得不错，否则我怎么会下笔呢？”

慧忠禅师听后，就要侍者盛一碗水，水中放七粒米，碗面放一双筷子，问紫璘供奉这是什么意思。

紫璘茫然不知，无语可对。

慧忠禅师终于不客气地训诫道：“你连我的意思都不懂，怎说已经契会佛心呢？”

慧忠禅师的水米碗筷已经说明：佛法者不离生活也，离开生活，则要佛法何用？紫璘供奉远离生活注解佛经，则离佛心远矣。慧能大师云：“佛法在世间，不离世间觉；离世求菩提，犹如觅兔角。”希望参禅论道者，莫在“世间、人生、生活、本心”之外，另有所谈论。

一橛柴

住在湖南的石头希迁禅师有一次问一个新来参学的学僧道："你从什么地方来？"

学僧："从江西来。"

希迁："那你见过马大师（马祖道一禅师）吗？"

学僧："见过。"

希迁随意用手指着一堆木柴问道："马祖禅师像一堆木柴吗？"

学僧无言以对。因为在石头禅师处无法契入，他就又回到江西见马祖禅师，并述其事。马祖道一禅师听后，安详地一笑，问学僧道："你看那一堆木柴大约有多重？"

学僧："我没仔细量过。"

马祖："你的力量实在太大了。"

学僧："为什么呢？"

马祖："你从南岳那么远的地方负了一堆柴来，岂不有力？"

在唐代，青年学者不是到江西马祖大师处参学，就是到湖南石头禅师处参学。从江西到湖南，从湖南到江西，此即"走江湖"一语之来源。过去"江湖"一语，乃指参学忙碌之意，后来"江湖"一语演变为老练世故之意，甚至演变为卖膏药杂耍不实之意。

此学僧两边来去，搬是说非，而两大师之道不为动也，学僧反吃当头一棒。观乎今日佛门信徒，从甲寺到乙寺，从乙寺到丙寺，负了一堆木柴来去，不知重也不重？

着境见地

有学僧问西山禅师："如何是祖师西来意？"西山禅师举拂子（拂尘）表示回答，学僧不以为然，就去亲近雪峰禅师。

雪峰："从什么地方来？"

学僧："从苏州西山来。"

雪峰："西山禅师好吗？"

学僧："我来的时候一切安好。"

雪峰："为什么你不随侍亲近他呢？"

学僧："他是个不明祖师禅的人。"

雪峰："何以见得？"

学僧："我请示如何是祖师西来意，他只举拂子示意，一句话也回答不出。"

雪峰："你见过苏州的男女吗？"

学僧："见过！"

雪峰："你在路上见过花草树木吗？"

学僧："见过！"

雪峰："那就对了！你所见男女，你就知道男女有别，你所见花草树木，你就知道各有名称，各有功用。山河大地、树木花草都未对你说法，而你能明其意，对吗？"

学僧："对！"

雪峰："那么，西山禅师举拂示答，其中佛法，你为什么不懂呢？"

学僧闻言，顿有所悟，连忙礼谢，并惭愧地说："学人发言不慎，乞求禅师慈悲，我要回西山忏悔。"

雪峰："尽乾坤是个眼，汝向什么地方蹲着！"

学僧到了此时，没有地方蹲着，但拥有了宇宙；肉眼不识拂子，但有慧

眼认识了乾坤。一心所悟，一念忏悔，尽乾坤大地都是佛法，所谓拂子举示，终于解也。

心与性

有一学僧至南阳慧忠国师处参学，请示道：“禅，是心的别名，而心是在佛不增、在凡不减的真如实性，禅宗祖师们将此心易名为性，请问禅师，心与性之差别如何？”

慧忠毫不隐藏地回答道：“迷时则有差别，悟时则无差别。”

学僧又进一步地问道：“经上说，佛性是常，心是无常，为什么你会说无差别呢？”

慧忠国师耐烦地举喻说明道：“你只依语而不依义，譬如寒时结水成冰，暖时融冰成水，迷时结性成心，悟时融心成性，心性本同，依迷悟而有所差别。”

学僧终于契会于心。

在佛教里，心性的别名很多，如本来面目、如来藏、法身、实相、自性、真如、本体、真心、般若、禅等。这无非是用种种方法要吾人认识自己，迷悟虽有差，本性则无异。如黄金是一，但可制耳环、戒指、手镯等各种不同之金器，故金器虽异，实一黄金耳。明乎此，心与性名虽不同，实则皆吾人之本体。

一尊佛

有兄弟二人，一起学道参禅。师兄谨守佛戒，丝毫不犯；师弟生活懈怠，且喜喝酒。

有一天，师弟正在喝酒时，师兄刚好从房门经过，师弟就叫道："师兄！进来喝一杯吧！"

师兄不屑地看了师弟一眼，骂道："没有出息，已经出家为僧，仍不戒酒！"

师弟听后，非常不服，也大声回道："连酒都不会喝的人，不像是人！"

师兄听后气愤不已，反责说道："请问，我不像人，那像什么？"

"你像一尊佛。"师弟答道。

这是多么妙的回答，禅师的幽默，一字一句都能化干戈为玉帛。

寻羚羊

有六个学僧一起来到黄檗禅师处参学，初见面其中五人皆虔诚恳切地作礼，只有一人故意表示自己是一禅者，提起坐具（坐卧的布垫），仅作一个圆相，一句话不说，站立在一旁。黄檗禅师见状就对此学僧道："我听说有一只猎犬非常凶恶！"

学僧学着禅语回答道："一定是循羚羊声而来的。"

黄檗："你有听到羚羊声吗？"

学僧："那一定是循羚羊的足迹来的。"

黄檗："你有看到羚羊的足迹吗？"

学僧："那是跟踪在羊后面来的。"

黄檗："你有看到羚羊的踪影吗？"

学僧："那是只死羚羊。"

黄檗禅师便退下，第二天在法堂里仍旧事重提，道："昨天找羚羊的那位学僧出来！"

学僧快步走出。

黄檗："昨日公案未了，你怎么解说呢？"

学僧一时无语，不知所对。

黄檗："本想说你是个到家的禅僧，原来只是个义学沙门、知解宗徒。"

黄檗禅师说完，大众认为此学僧不知强为知，不悟强装悟，冒充禅僧，便将此学僧驱出山门。

禅，是悟的，不是学的。知识可以学，禅无法学。自古禅僧，你莫以为他举止怪异、言谈奇特，但怪异中有真实，奇特中有常理。若非禅僧，只要一开口，行家面前就知有没有。禅悟不是装的，禅悟是从自然中流露的。

不信是真谛

有学僧请示慧忠国师道："古德云'青青翠竹尽是法身，郁郁黄花无非般若'，不信的人认为是邪说，有信仰者认为是不可思议，但不知如何才正确？"

慧忠国师回答道："此是文殊、普贤等之境界，非诸凡夫、小乘们所能信受，故《华严经》云：佛身充满法界，普现一切群生前，随缘赴感靡不周，而常处此菩提座。翠竹既不出于法界，岂非法身？又《般若经》云：色无边，故般若亦无边，黄花既不越于色，岂非般若？故经本不定法，法本无多子。"

学僧听后仍不明白，再问道："此中消息，信者为是，不信者为是？"

慧忠国师提示更高的意境，答道："信者为俗谛，不信者为真谛。"

学僧大惊道："不信者讥为邪见，禅师怎可说为真谛？"

"不信者自不信，真谛自真谛。因其真谛，故凡夫斥为邪见。邪见者，何能语真谛？"慧忠国师作了总结。

学僧方悟究竟真理，不易信也。

佛陀初证悟，即慨叹所悟与众生相违：众生认为欲乐为真，佛陀则认为欲乐为假；众生认为佛性真如为无，佛陀则认为是有。故世间之法，莫以信与不信为准，莫以说好说坏为准，实则是佛道的归于佛道，邪见的归于邪见。

耳闻目见

韩国的镜虚禅师有一天晚上带一女人回到房中后就关起门，在房里同居同食。徒弟满空生怕大众知道这事，一直把守门外，逢到有人找师父镜虚禅师时就以“禅师在休息”的话来挡驾。

满空心想这样下去究竟也不是办法，就鼓起勇气去找师父。才进门口，看到一个长发披肩的女人躺在床上，身段苗条，细白的背，并且还亲见师父很自然地在她身上摸着。

满空一见，再也无法忍耐，非常激动，向前一步，大声问道：“师父啊！您这样做还能算是人天师范吗？您怎么对得起十方大众呢？”

镜虚禅师一点也不动气，轻言慢语地说道：“我怎么不可模范大众呢？”

满空用手指着床上的女人，以斥责的语气道：“你看！”

师父却平和地对徒弟说：“你看！”因为师徒的对话，床上的女人缓缓转过身来，满空猛一看，只见一张看不到鼻子、眉毛、连嘴角也烂掉的脸，原来是一个患了麻风病的女人。这时，师父把手上的药往满空面前一伸，泰然地说：“喏，那么你来吧！”

满空跪了下来，说道：“师父！你能看的，我们不能看；你能做的，我们不能做！弟子愚痴。”

世间上的人，对于是非好坏，常常自信地说“我亲耳听到的，我亲眼所见的”，其实由于短视，知其一，不知其二。没有深入了解便妄下论断的人，就是愚痴短见盲聋之徒。

传什么法

有一位研教的法师问马祖道一禅师：“不知道禅宗传什么法？”

马祖反问：“你懂什么法？”

法师：“敝人讲过经论二十余部。”

马祖：“莫非你是骑狮子的文殊菩萨？”

法师：“不敢。”

马祖发出嘘嘘声。

法师很肯定地说：“这就是法。”

马祖：“是什么法？”

法师：“狮子出窟法。”

马祖默然。法师说道：“不说话也是法。”

马祖：“是什么法？”

法师：“狮子在窟法。”

马祖：“不出不入是什么法？”

法师终于回答不出，就想辞别而去。

马祖召他回来说道：“你来！”

法师回头。

马祖：“这是什么法？”

法师还是答不出来。

马祖：“这是愚人说法呀！”

禅，不立语言文字，释迦牟尼佛明明说法四十九年，谈经三百余会，但他说他没有说过一字。这非妄言，乃说明真理本然，虽说不增，未说不减。千言万语，不若默然。研教者既讲二十余部经论，又不能回答问题，这不就是愚人说法吗？

不愧为国师

丹霞禅师有一次去拜访慧忠国师，刚好慧忠国师在小憩，于是丹霞便问慧忠的弟子耽源说：“请问，国师在家吗？”耽源只是刚学了一点禅理，便卖弄地说：“在是在的，只是不会客。”

丹霞：“啊！你答得太深奥了。”

耽源更是故意说：“就算你有佛眼，也看不到他。”

丹霞不禁赞叹地说：“真是龙生龙，凤生凤。”

后来慧忠国师醒来，耽源便把丹霞来访的经过告诉他。哪知慧忠听后，便打了耽源二十香板，并把他逐出山门。

当丹霞听到慧忠的做法后，深为佩服道：“真不愧为南阳国师啊！”

禅，不是逞口舌之能。耽源的肤浅，被丹霞一句“龙生龙，凤生凤”的话讽刺到了极顶。耽源挨了二十香板，丹霞又赞美慧忠不愧为七帝之师。禅者没有成见，当赞美的时候赞美，当批评的时候批评，那都是禅的艺术啊！

不留平常心

有一个学僧到法堂请示禅师道：“禅师！我常常打坐，时时念经，早起早睡，心无杂念，自忖在您座下没有一个人比我更用功了，为什么就是无法开悟？”

禅师拿了一个葫芦、一把粗盐，交给学僧，说道：“你去将葫芦装满水，再把盐倒进去，使它立刻溶化，你就会开悟了！”

学僧依样画葫芦，遵示照办，过不多久，跑回来说道：“葫芦口太小，我把盐块装进去，它不化；伸进筷子，又搅不动。我还是无法开悟。”

禅师拿起葫芦倒掉了一些水，只摇几下，盐块就溶化了。禅师慈祥地说道：“一天到晚用功，不留一些平常心，就如同装满水的葫芦，摇不动，搅不得，如何化盐，又如何开悟？”

学僧：“难道不用功可以开悟吗？”

禅师：“修行如弹琴，弦太紧会断，弦太松弹不出声音，中道平常心才是悟道之本。”

正字与反字

有一个沙弥满怀疑虑地问无名禅师道：“禅师，您说学佛要发心普度众生，如果一个坏人，他已经失去了做人的条件，那就不是人了，还要度他吗？”

禅师没有立刻作答，只是拿起笔来，在纸上写了一个“我”字，但字是反写，如同印章上的文字正反颠倒。

禅师问道：“这是什么？”

沙弥：“这是个字，只是写反了。”

“什么字呢？”

“一个‘我’字。”

禅师追问：“写反的‘我’字算不算字？”

“不算！”

“既然不算，你为什么说它是个‘我’字？”

“算！”沙弥立刻改口道。

“既算是个字，你为什么说它反了呢？”

小沙弥怔住了，不知如何作答。

禅师：“正写是字，反写也是字，你说它是‘我’字，又认得出那是反写，主要是你心里真正认得‘我’字。相反的，如果你原不识字，就算我写反了，你也无法分辨，只怕当人告诉你那个是‘我’字以后，遇到正写的

‘我’字，你倒要说写反了！”

禅师又接着说：“同样的道理，好人是人，坏人也是人，最重要的在于你须识得人的本性，于是当你遇到恶人的时候，仍然一眼便能见到他的善恶，并唤出他的本性，本性既明，便不难度化了。”

善人要度，恶人更要度，越是污泥越可长出清净莲花，放下屠刀，可以立地成佛。所谓善恶正反，只在一念之间。“善恶是法，法非善恶。”从本性上看，没有一个人不可度！

不是你的话

文偃禅师最初要去参雪峰禅师时，来到了雪峰庄，碰到一位学僧，就问道：“你今天要上山吗？”

“是的。”学僧回答。

“请您帮我带几句话给雪峰禅师，但不要说是我的话。”

“可以。”

“你到山中，见方丈上堂，大众才集合，便出来握着手腕，直立在他的面前说：‘你这个老头子，颈上的铁枷，为什么不脱下来？’”

这位学僧一一地依照文偃禅师所指示的去做了，雪峰禅师听他这么说，便下座拦胸抓住他，说道：“快说！快说！”

学僧答不出来，雪峰便推开他，说道：“这不是你的话。”

学僧：“是我的话。”

雪峰大声吩咐道：“侍者去拿绳子棍棒来！”

学僧一吓，赶快改口说道：“不是我的话，是庄上从浙江来的一位文偃禅师，教我来说的！”

于是，雪峰对大众说道：“你们去庄上迎接五百人的导师吧！”

第二天，文偃见到雪峰，雪峰一见面便问：“因了什么得到这境界？”

文偃低下头。

从此，师生心心契合，文偃就在雪峰处住了下来，雪峰传授给他禅法。

在禅的世界里，真的假不了，假的不会真。悟道的斤两有多少，在明眼人面前怎样也瞒不了的。

出去

有一次，黄龙慧南禅师向一个侍立在他身旁的学僧问道："百千三昧，无量法门，作成一句话说给你，你还相信吗？"

"师父真诚的言语，怎敢不信？"

黄龙指着左边说："走到这边来！"

学僧正要走过去，黄龙忽然斥责道："随声逐色，有什么了结的时候？出去！"

另一位学僧知道了这事，立即走进去。黄龙也用前面的话问他，他也回答："怎敢不信！"

黄龙禅师又指着右边说："走到这边来！"

这位学僧坚持地站在原来的位置，不向右边去。黄龙又斥责道："你来亲近我，反而不听我的话，出去！"

禅者不悟道时，这也不是，那也不是。如果悟道时，大地山河，一切都是佛法。禅宗有公案：你有拄杖子，我给你的拄杖子；你无拄杖子，我夺却你的拄杖子。叫走这边，这边不对；叫走那边，那边亦错。不是这边，不是那边，仍要出去，只因学僧未契于心。假如学僧走左边，再到右边，然后站原地，不知黄龙禅师还有什么高招吗？

空色本来同

有学僧请示赵州禅师道："色即是空，空即是色，此理如何解释？"

赵州回答："听我一偈：碍处非墙壁，通处没处空；若人如是解，空色本来同。"

学僧听偈后仍然不解，赵州禅师又说："佛性堂堂显现，住性有情难见；若悟众生无我，我面何如佛面？"

学僧还是不明白，问道："禅师！我请问您的是'色即是空，空即是色'的道理呀！"

赵州禅师两眼圆睁，道："色即是空，空即是色！"

学僧终于大悟。

世间所见的一切物质，佛法叫做"色"，色法都是依因缘（空）条件而成的，色法不能单独存在，因此没有自性可得。这个不可得即是空，是故色的当体是空，此即"色即是空"之意。空不是没有，虚空能包容一切万物，因此经上说"真空不碍妙有，妙有不碍真空"就是这个意思。

凡夫执著一切法有实体，处处障碍，无法贯彻现象（色）与本体（空），一旦体悟诸法（色）无我（空），缘起（色）性空（空），即知佛心即是我心，我心即是佛心。所以说：我面何如佛面？

夜游

在仙崖禅师住的禅院里，有一个学僧经常利用晚上时间偷偷地爬过院墙到外面去游乐。仙崖禅师夜里巡寮时，发现墙角有一张高脚的凳子，才知道有人溜到外面去，他不惊动别人，就顺手把凳子移开，自己站在凳子的地方，等候学僧归来。

夜深，游罢归来的学僧不知凳子已经移走，一跨脚就踩在仙崖禅师的头上，随即跳下地来，才看清是禅师，慌得不知如何是好！

但见仙崖禅师毫不介意地安慰道："夜深露重，小心身体，不要着凉，赶快回去多穿一件衣服。"

全寺大众没有人知道这一件事，仙崖禅师从来也没有提起，但自此以后，全寺一百多位学僧再也没有人出去夜游了。

最好的教育是爱的教育，以鼓励代替责备，以关怀代替处罚，更容易收到教育的效果！

如仙崖禅师者，把禅门的教育特色发扬到了极致。禅门的教育，向以慈悲方便为则，就算棒喝、磨炼，也要先看被教育者的根基，才以大慈悲大方便相待。天下的父母老师，应先看看儿女学生是什么根性，施以什么教育；感化、慈爱、身教，乃是最好的禅的教育。

半肯半不肯

洞山良价禅师在南泉普愿禅师座下悟道时，刚巧遇到他剃度恩师云岩昙晟禅师的忌日，因此就设斋上供。有学僧问道："禅师于令师云岩处，得到什么开示？"

洞山答："虽在云岩座下，但不曾垂蒙指示。"

学僧疑惑地问："既然不蒙指示，为何要设斋供奉他？"

洞山说："我怎敢违背他呢？"

学僧又说："我真不懂，你来南泉普愿禅师处悟道，为什么却为云岩设斋？"

洞山平和地回答："我不尊先师的道德佛法，只尊重他不为我说破，单凭这一点就胜过父母。"

学僧接着又问："禅师既然为先师设斋，那么肯定先师的禅风了？"

洞山答："半肯定半不肯定。"

学僧问："为什么不全部肯定呢？"

洞山答："因为如果全部肯定就辜负先师了。"

洞山良价禅师是在老师云岩圆寂后，见水中自己的影子才开悟的，他的悟道偈云："切忌随他觅，迢迢与我疏，我今独自往，处处得逢渠。渠今正是我，我今不是渠，应须恁么会，方得契如如。"洞山悟道，虽是在老师圆寂之后，但不忘师恩，因此在忌辰设斋致祭，致祭恩师就是感谢他未说破，所以才睹影自悟。修行若是全依赖师长，将会失去自己；若是全靠自己，没有指引，何能因指见月？所以师资相助，这就是半肯定半不肯定的真意了。

不可向你说

有一学僧想到覆船禅师住的地方去，在路上碰到一个卖盐的老翁，于是就向前问道："请问老翁，覆船路如何去？"

良久都等不到老翁的回答，于是学僧又问一次。

老翁："我已经向你说过了，你聋了吗？"

学僧："你回答过我什么？"

老翁："向你说覆船路。"

学僧："难道说你也学禅吗？"

老翁："不止是禅，连佛法也全会。"

学僧："那你试说看看？"

老翁一句话也不说，挑起盐篮便要走。

学僧不解，只道了一声："难！"

老翁："你为什么这样说？"

学僧："盐翁！"

老翁："有何指示？"

学僧："你叫做什么？"

老翁："不可向你说这是盐。"

要去覆船禅师处参学，路要怎么走？"既曰覆船，何有道路？"道，有难行道、易行道，有大乘道、小乘道，有出世道、世间道，一般学者总要循道前行，但禅门学者"丈夫自有冲天志，不向如来行处行"。虽是覆船，又何无路？

被人借去了

有两个学僧同住一庵，彼此多日没有谋面，有一天两人相遇，住在楼上的学僧就向住在楼下的学僧问道："多日不见，不知你在忙些什么？"

楼下的学僧答道："我在忙着造一个无缝塔。"

楼上的学僧一听大喜，说道："我也正想造一个无缝塔，能否借你的塔来看样子？"

楼下的学僧道："真不巧，你怎么不早说呢？我的无缝塔被人借去了！"

楼上的学僧很自信地道："没有关系，就以你给我一看好了。"

"就以你给我一看"，因为众生的本性才是真正的无缝塔，除了圆满的法性外，另外还有什么无缝塔呢？

法身舍利乃佛觉悟之全体法性，就是佛依其觉性法性而开示的法语——经典，亦称为法身，亦可称为法身舍利，所以《金刚经》云："在在处处，若有此经，一切世间天人阿修罗所应供养，当知此处，则为是塔。"

楼下学僧既会得法身无边际，所以才知造一无缝塔、无边际的塔来供养法身。但是这种悟性是模仿不得的，是唯证相应的，所以借也借不得，学也学不来，楼下学僧当然推说被人借去了。但本性是被人借不去的，楼上的学僧已经知道当下就是了。修行，只有依靠自己去修去参，模仿只像鹦鹉学语而不知实义。

我们的禅道

有一学僧去拜访越溪禅师，问道："禅师！我研究佛学、儒学二十年，但对于禅道却一窍不通，你能指示我一些吗？"

越溪禅师并不开口，只是迎面打了他一巴掌，吓得学僧夺门而出，心想：真是莫名其妙，我一定要找他理论。正在生气的学僧在法堂外碰到首座老禅师，老禅师看他一脸怒相，就和蔼地问道："出了什么事吗？到我那里喝杯茶吧！求道的人有什么事值得生气呢？"

学僧一边喝茶，一边开始抱怨越溪禅师无缘无故地打他。当学僧这么一说时，冷不防老禅师立即挥手也打了他一巴掌，手中的茶杯哗啦一声掉在地上。老禅师道："刚才你说已懂得佛法、儒学，只差一些禅道，现在，我就用禅道供养你了。你知道什么是禅道了吗？"

学僧目瞪口呆，不知如何回答；老禅师又追问一次，学僧始终答不出来。老禅师道："真不好意思，就让你看看我们的禅道吧！"就把打碎的茶杯捡起来，然后拿起抹布把刚才洒了一地的茶水擦干，接着又说："除了这些以外，还有什么禅道呢？"

学僧终于体悟，禅道即在身边！从此就在越溪禅师座下参学。

禅宗参学请法，动不动就是打骂。其实禅者的温和洒脱和打骂的行为完全是两回事，但禅者硬说打骂皆是禅道，原因是打骂表达禅道来得凌厉，让你彻身彻骨容易感受罢了。比方禅者的风范，能屈能伸，打破茶杯，把它捡起来，泼出的茶水，可以把它擦干，这还不够体悟吗？

方便示教

广州的仰山慧寂禅师在福州的沩山灵佑禅师那里悟道，一住十五年，受其心印，三十五岁领众弘法，有“小释迦”之誉。一日，有一学僧从他面前走过，他问学僧道：“你是从什么地方来此参学的？”

学僧回答道：“南方。”

仰山禅师举起拄杖，指一指问道：“南方的长老，还说这个吗？”

学僧老实回答：“不说！”

仰山禅师又把拄杖一挥，问道：“既不说这个，那还说那个吗？”

学僧仍是摇摇头道：“不说！”

仰山禅师就摆摆手杖，对恭谨站立的学僧慈悲地喊了一声道：“大德！”

学僧立刻合掌道：“诺！”

仰山禅师指示道：“参堂去！”

学僧告辞，正举步要入禅堂，仰山又在后面叫道：“大德！”

学僧回头，仰山禅师命令道：“到我前面来！”

待学僧走近仰山禅师面前时，仰山以拄杖在头上点一下，又指示道：“去！”

学僧终于言下大悟。

仰山禅师的教学法，实在说内中含有无比的方便，难怪受教者能于言下大悟。先是叫你停，告诉你没有南北东西的分别，没有这边那边的差异；然后叫你参堂去，告诉你处处有道，处处是禅；再然后叫你到自己的面前来，已经很明白地说出：道，就在眼前当下。等到你向前，又叫你去，这是说明佛法无来无去，横遍十方，普被三界。仰山禅师如此方便示教，学僧又怎能不悟呢？

锄草斩蛇

有一学僧到智常禅师的道场来参学。智常禅师正在锄草，草丛内钻出一条蛇，禅师举起锄头便砍。

学僧很不以为然地说道："许久就仰慕这里慈悲的道风，到了这里，却只看见一个粗鲁的俗人。"

智常禅师道："像你这么说话，是你粗，还是我粗？"

学僧不高兴地问道："什么是粗？"

智常禅师放下锄头。

学僧又问："什么是细？"

禅师举起锄头，作斩蛇的姿势。

学僧不明白智常禅师的意思，道："你说的粗细，叫人无法了解！"

智常禅师就反问道："且不要依照这样说粗细，请问你在什么地方看见我斩蛇？"

学僧毫不客气地道："当下！"

智常禅师用训诫的口气道："你当下不见到自己，却来见到斩蛇做什么？"

学僧终于有省悟。

禅宗史上有南泉斩猫的故事，有谓杀生是佛门根本大戒，南泉不应杀生；有谓这是南泉古佛的大机大用，不能以狭义的见解诬谤大德。南泉斩猫或许以手作势，为斩断大家的物欲和执著。现在智常斩蛇，这可能也是作势欲斩，学僧见风即雨，故脱口批评太粗气了，意谓一些慈悲没有。

但智常禅师既有德望可以号召学者，岂容你说粗说细，所以教诫学僧：不要停滞在见闻觉知上，禅要割断常情常识，为什么一定要在外境上分别执著，而不能照顾当下的自我呢？

赵州小便

有一佛教信徒问赵州禅师：“请问禅师，参禅怎样才能悟道呢？”

赵州禅师被他一问，立刻从座位上站起来说：“我要去小便了！”说后走了几步，又回头对那个信徒说：“你看，小便这样的小事，还要我自己去，别人不能代替。”

这意思是说：如何参禅悟道，这是你自己的事，怎么来问我呢？

像这样暗示的教学作风，多么活泼，多么高明，又多么透彻！

佛教说：各人吃饭各人饱，各人生死各人了。生死大事，参禅悟道，需要自己去实践、体证，父母手足，亲人朋友，谁也替换不了。从禅学来看，每个人都是卓然独立的生命！

沙弥问答

甲乙两座禅寺禅师经常训练门徒的禅锋机语，两寺每日均各指派他们寺中的沙弥前往市场买菜。

甲乙两寺的沙弥有一天在路上相遇，甲寺沙弥问乙寺沙弥道：“请问你到哪里去？”

乙寺沙弥回答道：“风吹到哪里，我就到哪里去！”

甲寺沙弥想不到乙寺沙弥这么回答，一时不知怎么说下去，归告甲寺禅师，师父责备道：“傻瓜！你可再问，假如没有风时，你要到哪里去呢？”

甲寺沙弥记着师父指示，第二日途中相遇，胸有成竹地问乙寺沙弥道：“喂！你今日到哪里去？”

乙寺沙弥非常从容地答道：“腿要走到哪里去，我就到哪里去！”

甲寺沙弥因答案出乎意料，又语塞，归告甲寺禅师，师父更责备道："你真傻，你可继续问，假使腿子不走时，你要到哪里去呢？"

甲寺沙弥用心记住师父的指示，又一日，途中再度相遇，问乙寺沙弥道："喂！你今天要到哪里去？"

乙寺沙弥用手往前面一指，回答道："我到市场买菜去！"

乙寺沙弥揭出底牌，甲寺沙弥不知话语如何为继。

从甲乙两寺的沙弥可以看出禅的风姿：甲寺沙弥虽然善良有礼，但缺少禅的机辩，反观乙寺沙弥随口说来，话既幽默有趣，又禅味风生。所以禅不能拘泥执著，禅慧思捷智，在任何时间，任何地方，信手拈来，皆成妙谛。本来，甲乙两寺沙弥皆到市场买菜，甲寺沙弥的寒暄，乙寺沙弥的妙语，先答风吹，再答脚走，最后三答才点出目的，这就是所谓从禅心中流露出的禅机妙用了。

无嘴说法

学僧道念出家数十年，到处参访，皆未能开悟。一日，请示石楼禅师道："未识自己的本性，乞禅师方便指示。"

石楼："石楼无嘴巴。"

道念："学僧至诚，洗耳恭听。"

石楼："你听了什么？"

道念："学僧自知罪业深重。"

石楼："老僧罪过也不少。"

道念："禅师过在什么地方？"

石楼："过在汝非处。"

道念："可以忏悔吗？"

石楼："罪业本空由心造，心若灭时罪亦亡。"

道念随即礼拜，石楼禅师便打，打后问道："你最近离开何处才到此？”

道念：“梁唐晋汉周，到处行脚云游。”

石楼：“这些主人还重佛法吗？”

道念：“好在禅师问到我，若问别人，恐怕就惹祸。”

石楼：“为什么呢？”

道念：“因为这些君主不喜欢别人怀疑。”

石楼：“人尚不见，有何佛法可重？”

道念：“请禅师告诉我，如何来重佛法？”

石楼：“你受戒已多少年？”

道念：“十多年了。”

石楼：“十多年了还不知重法，今日问我，我的嘴巴怎说得清楚？你的耳朵又怎听得进去？”

道念终于言下大悟。

在禅门参学几十年透不到一点消息，机缘一到，得来又全不费功夫。石楼禅师说无嘴巴，只是说禅乃无言。道念的洗耳恭听，就算洗耳但未能入心，岂又奈何？道念受戒十多年，还不知重法，石楼禅师为其点破，多年心上云雾，一下抹拭，此即所谓禅话入心。

吐痰

马祖道一禅师有一次在打坐时忍不住朝佛像身上唾了一口痰，侍者见了，不以为然，急忙问道：“老师！你为什么要把痰吐在佛像上面呢？”

道一禅师立刻咳嗽了两声，反问侍者道：“虚空之中，到处都有法身，我现在还要吐痰，你告诉我，我的痰往哪里吐呢？”

侍者茫然不知。

又有一次，道一禅师用很不高兴的样子朝虚空吐了一口痰。

侍者又很不解地问道：“老师！方才吐痰为什么要生气呢？”

马祖禅师解释道："我在这里打坐，虚空之中，山河大地森罗万象都显现在眼前，叫人觉得厌烦，所以我就忍不住要吐痰。"

侍者不解道："那一切都是修证的瑞相，可以说是好事，老师为什么要厌烦呢？"

马祖道："就你来说固然是好事，可是对我而言却是很讨厌！"

侍者茫然不解地问道："这是什么境界？"

马祖答道："菩萨境界！"

侍者皱起眉头，摇摇头，表示不懂，说道："这种境界真令人难以懂得。"

马祖道："因为你是人，不是菩萨。"

侍者问道："菩萨不是名为觉有情吗？"

马祖终于呵斥道："因为你是一个拘谨不觉的傻瓜，怎能称做觉有情？"

在马祖道一禅师的呵斥下，侍者终于有所体悟了。

一般人尊敬佛像，其实并没有认识佛，因为佛的法身遍满虚空、充实法界。马祖将痰吐在佛像身上，这表示他已经认识诸佛的法身，已经无处不遍、无处不在了。

一般人禅坐的时候大都欢喜见到瑞相，以增加信心，而马祖讨厌所见，这正表示灭除宇宙间的差别现象而归于平等，灭除人我对待而归于统一。侍者拘于俗见，难怪要被斥为不觉的傻瓜了。

往哪里去

洞山禅师有一天去探望生了重病的学僧德照，德照请示洞山禅师道："老师！您为什么不发慈悲救一个真心学道的弟子呢？您忍心看着弟子这么不明不白地死去吗？"

洞山禅师道："你是谁家的子弟？"

德照说道："我是大阐提（喻无佛性之人）家的子弟。"

洞山禅师沉思不语，双眼逼视着德照。

德照非常焦急道：“四面都有山逼近时，老师，我要如何才好呢？”

洞山禅师道：“我以前也是从人家屋檐下走过来的。”

德照道：“假若如此，我和老师在屋檐下相遇，请问老师，我和老师是互相回避呢，还是不互相回避呢？”

洞山禅师道：“不互相回避！”

德照不放松问道：“不回避，那老师要叫我到哪里去呢？”

洞山禅师指示道：“五趣六道，十种法界，到处是路，何必忧虑？如你不放心，那你可以到开垦的田地里去种一种稻粮！”

德照听后，说了一声：“老师！那请您珍重。”然后整个人便像虚脱似的呆坐在那里，原来入灭了。

洞山禅师用禅杖在他前面摇了三下，说道：“你虽然能够这样出去，但是却不能这样回来。”

青年禅僧德照世缘将尽，重病在床，仍然不忘寻找生死之外的出路，正如他说：当生老病死逼近时，要如何才好呢？洞山禅师指示他到处是路，可是哪一条是正路，不是人人能找得到。“垦地种粮”，这才是修道者应该注意的课题。德照安心地入灭，这正显示他已找到出路，可是洞山禅师说他能那样出去却不能那样回来，可见就算禅者如果要能来去自如，倒不是一件容易的事！

粥与茶

赵州禅师非常注重生活的佛教，他处处都从生活中表现他的禅风。有数位学僧前来问禅，第一位学僧问道：“弟子初入丛林，请求老师开示！”

赵州禅师不答反问道：“你吃粥了也未？”

学僧回答道：“吃粥了！”

赵州禅师指示道：“洗钵盂去！”

第一位学僧因此开悟。第二位学僧前来问道："弟子初入丛林，请求老师不吝开示！"

赵州禅师不答反问道："来多久了？"

学僧回答道："今天刚到！"

赵州禅师再问道："吃过茶没有？"

学僧回答道："吃过了！"

赵州禅师指示道："到客堂报到去！"

第三位学僧因在赵州禅师住的观音院参学十多年，所以也上前问道："弟子前来参学，十有余年，不蒙老师开示指导，今日想告假下山，到别处去参学！"

赵州禅师听后，故作大惊道："你怎可如此冤枉我？自你来此，你每天拿茶来，我为你喝；你端饭来，我为你吃；你合掌，我低眉；你顶礼，我低头……哪一处我没有教导你？怎可胡乱冤枉我！"

学僧听后，用心思想。赵州禅师道："会就会了，假若用心分别，思维则离道远矣！"

学僧似有所悟，但问道："如何保住呢？"

赵州禅师指示道："但尽凡心，别无圣解，若离妄缘，即如如佛。"

所谓佛法、禅心都应该不离生活。吃饭吃得合味，禅也；睡觉睡得安然，禅也。离开生活，佛法有何用？今日修道者，只重生死，不重生活，实离道远矣！

狗子佛性

赵州从谂禅师是一位非常风趣的禅师，有"赵州古佛"的美称。

有人问他："什么是赵州？"

赵州答道："东门、南门、西门、北门。"

这是一语双关的回答，意思是：若问者是问赵州城，城有四门，这是最佳回答；若问赵州禅师，所谓东南西北门者意指他的道风，活泼而又通达，既有东南西北门，门门皆可进出。

有一学僧问赵州禅师道：“狗子有佛性也无？”

赵州不假思索地回答道：“无！”

学僧听后不满，说道：“上自诸佛，下至蝼蚁，皆有佛性，狗子为什么却无？”

赵州禅师解释道：“因为它有业识存在的缘故。”

又一学僧问赵州禅师道：“狗子还有佛性也无？”

赵州禅师答道：“有！”

这一学僧也不满这个答案，所以就抗辩道：“既有佛性，为什么要撞入这个臭皮囊的袋子里？”

赵州禅师解释道：“因为它明知故犯！”

这上面有名的公案，两个学僧问的是同一个问题，而赵州禅师给出两种迥然不同的答案，时而说无，时而道有。在禅师的有无，其实只是一义，有无只是一而二，二而一，千万不可把有无分开，不可把有无分作两种解释。《心经》云：“以无所得故。”即是此义。

是“有无”，但不可作有无会，此中道理，正如哑巴做梦，只许自知，无法向人道说；如吞了热铁丸，吐又吐不出，吞又吞不下，荡尽凡情，才能有个转身时。

世人对有无二字总用二分法去了解，认为世间总是有与无的对峙，是与非的不同、善与恶的分别，此实世人不能认识回家找到本来面目的根本原因。

狗子有没有佛性？佛性本来就不可用有无二字说的，赵州禅师不得已说有说无，不知大家能体会出有无之中道义否？

谁知道你

有一位比丘尼请教龙潭禅师："要如何修持，下一辈子才能转为大丈夫相？"

龙潭："你出家为尼已经多久了？"

比丘尼："过去出家有多久，这与未来有什么关系？我问的只是想知道将来是否有转为男相的一天！"

龙潭："那你现在是什么？"

比丘尼："我是女众，难道禅师看不出来？"

龙潭："你是女众，谁看得出你是女众？"

比丘尼于言下有省。

男女只是假相，在吾人平等的本性上哪有男女的假相呢？因为被男女相所迷，所以吾人不能认识自己的本来面目。本来面目不是看的，是从内心修证才能体会的。

必修课程

学僧元持在无德禅师座下参学，虽然精勤用功，但始终无法对禅法有所体悟。故有一次在晚参时，元持特别请示无德禅师道："弟子进入丛林多年，一切仍然懵懂不知，空受信施供养，每日一无所悟，请老师慈悲指示，每天在修持作务之外，还有什么是必修的课程？"

无德禅师回答道："你最好看管你的两只鹫、两只鹿、两只鹰，并且约束口中一条虫。同时，不断地斗一只熊，和看护一个病人。如果能做到并善尽职责，相信对您会有很大的帮助。"

元持不解地说道："老师！弟子孑然一身来此参学，身边并不曾带有什么鹫、鹿、鹰之类的动物，如何看管？更何况我想知道的是与参学有关的必修课程，与这些动物有什么关系呢？"

无德禅师含笑地道："我说的两只鹫，就是你时常要警戒的眼睛——非礼勿视；两只鹿，是你需要把持的双脚，使它不要走罪恶的道路——非礼勿行；两只鹰，是你的双手，要让它经常工作，善尽自己的责任——非礼勿动。我说的一条虫那就是你的舌头，你应该要紧紧约束着——非礼勿言。这只熊就是你的心，你要克制它的自私与个人主义——非礼勿想。这个病人，就是指你的身体，希望你不要让它陷于罪恶。我想，在修道上这些实在是不可少的必修课程。"

在佛经里说眼、耳、鼻、舌、身、意的六根，好像是一个无人居住的村庄，已经给另外的六个强盗土匪占领了，每天他们攀缘六尘，作恶造业。六根就等于虎豹豺狼、鹫鹰毒虫。假如谨慎管理，让他非礼勿视、非礼勿言、非礼勿动，这也就是佛儒融合了。

死而复活

南泉普愿禅师有一次在打坐时突然大吼一声，把侍者吓了一跳，赶紧走到南泉禅师的身旁。南泉禅师道："你去涅槃堂看看，是不是有人逝世了？"

侍者走到半路上，碰巧遇到涅槃堂的堂主，于是相偕一同去报告南泉禅师："刚才有一位云水参学的禅僧圆寂了。"侍者和堂主话刚说完，却见一知客僧匆匆地跑来，向南泉禅师道："刚才圆寂的禅僧又复活了。"

南泉禅师问道："那位逝世的禅僧既已活转过来，现在怎么样啦？"

知客僧道："他很想见见老师，但那是一个不知修福、不肯结缘的人。"

于是南泉禅师就到涅槃堂见生病的禅僧，并问道："方才你到哪里去？"

病僧回答道："我到阴间去了！"

南泉禅师道：“阴间的情形如何？”

病僧道：“我大约走了一百里路的时候，就手脚疼痛得走不动，尤其是喉咙干渴得很；忽然有人要把我叫进大楼台阁中，因我实在很累，很想进去休息；才一上楼便见一位老僧，对我怒吼，不许我上去，吓得我抽身就往后倒下，所以现在才能再见到老师。”

南泉禅师申斥说：“那是一所多么富丽堂皇的大楼阁呀！但没有积聚福德，怎能进去？假如你不是遇见老僧，恐怕早已钻进地狱受苦了。”

从此以后，这位病僧便日夜不停地积德修福，活到七十多岁才安然坐化，人们称他为“南泉道者”。

南泉禅师在定中，可以上天，也可以入地，他能在定中大吼一声将已死的人再送回阳间来。说禅师们经常违逆人情，但南泉禅师是这么关爱弟子，已下地狱的人，还再给他一次重生的机会，“浪子回头金不换”。所以，禅也有苦心随顺人情的一面。

高与远

龙虎寺禅院中的学僧正在寺前的围墙上模拟一幅龙争虎斗的画像，图中龙在云端盘旋将下，虎踞山头作势欲扑，虽然修改多次，却总认为其中动态不足。适巧无德禅师从外面回来，学僧就请禅师评鉴一下。

无德禅师看后说道：“龙和虎的外形画得不错，但龙与虎的特性你们知道多少？现在应该要明白的是：龙在攻击之前，头必须向后退缩；虎要上扑时，头必然向下压低。龙颈向后的屈度愈大，虎头愈贴近地面，他们也就能冲得更快、跳得更高。”

学僧们非常欢喜地受教道：“老师真是一语道破，我们不仅将龙头画得太向前，虎头画得也太高了，怪不得总觉得动态不足。”

无德禅师借机开示道：“为人处事、参禅修道的道理也一样，退一步的准备之后才能冲得更远，谦卑的反省之后才能爬得更高。”

学僧不解似的道："老师！退步的人怎能向前？谦卑的人怎能更高？"

无德禅师严肃地说道："你们且听我的禅诗：'手把青秧插满田，低头便见水中天；身心清净方为道，退步原来是向前。'诸仁者能会意吗？"

诸学僧至此均能省矣！

禅者的人格，有自尊的一面。他们有时顶天立地，孤傲不群，有如龙抬头虎相扑；但有时也非常自谦，有如龙退缩，虎低头。这正说明了当进则进，当退则退，当高则高，当低则低。所谓进退有据，高低有时。龙为兽中之灵，虎为兽中之王，禅者乃人中之贤，以退为进，以谦为尚，不亦宜乎？

无言之教

有一个学僧请示夹山善会禅师："从古以来，历代祖师都立下言教训示后人，禅师为什么却无言教？"

善会："三年不吃饭，目前无饥人。"

学僧："既是无饥人，我为什么没有开悟？"

善会："只为迷悟迷却了你，请听我偈：'明明无悟法，悟法却迷人；长舒两脚睡，无伪亦无真。'"

学僧："十二分教及祖师西来意，可以说都是悟法悟人，禅师为什么说没有悟法亦没有迷人？"

善会："那些西来意是老僧的坐垫，你问西来意，为什么不问你自己的己意？"

学僧："我不明己意是什么？我只问禅师究竟要以何法示人？"

善会："虚空无挂针之壁，子虚徒捻线之功。你为什么一定要画蛇添足呢？会吗？"

学僧："不会。"

善会："以我看，维摩居士的居家梵行，释迦如来的观机说法，都是多此一举。”

学僧：“难道圣教均一无可取吗？”

善会：“可取的应该都不是圣教！”

学僧：“若无言教，学僧怎能开悟呢？”

善会：“自己的西来意，何要别人的言教？”

学僧终于心有所悟。

所谓禅者，离文字相，离语言相，离心缘相，用言教说法，离禅很远。因为禅不可说，能说的都不是禅。“言语道断”，这是历代祖师的信条。所以自古以来，只要谈禅，开口便打。释迦牟尼佛说法四十九年，讲经三百余会，但佛陀说：“我没有说过一个字。”这不是说谎，这是真实的，因为既是真理，你说了不增，未说不减，“三年不吃，并无饥饿的人”。你道得三十棒，道不得也三十棒。

一得一失

南泉普愿禅师问一学僧道：“夜来好风？”

学僧：“夜来好风。”

南泉：“吹折门前一棵松。”

学僧：“吹折门前一棵松。”

南泉禅师转身又问旁边站立的侍者道：“夜来好风？”

侍者：“是什么风？”

南泉：“吹折门前一棵松。”

侍者：“是什么松？”

南泉普愿禅师听后，深有感触，不禁就慨叹道：“一得一失！”

南泉禅师说后，又重问学僧道：“你将来要做什么？”

学僧：“不做什么！”

南泉：“应该要为众生做马牛！”

学僧："应该要为众生做马牛！"

南泉禅师又再转身问身旁的侍者道："你将来要做什么？"

侍者："要做像老师您这样的人物！"

南泉："应该要为众生做马牛！"

侍者："为什么要为众生做马牛？"

南泉禅师看看二人，放大声音仍然慨叹道："一得一失！"

南泉禅师的学僧是入门的学僧，侍者是门外的侍者。俗语说："行家面前一开口，就知有没有。"如这两个学僧和侍者，禅语的深浅从回答的言论中一听即知了。

第一课

有一位名叫大年的学僧非常醉心于佛像的雕刻，但由于缺乏专家的指导，所雕塑出来的佛像总不尽满意，故下定决心出外参学。他专程去拜访无德禅师，希望能传授他有关这一方面的知识与技巧。

每天大年到法堂时，无德禅师便放一块宝石在他手中，命他捏紧，然后天南地北地跟他闲聊，除了雕刻方面的事，其他一切都谈，约一小时后，无德禅师拿回宝石，命大年回禅堂用功。

就这样连续过了三个月，无德禅师并未谈到雕刻的技术，甚至都未谈到为什么放一块宝石在他手中。终于，大年有点不耐烦，但也不敢询问无德禅师。一天，无德禅师仍照往常一样，又拿一块宝石放在他手里，准备谈天。

大年一接触那块宝石，便觉得不对劲，立刻脱口而出："老师！您今天给我的不是宝石。"

无德禅师问道："那是什么呢？"

大年看也不看，就说道："那只是一块普通的石块而已。"

无德禅师欣悦地说："对了，雕刻是要靠心手一致的功夫，现在你的第一课算是及格了。"

世间一般人学习技能总希望速成，甚至学佛的人也希望当生成就，立地成佛，孰不知——“不经一番寒彻骨，哪得梅花扑鼻香？”“罗马不是一天造成的，千年古松不是一日长大的。”“要得功夫深，铁杵磨成绣花针。”悟，虽只一刻，但要能历经长期的修持。修道者要能经得起时间的考验，凡事耐烦，这才是学者应修的第一课。

十事开示

有学僧问寂室禅师道：“请问老师，在禅门中，应该具备些什么条件才能进入禅道？”

寂室禅师回答道：“狮子窟中无异兽，象王行处绝狐踪。”

学僧又问道：“参禅、不参禅有什么不同？”

寂室禅师道：“生死路头君自看，活人全在死人中。”

学僧再问道：“学禅究有何益？”

寂室禅师道：“勿嫌冷淡无滋味，一饱能消万劫灾。”

学僧听后，对参禅生大信心。一日领学者数十人，跪求寂室禅师开示大众参禅法要，禅师因见大众心诚，故即以十事开示大众道：

“学禅者应注意如下十事：一者，须知生死事大，无常迅速，须臾不可忘失正念。二者，须于行住坐卧，检束身心，任何时刻不犯律仪。三者，须能不执空见，不夸自我，精进勇敢勿堕邪战。四者，须摄六根正念，语默动静，远离妄想抛开烦恼。五者，须有求道热忱，灵明不昧，魔外窟中施于教化。六者，须能废寝忘食，壁立万仞，竖起脊梁勇往向前。七者，须究西来佛意，念佛是谁，哪个是我本来面目。八者，须参话头禅心，功夫绵密，不求速成任重道远。九者，须要宁不发明，虽经万劫，不生二念绍隆如来。十者，须能不退大心，洞然菩提，兴隆佛法续佛慧命。以上十事，诸仁者不知能会也？”

众学僧听后，欢喜踊跃，无不誓愿奉行。

寂室禅师的十事开示，岂止参禅者的座右铭，即任何修行均当如此。

悟与不悟

有一学僧，非常恭敬地请问慧林慈受禅师道："禅者悟道时，对于悟道的境界和感受说得出来吗？"

慈受："既是悟的道，说不出来。"

学僧："说不出来的时候，像什么呢？"

慈受："像哑巴吃蜜！"

学僧："当一个禅者没有悟道时，他善于言辞，他说的能够算禅悟吗？"

慈受："既未悟道，说出的怎能算作禅悟呢？"

学僧："因为他讲得头头是道，如果不算作禅悟，那他像什么呢？"

慈受："他像鹦鹉学话！"

学僧："哑巴吃蜜与鹦鹉学话有什么不同呢？"

慈受："哑巴吃蜜，是知，如人饮水，冷暖自知；鹦鹉学话，是不知，如小儿学话，不解其义。"

学僧："然则，未悟的禅者如何说法度生呢？"

慈受："自己知道的给他知道，自己不知道的不要给他知道。"

学僧："老师现在是知抑或是不知？"

慈受："我是如哑巴吃黄连，有苦说不出；也如鹦鹉学讲话，讲得非常像。你说我是知呢，还是不知呢？"

学僧于言下有省。

禅悟的境界是怎么样？这实在是无法说明的，历代祖师用打用骂，硬是不肯说话，佛陀甚至讲，我所说法皆非佛法。这不是笑话，因为不用言说的佛法才是佛法。佛法、禅心，是自证的境界，是从无分别的平等性智而了知的。这不是黄连，应该是甜蜜；这不是鹦鹉，应该是菩萨。

存财于信徒

佛光禅师为了推动佛教的发展，创办了许多佛教的事业，弟子们为了达成禅师的理想，很努力地向信徒劝募，鼓励信徒布施做功德。

有一次佛光禅师出外弘化回来，弟子们竞相来向禅师报告个人劝募功德的成绩。弟子普道很得意地说："师父！今天有一位大施主布施了一百两银子，他说作为我们兴建大雄宝殿的基金。"

弟子普德也报告说道："师父！城内的陈居士来拜望您，我带他巡礼各处的殿堂，他奉献给我们全年的道粮！"

寺中的香灯师、知客师等都向佛光禅师说明信徒的喜舍发心，只见佛光禅师皱起眉头，制止大家发言，并开示弟子们说道："你们大家都辛苦了，可惜化缘太多，没有功德！"

大家不解，问道："为什么化缘多反而不好呢？"

佛光禅师道："把钱财储存于信徒，让信徒富有起来，佛教才能富有。不可经常要信徒捐献这个功德，赞助那项佛事，杀鸡取卵，何其愚痴！等到有一天信徒们不胜负担，佛教还有什么护法长城呢？"

佛光禅师这一番语重心长的言语，实在值得大家玩味与深思！佛教所云布施，要在"不自苦，不自恼"的原则下进行，而且布施者应该细水长流，不可硬性募化。

学佛之人，如果有禅，不但为自己想，更为别人想。哪能说禅者只重悟道，不重慈悲呢？

十后悔

有一学僧问云居禅师道："弟子每做一事，事后总不胜懊悔。请问老师，为什么我有那么多的懊悔呢？"

云居禅师道："你且先听我的十后悔：一、逢师不学去后悔；二、遇贤不交别后悔；三、事亲不孝丧后悔；四、对主不忠退后悔；五、见义不为过后悔；六、见危不救陷后悔；七、有财不施失后悔；八、爱国不贞亡后悔；九、因果不信报后悔；十、佛道不修死后悔。这以上十种后悔，你是哪种后悔？"

学僧摸摸头脑，无可奈何地说道："老师！看起来，这些后悔都是我的毛病！"

云居禅师道："你知道既是毛病，就要火速治疗呀！"

学僧问道："我就是因为不懂得治疗，所以恳请老师慈悲开示！"

云居禅师开示道："你只要把十后悔中的'不'字改为'要'字就可以了，即'逢师要学，遇贤要交，事亲要孝，对主要忠，见义要为，见危要救，得财要施，爱国要贞，因果要信，佛道要修'。这一字的药，你好好服用！"

人的恶习，往往不到黄河不死心，不见棺材不掉泪；假如能慎于始，就不会事后懊悔了。经云："菩萨畏因，众生畏果。"众生总是果报现前时才会后悔，如能够事先予以肯定，即不后悔了。对好事，太多的否定，当然就会后悔；假如对好事肯定，对坏事否定，那就不会后悔了。

我是侍者

南阳慧忠国师感念侍者为他服务了三十年，想报答他，助他开悟，一天呼唤道："侍者！"

侍者一听国师叫他，立刻回答他道："国师！做什么？"

国师无可奈何地道："不做什么！"

过了一会儿，国师又叫道："侍者！"

侍者立刻回答道："国师！做什么？"

国师又无可奈何地道："不做什么！"

如是多次，国师对侍者改口叫道："佛祖！佛祖！"

侍者茫然不解地反问道："国师！您叫谁呀？"

国师不得已，就明白地开示道："我在叫你！"

侍者不明所以道："国师！我是侍者，不是佛祖呀！"

慧忠国师此时只有对侍者慨叹道："你将来可不要怪我辜负你，其实是你辜负我啊！"

侍者仍强辩道："国师！不管如何，我都不会辜负你，你也不会辜负我呀！"

慧忠国师道："事实上，你已经辜负我了。"

慧忠国师与侍者谁负了谁，这不去论它，但侍者只承认自己是侍者，不敢承担佛祖的称谓，这是非常遗憾的事。禅门讲究"直下承担"，所谓心、佛、众生，三无差别，而众生只承认自己是众生，不承认自己是佛祖，沉沦生死，无法回家，良可悲也。无门禅师说："铁枷无孔要人担，累及儿孙不等闲；欲得撑门并拄户，更须赤脚上刀山。"老国师年高心孤，对侍者用按牛头吃草的方法使其觉悟，无如侍者只是侍者，不是佛祖。

用会作么

景岑禅师有偈云："百尺竿头不动人，虽然得入未为真；百尺竿头须进步，十方世界是全身。"

有一学僧问道："学僧该向什么处去？"

景岑禅师以偈答道："不识金刚体，却唤作缘生；十方真寂灭，谁在复谁行？"

学僧又问道："百尺竿头，如何进步？"

景岑禅师回答道："朗州山，沣洲水。"

学僧："弟子不会。"

景岑："四海五湖王化里。"

学僧："如何是学人心？"

景岑："十方世界是汝心。"

学僧："恁么，则学人无着身处。"

景岑："无着身处才是汝着身处。"

学僧："如何是能着身处？"

景岑："大海水，深又深。"

学僧："不会。"

景岑："鱼龙出入任升沉。"

学僧："承老师言，尽十方世界是一颗明珠，学人如何会得？"

景岑："用会作么？"

景岑禅师和学僧的问答，可以看出老师的慈悲开示，一直明明白白地指导："百尺竿头，如何进步"、"朗州山，沣洲水"，普天之下，哪里一处不可给你跨前一步？你如果懂得，五湖四海内何处不能遨游呢？你如果懂得，十方世界都在心中，怎能说身无着落处呢？

学僧问如何会得，景岑禅师反问用会作什么。禅不是会不会，禅是悟，世界都是你的，何用更进一步？

满了吗

有一学僧对无德禅师说道：“禅师！在您座下参学，我已感到够了，现在想跟您告假，我想去行脚云游了。”

“是什么够了呢？”

“够了就是满了，装不下去了。”

“那么在你走之前，去装一盆石子来谈话吧！”

学僧依照无德禅师的吩咐，把一大盆石子拿来。

禅师：“这一盆石子满了吗？”

学僧：“满了。”

禅师随手抓了好几把沙，掺入盆里，没有溢出来。

禅师问学僧道：“满了吗？”

“满了。”

禅师又抓起一把石灰，掺入盆里，还没有溢。

禅师再问：“满了吗？”

“满了。”

禅师顺手又再倒了一盅水下去，仍然没有溢出来。

“满了吗？”禅师又问。

“……”

“谦受益，满招损”，自以为满了，实在就是自己最不足的时候。活到老，学到老，世间永远学不满。生也有涯，而知也无涯。禅师用石子、沙、灰、水为喻，自满自大者，不知可否以此为戒乎？

人的声气

有一学僧请示盘珪禅师道："我有一个天生的毛病，气短心急，曾受师父指责，我也知错要改，但因心急已成为习气，始终没有办法纠正，请问禅师，您有什么办法帮我改正习气呢？"

盘珪禅师非常认真地答道："你心急的习气，如果能拿出来，我帮你改正。"

学僧道："现在不会心急，有时会忽然跑出来。"

盘珪微微一笑道："那么，你的心急，时有时无，不是习性，更不是天性；是你触境而生的，本来没有，因境而生。若说是父母生给你的，你是太不孝了；父母生给你的，只有佛心，其他没有。"

盘珪禅师一生接待学人，不说佛法，不说禅法，只是要求你自己应具有的佛心和高贵的道德。

后来，盘珪禅师圆寂后，一位住在寺院旁的盲人对参禅的学僧说道："我虽是瞎子，看不到对方的面孔，但能从对方说话的音声判断他的性格。通常，我不但可以在一个人对幸福者或成功者的祝福语中，听出他的嫉妒语气，也可从他对不幸者或失败者所发出的安慰语中，探出他的得意和满足语气，仿佛他可从那些慰祝之言中得到许多的利益似的。但是，在我所有的体会中，盘珪禅师对人说话的语气始终是真诚无伪。每当他向人宣示快慰之情时，我只听到快慰的语气；而当他向人一吐愁肠时，我只听到愁苦的语气。那种语气完全从他的佛心中流露出来，那佛心就是他父母生的。"

学僧听后，一面否认盲者的话，一面赞美盘珪禅师道："我们老师的佛心，不是父母生的，那是他本有的。"

把一切好的都归之于父母生的，这会失去自己的本性；把一切坏的都归之于父母生的，这也会被说为不孝。好和坏，是习性，不是本性，既非与生俱来，也非父母所生。设有人问："佛陀是谁生的？"答以："佛陀是摩耶

夫人生的。”此话错也，悉达多太子是摩耶夫人生的，而佛陀则是从般若生的，所谓“般若为三世诸佛之母”，即此义。

飞越生死

学僧道岫，虽然精于禅道的修持，但始终不能契悟。眼看比他晚入参禅学道的同参不少人对禅都能有所体会，想想自己实在没有资格学禅，既不幽默，又无灵巧，始终不能入门，心想还是做个行脚的苦行僧吧！于是道岫就打点二斤半的衣单，计划远行。临走时便到法堂，向广圄禅师辞行。

道岫禀告道：“老师！学僧辜负您的慈悲，自从归投在您座下参学已有十年之久，对禅仍是一点消息没有。我实在不是学禅的根器，今向您老辞行，我将云游他去。”

广圄禅师非常惊讶地问道：“哦！为什么没有觉悟就要走呢？难道到别处就可以觉悟吗？”

道岫诚恳地禀告道：“我每天除了吃饭、睡觉以外，都精进于道业上的修持，我虽用功但就是因缘不合。反观同参的道友们一个个都契机地回归根源，目前在我心的深处萌发一股倦怠感，我想我还是做个行脚的苦行僧吧！”

广圄禅师听后，开示道：“悟，是一种内在本性的流露，根本无法形容，也无法传达给别人，更是学不来，也急不得的。别人是别人的境界，你修你的禅道，这是两回事，为什么要混为一谈呢？”

道岫道：“老师！您不知道，我跟同参们一比，立刻就有大鹏鸟与小麻雀的惭愧。”

广圄禅师装着不解似的问道：“怎么样的大？怎么样的小？”

道岫答道：“大鹏鸟一展翅能飞越几百里，而我只囿于草地上的方圆几丈而已。”

广圄禅师意味深长地问道：“大鹏鸟一展翅能飞几百里，它已经飞越生死了吗？”

道岫禅僧听后默默不语，若有所悟。

谚云：“人比人，气死人。”比较、计较，这是烦恼的来源，怎能透过禅而悟道呢？聪明、机智，大鹏鸟一展翅千八百里，但不能飞越生死大海。小麻雀与大鹏鸟有快慢、迟速的不同，但禅要从平等自性中流出的。所以道岫禅僧一旦除去比较、计较，回归到平等自性中来，就悟了。

只为有所以来

药山惟俨禅师，山西人，俗姓韩。十七岁依广东慧照禅师出家，曾在石头希迁座下密证心法，后又参访马祖道一禅师而大彻大悟。四十一岁时入湖南药山，接化学人。

一日，有一学僧请示道：“弟子生死大事未明，乞老师慈悲开示！”

药山禅师说道：“我对你讲一句不难，如果你能体会那就好。如果在言下，让你思量，却是我的罪过。不如彼此都不要开口，免得互相拖累。”

学僧道：“达摩未到中国来时，此土有祖意否？”

药山禅师答道：“有！”

学僧问道：“此间既有祖意，达摩来此又做什么？”

药山答道：“只为有，所以来。”

学僧再问道：“老师平常不许学人看经，为什么老师自己却每天看经？”

药山禅师道：“我只是希望以经书遮遮眼睛！”

学僧再问道：“学僧想学习老师，用经书遮遮眼可以吗？”

药山禅师道：“如果是你，牛皮之厚也遮不住你的眼睛。”

学僧请药山禅师登座说法，药山禅师一言不出口就下座。

学僧问道：“禅师为什么一言未说就下座了呢？”

药山禅师道：“经有经师，律有律师，论有论师，怎能怪我呢？”

学僧终于在言下觉悟。

药山禅师家风孤峻，独树一格，他经常用简单语句回答你，要你悟到言外的玄机，真是玄言玄语，机体机用。他这种斩断的手法，有时肯定，有时否定，他是要禅者在肯定否定之外找一个安身立命的世界。

我还有你呀

佛光禅师领导传灯寺，跟随他参学的徒众甚多。

有一天，佛光禅师开讲禅门真诠以后，徒众甲向禅师禀告道："老师！生死事大，要了生脱死，唯有念佛往生净土，故弟子想要到灵岩念佛道场去学念佛法门。"

禅师听后，非常欢喜地说："很好，你去学净土念佛法门回来，能让此地佛声不断，使我们的道场真正如莲华世界。"

佛光禅师和徒众甲的话刚说完，徒众乙即刻起立合掌禀告说："戒住则法住，佛门没有比戒律再重要的事，老师，所以我想到宝华山学戒堂学律去。"

禅师听后，欢喜地回道："很好！你学律回来，能让我们道场大家都具有三千威仪，八万细行，真正成为一个六和僧团，真是太好了！"

佛光禅师的话刚说完，徒众丙亦整衣顶礼说道："老师！学道莫如能即身成就，弟子思前想后，非常急于到西藏学密去。"

禅师淡淡一笑，即刻答道："很好！密宗讲究即身成佛，你学密回来，影响所及，我们这里一定多人当身成就金刚不坏身。"

佛光禅师为甲乙丙弟子这样回答后，在座旁的侍者很不以为然，就非常不满地问道："老师！您老是当今一代禅师，禅是当初佛陀留下的以心印心的法门，成佛作祖，没有比学道参禅更重要的事，他们甲乙丙应留下来，在您的座下与您学禅，以期直指人心，明心见性才对，您老怎可鼓励他们走呢？"

佛光禅师听后，哈哈大笑说道："我还有你啊！"

青年学者不易专心于一道，总是“此山望见彼山高，到了彼山没柴烧”，不经过一些事故，不会明白道在迩。唐无尽藏比丘尼诗云：“终日寻春不见春，芒鞋踏破岭头云；归来偶把梅花嗅，春在枝头已十分！”佛光禅师的一句“我还有你啊”，到底侍者比较能明白禅师的心！

比自己优秀

峨山慈棹禅师在月船禅慧禅师处得到印可，月船对他说道：“你是大器，至今终能成就，从今以后，天下人莫能奈你何。你应发心再参善知识，不要忘记行脚云游是禅者的任务。”

有一年，峨山听说白隐禅师在江户的地方开讲《碧岩录》，便到江户参访白隐禅师，并呈上自己的见解。谁知白隐禅师却说道：“你从恶知识处得来的见解，许多臭气熏我！”

于是，便把峨山赶出去。峨山不服，再三入室，三次都被打出来。峨山心想：我是被印可的人，难道白隐禅师看不出我有实悟？或许是在考验我吧！便再去叩禅师的门说道：“前几次都因我的无知，而触犯了禅师，愿垂慈诲，我一定虚心纳受。”

白隐禅师道：“你虽担一肚皮禅，到生死岸头总无着力，如果要痛快平生，须听我只手之声！”

因此，峨山便在白隐禅师座下，随侍四年，在峨山三十岁那年终于开悟。

峨山是白隐禅师晚年的高足，峻机妙用，大振白隐的门风。后来年老时，在庭院外整理自己的被单，信徒看到，觉得奇怪，便问道：“禅师！您有那么多的弟子，这些杂事为什么要您亲自整理呢？”

峨山禅师道：“杂事，老年人不做，那要做什么？”

信徒说道：“老年人可以修行呀！”

峨山禅师非常不满意，反问道：“你以为处理杂务就不是修行吗？那佛陀为弟子穿针，为弟子煎药，又算什么呢？”信徒终于了解到生活中的禅。

一般人最大的错误，就是把做事与修行分开，其实，如黄檗禅师开田、种菜，沩山禅师合酱、采茶，石霜禅师磨麦、筛米，临济禅师栽松、锄地，雪峰禅师砍柴、担水，其他还有仰山的牧牛、洞山的果园等，这在在说明：禅在生活中。

不是传声筒

有一学僧去拜访铁舟禅师，要求铁舟禅师能为他讲解《临济录》。

铁舟禅师道：“这你就弄错对象了，要听《临济录》，最好去找圆觉寺的洪川禅师。”

学僧说道：“不！我已经听过洪川禅师的讲述。听说您是天龙寺滴水禅师的真传弟子，我一定要听听您的讲解。”

铁舟禅师再三推辞不得，只好带着这个学僧到一处练武的场地，一起练武。直到两人全身汗如雨下，才停止。铁舟禅师随即带着学僧回到原来的法堂，一面擦汗，一面微笑着对学僧说道：“如何？我的《临济录》讲得好不好？”

学僧大惊，铁舟禅师只练了一趟武，何曾讲过《临济录》？禅师这一问，学僧不知如何作答是好。

铁舟禅师再问道：“我的《临济录》讲得如何？”

学僧不得已答道：“禅师！你的《临济录》只是一套剑谱吗？”

铁舟禅师这时才恳切地开示道：“我是剑客，所以我只提倡剑道。我虽然也跟禅师学禅，但不愿学一般禅者的作为。首先该知道《临济录》绝非纸上谈兵，更不是从语言口舌上可以去了解的，至于家师滴水禅师的讲解，我更无从学起，因为我不是传声筒！”

学僧不以为然地说道：“照禅师这种说法，历代祖师大德，传法传心不也都成为传声筒了吗？”

铁舟禅师再告诉学僧道："传法传心自是传法传心，传声筒自是传声筒。"

不是一个传声筒，这就是禅者独特的风格。人云亦云，这是鹦鹉禅，与传法传心不类。所以凡一切学术禅理，总要先从自己消化，融会贯通以后，知之为知之，方可成为言说。

不动心

某处闹着灾荒，佛教界的一些人士也想尽些济助之心，因此就商请一个歌舞团，表演歌舞，筹募一点经费。某一寺里的禅僧购置入场券，也参观了歌舞。

新入道的一个禅学者大不以为然，他认为参禅修道的人不该观看歌舞；因为团体行动，不得已，他就闭眼，正襟危坐，不理会周围的嬉闹。

歌舞中途，主办者又向大家提出乐捐的呼吁，这位初学的禅者拂衣而起，生气地说："我根本连眼睛都没有睁开看一下，为什么还向我要钱？"

主办者一听，更认真地说："别人睁开眼睛看的，只要捐一半就好了；你闭着眼睛想的，那才要请你加倍多捐一些。"

我们修行，不要以为把眼睛闭起来，不看不闻就无事了，心里看的、想的，那才更厉害。所以，就算看了，听了，只要"不动心"，那才是真正的修行！

师父腿子

在一座古老的寺院中住着一位禅师，带着两个小徒弟。师父患有风湿症，两腿行动不方便，每天分由两个小徒弟捶腿按摩，以减轻痛苦。每次当大徒弟按摩右腿时，师父就说："你师弟按摩左腿，按摩得很舒服，你应该像他那样按摩才好。"大徒弟听了，心里很不高兴。当小徒弟按摩左腿时，师父也总是说："你师兄按摩右腿，按摩得很好！你应该向他学习。"小徒弟听了，心里也很不舒服。

一天，小徒弟不在寺里，大徒弟来按摩师父的腿子，心里想着师父对师弟的赞美，越想越气，终于把师弟按摩的师父左腿打断，这样他以后就不会有腿子按摩了。

第二天，师弟看自己按摩的左腿被打断时，一气之下，也把师兄按摩的右腿打断。

两个徒弟因为嗔恨嫉妒，把师父的双腿都打断了。我们的社会上也存在这种见不得别人好、同归于尽的心理，你嗔恨我，我嫉妒你，结果受害的是整个社会，以及生活于社会中的每个人。

金箔布施

在一个严寒的冬夜里，有个乞丐以颤抖的手去敲荣西禅师的庵室。泫然欲泣地诉说道："禅师！我的妻子与孩子已经多日未进粒米，我尽其所能地想给她们温饱，始终不能办到。连日来的霜雪致使我的旧疾复发，现在我实在是精疲力竭了，如果再这样下去，妻小们都会饿死，禅师，请您帮助我们！"

荣西禅师听后，颇为同情，但是身边既无钱财，又无食物，如何帮助呢？想着想着，不得已，只好拿出准备替佛像涂装用的金箔，对乞者说道："把这些金箔拿去换钱应急吧！"

当时，座下的许多弟子都以一种惊讶的表情看着荣西禅师的决定，不满的情绪挂在脸上，并且抗议道："老师！那些金箔是替佛装金的，您怎可轻易地送给别人？"

荣西禅师和悦地对弟子说道："也许你们会对我的做法无法理解，可是我实在是为尊敬佛陀才这样做的。"

弟子们听不懂老师的话，仍愤愤地说道："老师！您是为了尊敬佛陀才这么做的？那么我们将佛陀圣像变卖以后，将钱用来布施，这种不重信仰也是尊敬佛陀吗？"

荣西禅师道："我重视信仰，我尊敬佛陀，即使下地狱，我也要为佛陀这么做！"

弟子们不服，口中喃喃道："把涂装佛陀圣像的金箔送人，这是尊敬佛陀？"

荣西禅师终于大声斥责弟子们道："佛陀修道，割肉喂鹰，舍身饲虎，在所不惜，佛陀是怎么对待众生的？你们能认识佛陀吗？"

弟子们到此时才明白荣西禅师的大慈悲，原来他的做法是真正与佛心相契的。

佛陀有三十二相、八十种好的庄严，就是修行慈悲积聚功德而成的。所谓无缘大慈，同体大悲，只要有益于众生，钱财房舍、田园宅第、身体性命，全可布施，金箔又能算得了什么？荣西禅师的行为真正奉行了佛陀的慈悲。你不必是他的亲人，你也不必对他有什么利益，他都施于同体的慈悲。佛陀心中的众生，我们为什么为了金箔就把他分开呢？

不给人怀疑

鹤林玄素禅师，俗姓马，时人皆称他为马素，后来的人更模拟马祖道一禅师而称之为"马祖"，可见其知名度几近与马祖相等。

有一屠夫，仰慕鹤林禅师的道德声望，特地准备上好饮食，至诚恳切地邀请鹤林禅师赴宴。鹤林禅师也就非常随缘地前去，致使全寺大众为之哗然。看大家那种不以为然的表情，鹤林禅师泰然道："佛性平等，贤愚一致，放下屠刀，立地成佛，可度者，吾即度之，这有什么好诧异的呢？"

鹤林禅师说罢，就毫无顾忌地前去接受屠夫的供养。回来后，禅师房门紧闭，不和人讲话。有一学僧几度去敲鹤林禅师的门。

鹤林禅师在房内问道："谁啊？"

学僧回答道："老师！是我。"

鹤林禅师应道："不要说是你，就是佛祖也不能进来。"

学僧不解："为什么连佛祖都不能进去呢？"

鹤林禅师答道："因为这里已无空间给佛祖住宿了。"

学僧问道："那么，你告诉我什么是祖师西来意，我就不进去好了。"

鹤林禅师用慈悲的声音答道："祖师西来意就是到屠夫家中应供。"

学僧听后，又问道："这种西来意，难道不怕人怀疑吗？"

鹤林禅师答道："怀疑的事就是不怀疑，认识的事就是不认识。我这里没有怀疑的人，你要怀疑到别处去怀疑好了，因为我不肯定不怀疑的事物，不怀疑不肯定的事物。"

学僧终于有省，在门外顶礼而去。

世间的一般人，不相信别人，也不相信自己，处处抱持着怀疑的态度，不肯与人为善。屠夫所操的是杀业，他虔诚供养，这确实是佛心；一个证悟禅道的人，怎能不接受佛心呢？

鹤林禅师不准学僧进门，主要就是不给人怀疑。禅者每天找寻祖师西来意，却没有慈悲心，没有方便慧，怎能参禅呢？

只手之声

有一个沙弥叫南利，每天看着师兄们早晚都到禅堂里参禅，心里非常向往，就鼓起勇气请求默雷禅师准许他也能进入禅堂参禅。默雷禅师道："学禅要用心，绝不能嬉戏游乐，以你小小的年纪实在不相适合，等长大一点再说吧！"

南利沙弥不肯罢休，一再恳求道："禅师！我一定有始有终，请给我机会。”

默雷禅师不得已，只得允许道：“好！注意听，你可以听到两手拍掌的声音，现在你进入禅堂，给我举示一只手的声音。”

南利沙弥一鞠躬退出法堂，用心思量这个问题。他从窗口听到不知何处来的演奏乐器声音，高兴地叫道：“我会了！”于是便到禅师面前将听到的声音演奏给禅师听。

默雷禅师指示道：“不是！不是！那不是只手之声。”

南利心想那种音乐也许会打岔，于是便搬到一个偏僻寂静的地方，思量什么是“只手之声”。忽然听到水滴声，便马上跑到禅师的面前，模拟了滴水之声。

默雷禅师听后说道：“那是滴水之声，不是只手之声。再参！”

南利沙弥接着打坐，谛听只手之声，毫无所得。他每天听到的是风声、蝉声、虫鸣、猫头鹰叫，三年来，往默西禅师处跑了十几次，都被否决了。到底什么是只手之声呢？他观照禅心，终于进入了真正的禅定而超越了一切声音。

南利沙弥最后说道：“原来世间的声音都是无常的，只有只手之声；那种无声之声才是只手之声。”

“双手互拍会有声音，一只手会有什么声音？”这是白隐禅师创始的有名公案。也就是说，两只手掌互相拍击时会发出声音，但是，对一个禅者而言，如何去听出一只不加拍击的手所发出来的声音呢？

白隐禅师的用意在于透过此种无义的公案，使人直入无法分别的世界。白隐禅师曾将五祖法演禅师和大慧禅师以来的“赵州无字”公案交给初学者去修行，但是“无”字较难引起疑团，因此才提出“只手”的公案，以便修行者下工夫参究，结果较易引导修行者达到了悟的境界。默雷禅师教导后学沙弥南利的悟道方法，终于得到了实用。

镇州萝卜

赵州从谂禅师从二十岁起，大约有四十年的时间，跟随南泉普愿禅师参学，直至五十七岁止；然后才云游四方到处参访，共达二十年之久；八十岁时至赵州观音院担任住持，享年一百二十岁，世人称之为“赵州古佛”。

虽然南泉普愿禅师的禅风闻名遐迩，但弟子赵州却青出于蓝更甚于蓝，甚而超过南泉普愿禅师。

有一个学僧问赵州禅师道：“听说您是南泉普愿禅师的真传弟子，他传了什么禅法给您吗？”

赵州禅师回答道：“镇州盛产大萝卜。”

又有一次，另一个学僧请示赵州禅师道：“老师！有修行的人像什么样子呢？”

赵州：“我正在认真地修行。”

学僧：“怎么？连老师也要修行吗？”

赵州：“我要穿衣也要吃饭呀！”

学僧：“这是日常琐碎事情，我要知道的是什么叫修行。”

赵州：“那你以为我每天都在做什么呢？”

南泉禅师传了什么禅法给赵州禅师，这是不可说的，说得出的那也不是禅法的真传。没头没脑的学僧既然问了，赵州禅师不得不答，一句“镇州盛产大萝卜”的话，主要告诉了学僧：镇州盛产大萝卜，是非常平常的事。禅法，没有另外特别的东西可传，一切都要由平常心去体悟。禅，不一定非要改变外面的环境，镇州盛产大萝卜，就让它镇州盛产大萝卜。禅，要紧的是改变内部的自己，既然要改变自己，你何必管他传法不传法。正如穿衣吃饭就是赵州禅师的修行，假如你认为这是琐碎的事情，你就失去平常心；失去平常心的人，怎么知道赵州禅师每天在做什么呢？

禅师的宝座

佛光禅师和学僧说法、开示、接心，都坐在法堂里的宝座上，所以这个宝座在全寺住众的心目中是法的象征、悟的标志，因此又叫“法座”。

有一次，佛光禅师应邀到南方弘法，一连数日不在，侍者每天仍如往昔在法堂里洒扫，尤其是把佛光禅师的宝座更是擦拭得一尘不染。一日，中午跑香后，侍者非常惊讶地发现知客师竟然端坐在佛光禅师的宝座上和信徒讲话；因对方是知客师，侍者不敢表示什么，但一颗心却老挂碍着。到晚餐时，维那师也很自然地往宝座上一坐，闭目参禅。侍者看了，更是不以为然，心想：那是禅师的宝座啊！怎可如此地不尊重呢？

接连几天，衣钵师、殿主师、香灯师……经常借故在法堂会客，并且很自然地都会在佛光禅师的宝座上安坐。

一天，下殿后，侍者正要到法堂打扫时，看到知客师、殿主师、香灯师等大执事都在堂内话家常，尤其是知客师还端坐在佛光禅师的宝座上。侍者多日来的不平实在忍不住了，不觉地问道：“各位执事法师，你们知道这是什么地方吗？”

知客师答道：“法堂呀！”

侍者再问道：“法堂做什么用呢？”

殿主师回答道：“是佛光禅师开示、说法、与学僧接心的地方，谁不知道呢？”

侍者不悦地又问：“既是如此，你们怎可毫不恭敬地在此散心杂话，还坐在禅师的宝座上呢？”

众位执事法师不约而同地答道：“可是禅师不在家呀！”

侍者脱口而出道：“禅师既然不在，那你们就代理禅师，你们都做住持，请先为我开示接心吧！”

众人无言以对。

世间眷属护亲、人民护国、信徒护教，此则公案为侍者护主。其实护主不一定是侍者。主者，即今日领导中心之谓。任何一个国家、任何一个团体，都应该巩固领导中心，否则必定上下无序，混乱一团。禅师的宝座，象征着佛法的权威，象征着中心的可贵，此侍者岂止护主，则系护法！

面上污秽

莲池大师在写《十善行》之书时，来了一个自以为是的游方僧，向莲池大师道："据说，禅是无一事可褒，无一物可贬，现在你写那种书，有什么用呢？"

莲池大师回答道："五蕴缠绕无止境，四大奔放无比拟，你怎么说没有善恶呢？"

游方僧不服，再反驳说："四大本空，五蕴非有，善恶诸法，毕竟非禅。"（注：四大是指地、水、火、风四种和合万物的元素，五蕴是色、受、想、行、识，亦即"我"的代名词。）

莲池大师说："装着懂事的人多得是，你也不是真的东西。怎么样？善恶之外，再议论其他的如何？"

游方僧满面怒气，嗔恨之心从铁青的面孔上一看即知。

莲池大师和缓地说道："你怎么不拂拭你脸上的污秽呢？"

善恶是法，法非善恶，在真如理体上，一法不立，但在事相上，善恶因果历历宛然。禅虽超越善恶，无如从心上的爱嗔，表露到脸上的污秽不除奈何？

还重吗

韩国镜虚禅师带着出家不久的弟子满空出外云水行脚，满空一路上嘀咕，嫌背的行囊太重，不时地要求师父找个地方休息。镜虚禅师都不答应，永远都是那么精神饱满地向前走去。

有一日，经过一村庄，一个妇女从家中走出，在前面走的师父忽然握住那位妇女的双手，那位妇女尖叫了起来。妇女的家人和邻居闻声出来，一看，以为和尚轻薄妇女，齐声喊打。身材高大的镜虚禅师掉头，不顾一切地奔逃。徒弟满空背着行囊也跟在师父的后面飞跑。

跑了很久，跑过几条山路，村人无法追上这师徒二人。在一条静寂的山路边，师父停下来，回头非常关心地问徒弟道："还觉得重吗？"

"师父！很奇怪，刚才奔跑的时候，一点都不觉得行囊很重！"

对前途目标，不够有坚忍不拔的信心，嫌远、嫌难、嫌重是必然的；如果对前程有信心、有眼光、有担当，就会感觉不远、不难了。

为师胸怀

宗演禅师还是云水僧时，在建仁寺的俊涯禅师座下参禅。某个夏日，天气非常闷热，宗演就利用俊涯禅师外出时，躺在寺院的走廊上，伸展着四肢睡着了。不久，俊涯禅师回来了，看到宗演那种"大"字状的睡相，不禁大吃一惊。同时，听到脚步声的宗演也惊醒，但已来不及回避，只好厚着脸假装继续睡觉。

"对不起！对不起！"俊涯禅师轻声地说道，并小心翼翼地绕过他的脚边，走进客厅。宗演此时则惭愧得冷汗淋漓！从此，宗演一分钟也不敢放逸，朝夕精进参禅！

俊涯禅师圆寂后，宗演渐渐成为一代宗师，领导三百学僧参禅；因为想到过去老师对自己的慈悲，连在走廊上睡觉都不责备，所以他待学僧一向都比较宽容。

后来，年老的宗演禅师为教育学僧而劳烦，日夜无法成眠，不得已，利用静坐的时候小眠片刻。

有一次，在宗演座下习禅的一个学僧就批评道："我们的老师宗演禅师，每天打坐都有打瞌睡的习惯，我们问他为什么禅坐的时候打瞌睡，老师回答说：'他是去见古圣先贤，就像孔子梦见周公一样。'"这样的批评在学僧中流传很广，甚至有些学僧也学着利用禅坐时睡觉。宗演禅师仍不厌其烦地鼓励学僧好好用功。

学僧不服气道："我们是到梦乡去见古圣先贤，就如孔子梦见周公一样。"

宗演禅师毫不生气，问道："你们见了古圣先贤，他给了你们一些什么开示？"

学僧无言以对，但均有所悟。

学僧和老师的境界，终究不一样。宗演禅师承受老师的慈爱，故也以慈爱摄受学人，而教育只有慈爱的摄受，没有威力的折服，不易养成尊师重道的心性。但宗演禅师的爱心，加上禅味，一句"古圣先贤给了你们什么开示"，终于折服学僧不能和老师比了。

有弟子问："时限若已到时，禅师是去好呢，还是留住好？"保福禅师非常安详地反问："你说是怎么样才好呢？"这个弟子毫不考虑地答道："生也好，死也好，一切随缘任它去好了。"禅师哈哈一笑："我心里要讲的话，不知什么时候都被你偷听去了。"言讫跏趺示寂。

滴水和尚

仪山禅师有一天在洗澡的时候，因为水太热，就呼叫弟子提桶冷水来加；有一个弟子奉命提了水来，将热水掺凉了，便顺手把剩下的水倒掉。

禅师不悦地说道："你怎么如此浪费？世间不管任何事物都有它的用处，只是大小价值不同而已。你却那么轻易地将剩下的水倒掉！就是一滴水，如果把它浇到花草树木上，不仅花草树木喜欢，水本身也不失去它的价值，为什么要白白地浪费呢？虽然是一滴水，但是价值无限的大啊！"

弟了听后若有所悟，于是将自己的法名改为"滴水"，这就是后来非常受人尊重的滴水和尚。

滴水和尚后来弘法传道，有人问他："请问世间什么功德最大？"

"滴水！"滴水和尚回答。

"虚空包容万物，什么可包容虚空？"

"滴水！"

滴水和尚从此把心和滴水融在一起，心包太虚，一滴水中也有无尽的时空。

人在世间，福报有多少，这是有数量的。不要看自己万贯家财，若福报享尽，仍会一无所有。一个人不管有多少金钱、多少爱情、多少福寿、多少享用，都等于银行存款，浪费开支，终有尽时，故应节用惜福，虽是滴水，皆不废弃，须知滴水虽微，大海亦是由滴水所成。

往尿臭去参

宋朝的江西从悦禅师参访云盖守智禅师的时候，对谈不到几句，云盖守智禅师就批评他道："看你虽然是长沙道吾山的首座，但是谈吐竟如醉人一样！"

从悦面红耳赤地答道："请和尚慈悲，不吝开示！"

守智禅师问道："你曾参访过法昌禅师吗？"

"学人看过他的语录，已经融会在心，因此没有去参访。"

守智禅师再问："你曾参访过洞山克文禅师吗？"

从悦不屑地回答道："洞山克文吗？终日疯疯傻傻的，拖一条布裙，作尿臭气，算不上大德禅者！"

守智禅师庄严地开示道："禅在哪里！你就往尿臭气去参！"

从悦看守智禅师说得很认真，就依守智禅师的指示，去参访洞山克文禅师，因而深领奥旨，便回来感谢守智禅师。

守智禅师问道："你去参访克文禅师如何？"

从悦诚恳恭敬地禀告道："若不得禅师指示，此生就蹉跎了，故特来礼谢！"

守智禅师道："礼谢什么？礼谢尿臭气好了。"

以貌取人，这是人间的通病；以穿着取人，更是肉眼常犯的毛病。禅在哪里？禅不一定在庄严相好的上面，不一定在美好穿着上面。"一条布裙，作尿臭气。"这是慧眼看到的禅境。莲花出于污泥，金玉藏于土石。

途中珍重

灵训禅师在庐山归宗寺参学时，有一天动念想下山，因此向归宗禅师辞行。

归宗禅师问道："你要到哪里去？"

灵训照实回答："回岭中去。"

归宗禅师慈悲关怀道："你在此参学十三年，今天要走，我应该为你说些佛法心要。等你行李整理好，再来找我一下。"

灵训禅师将整理好的行李先放在门外，就持具去见归宗禅师。

归宗禅师招呼道："到我前面来！"

灵训依言前近。

归宗轻轻说道："天气严寒，途中善自珍重。"

灵训禅师语下顿然彻悟。

归宗禅师的"佛法心要"是什么？慈悲心、菩提心、般若心，总之一句，就是禅心。

修学佛法未成而退，这是对自己本分事放弃责任。一句"天气严寒"的关怀，别人都这么关心自己，而自己却不关心自己。一句"途中善自珍重"的勉励终于使灵训回到家门，认识自我！

禅，有时说尽了千经万论，禅的边还没有摸到；有时只轻描淡写的一句话、一个动作，却彻骨彻髓地认识自家本来面目。归宗禅师的慈悲关怀，那也是由于十三年的照拂；灵训的彻悟，那也是因为机缘成熟。"饭未煮熟，不要妄自一开；蛋未孵熟，不要妄自一啄。"实不虚假。

一休晒藏经

日本的一休禅师在比睿山乡下时，有一天看到一群群的信徒都朝山上走去，原来比睿山上的寺院在晒藏经。传说晒藏经的时候，如果风从经上吹拂而过，人承继这种风，能够消除灾厄，增长智慧，因此闻风而来的人都涌向山上去。

一休禅师知道了就说道："我也要晒藏经！"

说完一休就袒胸露肚地躺在草坪上晒太阳。很多要上山的信徒看到了很不以为然，认为实在太不雅观了。山上寺院的法师就跑下来劝一休不要如此没有威仪。

一休非常认真地解释道："你们晒的藏经是死的，会生虫，不会活动。我晒的藏经是活的，会说法，会作务，会吃饭，有智慧者应该知道哪一种藏经才珍贵！"

一休这种乍看似乎玩世不恭的作风，实在有其至理。在一休眼里，宇宙真理无非要从自心中显露，修行最怕舍本逐末。经只是纸印的，真心才是法，为什么不照顾自己而只知照顾经书？祈福增慧要知门径，参禅入佛要知道机要，一切应从用心下手。珍贵的藏经，不是印在纸上，而是印在心上，心上的藏经才能生万法。

不愧为侍者

石梯禅师有一次看到侍者拿着钵，往斋堂方向走去，就唤住他问："你到什么地方去呢？"

侍者回答道："到斋堂去！"

石梯禅师不以为然，申斥道："看你手拿钵，我怎么不知道你要到斋堂去。"

侍者反问道："禅师既然知道，那么又为什么要我回答呢？"

石梯说出主题道："我是问你的本分事。"

侍者庄严地回答道："禅师若问我的本分事，那么我实在是要到斋堂去。"

石梯拍掌赞叹道："你实在不愧为我的侍者！"

什么是"本分事"？本分事，是明心见性的事，是了脱生死的事，是回到本家的事。本分事，是认清本性、安住身心、慈悲忍耐、发心作务的禅风。禅者的生活中，无处不是禅，吃饭是禅，睡觉是禅，行住坐卧、搬柴运水，无事不禅。禅，不仅包含了生活，更包含了宇宙所有。所以，我们能将做人的本分做好，将事做好，是自己的不去推辞，不是自己的不去妄求，那就是本分事，也就是禅心。

瞬目视伊

仰山禅师带着试探的语气问智闲禅师道："师弟！你最近参禅的心得如何？"

香严智闲就用偈语回答道："去年贫，未是贫；今年贫，始是贫。去年贫，犹有立锥之地；今年贫，立锥之地也无。"

仰山听了说："师弟！我承认你深契如来禅，至于祖师禅，你还没有入门呢！"

于是，香严又作了一首偈语道："我有一机，瞬目视伊；若人不会，别唤沙弥。"

听了这首偈语后，仰山非常高兴，便去报告老师沩山禅师道："真令人兴奋，师弟已悟入祖师禅了。"

智闲禅师和仰山禅师同为百丈禅师的弟子。唐代，自六祖慧能以后，禅宗起了很大的变化。先是有马祖道一禅师创建丛林，接待十方禅者，倡导集体修行；继有百丈怀海禅师设立清规，以新的立法安住大众。门人弟子互相发扬，排除知解的分别，主张不立文字，探究心源，提倡即心即佛，以平常心为道，棒喝的机用，接化的简速，遂成为中国祖师禅的特质。而印度静态的如来禅，经过中国禅师的阐扬，更加活跃而成为动态的祖师禅了。

智闲禅师的偈语说到“贫无立锥之地”，这就是不着一物的如来禅；即至说到“瞬目视伊”，这就是活泼的“扬眉瞬目无非是禅”的祖师禅了。

我也有舌头

广慧元琏禅师初学道的时候，依止在真觉禅师的座下参禅，白天负责厨房典座的工作，晚上则以诵经作为修行的功课。

一日，真觉禅师问他道：“你看什么经？”

元琏回答道：“《维摩经》。”

真觉再进一步问道：“经在这里，维摩居士在哪里？”

元琏茫然不知如何回答，深愧自己所知有限，反问真觉禅师：“维摩在哪里？”

真觉回答道：“我知道也好，不知道也好，就是不能告诉你！”

元琏觉得非常惭愧，就辞别真觉禅师到处云游行脚，亲近的善知识多达五十人以上，但是仍然不能契悟。一日去参访河南首山省念禅师，问：“学人亲到宝山，空手回去之时如何？”

首山禅师道：“拾取自家宝藏！”

元琏当下大悟，说道：“我不怀疑禅师们的舌头。”

首山问：“为什么呢？”

元琏回答：“我也有舌头。”

首山很高兴地说：“你已经了悟禅的心要了。”

舌头人人都有，但真正懂得舌头妙用的不多。舌头会说话，“一言以兴邦，一言以丧邦”，这就是要看会不会运用舌头。有人以舌头做功德，有人以舌头造罪业，有人舌灿莲花，有人嚼舌根子。禅师的舌头，大众能会吗？

思量不思量

有一次，药山惟俨禅师正在禅坐的时候，来了一位行脚的出家人，他看到静坐中的禅师就问：“你在这里孤坐不动，思量一些什么事情啊？”

“思量不思量。”禅师回答说。

“既然是不思量，又如何思量呢？”这位行脚僧不放松地追问。

“非思量。”禅师针锋相对地回答。

这则公案从一般的理论上看，既思量，却又不思量，似乎互相矛盾，其实有其道理，它的意思是说：禅虽然不是文字知解，主张言语道断，但是通过文字知解可以把握不可言处的真髓，也唯有超越知识见解上的执著才能探骊得珠，体会真正的禅味。

见与不见

佛鉴禅师听完学僧守珣禅师的见地后，道：“可惜一颗明珠，被这疯癫汉拾得。”接着又举灵云禅师的诗道：“自从一见桃花后，直至如今更不疑，如何是灵云的不疑之处？”

守珣立刻回道：“莫道灵云不疑，只今觅个疑处，了不可得。”

佛鉴又问：“玄沙道‘谛当甚谛当，敢保未彻在’，哪里是他未彻处？”

守珣恭谨地道：“深知禅师老婆心切（苦口叮咛的婆心）。”说完便呈偈曰："终日看天不举头，桃花烂漫始抬眸；饶君更有遮天网，透得牢关即便休。"

佛鉴禅师认为守珣悟了，但圆悟禅师不以为然，想再察勘一下守珣禅师的见地，就与他游山。在一潭边，忽然将守珣禅师推入水中，问道："牛头法融未见四祖时如何？"

守珣："潭深鱼聚。"

圆悟："见后如何？"

守珣："树高招风。"

圆悟："见与未见时如何？"

守珣："伸脚在缩脚里。"

圆悟禅师听后大为赞叹，认为守珣真的悟了。

禅者有没有觉悟，这是可以经过考试得知的。"在行家面前一开口，便知有没有"，悟与不悟，禅师一勘验便知。守珣禅师的悟道，一考又再考，总要见出真章才能通过。

不许为师

兜率从悦禅师参访密行的清素禅师，非常礼敬。有一次食荔枝，经过清素禅师的窗口时很恭敬地说道："长老！这是家乡江西来的水果，请你吃几个！"

清素很欢喜地接过荔枝，感慨地说道："自从先师圆寂后，不得此食已久了。"

从悦问道："长老先师是何大德？"

清素答道："慈明禅师，我在他座下忝为职事一十三年。"

从悦禅师非常惊讶地赞叹道："十三年堪忍职事之役，非得其道而何？"说后，便将手上的荔枝全部供养给清素长老。

清素即以感激的态度说道："我因福薄，先师授记，不许传人，今看你如此虔诚，为此荔枝之缘，竟违先师之记。将你的心得告诉我！”

从悦禅师具道所见。

清素开示道：“世界是佛魔共有的，最后放下时，要能入佛，不能入魔。”

从悦禅师得到印可以后，清素禅师教诫道：“我今为你点破，让你得大自在，但切不可说是承嗣我的，真净克文才是你的老师。”

“要学佛道，先结人缘。”荔枝有缘，即能悟道。“佛法在恭敬中求”，从悦对前辈很恭敬，恭敬中就能得道。古人一饭之恩，终生不忘，如清素禅师，一荔之赐，竟肯道破心眼，此乃感恩有缘也。“不可嗣我，当可嗣真净克文禅师。”师资相助相信，亦禅门之美谈也。

也是恁么

法庆禅师的侍者读了《洞山录》这本禅书以后，感慨地说道：“古人在生死中那么任性，实在好奇怪！”

法庆禅师因而答道：“我坐化时，你可用话唤醒我，若叫得回来，亦即生死自在之士。奇怪，也不奇怪。”

侍者看看禅师，禅师作预言颂云：

“今年五月初五，四大将离本主；白骨当风扬却，免占檀那地土。”

时光迅速，到了五月初五，禅师就将所有的衣物交给侍者供僧结缘，刚听到初夜的钟声，就趺坐圆寂，脉搏停止，呼吸全无。侍者记取当时的谈话，就唤道：“禅师！禅师！”

许久，法庆睁开眼睛，问道：“做什么？”

侍者：“禅师为什么不将衣帽鞋袜穿好而去？”

法庆：“当初来时，我根本就不曾带什么呀！”

侍者一定要将衣服给法庆禅师穿上。

法庆：“一点都不肯留给后人。”

侍者："正恁么时如何？"

法庆："也只恁么。"并又写了一偈——"七十三年如掣电，临行为君通一线；铁牛跨跳过新罗，撞破虚空七八片。"

说完俨然而化。

若有人问："禅者有生死没有？"答曰："禅者或有生死，但禅者在生死中非常自在耳。"赤裸裸地来，赤裸裸地去面对生死，而能从容放下，正恁么时，亦即是解脱自由了。

生死由他

后唐保福禅师将要辞世示寂时，向大众说道："我近来气力不继，想大概世缘时限已快到了。"

弟子们听后，纷纷说"师父法体仍很健康"，"弟子们仍需师父指导"，"要求师父常住世间为众生说法"，种种议论不一。

其中有一位弟子问道："时限若已到时，禅师是去好呢，还是留住好？"

保福禅师用非常安详的风度、非常亲切的口吻反问道："你说是怎么样才好呢？"

这个弟子毫不考虑地答道："生也好，死也好，一切随缘任它去好了。"

禅师哈哈一笑说道："我心里要讲的话，不知什么时候都被你偷听去了。"

言讫跏趺示寂。

说到生死，在一般世人看来，生之可喜，死之可悲，但在悟道者的眼中，生固非可喜，死亦非可悲。生死是一体两面，生死循环，本是自然之理。不少禅者都说生死两者与他们都不相干。如宗衍禅师曰："人之生灭，如水一滴，沤生沤灭，复归于水。"道楷禅师示寂时更说得好："吾年七十六，世缘今已足，生不爱天堂，死不怕地狱；撒手横身三界外，腾腾任运何拘束？”禅者生死，有先祭而灭，有坐立而亡，有入水唱歌而去，有上山掘地自埋。总之，生不贪求，死不畏惧，禅者视生死均为解脱。

堂中首座

灵树如敏禅师的灵树院，二十年来都没有人负责首座之职，每当人家问起，禅师就回答：“我的首座刚刚出生啊！”又有人问，即答：“我的首座正在牧牛啊！”再有人问，即答：“我的首座正在行脚之中。”这些回答，使问的人都不知其故。

有一天禅师忽然命令大众撞钟击鼓，并吩咐至山门迎接首座。正在寺众们讶异中，云门禅师飘然而至，如敏禅师便请其担任首座之职。

于是大家都相传灵树禅师有能知过去和未来的神通。

不久，五代后汉刘晟将兴兵征讨，闻灵树禅师神通，便亲自入院，拟请示禅师一些未知的将来，以便在决策问题上参考。

哪知灵树禅师已预知其意，就事先示寂，刘晟到达时，非常生气地道：“禅师是生的什么病，怎么这么快就圆寂呢？”

侍者非常诚实地回答道：“禅师并没有生病，他早知道你要来，所以就先示寂了，但留有一个盒子要给你。”

刘晟接过盒子一看，内有纸条一张，上面写着“人天眼目，堂中首座”。刘晟悟其意旨，遂罢兵，礼请云门禅师晋住灵树院，担任住持。

古德很少滥竽充数，有的虚其位，以待其人；有的虽学德俱全，但也要以待有缘，龙天推出。一寺首座，一待多年，可见选择人才的慎重。云门禅师初在灵树院，后至云门山，兴教利众，灵树如敏禅师早就预见到，但是亦要待大器晚成。

佛堂无佛

陕西汾州无业禅师初参马祖道一禅师时，由于相貌魁伟，声如洪钟，马祖一见即取笑他道：“巍巍佛堂，其中无佛！”

无业随即作礼，恭敬地说道：“三乘文学，自信粗穷其旨；但禅门即心是佛，实未能了。”

马祖见来意真诚，就开示道：“只未了底心即是，更无别物；不了时，即是迷，了即是悟；迷即众生，悟即是佛。”

无业：“心佛众生外，更有佛法否？”

马祖：“心佛众生，三无差别，岂别有佛法？如手作拳，拳空如手。”

无业：“如何是祖师西来意？”

马祖：“祖师今何在，且去别时来！”

无业禅师不得已，就告辞出门，马祖随即叫一声：“大德！”

无业禅师回首。

马祖：“是什么？”

当下无业禅师跪下礼拜，哭诉道：“本谓佛道长远，今日始知，法身实相，本自具足。”

马祖：“这个钝汉悟了！”

说起修行，要多少时间才能完成佛道？说远，须三大阿僧祇劫；说近，当下即是。如怀琏禅师云：“古佛堂中，曾无异说；流通句内，诚有多谈。”吾人心外求法，妄失自己，才劳动诸佛祖师，千说万说，才知回头。马祖一声，无业回首，本来面目，当下认识。“鱼在水中休觅水，日行山岭莫寻山。”你说钝汉，可是了悟了？

老僧何似驴

传承仰山禅师禅风的是光涌禅师，有一天，从他乡弘法回到仰山禅师处来，仰山问他道："回来做什么？"

光涌先合十，再顶礼，并说道："礼拜和尚亲教师之义！"

仰山禅师用指指自己，问道："还见老僧不见？"

光涌肯定地答道："见！"

仰山禅师非常严肃地再问道："老僧何似驴？"

光涌毫不犹豫："和尚也不像佛！"

仰山禅师再用一指指着自己说："像什么？"

光涌不以为然地道："如果有所像，那跟驴有什么分别呢？"

仰山禅师听了弟子的回答，哈哈大笑，乃赞叹道："这句话，我已经用了二十年，用它来考验人，没有一个人能彻悟了的；我也等了二十年，没有一个说得出的。今天你所回答我的，真是凡圣尽情，不从分别上去认识世间，乃从无分别上去体悟世间，真是太好了。善护持之！善护持之！"

像什么？用一句真实话说，其实像什么的，已经不像什么，不像什么的其实像什么。还见着吗？其实见着的都没有见着，没有见着的都已见着了。

这个世间所有，都是生灭变异之法，一切无常，能像什么呢？而真理法身，如同虚空，虚空虽说无相，其实无所不像。你见到过虚空吗？虚空像什么？

嫌什么

龙牙山的居遁禅师为求大彻大悟，就诚诚恳恳地到终南山翠微禅师处参禅，一住多月，均未蒙翠微禅师召见开示。有一天鼓起勇气，走进法堂问道："学僧自到禅师座下参学以来，殿堂随众，进进出出，不蒙开示一法，不知为什么？"

翠微禅师不在意地反问道："嫌什么？"

居遁因得不到要领，只好告别翠微禅师，前往德山亲近宣鉴禅师。又经多日，请示宣鉴禅师道："学人早就心仪德山的一句佛法，但我已来了多日，事实上身在此处却得不到禅师一句佛法。"

德山禅师好像和翠微禅师约好的一样，回答道："嫌什么？"

此二位宗师所答均不谋而合，居遁不得已又转往洞山良价禅师处参学。一日问道："佛法紧要处，乞师一言！"

洞山禅师就直截了当地告诉他道："等洞水逆流的时候，再向你说。"

龙牙居遁禅师于此言下大悟。

用疑心参禅，用体会参禅，用问道参禅，其实终不及用平常心参禅。吾人在世间生活，其实均在颠倒矛盾妄想之中，所谓随生死之流而不息，如能明白洞水逆流，那即是平常心显现。千疑万问，终不及一颗平常心。

摩尼珠

佛陀在灵山会上时，手中拿了一颗随色摩尼珠，问四方天王道："你们看一看这颗摩尼珠是什么颜色？"

四方天王看后，各说道是青、黄、赤、白等不同的色泽。佛陀就将摩尼珠收回，舒开手掌又问道："我现在手中的这颗摩尼珠是什么颜色？"

天王不解佛陀心中所指，都不约而同地回答道："佛陀！您现在手中根本就没有东西，哪有什么摩尼宝珠呢？"

佛陀于是告诉四方天王道："我将一般世俗的珠子给你们看，你们都会分别它的颜色，但真正的宝珠在你们面前，你们却视而不见，这是多么颠倒呀！"

四方天王听后皆有感悟。

所谓摩尼宝珠者，乃喻吾人真心佛性也。世间所有人等，营求忙碌，总是希求荣华富贵。其实世间财宝，虚而不实，“富贵如同三更梦，荣华好比九月霜”，珍珠玛瑙、金银钻石，人为财死，比比皆是。人若能将追求世间虚而不实财富的精神，用来开采内心的宝藏，则光华不变的摩尼宝珠，才是取之不尽、用之不竭的财富。

真假妄语

道光禅师有一次问大珠慧海禅师道：“禅师！您平常用功，是用何心修道？”

大珠：“老僧无心可用，无道可修。”

道光：“既然无心可用，无道可修，为什么每天要聚众劝人参禅修道？”

大珠：“老僧我上无片瓦，下无立锥之地，哪有什么地方可以聚众？”

道光：“事实上你每天聚众论道，难道这不是说法度众？”

大珠：“请你不要冤枉我，我连话都不会说，如何论道？我连一个人也没有看到，你怎可说我度众呢？”

道光：“禅师，您这可打妄语了。”

大珠：“老僧连舌头都没有，如何妄语？”

道光：“难道器世间、有情世间，你和我的存在，还有参禅说法的事实，都是假的吗？”

大珠：“都是真的！”

道光：“既是真的，你为什么都要否定呢？”

大珠：“假的，要否定；真的，也要否定！”

道光终于言下大悟。

说到道理，有时要从肯定上去认识，有时也可从否定上去认识。如《心经》云："色即是空，空即是色，受想行识，亦复如是。"这就是从肯定中认识人生和世间。《心经》又云："无眼耳鼻舌身意，无色声香味触法。"这就是从否定中认识人生和世间。大珠慧海禅师否定一切名句文身，不是妄语，因为否定一切，才是肯定一切。

无一法可得

有一次仰山慧寂禅师问双峰禅师道："师弟近日可有什么见地？"

双峰："据我所知，实无一法可得！"

慧寂："你这样，仍然停滞在尘境之上啊！"

双峰："我无一法可得，怎可又说我停滞在尘境上呢？"

慧寂："以为无法可得，其实就已有一法可得。"

双峰："我只能做到这样！根不随尘，心不在境，师兄你认为应该怎么样？"

慧寂："你为什么不去追究那无一法可得的？"

做老师的沩山灵佑禅师在旁边听了这句话，不禁欢喜地赞叹道："慧寂呀！你这一句话，可要疑煞天下人啦！"

双峰仍然不解，他以为既然无一法可得，又怎么去追究呢？

灵佑禅师知道双峰的心意，故对他说："你就是一个天下人啊！"

禅者的修行，就是要修无修的行门，就是要证无证的果位，因为无修才是真修，无证才是真证，故所谓无一法可得才得真得。因为"行到山穷水尽处，自然得个转身时"，就是此意。《维摩经》云："启建水月道场，大作空华佛事；降伏镜里魔军，证悟梦中佛果。"真正的禅者，即应作如是观。

击碎虚空骨

梦窗国师年少时，千里迢迢地到京都一山禅师处参学。有一天至方丈室请示道："弟子大事未明，请师直指！"

一山禅师严峻地回答："我宗无言句，亦无一法与人。"

梦窗再三恳求道："请和尚慈悲方便。"

一山更威严地道："我无方便，亦无慈悲。"

如此多次仍得不到一山禅师的开示，梦窗心想：既然与禅师无缘，长此下去也无法开悟。于是忍泪辞去一山门下，往镰仓的万寿寺叩参佛国禅师。在佛国禅师座下却遭到更无情的痛棒，这给殷殷求道的梦窗实是一大打击，终于他伤心地对佛国禅师发誓道："弟子若不到大休歇之地，绝不复见禅师。"便辞去了佛国禅师，日以继夜专与大自然界作静默的回答。一日，坐庭前树下，心中无牵无挂，不知不觉至深更，入庵房欲睡。上床之时，误认无墙壁之处为墙壁，糊里糊涂把身子靠了过去，不料却跌了下来，在跌倒的一刹那，不觉失笑出声，就此豁然大悟了。身心开朗之余，脱口作了一偈："多年掘地觅青天，添得重重碍膺物；一夜暗中扬碌砖，等闲击碎虚空骨。"

梦窗心眼洞明之后，感恩之余，便去会见一山禅师和佛国禅师，呈上自己之所见。机智密契，佛国大为称赞，立刻为他印证云："西来之密意，汝今已得，必善自护持！"

时梦窗年三十一岁。

古今中外禅师有一特色，大都语冷心慈。一山禅师的无方便、无慈悲，实则是方便，是慈悲；佛国禅师的棒喝，更是大方便大慈悲。设无此二师，何有后来的梦窗国师？故春风夏雨，能使万物生长，而秋霜冬雪，更可使万物成熟。

生死自如

普化禅师在临济禅师座下，有一天，他在街上向人乞求法衣的布施，信者用上好的袈裟供养他，但他又不接受人们供养的法衣。

有人把此事报告临济禅师，临济就买了一口棺材送他，普化非常欢喜地说道："我的衣服买回来了。"

普化立刻扛起了棺材，跑到街上大声叫着说道："临济为我做了一件法衣，我可以穿它去死了。明天上午，我要死在东门。"第二天，普化准时扛着棺材到了东门，一看，人山人海，都想来看此一怪事。普化对大家说："今天看热闹的人太多，不好死，明天去南门死。"如此经过三天之后，由南门而西门，由西门而北门，再也无人相信普化禅师的话，大家说："我们都给普化骗了，一个好端端的人，哪有说死就死？再也不要上他的当了。"

到了第四天，普化扛了棺材至北门，一看，没有几个看热闹的人，就非常欢喜地说道："你们非常有耐心，东南西北，都不怕辛苦，我现在可以死给你们看了。"说罢，普化进入棺材，自己盖好，就无声息了。

生之可喜，死之可悲，这是一般人的常态，而禅师以生死作为玩笑，说生就生，说死就死，所谓生死一如，即是超越生死，如普化禅师者，即此之人乎？

珍惜现在

日本亲鸾上人九岁时就已立下出家的决心，他要求慈镇禅师为他剃度，慈镇禅师就问他说："你还这么年小，为什么要出家呢？"

亲鸾："我虽然只有九岁，父母却已双亡，我不知道为什么人一定要死亡？为什么我一定非与父母分离不可？为了探索这层道理，我一定要出家。”

慈镇禅师非常嘉许他的志愿，说道：“好！我明白了。我愿意收你为徒，不过，今天太晚了，等明日一大早，再为你剃度吧！”

亲鸾听后，非常不以为然地道：“师父！虽然您说明天一早为我剃度，但我还年幼无知，不能保证自己出家的决心是否可以持续到明天。而且，师父您那么年高，您也不能保证您明早起床时是否还活着。”

慈镇禅师听了这话以后，拍手叫好，满心欢喜地道：“对！你说的话完全没错，现在我马上就为你剃度！”

唐代玄奘大师十二岁出家时，因唐朝出家为僧须经考试及格，其时玄奘年幼，未能录取，玄奘伤心痛哭。主考官郑善果问其为何一定要出家，玄奘答称是为了“光大如来遗教，绍隆菩提佛种”，因其志愿宏伟，特准出家。今日中两圣者，古今辉映，实佛教之美谈。

一口好牙

佛光禅师对于徒众一向慈愍有加，尤其有关疾病医药、参学旅游、教育留学，乃至日用所需等福祉设施，无不考虑周详，督促常住执法者要供应大众弟子衣食无缺，达到僧团利和同均的理想生活。

一日，掌管会计的师父拿来一叠请款收据，蹙着双眉对禅师说道：“师父！最近住众们患牙病的人特别多，牙疼虽不是大病，痛起来却也难受。常住尽量给大家方便，偏偏牙病的医药费非常昂贵，一个人补几颗牙，动辄万千金额，实非常住所能负担。”

“不能负担，也要设法负担。”禅师坚持他的意见。

会计又说道：“这些人受了常住恩泽，不但不知回报，说些好话，反而批评常住，不满常住，依我看实在犯不着为他们出这笔冤枉钱。”

佛光禅师像是自语似的说道：“这些人口中虽然说不出什么好话，却不能不为他们装一口好牙！”

诸佛圣贤只求为众生服务奉献，不仅要为众生换一口好牙，更要为众生换一副好心肠、好佛性。为众生换好牙，让众生都能享受人生美味，禅悦为乐，至于众生能不能说好话回报，对深契无所得空的禅师来说，是不足挂齿、坦然如虚空的僧家事了。

割舍

金代禅师非常喜爱兰花，在寺旁的庭院里栽植数百盆各色品种的兰花，讲经说法之余，总是全心地照料。大家都说，兰花好像是金代禅师的生命。

一天，金代禅师因事外出，一个弟子接受师父的指示，为兰花浇水，但不小心，将兰架绊倒，整架的盆兰都被打翻，心想：师父回来，看到心爱的盆兰这番景象，不知要愤怒到什么程度！于是就和其他师兄弟商量，等禅师回来后，勇于认错，且甘愿接受任何处罚。

金代禅师回来后，知道了这件事，一点也不生气，反而心平气和地安慰弟子道：“我之所以喜爱兰花，为的是要用香花供佛，并且也为了美化寺院环境，并不是想生气才种的！凡是世间的一切都是无常的，不要执著于心爱的事物而难割舍，因那不是禅者的行径！”

弟子听后，放下一颗忐忑的心，更精进于修持。

人在世界上，最难做到的就是放得下：自己喜爱的固然放不下，自己不喜爱的也放不下。因此爱憎之念，盘占住我们的心房，哪能快乐自主？如果对心爱的东西能够割舍，对违逆能够接受，才能进而做到无爱无憎，正如《心经》所云：“远离颠倒梦想，究竟涅槃。”金代禅师的不是为生气才种花，是多伟大的禅功！

世间事，不是一味执著就能进步的，读死书而不活用，不能获益。留一点空间，给自己转身；余一些时间，给自己思考。不急不缓，不紧不松，那就是入道之门了。

一休吃蜜

一休禅师还是小沙弥的时候就很有禅风。一信徒送一瓶蜂蜜给一休的师父。师父这天要出门，心想：这瓶蜜放在屋里很不安全，一休可能会偷吃。因此把一休叫来吩咐道："一休！刚才信徒送来这瓶毒药，药性强烈，非常危险，你千万不可贪食。"

一休是个很机灵的人，他当然懂得师父的意思。师父走了以后，他就把整瓶蜂蜜吃光了，饱尝一顿之后，心想：师父回来时怎么交待呢？灵机一动，就将师父最心爱的一只花瓶打碎。当师父回来时，一休倒在地上号啕大哭，向师父哭说："师父！我犯了不可赦免的罪过了。"

"一休！你做了什么错事？"

"师父！我把您心爱的花瓶打破了！"

"一休，你怎么这样粗心大意，把那么贵重的花瓶打破了？"

一休无限憾恨似的忏悔道："师父！我知道不该将您的花瓶打破，为了表示忏悔，向师父做个交待，我只好以死来谢罪，所以把您的那瓶毒药吃下去了！"

这样的谢罪方式，使师父哑巴吃黄连，哭笑不得！

禅，用在修道上，固然可以明心见心，用在其他生活事务上也有它的妙处。禅是智慧，是般若的智慧、幽默的智慧，一休小小年纪，如此机灵，以如此方法来谢罪忏悔，这岂不正是禅的幽默吗？

根源会

文殊心道禅师参究“三界唯心，万法唯识”多年，可是对心识的问题仍不能契会，于是就行脚参访。一日到太平佛鉴禅师的地方，想以“赵州庭前树”的公案向佛鉴禅师请示。又自觉禅师预先知道了他的意思，就刻意说：“先师无此语，莫谤先师好。”

心道因而大起疑惑，但日久便有所悟，于是就到方丈室想谒见佛鉴禅师，叙述自己的见地。可是住在方丈室中的佛鉴禅师见有人来，便将房门关上。

心道在门外大声地说道：“禅师！你不要骗我。”

佛鉴在门内应道：“十方无壁落，何不入门来？”

心道禅师就以拳弄破纸窗。佛鉴禅师猛然把门打开，抓住心道追问：“说！说！”

心道禅师以两手捧着佛鉴禅师的头，作口啐而出，并且说：“赵州有个柏树话，禅客相传满天下；多是摘叶与寻枝，不能直向根源会。觉公说道无此语，正是恶言当面骂；禅人若具通方眼，好向此中辨真假。”

佛鉴禅师为他印证说：“你已经开悟了！”

世间的事有是是非非，辨明道理也有真真假假。赵州庭前柏树子的公案，是因为有一僧问：“如何是祖师西来意？”赵州回答：“庭前柏树子。”庭前的柏树随时令而自然春绿秋色，这个无心的境界尚是祖师西来意。心道禅师在佛鉴禅师这儿找到了柏树的根源，体悟了无分别智，难怪要骂尽天下饶舌的知解禅者了。从马祖道一禅师悟道的过程看来，参禅的目的是明心见性，光是打坐不能明心见性，因为禅非坐卧之相，不能把禅限于固定的形态。打坐是可以用来通达禅道的方法，但不是目的。牛车不进，打牛即行，不关车事；参禅悟道，用心即是，不关身相。心为万事之王，任何修行重在明心。

未上树时

山东的香严智闲禅师有一次在法堂上开示道："有人想要彻悟自己的本来面目，口衔树枝，脚不踏枝，手不攀枝，忽然听到树下有人问：'如何是祖师西来意？'如果不回答他，就违反了出家人慈悲开示的本分，但是如果要回答他，开口便会坠落而失去生命！在这种情形下，该怎么办才对？"

当时在座的大众，面面相觑，不知如何回答。有一位叫虎头招上座的禅者看到没有人能回答，就站起来道："树上即不问，未上树时请禅师说说看！"

智闲禅师听了，哈哈大笑，然后以偈答道：

"子碎母啄，子觉母壳，子母俱忘，应缘不错，同道唱和，妙云独脚！"

智闲禅师的问题，问得奇特，难以回答。但禅的参究，有时要一直追问下去，有时却要注意转身，不能食而不化。虎头招禅师给这个问题一个转身。如何是祖师西来意，未上树就可以问了，何必要等上树才问？参话头，只要把话头找出，何必斤斤计较枝末细节？好像母鸡孵蛋，"子碎母啄"，不在乎是子碎或母啄，而重在生命的诞生！禅者应该只要觉悟什么是祖师的西来意，何必管他上树不上树呢？

莫轻园头

有一学僧向洛浦禅师告假辞行，想到其他地方去参学，洛浦禅师就问道："此处四面是山，你要往何处去？"

学僧哑口，不知如何回答。

洛浦禅师道："如果你在十天内能够回答，那就请便！"

学僧日夜思索，经行往来，偶在菜园中巧遇担任园头的善静禅师，善静禅师问他："听说你已告假辞行到他处参学，为什么还在这里不去呢？"

学僧将不能回答洛浦禅师的问题经过详述一遍。

善静禅师说道："我可以教你回答，但你不能对洛浦禅师说这是我的话。"

学僧一听，大喜，恳求道："可以，请您告诉我答案吧！"

善静一字一字慢慢地道："竹密不妨流水过，山高岂碍白云飞！"

当洛浦禅师听完学僧的回答，就问道："这答案是谁告诉你的？"

学僧回答道："是我自己的。"

洛浦禅师两眼圆睁，道："我不相信！"

学僧只好说是善静禅师教的，当晚洛浦禅师上堂，就对大众宣布道："莫轻园头，他日其座下将会有五百人！"

后来善静禅师弘化一方时，其弟子果真有五百余人！

真人不露面，禅宗丛林，多少烧火的、挑水的、煮饭的等等苦役行者，都是在工作中参究出本来面目，但仍陆沉无人认识其真面目。"工作无尊卑，悟道有深浅。"诚信然也。

禅非一物

有一次，石头禅师问宝通禅师道："你是参禅僧还是州县白踢僧？"

宝通："是参禅僧。"

石头："何者是禅？"

宝通："扬眉瞬目。"

石头："除却扬眉瞬目外，将你的本来面目说出来听听。"

宝通："先请禅师除却扬眉瞬目。"

石头："我不以扬眉瞬目看你。"

宝通："我已将禅呈给你看过听过了。"

石头："离扬眉瞬目，你和我心如何？"

宝通："你心我心不异禅心。"

石头："不关你事。"

宝通："是关你事。"

石头："禅非一物。"

宝通："一物是禅。"

石头："真禅无一物，一物不可得，汝心见量意旨如此，应为善自护持。"

禅是活泼的，只要能在参禅中体悟万法皆空的法性，生活里就会感受到"青青翠竹，皆是般若；郁郁黄花，无非实性"。因此，行住坐卧是禅，扬眉瞬目是禅，只要心领神会，又何须言说？宝通经不起石头禅师一再追考，最后道出禅无一物、一物是禅。《金刚经》说："如来所说法，皆不可取，不可说，非法（自性空）非非法（不着自性空）。"所以石头勉励他大须护持，继续参究。

佛子天然

行思禅师门下的丹霞天然禅师本来是一个上京赶考求官的士子，某日有人向他说："选官何如选佛？"

丹霞道："到哪里去选？"

那人回答道："江西马祖大师是个好去处。"

天然就跑去见马祖，一见马祖就用手拍着头，表示要剃度出家。

马祖说道："你的机缘不在我这里，是在石头禅师那儿。"

于是丹霞就去见石头希迁禅师。

石头禅师一见，就命他作务去。

有一天，石头命大家到堂前去除草，天然却端了一盆水把头洗净，拿一把剃刀，跪在石头面前。石头见他已会意，于是便为他剃发出家。

他剃发出家后，再去见马祖，不先进客堂却直到僧堂，骑在祖师的圣像上。众人看到这个情形，以为不知何处的游方僧，大逆不道，遂告知马祖。但马祖大师看到他这样的行为，非常欢喜，遂说："我子天然！"天然随即从圣像上跳下，向马祖礼拜，从此以"天然"为名。

有一次在一个寺院拿佛像来烧火取暖，还说要取舍利子的，就是这位丹霞天然禅师。

有些佛弟子一听佛法，当下悟入而证果；有的勤苦修学了一生，还是不能得道。这与前生的修持有关，所以修证的迟速，都不是今生的利钝根性差别。

学佛，要像天然禅师，不要轻易错过因缘，但也不必急求速成，菩萨道须经三大阿僧祇劫，这才是真止的利根。

我不识字

在一座藏经楼（图书馆）上，有一禅者在里面从不看经，每日只管打坐，于是管理藏经楼的藏主（图书馆馆长）就问道："大德每天打坐，为何不看经呢？"

禅者坦诚地回答道："因我不识字。"

藏主道："为什么不请教人呢？"

禅者反问道："要请教谁呢？"

藏主不客气地道："你可向我请教呀！"

禅者起立，作礼，合掌问讯道："请问这个是什么？"

藏主当时经这一问，无言以对，因为"这个"意指自性，究竟是什么东西呢？

禅宗不立语言文字，实在因为语言文字不能表达自性真如的本来面目。六祖慧能大师当初未到黄梅时，就能听经解义，但对自家大事并未契入。到了五祖那里，虽终日在磨坊里做苦役，不曾阅经读藏，但终能明心见性，可见悟道非从文字上得。

藏经楼上的禅者，虽不看经，却能老实修行，每日只管打坐。藏主慈悲，劝其阅藏，禅者无奈，只得以悟境相示。禅，不限于文字，只要认真参究，廓然贯通，一样可以悟出本来面目。

不识法身

太原孚上座有一次在扬州光孝寺讲《涅槃经》时，一禅者听讲至三德法身，广谈法身妙理时，忽然失笑。孚上座讲罢，便请禅者喝茶，问道："我对佛学的研究，依文解义，我知道不够深契佛旨，适蒙见笑，希望您能不吝慈悲，给予指教。"

禅师："座主刚才所讲的三德法身，在我听来，座主并不认识法身。"

座主："我刚才所讲的，是哪些地方不妥当呢？"

禅师："你再讲一遍。"

座主："法身之理，犹若太虚，竖穷三际，横亘十方，弥纶八极，包括二仪，随缘赴感，靡不周遍。"

禅师："我不说座主讲得不对，只说座主对法身体相妙用未能认识。"

座主："既然如此，请慈悲为我开示。"

禅师："你信得过我吗？"

座主："我怎能不信呢？"

禅师："那你从现在起，停止讲经旬日，于室内端然静虑，收心摄念，善恶诸缘，一起放下！"

座主就听从禅师所说，每日静心息虑，每日从初夜至五更。一天闻鼓角声，忽然契悟，便去叩禅师的门。

禅师："教你传持大法，夜来为何酒醉？"

座主："今日始知过去讲经，将生身父母鼻孔扭捏太紧，致使不能任性逍遥，从今以后不敢在语言文字上搬弄！"

座主便罢讲经，遍历诸方，终能名闻宇内。

法身，即真理之身，亦是吾人的本来面目，历代祖师为了阐扬法身之理，诸如所说涅槃、真如、自性、实相、般若、如来藏、不二法门此皆法身，“法身”不是理解的，这法身平等自性是要体证的，所谓菩萨断一分生相无明，证一分法身。

自忏忏他

有一位信士问普交禅师道：“修忏悔法门是为了自己忏悔呢，还是为他人忏悔呢？若为自己忏悔，自己罪性从何而来？若为他人忏悔，他人非我，怎能为他忏悔？”

普交禅师一时无以回答，便开始云游参访，希望解答这个疑难问题。一日到泐潭禅师处，脚刚踏进门，泐潭禅师大喝了一声。

普交禅师虽然不知喝一声的意义，但想到既然前来问道，总该自己先表明来意，哪知正要开口，泐潭的禅杖已打了过来！

普交不知所以，但只有忍耐。经过数日后，泐潭禅师对普交说道：“我有古德公案想与你商量。”

普交正要启口说好，泐潭又大喝一声！在此喝声下普交禅师豁然开悟，不禁哈哈大笑。泐潭禅师走下禅床，执着普交禅师的手道：“你会佛法吗？”

普交禅师大喝一声，复将泐潭禅师的手推开。

泐潭禅师哈哈大笑。

说到忏悔法门，有深浅层次，作法忏、功德忏、无生忏等。偈云：“罪从心起将心灭，心若灭时罪亦亡；心亡罪灭两俱空，是则名为真忏悔。”为自己忏，亦为他人忏；为他人忏，亦为自己忏；自他无二，事理一如，何必要把自己与一切众生分开？说到罪业，在事相上当然有罪有业，有业有报，但在自性本体上，哪有罪业之假名？喝的一声，是善是恶？是常是暂？是己是他？众生的分别在真理上实则无分别。

公鸡与虫儿

有一个儿童，才七岁，常常找无德禅师，和他东南西北乱说一通，但无德禅师却认为这个童子机智不凡，出言吐语常有一些禅味。有一天，无德禅师对他道：“老僧每天很忙，没有时间经常跟你在这里辩论胡扯。现在我和你再辩论一次，假如你输，你就要买饼供养我；假如我输了，我就买饼和你结缘。”

童子听后说道：“那就请师父先拿出钱来！”

无德禅师道：“最要紧是辩败才要钱，辩胜并不成问题。首先假定我老僧是一只公鸡。”

童子道：“我是小虫儿。”

无德禅师抓住机会说：“是的，你是小虫儿，你应该买饼给我这只大公鸡吃了！”

童子不认输，争论道：“不可以，师父！你要买饼给我才行，你是大公鸡，我是小虫儿，我见到你，我可以飞走，因为师徒之间是不可以争论的，那你不是输了吗？”

无德禅师抓住童子的手，引来许多民众。无德禅师说：“这个问题跟战争和政治相同，假如一般衙门不能判断，就必须请村民来裁决，这里有三百村民，其中不能说谁都没有拥护者——大众呀！请你们为老僧和童子判断一下吧，我们宾主之间谁有理？”

大众不能判断，于是无德禅师认真而庄严地说道：“必须是睁眼睛的禅师才能判断。”

过了三天，全寺的人才注意到，无德禅师悄悄地买饼送给那七岁的童子。

公鸡与虫儿，这一对老少禅者，他们之间一定有许多幽默的趣事。

禅的里面没有大小、长短、是非、好坏，当然禅的里面也没有输赢，无德禅师开始就想赢那位七岁童子，但七岁童子自愿做一只弱者小虫儿，大公鸡伸嘴一啄，虫儿就是最可口的食物，但小虫儿可以飞走，象征着师徒不可以争论。所以，禅是不争论的世界，但禅也是一个规律有序的世界。

步步不迷方

罗浮山的显如禅师初访湖北省大阳山警玄禅师，大阳禅师问道：“你是什么地方人？”

显如：“益山。”

大阳：“益山离此多远？”

显如：“五千里。”

大阳：“你与么来，还曾踏着地吗？”

显如：“不曾踏着。”

大阳：“那你会腾空了？”

显如：“我不会腾空。”

大阳：“那你怎么到此呢？”

显如：“步步不迷方，通身无辨处。”

大阳：“你得超越三昧耶？”

显如：“圣心不可得，三昧岂彰名？”

大阳：“如是！如是！汝应信此，即本体全彰，理事不二，善加护持。”

大阳警玄禅师是宋代人，他跟随叔父智通出家，十九岁受戒后即有禅机，如听《圆觉经》时即问何名圆觉，拜访缘观禅师的道场即问如何是无相道场。他的禅风是任何事情都好问，见僧迁化，问向什么处去，见僧种瓜，问甜瓜何时熟，但如有禅者问他，他都以诗偈回答。他不但禅风超逸，而且文字造诣极高。显如禅师从五千里外的四川盆州来参访他，五千里路所以不踏片土是因为禅无时空、禅无远近、步步不迷、未失方向，可见师资相契，后显如于大阳受法，不为无因。

隐居地方

无德禅师一向在行脚，一天来到佛光禅师处，佛光禅师对他说："你是一位很有名的禅者，可惜为什么不找一个地方隐居呢？"

无德禅师无可奈何地答："究竟哪里才是我的隐居之处呢？"

佛光禅师道："你虽然是一位很好的长老禅师，可是却连隐居之处都不知道。"

无德禅师说："我骑了三十年马，不料今天竟被驴子摔下来。"

无德禅师在佛光禅师处住下来。一天，有一学僧问道："离开佛教义学，请禅师帮我抉择一下。"

无德禅师告诉他道："如果是那样的人就可以了。"

学僧刚要礼拜，无德禅师说："你问得很好，你问得很好！"

学僧道："我本想请教禅师，可是……"

无德禅师道："我今天不回答。"

学僧问："干净得一尘不染时又如何呢？"

无德禅师答道："我这个地方不留那种客人。"

学僧问："什么是您禅师的家风？"

无德禅师说："我不告诉你。"

学僧不满地责问说："您为什么不告诉我呢？"

无德禅师也就不客气地答道："这就是我的家风。"

学僧更是认真地责问道："您的家风就是没有一句话吗？"

无德禅师说："打坐！"

学僧更顶撞道："街上的乞丐不都在坐着吗？"

无德禅师拿出一个铜钱给学僧。

学僧终于省悟。

无德禅师再见佛光禅师，报告道：“当行脚的时候行脚，当隐居的时候隐居，我现在已找到隐居的地方！”

自古以来的禅僧，有的行脚云水，有的陆沉隐居；有的躲藏盛名之累，入山唯恐不深；有的接待十方，等待有缘的传灯之人。究竟怎么做才是禅僧真正的生活行止呢？正如无德禅师所说：“当行脚的时候行脚，当隐藏的时候隐藏。”

上座何在

黄檗禅师叫临济禅师送信给同门沩山灵佑禅师。

沩山禅师叫仰山禅师负责接待临济，仰山拿到信后，问道：“这封信，既是黄檗上人的，请问哪一封是上座的呢？”

临济禅师一听这话，就说道：“我的已经交给你了。”

于是他们二人就一同去见沩山灵佑禅师，沩山问临济道：“黄檗禅师那里有多少僧徒？”

临济禅师道：“有七百人。”

沩山禅师再问道：“由什么人担任上座？”

临济禅师道：“刚才我已经请仰山师兄把信给你了。”

仰山禅师把信拿出来，说道：“信是在这里，上座不知在哪里？”

临济禅师反问沩山禅师道：“请问这里有多少僧徒呢？”

沩山禅师说：“有一千五百人。”

临济禅师道：“人可真多啊！”

沩山禅师说：“你老师黄檗那里也不少。”

临济禅师道：“既然人多，请老师还给我们一个上座！”

沩山禅师不答，只嘱仰山送临济一程。

仰山禅师在路上对临济禅师说道：“你去北方吧，那里可以找到上座。”

临济禅师拍手说道：“会有这种事吗？”

仰山禅师毫不犹豫地肯定道："你尽管去吧！是上座的自然认识上座，只是有头无尾，有始无终。"

临济禅师来到镇州以后，普化禅师确已经先在那里。当临济禅师要建僧堂时，就请普化禅师为上座，从旁协助。就在临济禅师的教化正盛行时，普化禅师就自行入灭了。

禅师对一些人事悟境一向以不说破为主，但禅师们老婆心切，接待学人又以慈悲为重，遮遮掩掩，就要靠会意了。

草木成佛

日本真观禅师最初研究天台教义六年，后来改习禅学七年，为了寻师访道，以期明心见性，找到自己本来面目，再负笈中国各名山丛林参话头，习禅定，又经历十二年之久。

二十多年后，他终于在禅门中得到了自我消息，因此束装返国，在东都、奈良等地弘扬禅法。各地学者蜂拥而来参禅求道，大家都争相以困难的问题要他解答。

那些问题包括：一、什么是吾人自己的本来面目？二、达摩祖师西来大意是什么？三、人问赵州狗子有无佛性，赵州时而说有时而说无，究竟是有是无？

问题虽多，真观禅师总是闭着眼睛，不予回答。有人也知道真观禅师不愿和人议论禅门公案，大家对公案禅搬来说去并不能得到真正的受用。

一天，五十余岁的天台学者道文法师慕名而来，他研究天台教义三十余年，非常诚恳地问真观禅师道："我自幼研习天台法华思想，有一个问题始终不能理解。"

真观禅师非常爽朗地答道："天台法华的思想博大精深，圆融无碍，应该问题很多，而你只有一个问题不解，不知是什么问题？"

道文法师问道："《法华经》说：'情与无情，同圆种智。'这意思就是认为树木花草皆能成佛，请问：花草成佛真有可能吗？”

真观禅师不答反问：“三十年来，你挂念花草树木能否成佛，对你有何益处？你应该关心的是你自己如何成佛，你要作如是想才对！”

道文法师先是讶异，然后道：“我没有这样想过，那请问我自己如何成佛？”

真观禅师道：“你说只有一个问题问我，关于第二个问题就要你自己去解决了。”

花草树木能不能成佛，这不是一个重要问题，因为大地山河、花草树木，一切宇宙万物，都是从我们自性中流出，只要我们成佛，当然一切草木都跟着成佛，不探讨根本，只寻枝末，怎能进入禅道？禅，要我们当下认识自我，不要去攀缘其他。

禅门问答

洞山禅师在会见初上座的时候，上座说道：“也大奇，也大奇，佛道世界深不可知。”

洞山禅师因此问道：“关于佛道世界可不可测知，我们暂且不谈，现在只请问你这个说佛道世界的人，究竟是什么世界的人呢？”

初上座沉默不答，洞山禅师追问道：“你为什么不赶快回答呢？你说，你是哪个世界的人呢？”

初上座道：“你不可以那么急躁！”

洞山禅师道：“你连我的主题都不回答，怎能叫我不急躁呢？”

初上座仍然不答，洞山禅师继续追问道：“不论是佛，也不论是道，都只不过是一个名字而已，那你为什么不引用经典来说呢？”

初上座一听，兴致勃勃地问道：“经典中怎么说的？”

洞山禅师回答道：“经典中‘四依止’有依义不依语的话，意思是只要把握住意义，就不需要在语言上分别了。”

初上座不以为然地说道：“你仍然根据经典在心中制造疾病啊！”

洞山禅师：“你争论佛道世界不可测知的病，这种消极无能，不肯直下承担的病竟又如何呢？”

初上座现在又在沉默，这不是不答，是已经不能回答。第二天有人说，初上座突然死亡，因此当时禅门人物都称洞山是“问死初上座的良价禅师”。

初上座的突然死亡，与洞山良价禅师的追问是不是真有关系，这很难下一定论。不过，禅门的问答确实如石火电光，快得不容你分别，“只要一眨眼，母鸡变成鸭”。佛道世界，不容论深浅，故所谓深浅之外，里外之外，还有这个分别也无？

打车，打牛？

南岳怀让禅师在般若寺住持时，发现每天下午有一个青年在大雄宝殿里打坐参禅，看样子，这个青年很有慧根，因此很关心地问道：“请问朋友，你在这儿做什么呢？”

青年不喜欢有人打扰，勉强答道：“打坐！”

怀让禅师再问道：“为什么要打坐呢？”

青年已经很不高兴，但口中仍答道：“成佛！”

怀让慈悲地再问道：“打坐怎么能成佛呢？”

青年不再回答，似乎嫌这位老和尚啰唆。

怀让禅师不得已，就拿了一块砖头，在青年座旁每天推磨。经过多日，青年终于非常好奇地问道：“请问你每天在此做什么？”

怀让：“磨砖头！”

青年：“为什么要磨砖头？”

怀让：“为了要做镜子。”

青年：“磨砖怎能做镜子呢？”

怀让："磨砖既然不可能做镜子，那你打坐怎可成佛呢？"

青年大惊，这么一句平凡的问话使他傲气全消，立刻恭敬地起身顶礼问道："那么要怎样才对呢？"

怀让禅师非常和善地答道："譬如赶一辆牛车，假如牛车不进，是应该打牛呢，还是打车子呢？"

青年听后礼拜，跪下来问道："要如何用心，才能达到无相三昧的境界？"

怀让禅师答道："学心地法门，就像播种，我为你讲解法要，就像天降甘霖，只等因缘和合，就能见道。"

青年终于言下大悟。他，就是禅门一代宗师马祖道一禅师。

从马祖道一禅师悟道的过程看来，参禅的目的是明心见性，光是打坐当然不能明心见性，因为禅非坐卧之相，不能把禅限于固定的形态，打坐是可以用来通达禅道的方法，但不是目的。牛车不进，打牛即行，不关车事；参禅悟道，用心即是，不关身相。心为万事之王，任何修行，重在明心。

无上法宝

达摩祖师本名叫菩提多罗，南印度人，出身婆罗门贵族，是香至王的第三个儿子，后来遇到般若多罗，为祖师所器重而度化出家，改名菩提达摩。

达摩未出家以前，就具有超人的才智、脱俗的善根。有一次般若多罗尊者指着一堆珠宝，对达摩三兄弟问道："世上还有比这些珠宝更好的东西吗？"

大哥月净多罗回答道："没有！这些珠宝乃我们王者之家最为珍贵的，世上再也没有什么东西能超过这些宝物了。"

二哥功德多罗也回答道："我没有见过世上还有比这些宝物更珍贵的东西。"

唯有老三菩提多罗却不同意这种说法，他道："我不认为两位哥哥的话说得对，这些珠宝其实没有什么价值！”

两位兄长齐声责问道：“为什么这些珠宝没有价值？你有价值的宝物是什么？”

菩提多罗说道：“因为这些珠宝它自身不能认知自己的价值，必须假以人们的智慧去分辨，否则只不过是一些没有知觉的东西而已。而佛陀说的佛法真理，那是法宝，法宝是由人们的般若所发挥出来的智慧，这不仅能自照，而且还能区分各种形形色色的珠宝，更能分辨世间与出世间的一切善恶诸法。所以在各种宝物中，真正最尊贵的应该是无上真理的法宝。”

达摩才智超脱，其见解并不为传统所约束，以此优越的因缘，在出家以后继承般若多罗的衣钵，成为西天第二十八代祖师，在中国梁武帝当朝时东来在少室峰面壁九年，亦即中国所谓东土初祖。

什么才是真正的宝物？世界上的宝物有金银、珍珠等七宝，出世间的宝物就是佛、法、僧三宝了。佛、法、僧又称自性三宝，此即人人本具、个个不无的真心本性。金银珠宝有毁坏的时候，真心本性没有毁坏的时候。菩提达摩以年少的才智即有此认识，终能继承祖位，而且东来传授佛法，一花五叶，分灯无尽，所谓一念慧解，光照无尽，亦即真理法宝胜于金银财宝。

艰难一忘

赵州禅师问沩山灵佑道：“什么是历代禅宗祖师的意图？”

沩山禅师叫侍者道：“快把椅子拿来！”

赵州禅师说：“自从我成为一寺之主以来，还没有见过一位真正的禅者。”

此时，正有一位学僧在旁，问道：“假如碰见真正禅者，你将要怎样？”

赵州禅师说道：“一把有一千钧力量的弓箭，不会为打一只水沟里的老鼠而发射。”

学僧再问：“什么人是诸佛的师父呢？”

赵州禅师道：“南无阿弥陀佛。”

学僧问："南无阿弥陀佛是谁呢？"

赵州禅师道："南无阿弥陀佛是我的弟子。"

学僧把这话问长庆禅师说道："赵州禅师说南无阿弥陀佛是他的弟子，究竟是引导对方的话呢，还是放弃对方的话呢？"

长庆禅师说："假如向两头探索，就不明白赵州的真义。"

学僧道："赵州的真义是什么呢？"

长庆禅师终于弹出一指。学僧不明其义，继续随赵州参问。

有一次，赵王请赵州禅师说法，赵州登上说法宝座，开始诵经。学僧在旁问道："人家是请老师说法，不知老师为什么诵经？"

赵州禅师道："难道佛门弟子不可以诵经吗？"

又有一次，大家在诵经，赵州禅师忽然端坐不动。

学僧："为什么老师不诵经？"

赵州："幸亏你对我说诵经，否则老僧几乎都忘掉了。"

在禅门古德中，赵州是一位非常风趣的人物，他不为打一只老鼠发射他的弓箭，他自语做阿弥陀佛的老师，你请他说法他在诵经，你在诵经他在禅思。他不是与人随便唱反调，禅者要超越对待，而且要做到一个"忘"字——忘你、忘我、忘情、忘境、忘是、忘非、忘有、忘无——"自古艰难在一忘"，诚信然也。

一首诗

双溪布衲禅师和契嵩禅师友善，彼此已到了真正以禅接心的阶段。一日契嵩禅师戏以诗追悼还活得好好的布衲禅师曰：

"继祖当吾代，生缘行可规；终身常在道，识病懒寻医。貌古笔难写，情高世莫知；慈云布何处，孤月自相宜。"

布衲禅师读罢契嵩禅师的追悼诗后，非常欢喜地举笔答曰：

"道契平生更有谁，闲卿于我最心知；当初未欲成相别，恐误同参一首诗。”

布衲禅师写罢，即投笔坐亡。

布衲禅师本来没有入灭的意图，但为了顾念道友诗篇的信誉，所以就入灭了。禅师们的友谊，生死以之，实在非常难得。

古人有一死以酬知己，但那都是为了报恩，或其他事故，而布衲禅师只是为了道友的游戏笔墨，就以死来维护道友的意见。契嵩禅师诗中的意思，就是直下承当布衲禅师的传法，可以说是一句玩笑话，也可以说这一首诗或真有见地。布衲禅师为了认可，就毫不犹豫地入灭，不了解的人还以为布衲禅师是被契嵩禅师逼死的。其实禅师对生死早就勘破，只要传承得人，撒手就走，可说洒脱自在，还有什么比这更美的呢？

每天吃什么

云居道膺禅师专程前来拜访洞山良价禅师的时候，良价禅师问道：“你是从什么地方来？”

道膺禅师回答道：“我从翠微禅师那里来！”

良价禅师再问道：“你在翠微禅师那里，他都教导些什么？”

道膺禅师道：“翠微禅师那里每年正月都祭祀十六罗汉跟五百罗汉，而且祭祀得非常隆重。我曾请示道：‘以此隆重礼仪祭祀罗汉，罗汉们会来应供吗？’翠微禅师回答我说：‘那你每天都吃什么？’我想，这句话就是他的教言了。”

良价禅师听后，非常惊讶地问道：“翠微禅师真的是这样教导你们的吗？”

道膺禅师非常肯定地答道：“是的！”

良价禅师赞美翠微禅师，不禁非常欢喜。

道膺进一步问良价禅师道：“老师！请问您每天吃些什么？”

良价禅师不假思索回答道：“我终日吃饭，从来没有吃着一粒米；终日喝茶，从来没有喝到一滴水。”

道膺禅师听后，忽然鼓掌道："老师！那你每天是真正吃到米，喝到水了。"

孔子曰："祭神如神在。"神明有没有来应供，那是另外一个问题，主要是自己本身已来应供。假如有人问你每天吃些什么，吃到的都不是真吃，因为有吃无吃，那是生灭问题，假如不吃而吃，吃而不吃，从有为到无为，从有相到无相，从生灭到无生灭，所谓"百花丛里过，片叶不沾身"，那就是每天都在吃，每天都在解脱之中了。

野狐禅

百丈怀海禅师是马祖道一禅师的嗣人，"马祖创丛林，百丈立清规"，可见他对禅门的贡献。

一日，百丈禅师说法圆满，大众皆已退去，独有一老者逗留未去，禅师问道："前面站立的是什么人？"

老者答道："我并不是人，实在是一只野狐，过去古佛时，曾在此百丈山修行，后因一位学僧问道：'大修行人还落因果也无？'我回答说：'不落因果！'因此一答语，我五百世堕在狐身，今请禅师代一转语，希望能脱野狐之身！"

百丈禅师听后，慈悲地说道："请问！"

老者合掌问道："大修行人还落因果也无？"

百丈禅师答道："不昧因果！"

老者于言下大悟，作礼告辞。第二天百丈禅师领导寺中大众到后山石岩之下洞内，以杖挑出一野狐死尸，禅师嘱依亡僧之礼火葬。

这是一则有名的公案。只为了回答学僧说一句"不落因果"，为什么五百世堕入狐身？百丈禅师为其转说一句"不昧因果"，为什么能脱去五百世狐身之苦？其间一字之差，实有天壤之别。问："大修行的人还落因果也无？”答曰：“不落因果。”此即指有修行的人不受因果报应，这种随便胡乱的指点，错矣！差矣！因为任何人都逃脱不出因果报应。而百丈禅师的“不昧因果”，实乃至理名言，因为任何修行悟道的人，都要“不昧因果”。故无门禅师曾有颂云：“不落不昧，两采一赛；不昧不落，千错万错！”

没时间老

佛光禅师门下弟子大智出外参学二十年后归来，正在法堂里向佛光禅师述说此次在外参学的见闻种种，佛光禅师总以慰勉的笑容倾听着。最后大智问道：“老师！这二十年来，您老一个人还好？”

佛光禅师道：“很好！很好！讲学、说法、著作、写经，每天在法海里泛游，世上没有比这种更欣悦的生活，每天我忙得好快乐。”

大智关心地说道：“老师！应该多一些时间休息！”

夜深了，佛光禅师对大智说道：“你休息吧！有话我们以后慢慢谈。”

清晨在睡梦中，大智隐隐中就听到佛光禅师禅房传出阵阵诵经的木鱼声。白天佛光禅师总不厌其烦地对一批批来礼佛的信众开示，讲说佛法，一回禅堂不是批阅学僧心得报告，便是拟定信徒的教材，每天总有忙不完的事。

好不容易看到佛光禅师刚与信徒谈话告一段落，大智争取这一空当，抢着问佛光禅师道：“老师！分别这二十年来，您每天的生活仍然这么忙碌，怎么都不觉得您老了呢？”

佛光禅师道：“我没有时间觉得老呀！”

“没有时间老”，这句话后来一直在大智的耳边响着。

世人，有的还很年轻，但心力衰退，他就觉得老了；有的年已高寿，但心力旺盛，仍感到精神饱满，老当益壮。

“没有时间老”，其实就是心中没有老的观念，等于孔子说“其为人也，发奋忘食，乐以忘忧，不知老之将至”。禅者人生观，也是如此。

曾有一位老翁白发苍苍，有人问他高寿，他答四岁，大家惊讶，他说：“过去七十年，都为自己，自私自利地生活，毫无意义；这四年来才懂得为社会大众服务，觉得非常有意义，所以才说活了四岁。”

没有时间老，很好；不能的话，做个四岁的老翁，也很有意义。

丹霞烧佛

唐朝丹霞天然禅师在一座佛寺里挂单，时值严冬，天气寒冷，大雪纷纷，丹霞就将佛殿上木刻的佛像取下来烤火。寺中纠察师一见，大声怒斥道：“该死！怎么将佛像拿来烤火取暖呢？”

“我不是烤火，我是在烧取舍利子！”丹霞禅师从容不迫地回答。

“胡说！木刻的佛像哪里有舍利子？”纠察师大声斥责。

“既然是木头，没有舍利子，何妨多拿些来烤火！”丹霞禅师从容地去取佛像投入火中。

在丹霞禅师的心目中，我佛如来的法身遍于整个宇宙世界，而不仅仅是佛雕像；对禅师而言，那尊佛像早已超越了形质，宇宙真理那才是我佛法身的整个表征！

纠察师所认识的佛像，只是木刻的，而丹霞烧佛欲取舍利，他所认识的佛像才是有灵性的。

无言句

有一次临济禅师行脚到翠峰山时，就顺道去参访翠峰禅师，初见面时，翠峰禅师就问临济禅师道：“您从什么地方来？”

临济回答道："从黄檗禅师处来。"

翠峰禅师听到黄檗禅师的名字，非常高兴，因此问道："平常黄檗禅师如何教导学生呢？"

临济："能用言语表达的东西都不是真理，黄檗禅师是从来不用言语教导学生的。"

翠峰："什么都不言说，什么都不教导，那学生如何参学？"

临济道："教导是有的，只是不同于一般言说，有时扬眉瞬目，有时棒喝打骂，若论教授，一字也无。"

翠峰："能否举个例子？"

临济："我是举不出例子的，因那是足迹所不能到达的境地，就如一箭射过西天。"

翠峰："足迹不能到达，心念总可到达。"

临济："如果一定要心念到达，那就有所偏差了。因为有到达的地方，也就有不到达的地方。"

翠峰："如果完全封闭语言意念，那我们如何见道呢？"

临济："当下见道！"

禅，一再强调言语道断，心缘灭绝。因为灭绝你我对待，灭绝时空限制，灭绝生死流转，那不是言语可教的，也不是足迹所到的，甚至也不是心念能想的。禅，超越有与无，超越内与外，超越知与不知，但禅是无处不遍，无处不在的。正如诗云："尽日寻春不见春，芒鞋踏破岭头云；归来偶把梅花嗅，春在枝头已十分。"

肯定自己

沩山灵佑禅师正在打坐，弟子仰山禅师走了进来。沩山对仰山道："喂！你快点说啊，不要等死了以后，想说也无法说了。"

仰山回答道："我连信仰都不要，还有什么说不说？"

沩山加重语气问道："你是相信了之后不要呢，还是因为不相信才不要呢？"

仰山："除了我自己以外，还能信个什么？"

沩山："如果是这样的话，那也只是一个讲究禅定的小乘人罢了。"

仰山："小乘就小乘，我连佛也不要见。"

沩山："四十卷《涅槃经》中，有多少是佛说的？有多少是魔说的？现在你所说，是如佛说，还是如魔说？"

仰山："都是魔说的！"

沩山老师听了弟子这番话，满意地点头道："今后，没人能奈何你了。"

"肯定自己"，这是禅者的一人课题！真正的禅者，"不向如来行处行"。世间上能改变人的东西太多了，金钱可以改变人，感情可以改变人，思想可以改变人，威力可以改变人。而今仰山禅师的禅，超越信仰，超越对待，"一切都是魔说的"，如此肯定自己，还有什么能奈何他呢？

文殊现身

文喜禅师朝拜五台山，到达前，晚宿一茅屋，内住一老翁，文喜就问老翁道："此间道场内容如何？"

老翁回答道："龙蛇混杂，凡圣交参。"

文喜问："住众多少？"

老翁答："前三三，后三三。"

文喜第二天起来，茅屋不见了，而见文殊骑狮子住在空中，自悔有眼不识菩萨，空自错过。

文喜后来参访仰山禅师时开悟，因此就安心住下来担任典座（煮饭）的工作。一天，他从饭锅蒸气上又见文殊现身，便举饭铲打着，并说道："文殊自文殊，文喜自文喜，今日惑乱我不得了。"

文殊说偈云："苦瓜连根苦，甜瓜彻蒂甜；修行三大劫，却被这僧嫌。"

吾人因不明白自己本性，终日心外求法，故患得患失，若能自悟自性，“文殊自文殊，文喜自文喜”，两者有差异，实则无差异，何必自悔自恼呢？

文殊的偈语中，不是怕人嫌他，而是在说明三大阿僧祇劫的修行，今天才真正逢到知音，有人认识他了。

原来，文殊、文喜是自他不二啊！

一生万千

在一座禅寺里，负责煮饭烧菜的典座是非常受到尊重的职务之一。但要把这个职务做好，不仅要将饭菜煮出味道，尤其要爱惜米、菜、油、盐，不可糟蹋。参学很多道场的石霜禅师在沩山禅师那里负责典座，管理米粮。

一天，他正在筛米时，住持沩山禅师来了，对他说：“不可抛散米粒，因为那是施主布施的。”

石霜答道：“一向不抛散。”

沩山就看看四周，从地上拾起一粒米说：“你说不抛散，那么这一粒从哪里来？”

石霜禅师默默无言，无话回答。

沩山禅师接着说：“莫轻这一粒，因为百千万粒从这一粒生。”

石霜立刻把握机会，问道：“那这一粒从哪里生出来的？”

沩山禅师却不回答，呵呵大笑地回方丈室去了。到了黄昏，禅师就出现在禅堂说道：“大家听着，米里有虫！”

一粒米能生千万粒，那一粒从哪里生的？当然从千万粒生的。“一生万法”、“万法归一”，沩山禅师当然知道这么简单的道理，但他要到黄昏后才说“米里有虫”。

这又更深一层地接触到“生而无生”的真理，从万物欣欣向荣里再能回到不生不灭的真相中，“米里有虫”，还不够深思吗？

蝇子投窗

“空门不肯出，投窗也太痴；千年钻故纸，何日出头时。”这首诗的作者古灵禅师，是在百丈禅师那里开悟的。悟道后的禅师感于剃度恩师的引导，决定回到仍然未见道的师父身旁。

有一次年老的师父洗澡，古灵禅师替他擦背，忽然拍拍师父的背说：“好一座佛堂！可惜有佛不圣。”师父听了便回头一看，禅师赶紧把握机缘又说：“佛虽不圣，还会放光哩！”但是师父仍然不开悟，只觉得徒弟的言行异于常人。

又有一次，师父在窗下读经，有一只苍蝇因为被纸窗挡住了，怎么飞也飞不出去，把窗户撞得价响，于是又触动古灵禅师的禅思说：“世间如许广阔，钻他驴年故纸。”并且作了上面那首诗偈，意思是说：苍蝇！你不晓得去寻找可以出去的正道，却死命地往窗户钻，即使身首离异也不能出头呀！暗示师父参禅应该从心地去下工夫，而不是“钻故纸”的知解啊！

师父看到这个参学回来的弟子，言语怪异，行径奇特，于是问他是什么道理。古灵禅师便把他悟道的事告诉了师父，师父感动之余，于是请他上台说法。禅师升座，便说道：“心性无染，本自圆成，但离妄念，即如如佛。”

这意思是说我们的心性就好像一块黄金，即使放在污水里，也不失它的光泽，只是我们没有去发觉而已。去除了这些污染，我们的佛性就能展现出来。师父听了徒弟说法终于开悟了。

这首诗为我们揭示了两个世界，向前的世界和向后的世界，向前的世界虽然积极，而向后的世界却更辽阔，我们唯有看清这两个世界，才真正拥有了世界。

哭笑无常

自古以来，“马祖创丛林，百丈立清规”，马祖禅师和百丈禅师是禅门两大功臣。

一天，马祖禅师和百丈禅师在散步，忽见一群野鸭子飞过去。马祖问道：“那是什么？”

百丈禅师不假思索地回答道：“是一群野鸭子！”

马祖禅师问：“飞到哪里去了？”

百丈禅师答：“飞过去了！”

马祖用力捏了一下百丈的鼻子，百丈痛得大叫！马祖便指着百丈的鼻子问：“不是在这里吗？你怎可说飞过去了？”

百丈听后，廓然大悟！但他一句话也不说，却回到房里痛哭。禅友问他为什么要哭，他照实告诉大家说马祖老师捏痛了他的鼻子。

禅友们不解似的问道：“是你做错了什么事情吗？”

百丈禅师回答道：“你们可以去问问老师！”

禅友们问马祖大师，马祖说百丈自己知道，禅友们再回头来问百丈，百丈却哈哈大笑。禅友们不解地问他为什么以前哭，现在又笑呢？

百丈禅师回答道：“我就是以前哭，现在笑！”

上面这一段禅门有名的公案，实在寓有深长的意义。当然这不能用常理去推敲，这必得用禅心去体会。马祖禅师问那是什么东西，百丈禅师回答说是野鸭子飞过去了，百丈是在时空上犯了错误——禅，怎可说什么这里那里、过去现在？马祖的这一捏，把时空的分界当下粉碎，百丈就悟了。百丈回答禅友说“以前哭，现在笑”，这是说，时空观念一变，永恒的本体现前，我与世界都不一样了，这就是当下认识了自我！

吃饭睡觉

修学律宗的有源请教大珠慧海禅师说："和尚修道，有没有秘密用功的法门？"

大珠："有！"

有源："如何秘密用功？"

大珠："肚子饿时吃饭，身体困时睡觉。"

有源不解地说道："一般人生活都要吃饭睡觉，和禅师的用功不是都相同吗？"

禅师："不同。"

有源："有什么不同？"

禅师："一般人吃饭时百般挑剔，嫌肥拣瘦，不肯吃饱；睡时胡思乱想，千般计较。"

吃饭睡觉是多么简单的事，可是今天究竟有多少人能舒舒服服地吃饭，安安逸逸地睡觉？可见最平常的事到达平常心的境界，是须经过无数不平常的修持。禅师们多在用功，快快乐乐地把饭吃饱，安安静静地把觉睡好。

一切皆禅

有一位云水僧听人传说无相禅师禅道高妙，想和其辩论禅法，适逢禅师外出，侍者沙弥出来接待，道："禅师不在，有事我可以代劳。"

云水僧道："你年纪太小，不行。"

侍者沙弥道："年龄虽小，智慧不小喔！"

云水僧一听，觉得还不错，便用手指比了个小圈圈，向前一指。侍者摊开双手，画了个大圆圈。云水僧伸出一根指头，侍者伸出五根指头。云水僧再伸出三根手指，侍者用手在眼睛上比了一下。

云水僧诚惶诚恐地跪了下来，顶礼三拜，掉头就走。云水僧心里想：我用手比了个小圈圈，向前一指，是想问他，你胸量有多大；他摊开双手，画了个大圈，说有大海那么大。我又伸出一指问他自身如何；他伸出五指说受持五戒。我再伸出三指问他三界如何；他指指眼睛说三界就在眼里。一个侍者尚且这么高明，不知无相禅师的修行有多深，想想还是走为上策。

后来，无相禅师回来，侍者就报告了上述的经过，道："报告师父！不知为什么，那位云水僧知道我俗家是卖饼的，他用手比个小圈圈说，你家的饼只这么一点大。我即摊开双手说，有这么大呢！他伸出一指说，一个一文钱吗？我伸出五指说，五文钱才能买一个。他又伸出三指说，三文钱可以吗？我想太没良心了，便比了眼睛，怪他不认识货。不想，他却吓得逃走了！"

无相禅师听后，说道："一切皆法，一切皆禅！侍者，你会吗？"

侍者茫然，不知为对。

佛法讲究机缘。禅，就是机缘，你懂得，无时不禅，无处不禅，无人不禅，无事不禅；不懂，即使说得天花乱坠，也与禅无关。禅史中有赵州茶、云门饼之说，此皆禅也。俗语云："讲者无心，听者有意。"故无相禅师曰一切皆法，一切皆禅。

雪霁便行

宋朝德普禅师性情天赋豪纵，幼年随富乐山静禅师出家，十八岁受具戒后，就大开讲席弘道。两川缁素无人敢于辩难，又因其为人急公好义，时人誉称他为义虎。

宋哲宗元祐五年十月十五日，德普禅师对弟子们说："诸方尊宿死时，从林必祭，我以为这是徒然虚设，因为人死之后，是否吃到，谁能知晓。我若是死，你们应当在我死之前先祭。从现在起，你们可以办祭了。”

大众以为他说戏语，因而便也戏问道：“禅师几时迁化呢？”

德普禅师回答：“等你们依序祭完，我就决定去了。”

从这天起，真的煞有介事，假戏真做起来。帏帐寝堂设好，禅师坐于其中，弟子们致祭如仪，上香、上食、诵读祭文，禅师也一一领受飨餮自如。

门人弟子们祭毕，各方信徒排定日期依次悼祭，并上供养，直到元祐六年正月初一日，经过四十多天，大家这才祭完。

于是德普禅师对大家说：“明日雪霁便行。”

此时，天上正在飘着鹅毛般的雪花。到了次日清晨，雪忽然停止下，德普禅师焚香盘坐，怡然化去。

悟道的禅师，有一些言行生活给人一种游戏人间的感觉，其实，禅者岂单游戏人间，连生死之间都在游戏。

在禅者眼中，生固未可喜，死亦不必悲，生和死，不是两回事，生死乃一如也。因为既然有生，怎能无死？要紧的是超越生死，不受生死轮回，如德普禅师，不但预知生死，而且在生死中，留下这一段美谈，其不勘破生死而何？

葬礼

松云禅师出家学禅后，因为挂念年老的母亲无人照顾，就自己建了一座禅舍，带着母亲同住。

松云每天除了参禅打坐，帮人抄写佛经，借此赚些生活费用。有时上街为母亲买些鱼肉，街上人总指着他说：“你们看那个酒肉和尚！”

松云不去解释，因为他不介意别人的闲言闲语。但他母亲放不下别人的批评，因此也跟着出家素食。

一天，一位美丽的小姐在路上遇到他，为其庄严的仪表感动，请他到家中说法。松云没有推辞，以为说法是好事，但事后别人传言说有人亲眼见到松云到妓院去嫖妓。乡人捣毁他的禅舍，赶他离开。松云不得已，只好把母亲寄人代养，自己出外云游参访。

事经年余，母亲因思儿成病，未几病重过世，乡人不知松云何去，只得草草收殓，等松云回来再奉行安葬。

不久，松云回来，在母亲灵棺前站了许久，然后用手杖敲打棺木说道："慈爱的母亲！孩儿回来了！"

说完，他又学母亲的口气道："松云！看你完成禅道回来，母亲很高兴！"

"是的！母亲！"松云又自语道，"孩儿以此禅道，回向您上生佛国，不要再来人间受苦受气，我也和您一样高兴！"

松云禅师说后，接着对众人道："丧礼已毕，可以安葬！"这一年母亲六十八岁，松云三十岁。松云禅师五十六岁的时候预知时至，他召集弟子辞别，并在母亲遗像前上香，写下一首偈语："人间逆旅，五十六年；雨过天晴，一轮月圆。"写后，安详而逝。

世间，只要有人的地方，就有是非与好坏，就有光明与黑暗，说好的未必好，说坏的未必坏。松云禅师的冤屈，助长他的禅道；母亲的病逝，回报她的佛国安养。

只要有禅，就没有悲苦，就没有怨恨，禅是幸福安乐的泉源。

参禅法器

法远圆鉴禅师在未证悟前，与天衣义怀禅师听说叶县地方归省禅师有高风，同往叩参。适逢冬寒，大雪纷飞。同参共有八人来到归省禅师处，归省禅师一见即呵骂驱逐，众人不愿离开，归省禅师以水泼之，衣褥皆湿。其他六人不能忍受，皆忿怒离去，唯有法远与义怀整衣敷具，长跪祈请不退。

不久，归省禅师又呵斥道："你们还不他去，难道待我棒打你们？"

法远禅师诚恳地回答道："我二人千里来此参学，岂以一勺水泼之便去？就是用棒责打，我们也不愿离开。”

归省禅师不得已似的道：“既是真来参禅，那就去挂单吧！”

法远禅师挂单后，曾任典座之职，有一次未曾禀告，即取油面作五味粥供养大众。

归省禅师知道后，就非常生气地训斥道：“盗用常住之物，私供大众，除依清规责打外，并应依值偿还！”说后，打了法远禅师三十香板。将其衣物钵具估价后，悉数偿还已毕，就将法远赶出寺院。

法远禅师虽被驱逐山门，仍不肯离去，每日于寺院房廊下立卧。归省禅师知道后，又呵斥道：“这是院门房廊，是常住公有之所，你为何在此行卧？请将房租钱算给常住！”说后，就叫人追算房钱。法远禅师毫无难色，遂持钵到市街为人诵经，以化缘所得偿还。

事后不久，归省禅师对众教示道：“法远是真正参禅的法器！”并叫侍者请法远禅师进堂，当众付给法衣，号圆鉴禅师！

浮山法远禅师一生得力之处就是“为法忍耐”，用现代的话说，就是经得起考验。归省禅师不接受他挂单，骂他、打他、用水泼他，甚至罚他变卖衣单，补偿公款，即使睡在走廊檐下也要房租，这一切都无法打退他千里求法的心愿，难怪最后连归省禅师都赞他是法器了。

看今日学者青年，名曰参学，若食住待遇不好则急急忙忙地去，若人情礼貌不够则愤愤恨恨离开，比之法远禅师良可慨也。

不着相

景岑禅师，长沙人，是南泉禅师的弟子，由于谈禅论道、机锋敏捷，同道们均尊称为“虎和尚”。

有一年仲秋，景岑禅师与仰山禅师一起赏月，仰山禅师指着天空说道：“这个大家都有，只因无明，不能充分使用。”

景岑禅师不以为然地道：“既然大家都有，怎么会没有人充分使用？恰巧今天机缘会合，这大好明月，正在等你使用，试试看！”

仰山禅师道：“那是很有趣味的，用一用月光，请法座先试试看！”

景岑禅师毫不客气，奋身跳起来，踢倒仰山禅师。仰山禅师非但不生气，反而赞叹道：“真像大虫！”（后来大家都称景岑禅师为“岑大虫”，亦即虎和尚）

又一次，景岑禅师游山归来，至门口，仰山禅师问道：“禅师什么处去来？”

景岑禅师回答道：“游山来！”

仰山仍然追问：“游什么山处来？”

景岑禅师道：“始随芳草去，又逐落花回。”

仰山大为赞赏道：“大似春意！”

景岑禅师道：“也胜秋露滴芙渠（荷叶）。”

仰山禅师最初说吾人心为皎月，只是云遮月隐，被无明烦恼蒙蔽了心灵，景岑却说一切在于个人，只要有禅，就能云飞月显。仰山请他利用一下月亮，景岑立即将他推倒，意思是：在禅月交辉之下，还要你多言？一句“真像大虫”，意即禅能静能动，禅力犹如狮虎。

景岑由外归来，仰山问他到哪里去，“始随芳草去，又逐落花回”，这说明了禅人来去，顺于自然，合乎法性，你说是“春意”，难道“秋心”不好吗？这就是禅者明乎一切法，用于一切法，不舍不切法。

尚有一诀

了堂真觉禅师是京都大和人，十七岁出家，二十三岁参于上野报恩寺大源宗真禅师而大悟，并嗣其法。四十岁时为参禅访道，就渡海拟来中国，当船出发不久，进入大海时突然碰到台风，风急雨强，满船乘客都惊慌失措，感到大难临头，唯独了堂禅师端庄打坐，口中并念起“或漂流巨海，龙雨诸鬼难，念彼观音力，波浪不能没……”其安定自若的音声影响全船的人心，不约而同地皆镇定下来，甚至有人跟他同声唱和观音圣号，其音响彻云霄，比风浪声音更大。当船平安地抵达鹿儿岛时，全船一致尊称了堂禅师为“活佛”。

了堂禅师接引学人常以“万法归一，一归何处”为机用。有一天，一位学僧前来请示洞山五位诀（五位诀即：一、正中偏；二、偏中正；三、正中来；四、兼中至；五、兼中到），了堂为其详解尽析之后，问道：“会了吗？”

学僧回答道：“非常谢谢老师，会也！”

了堂禅师又道：“已经会了，那很好。可是五位诀以外，尚有一诀，不知会也不会？”

学僧莫名其妙，不知如何回答。了堂禅师道：“这一诀你千万要记住，就是你若到别处去参学，不可向人说从我这里听了五位诀的说法！”

了堂禅师一生最赞赏达摩祖师，常赞曰：

“叉手当胸是什么？梁王不识老胡禅；廓然无圣止谛语，无限灵光照大千。”

“不要随便做传声筒”，的确是做人处事的一诀，谚云：“是非只为多开口。”抗战期间，日机轰炸重庆，初传是一架飞机，再传十一架飞机（“是”和“十”音近），三传九十一架飞机（与“就是一架”音近），传言误会，良可畏也。道的会意，如人吃蜜，甜度自知，言说不能尽意，“廓然无圣止谛语”，即此之诀也。

咬空

佛陀住世时，有一位名叫优婆先那的比丘尼，有一次在山洞中禅坐时忽然大声呼喊着在对面岩窟中的舍利弗尊者。当舍利弗来到她的面前时，她说道：“舍利弗尊者！我刚才坐禅的时候，身上好像有什么东西在爬，起初并没有注意，后来才看清是一条毒蛇，我被它咬了一口，我马上就会死去，趁毒气在我身上还没有回转时，请您慈悲为我召集邻近的大众，我要向他们告别！”

舍利弗听后，看看优婆先那，很疑惑地道：“怎会有这样的事？我看你的脸色一点也没有变，被蛇咬了的话，脸色一定会变的。”

优婆先那态度仍很安详地说道：“舍利弗尊者！人的身体是四大五蕴所集成的，没有主宰，本就无常，因缘所聚曰空，空无自性，我是体悟到这个道理，毒蛇可以咬我的色身，它怎么可以咬真理的空呢？”

舍利弗听后，非常赞赏优婆先那，说道：“你说得很对，你是已经得到解脱的圣者，肉体痛苦的程度，你可以用你的慧解支持着你不变的真心。人们如果要修道调心，进入不生不灭的涅槃，对于肉体的死亡，像毁去毒针，像是重病得愈。死，可以死的是色身，不是死亡真我的生命。临死不变，生死不二，这是以智慧的眼光观看世相，出离火宅，实在是无限之美！”

人在生死烦恼中，有恐怖、颠倒，但人如证悟禅观，或契入空慧的时候，就能进入不惧不贪图的境界了。如优婆先那所说，毒蛇可以咬伤色身，怎能咬到空慧禅观呢？

圣者，所以生活在真善美世界，并不是一定要离开这个娑婆世界到另外一个净土，主要是空慧禅观一转，刹那是永恒，污秽是清净，烦恼是菩提，生死是涅槃了。

禅像什么

有一位信徒很想学习打坐，但总是不得其门而入。有一天，他鼓起勇气到寺院去拜访无相禅师，非常诚恳地说道：“老师！我很笨，自知非参禅法器，但高山仰止，虽不能至，心向往之，能否请您告诉我，禅像什么？”

无相禅师回答道：“五祖山的法演禅师曾讲过一个故事：有一个小偷，他的儿子对他道：‘爹！您年纪已渐渐大了，找个时间教我偷盗的技术吧，免得以后我没有办法生活。’做父亲的不好推辞，便答应了。这一天晚上父亲就将儿子带到一富有人家，用万能钥匙将衣橱的锁打开，并叫儿子进去，等儿子进去以后，父亲便把橱子锁了，且大叫道：‘有贼！有贼！’转身便走了。

“富人家听说有贼，赶紧起来搜查，搜查结果，东西并没有遗失，也没有看到小偷，因此就仍然去睡。这时锁在衣橱的小偷，不晓得父亲什么用意，为什么要把他锁在衣橱内。到底要怎么样才能逃出去呢？他灵机一动就学老鼠咬衣裳的声音。一会儿，听到房内的夫人叫丫鬟拿灯来看，并说好像有老鼠咬衣服的声音。丫鬟刚一开衣橱，这小偷便一跃而出，并将丫鬟推倒，吹灭灯，竟逃走了。

“富人家发觉小偷后，派人追击。追到河边，这小偷急中生智，把一块大石头抛到水里，自己绕道回去。当回去的时候，还听到河边有人说，真可怜，把小偷逼得跳河了。小偷到了家后，看见父亲正在喝酒，便埋怨他为什么要将他锁在衣橱里。父亲只问他怎么出来的。儿子把经过说了一遍，父亲非常高兴道：‘你以后不愁没饭吃了！’像这小偷能从没有办法中想出办法，便是禅了！”

禅的智慧是发自自己的内心，不能老是由人带着走路，如无相禅师所说，在没有办法的时候想出办法，所谓“山重水复疑无路，柳暗花明又一村”，那便是禅了！

一袭衲衣

有一位无果禅师深居幽谷一心参禅，二十余年来都由一对母女护法供养，由于一直未能明心，生怕信施难消，故想出山寻师访道，以明生死大事。护法的母女要求禅师能多留几日，要做一件衲衣送给禅师。

母女二人回家后，马上着手剪裁缝制，并一针念一句弥陀圣号。做毕，再包了四锭马蹄银，送给无果禅师做路费。禅师接受了母女二人的好意，准备明日动身下山，是夜仍坐禅养息。忽至半夜，有一青衣童子，手执一旗，后随数人鼓吹而来，扛一朵很大的莲花，到禅师面前。童子说：“请禅师上莲花台！”

禅师心中暗想：我修禅定功夫未修净土法门，就算修净土法门的行者，此境亦不可得，恐是魔境。无果禅师就不理他。童子又再三地劝请，说勿错过，无果禅师就随手拿了一把引磬，插在莲花台上。不久，童子和诸乐人便鼓吹而去。

第二天一早，禅师正要动身时，母女二人拿了一把引磬，问无果禅师道：“这是禅师遗失的东西吗？昨晚家中母马生了死胎，马夫用刀破开，见此引磬，知是禅师之物，故特送回——只是不知为什么会从马腹中生出来呢？”

无果禅师听后，汗流浃背，乃作偈曰：“一袭衲衣一张皮，四锭元宝四个蹄；若非老僧定力深，几与汝家作马儿。”

说后，乃将衣银还给母女二人，一别而去！

佛教的因果业缘，实在是难以思议的真理；即使悟道，若无修证，生死轮回，仍难免除。观夫无果禅师，可不慎哉？

千古楷模

唐朝百丈怀海禅师承继开创丛林的马祖道一禅师以后，立下一套极有系统的丛林规矩——《百丈清规》，所谓“马祖创丛林，百丈立清规”，即是此意。百丈禅师倡导“一日不作，一日不食”的农禅生活，曾经也遇到许多的困难。因为佛教一向以戒为规范的生活，而百丈禅师改进制度，以农禅为生活了，甚至有人批评他为外道。因他所住持的丛林在百丈山的绝顶，故又号百丈禅师。他每日除了领众修行外，必亲执劳役，勤苦工作，对生活中的自食其力极其认真，对于平常的琐碎事务，尤不肯假手他人。

渐渐地，百丈禅师年纪老了，但他每日仍随众上山担柴，下田种地，因为农禅生活就是自耕自食的生活。弟子们毕竟不忍心让年迈的师父做这种粗重的工作，因此大众恳请他不要随众出坡（劳动服务），但百丈禅师仍以坚决的口吻说道："我无德劳人，人生在世，若不亲自劳动，岂不成废人？"

弟子们阻止不了禅师服务的决心，只好将禅师所用的扁担、锄头等工具藏起来，不让他做工。

百丈禅师无奈，只好用不吃饭的绝食行为抗议。弟子们焦急地问他为何不饮不食。

百丈禅师道："既然没有工作，哪能吃饭？"

弟子们没办法，只好将工具又还给他，让他随众生活。百丈禅师的这种"一日不作，一日不食"的精神，成为丛林千古的楷模！

有人以为参禅，不但要摒绝尘缘，甚至工作也不必去做，认为只要打坐就可以了。其实不工作，离开生活，哪里还有禅呢？百丈禅师为了拯救禅者的时病，不但服膺"一日不作，一日不食"的生活，甚至还喊出"搬柴运水无非是禅"的口号。

念佛也好，参禅也好，修行不是懒惰的借口，希望现代的禅者听一听百丈禅师的声音！

拖耳耳长

布袋禅师为五代时人，应化于浙江奉化县。自认为自己能上契诸佛之理，下契众生之机，故称为"契此"；又因身体肥硕，外号为"长汀子"。

布袋禅师终日袒胸露腹，出语无定，常以锡杖荷着布袋，右手提罗汉珠游化四方，见到人便向人乞讨，得来的东西全藏于布袋内，故世人皆称之为"布袋和尚"。

有一次，浙江天童寺过堂打板时，僧众们正陆续排班入座，嬉笑疯癫的布袋和尚不知从什么地方出来，毫不客气地就往斋堂中央方丈和尚的位置上坐下来。纠察师一见，非常不客气地喊他下来。布袋禅师却视若无睹，行堂师也向前要拉他下座，无奈他稳如泰山，动也不动一下。

眼看住持密禅师就要驾到，纠察师一急，赶忙走到中央，气呼呼地用手揪住布袋禅师的耳朵，想把他拉下座来。谁知布袋禅师的耳朵被纠察师拉了一丈多长，耳朵已经拉到斋堂门口，而身体却丝毫不动地安坐在中央。两旁的大众一见，都吓得目瞪口呆！

住持密禅师见此情形，就对纠察师说道："让他在上座，我就坐在他后面好了。"

从此以后，每天受午供的时候，布袋禅师就来了，且老是不客气地坐在斋堂中央饭桌上。至今各寺院五观堂中，中央还有供奉弥勒像（布袋禅师）的遗风。而浙江天童寺的斋堂更有偈曰："弥勒示贫相稳坐主位，当纠察拖耳耳拖长；密祖现海量喜让客居，命侍者移座座移位。"

五代梁贞明三年，布袋禅师于岳林寺殿前一大磐陀石上，结跏趺坐示寂，遗偈曰："弥勒真弥勒，分身千百亿；时时示时人，时人自不识。"

布袋禅师游戏人间，因其遗偈，人皆以弥勒菩萨称之。布袋禅师心宽体胖，常露笑容，人皆尊他为欢喜佛。世界各国佛教徒家家正堂之上，均供奉观音菩萨像，此皆因慈悲、庄严，人人要也；弥勒菩萨更能走进异教徒家中，如欧美人士正厅中常有陈列布袋禅师（弥勒）圣像，盖因欢喜、大肚量，人人要也。

佛教能普及人间，走进家庭，观音、弥勒二大士实居功甚伟。

打坐非禅

谈到禅宗，大家都以为参禅一定要打坐。所谓老僧入定，要眼观鼻，鼻观心，这样才叫参禅，才叫打坐。

但我们从六祖大师的思想教导中，可以了解参禅并不是这么一回事。

当时有位官员，姓薛名简，就曾问过六祖慧能大师："现在京城参禅的大德们都说，我们要觉悟必须要坐禅习定，请问大师您有什么高见？"

六祖大师回答说："道由心悟，岂在坐也。"

这句话非常要紧，我们必须知道，禅不能从坐卧之相去计较。六祖说："生来坐不卧，死去卧不坐；元是臭骨头，何为立功过？"行住坐卧，搬柴运水，乃至扬眉瞬目，一举一动，哪一样不是禅的境界？寓禅于行住坐卧的生活之中，才能体悟真正的禅趣！磨砖既不能成镜，枯坐也不能成佛。参禅求道，主要在觉悟真心本性，把握这一点，才能进入禅的世界。

敬钟如佛

钟，是佛教丛林寺院里的号令。清晨的钟声是先急后缓，警醒大众，长夜已过，勿再放逸沉睡；而夜晚的钟声是先缓后急，提醒大众觉昏衢疏昏昧！故丛林的一天作息，是始于钟声，止于钟声。有一天，奕尚禅师从禅定中起来时，刚好传来阵阵悠扬的钟声，禅师特别专注地竖起心耳聆听，待钟声一停，忍不住召唤侍者，询问道："早晨司钟的人是谁？"

侍者回答道："是一个新来参学的沙弥。"

于是奕尚禅师就要侍者将这沙弥叫来，问道："你今天早晨是以什么样的心情在司钟呢？"

沙弥不知禅师为什么要这么问他，他回答道："没有什么特别心情，只为打钟而打钟而已。"

奕尚禅师道："不见得吧？你在打钟时，心里一定念着些什么，因为我今天听到的钟声是非常高贵响亮的声音，那是正心诚意的人才会发出这种声音。"

沙弥想了想，然后说道："报告禅师！其实也没有刻意念着，只是我尚未出家参学时，家师时常告诫我，打钟的时候应该要想到钟即是佛，必须要虔诚、斋戒，敬钟如佛，用如如入定的禅心和用礼拜之心来司钟。"

奕尚禅师听了非常满意，再三地提醒道："往后处理事务时，不可以忘记，都要保有今天早上司钟的禅心。"

这位沙弥从童年起养成恭谨的习惯，不但司钟，做任何事，动任何念，一直记着剃度师和奕尚禅师的开示，保持司钟的禅心，他就是后来的森田悟由禅师。

奕尚禅师不但识人，而从钟声里能听出一个人的品德，这也由于自己是有禅心的人。谚云："有志没志，就看烧火扫地"，"从小一看，到老一半"。森田沙弥虽小，连司钟时都晓得敬钟如佛的禅心，难怪长大之后成为一位禅匠！可见凡事带几分禅心，何事不办！

茶饭禅

唐朝龙潭崇信禅师跟随天皇道悟禅师出家，数年之中，打柴炊爨，挑水作羹，不曾得到道悟禅师一句半言的法要。一天乃向师父说："师父！弟子自从跟您出家以来，已经多年了。可是一次也不曾得到您的开示，请师父慈悲，传授弟子修道的法要吧！"

道悟禅师听后立刻回答道："你刚才讲的话好冤枉师父啊！你想想看，自从你跟随我出家以来，我未尝一日不传授你修道的心要。"

"弟子愚笨，不知您传授给我什么？"崇信讶异地问。

"你端茶给我，我为你喝；你捧饭给我，我为你吃；你向我合掌，我就向你点头。我何尝一日懈怠，不都在指示心要给你吗！"崇信禅师听了，当下顿然开悟。

从这一则师徒问答之中，可以了解禅就是生活。日常生活的搬柴运水，喝茶吃饭，无不蕴藏无限的禅机。

一指禅

金华俱胝禅师的道场里，有一天时近黄昏，天上下着毛毛细雨，一位名叫实际的比丘尼来到庵里，她不经通报，也不脱笠，径自进入禅堂，持着锡杖，绕俱胝禅师禅座三匝，道："你说得有道理，我就脱下斗笠。"

她一连问了三次，俱胝禅师一时不知所以，一句话也答不出。实际比丘尼生气，便拂袖欲去。俱胝禅师只觉惭愧，就礼貌地说道："天色已暗，且留一宿吧！"

实际比丘尼停下脚步道："你说得有理，我就留下来。"

俱胝禅师仍不知该如何回答才是说得有理。

后来，天龙禅师光临到此，俱胝禅师就把实际比丘尼问话的经过来请示天龙禅师。天龙禅师竖起了一根指头开示他，俱胝当下大悟。

从此以后，俱胝禅师凡是遇到有人请示佛法禅道，他便竖起一根指头，学者都能因此有所契悟，因此"俱胝一指"相当有名。

在俱胝禅师座下有个沙弥也学老师的样子，凡是求道者，只要俱胝禅师不在，也不管人家问他的是什么，他也学着师父竖起一根指头。有一天，俱胝就将沙弥叫到法堂，问道："你也懂得佛法？"

沙弥道："懂得！"

俱胝禅师道："如何是佛？"

沙弥很自然地又竖起一根指头，俱胝禅师便拿起剪刀将沙弥的手指剪断，沙弥痛得大声怪叫。俱胝禅师就喝道："你再说明一下，如何是佛？"

沙弥自然地想再举起一指，猛然不见指头，当下大悟。

"你说得有道理，我就脱下斗笠"，其实，真理并非可说，若有言语，皆非真理。俱胝的无言，不是不说，只是想说而不知如何说。一有思想分别，则离禅更远。当然能够对机一说，相似一说，或能沟通彼此。即天龙禅师竖出一指，俱胝禅师方知真理是一，此外无二亦无三。从此以一指传授学人。沙弥依样葫芦，妄竖一指，使禅落于无知的形相，而俱胝禅师的一剪，剪断他的形相，有形到无形，从有相到无相，以此会归于禅心，因此沙弥也能契入了。

无姓儿

五祖大师弘忍，前生是破头山下的栽松老者，非常仰慕四祖道信禅师，便祈求能在他座下出家。道信禅师嫌他年纪太大，不能广化十方，只好安慰他道："如果你去投胎再来，我或许可以住世等你几年。"

栽松老者辞别四祖，走到溪边，看到一位浣纱的姑娘，就请求道："姑娘，我能不能借你家一住？"

"我上有父兄，不能做主，你可以去请求他们。"

"你必须承诺答应，我才敢前去。"

这位姑娘一看暮色苍茫，一位老人求宿，于是点头答应。说也奇怪，这位没有出嫁的姑娘回到家竟然怀孕了，父母认为败坏门楣，就把她赶出了家门，作佣里中。后来生下一个白胖男婴，这位不幸的母亲想把这个"不祥"的孩子丢弃河中，不料小孩竟然溯流而上，她只好求乞以抚养他成人。

由于不知父亲来历，因此里中的人都叫他做"无姓儿"。无姓儿六七岁的时候，长得聪明伶俐、活泼可爱。有一天，道信禅师弘化到此地，无姓儿看到道信禅师，亲热地拉住禅师法衣不放，要求道信度他出家。禅师一看，是一个稚龄的小孩，就摸摸他的头说道："你年纪太小了，怎么能出家呢？"

无姓儿不悦，而如大人似的质问："禅师！过去你嫌我太老，现在又嫌我太小，究竟何时才肯度我出家？"

道信禅师忽有所悟，赶忙问道："小孩童，你姓什么？叫什么？家住哪里？"

"我叫无姓儿，家住十里巷。"

"人人都有姓氏，你怎么说无姓呢？究竟姓什么？"

"我以佛性为姓，所以无姓。"

道信禅师听了非常欢喜：小小年纪，口气如此之大，堪称佛门龙象。后来四祖道信禅师便将衣钵传授给他，成为禅宗的第五祖。

佛教讲三世因果，五趣轮转，看禅宗五祖弘忍禅师的经历，诚不虚也。说到出家，“太老不要”，“太小不好”，好在无姓儿以“佛性为姓”，因此能成为一代宗师。

真心不昧

天龙寺的梦窗国师为七朝的帝师，久受朝廷恩典，更受社会大众和佛教徒的爱戴。有一天，在入京的途中，经过妙心寺，顺道去拜访关山禅师。

关山禅师听到梦窗国师来访，连忙披上一件附有环藤的破旧袈裟，一路跑到山门外来迎接，二人见面谈得非常高兴。但是，在关山这个贫穷的寺院里，实在是没有什么东西好招待国师，不得已，关山禅师就从砚盒中取出几文钱，叫侍者就近买些烧饼供养国师。国师非常感激关山禅师的心意，也就不客气地吃完烧饼再离开。

平常梦窗国师进入皇宫时，总有很多随从跟随，非常壮观。有一天，宫中宣召，梦窗乘着轿子又经妙心寺门前时，见到关山禅师正独自在扫庭院，他不把那些落叶丢弃，而是聚集起来当作柴烧。

梦窗见到这种情形以后，不禁对身边的侍者叹息道：“我的宗门被关山夺去了。”

关山禅师每次去拜访梦窗国师时，必定先在寺前的小溪流洗脚，以免双脚带上泥土，而玷污了天龙寺华丽的殿堂。后来，梦窗国师吩咐天龙寺的学僧特地搬了一块平平的大石头，放在溪边洗脚的地方，以便关山禅师洗脚时方便一些。

许久以后，关山禅师才知道这块大石头是梦窗国师叫人放的，不禁喟然叹曰：“国师到底是国师，他宗门的基础比这块大石头还要坚且硬。”

现在在妙心山内的大龙院还保存着这块“关山禅师洗脚石”。

佛法在恭敬中求，佛法从生活里修，关山禅师奉行到极致。亲自洒扫庭院，固然是勤劳，不丢弃落叶，也是惜福爱物。砚台盒里的铜钱比金块宝贵，烧饼的味道比什么佳肴更好，如此真心的尊敬，甚至拜访都要洗脚而前，关山禅师的作为折人于恭敬中，难怪梦窗国师要说他的宗门风格不及关山禅师了。

你从哪里来

慧能当初见五祖的时候，五祖弘忍大师第一句话就问他："你从哪里来？"

"我从岭南来。"慧能回答。

"岭南是獦獠的地方，獦獠没有佛性啊！"

慧能就回答说："人有南北，佛性也有南北吗？"

就因为这一段重要的对话，慧能受到五祖弘忍特别的器重，并且传授衣钵。

以后，六祖慧能大师也常以同样的问话，摄受了许多门徒弟子。以下举四个例子，来说明这一点。

一、神会大师亲近六祖，六祖问他："你从哪里来？"神会回答说："我不从哪里来。"这回答非常受六祖的赏识。

二、南岳怀让禅师于二十三岁时参访六祖，六祖一样问他："你从哪里来？""我从安和尚那里来。"六祖又问："什么东西把你带来？"怀让禅师无法回答这个问题，因此在曹溪一住就是十多年，直到三十多岁才开悟。

三、青原行思禅师初到曹溪之时，六祖也这样问他："你做过什么事才来这里？"行思禅师回答他说："圣谛亦不为。"意思是说成佛做祖我都不要，还要做什么？这句话也大受六祖的器重。

四、做过唐代国师的南阳慧忠禅师初来参学时，六祖问他说："你从哪里来？"慧忠回答说："我从近处来。"

由于过去五祖问他“你从哪里来”，因而开启六祖入道的因缘，所以六祖以后接引参禅的人也都以“你从哪里来”来启发对方、考验对方，要对方对自己生命最根本的来处提起疑情，深入去探究真相。提起疑情是禅宗接机时常常使用的重要方法之一，从一个接连一个的问答之中，禅者终于返照自性，认识到自己本来面目。

诸佛不欺

黄檗禅师出家后，认为“必须放弃恩情，达到无为时，方才是真实的报恩”，因此过了三十年禅者的生活，却从来不曾回过俗家探望亲人，但他内心深处非常记挂年迈的母亲。五十岁时，有一次在参访的旅途中，他不自觉地就往故乡的方向走去。

母亲也思念出家的儿子，可是毫无音讯，每天从早到晚哀伤地哭泣着，把眼睛都哭得失明了。因为想念儿子，母亲就在路旁设个司茶亭，招待过往的云水僧，并且迎到家中，亲自为他们洗脚，以示礼敬——另外还有一个原因，那就是黄檗禅师左脚上有颗大痣，她眼睛虽瞎了，但希望凭万分之一的洗脚机遇，或可认出谁是她的爱子。

这一天，黄檗禅师也接受了母亲的招待。他一边让母亲洗脚，一边向母亲述说佛陀出家的故事，希望母亲能因此得到信仰、安心。黄檗禅师只将右脚给母亲洗，却不把左脚给母亲洗。

黄檗禅师接连两次返家，虽然觉得难舍难离，但还是忍痛起程云游行脚，继续参访。邻居们忍不住将这个事实告诉他的母亲说：那个向你讲释迦出家故事的人就是你天天盼望的儿子。母亲听后几近疯狂：“难怪声音好像我儿。”说后就追上去，一直追到大河边。这时黄檗禅师已经上船，而且船也开动了，母亲情急地跳到河里，不幸淹死了。

黄檗禅师站在对岸看到母亲失足落水溺死的情形，不禁悲从中来，恸哭着说道：“一子出家，九族升天；若不升天，诸佛妄言。”

黄檗禅师即刻乘船返回，火葬母亲，说一偈曰：“我母多年迷自心，如今华开菩提林；当来三会若相值，归命大悲观世音。”

在黄檗禅师说偈的时候，乡人都看见他的母亲在火焰中升空而去。

黄檗希运禅师，福建人，在江西出家，受法于百丈怀海禅师，也在安徽南泉禅师处得到印证。黄檗禅师不是一个不孝顺的人，所谓孝顺有三：一、为小孝，甘脂奉养；二、为中孝，光宗耀祖；三、为大孝，度其灵识超升。禅师度母乃大孝中之大孝。

不病的体

洞山良价禅师，浙江人，俗姓俞，二十一岁受具足戒，曾亲近过南泉、灵佑、灵岩等禅师，后因见水影而彻悟。洞山禅师行脚参访的足迹遍历江西、安徽、湖北、湖南各省，最后在江西洞山普利院十年，盛开化门，接引学子不计其数，最为杰出者首推云居道膺禅师与曹山本寂禅师。洞山禅师六十三岁将示寂时，曹山禅师问他道：“老师身体有病，是否还有不病之体吗？”

洞山禅师道：“有！”

曹山禅师再问道：“不病之体，是否看得见老师呢？”

洞山禅师答道：“是我在看他。”

曹山禅师不解，问道：“不知老师怎么样看他？”

洞山禅师坦白说道：“当我看时，看不到有病！”

这意思是说：色身有病，可看可知；法身无病，就不可看不可知了。

不久，洞山禅师就感到身体不适，便开始洗脸沐浴，披上袈裟，敲钟向大家辞别后，端坐着不再呼吸。学僧们看到这种情形，都忍不住大哭起来，甚至有人责怪曹山禅师，说他硬把洞山禅师逼死了，此时洞山禅师突然张开了眼，对哭泣的学僧们说道：“夫出家儿心不依物，是真修行，何有悲恋？”

于是便叫人办“愚痴斋”，学僧们知道斋后便要离别老师，都不愿速办，一直拖了七天，才把斋食办好。洞山禅师和学僧们一起用斋。餐后，对学僧们道：“不要吵我，让我清净一点。切记，人要临终时，千万不要哭泣呼号，今后曹山是你们的善知识！”

言罢，回到丈室，端坐而逝。

洞山良价禅师晚年在江西洞山弘化大开，曹山本寂禅师在吉水山（曹山）禅徒不下千二百人，想以加强僧徒组织，振作宗风。曹山为洞山的弟子，法统并不长久，洞山的第三代以后归于云居膺禅师门下，但曹洞宗曹山非常重要。

说到生病，色身肉体上自然有生老病死，但法身本性上就没有生老病死了，色身肉体不离法身本性，法身本性亦不离色身肉体。如何从色身肉体上悟法身本性呢？参！

麻三斤

洞山守初禅师，号宗慧，住在江西襄州洞山。初参云门文偃禅师时，云门禅师问道：“你从什么地方来？”

守初：“查渡！”

云门：“在何处安居？”

守初：“湖南报慈寺。”

云门：“什么时候离开？”

守初：“八月二十五日。”

云门：“放你三顿棒。”

隔日在法堂，守初问道：“昨天蒙老师赐三顿棒，请慈悲开示过在何处？”

云门禅师呵斥道：“饭袋子！江西湖南，便恁么去？”

洞山守初禅师于此言下大悟。因为云门禅师慈悲，点醒洞山守初：肉体可以走来走去，自性真我也有来去吗？所以才给他三顿棒，及至洞山再问过在何处，云门就老实告诉他：没有认识自性，可以在江（西）湖（南）走动吗？

有一天，守初在厨房量胡麻，有学僧来请示："如何是佛？"

洞山守初禅师因为正在量胡麻，所以就顺口答道："麻三斤！"

如何是佛？这一句"麻三斤"的回答，可说截断千古的悬案。因为如何是佛的问题，实在不易说明，尽管众多发挥仍是分别意识，不如一句"麻三斤"，告诉你佛是不要解释的！那时，学僧不懂这个回答就跑去问智门禅师道："为什么说佛是麻三斤呢？"

智门禅师道："百花盛开，如织锦美丽。"

学僧仍不懂，智门禅师又道："南地竹，北地木。"

学僧更是不懂，又回到洞山守初那儿，把经过告诉洞山守初禅师。洞山守初很严肃地说道："错的固然是错，对的又何尝不错，即使有理，无如于佛性何？"

洞山的"麻三斤"，是一个有名的公案。自古以来，多少人参这个公案，越参越远。因为麻三斤本身没有意义，只因在称量胡麻，你问如何是佛，能回答你佛供在佛殿里吗？佛就是你吗？不如一句"麻三斤"，截断分别、意识、思想，无文字理路脉络可寻，不是更为亲切吗？

真正的佛法

有心禅师德高望重，博学多闻，担任寂相寺住持，来此向他问道的人虽多，可惜很少人能够契入。他有一位师弟名叫有得，根机迟钝，又有一目失明，平常都帮师兄做一些幕后工作，从未对客说法。

有一天，有心禅师刚好出门，有一禅僧来此参访，希望能当面请求开示。有得师弟不得已，只好硬着头皮以"无言对答"的方法来接见这位禅僧。

两人对面都不发一言，只是用手指比画。不久之后，禅僧非常欣喜地向有得礼拜，拜后告辞。路上遇到有心禅师，因此就夸有得实在是个了不起的禅师法将，并滔滔地述说着他向有得请益的经过道：“首先，我竖一指，表示大觉世尊，人天无二；他就竖起两指，表示佛、法二者，一体两面，是二而一。之后，我竖三指，表示佛、法、僧三宝，和合而住，缺一不可；他就在我面前捏起拳头，表示三者皆由一悟而得。至此，我已技穷，只得向他礼拜而出。”

禅僧说后他去，有心禅师回来，有得非常气愤地向他报告道：“刚才有一个禅僧非常无理，他一进门向我瞧了一眼，接着就竖起一指，讽刺我只有一只眼睛！我因他是来参访的禅僧，对他客气，所以我就竖起两指，表示他有两只眼睛，非常幸运。谁知道这个人非常无礼，竟然举起三根指头，暗示他和我两个人只有三只眼睛，你说气不气人？因此我举起拳头，正要好好揍他，他就急忙磕个头跑掉了。”

有心禅师听后，不禁哑然失笑。

佛法，紧要处是契理契机。佛陀在华严会上，二乘人听闻佛陀说法，如聋若哑，法华会上也有五千退席。平时弘法传道者，契理容易契机难。如有心禅师德学俱全，但不易启悟别人。独眼的有得，虽根性迟钝，但和学者有缘，比手画脚，彼此驴唇不对马嘴，但能令禅者悟道而去，这真是“云无心以出岫，人有缘能悟道”。

心空及第

有位年老禅僧参禅一甲子，出家数十年，未求慧解，又未开悟，经常悔恨不已。一天，见一青年法师和他人论说四圣谛之理，心生钦敬，便很诚恳地向青年法师请求开示。青年法师戏谑老禅僧道：“你只要天天以美食供养我，我一定教你证悟的法门。”

老禅师求道心切，真的以上等美食天天供养青年法师。时日一久，老禅僧要求开悟，老是说时日无多，不能再等下去了，青年法师想再和他恶作剧一番，因此说道：“好！你跟我来！”

青年法师带老禅僧进一空屋，至一角落，叫老禅僧蹲下，用杨柳枝点其头说道：“这是须陀洹果！”

老禅僧一心专诚，系念不乱，当下真的即获初果。

青年法师再道：“你虽得初果，却有七生七死；起来，到另一个角落！”

老禅僧到另一个角落蹲下，青年法师又点其头说道：“这是斯陀含果！此果尚有往来生死，起来，到另一个角落！”老禅僧到另一个角落蹲下，青年法师点其头说道：“这是阿那含果！已证不还，但在色无色界受有漏身，念念是苦。起来，到第四个角落！”禅僧到第四个角落蹲下，青年法师点其头道：“这是阿罗汉果！生死已了，好啦！”

老禅僧此时已证得阿罗汉果，欢喜无量，向青年法师顶礼，更设许多美食供养青年法师。

青年法师惭愧地说道：“我跟你开玩笑的，你别再认真了。”

老禅僧此时更至诚恳地说道：“我真的已经证阿罗汉果了，不是开玩笑的。”

年老禅僧，参禅六十年，未能开悟证果，总是机缘未契；青年法师拿老人取笑，事实不该，但反而为老年禅僧助长了禅悟，真是“有心栽花花不开，无意插柳柳成荫”。老禅僧对禅道六十年的坚持，可谓行有余力，后对青年法师的恭敬供养，崇尚慧解，“行解并重”，开悟证果则易如反掌矣！

找禅心

南天寺无德禅师举行小参时（禅师依学僧的需要，而不定时举行的一种座谈会或开示），无德禅师对学僧们说道：“各位来此参学，长者数年，短者也有数月，不知各位找到禅心没有？”

学僧甲说道：“我是个主观很强烈的人，除了‘我’或‘我所’之外，世界上没有什么值得我关心的。但自参禅以后，我才发觉世上的万事万物都要靠因缘才能成就的。以往每天只妄想我与我所，实在非常自私，现在发觉除了我以外，还有人，还有佛，我想我握住禅心了。”

学僧乙说道：“以前我的眼光总以能看得见、摸得着、享受得到的具体实质为标准。但自参禅以后，现在我不再短视而有远见，不再心胸狭小，而量大如空，我想我找到禅心了。”

学僧丙说道：“从前如果说我一天能行三十里路，我绝不去走五十里。但自参禅以后，才感受到以有限生命去证悟永恒的法身时，恨不得不眠不食地每天步行百里，我想我已知道什么叫禅心了。”

学僧丁说道：“我由于学历低，经验不足，相对的在处事方面，总显得笨拙，甚至有时会很自卑。但自参禅以后，才发觉自己可以担当弘法利生的重责大任，因此，也不自觉笨拙，也不感觉自卑，我想这就是禅心了。”

学僧戊说道：“身材只有五尺的我，平常总抱着‘天塌下来总有别人会顶住’的心态。但自参禅以后，才感受到烁迦罗心无动转的信念，现在在人前总觉自己有丈二之高的身材，我想我已体悟到什么叫禅心了。”

无德禅师听后，点头说道：“你们所说的是你们的进步，你们自受用的法喜，这只是一种参究的初心，而非禅心。真正的禅心在于明心见性。好好精进修持吧！参！”

学僧们听后，个个敛目内省，继续去寻找禅心。

参禅，其重要的目的当然是明心见性，但在参禅的过程中可以改变观念净化身心，激发内力，增加慧思，像以上这几位学生的报告，不亦然乎！

不缺盐酱

马祖道一禅师的弟子百丈禅师住大雄山时，马祖派侍者送了三坛酱给他。当百丈禅师收到三坛酱后，立刻鸣钟集众上堂，拈拄杖子指着坛酱，对大众说道：“这是老师道一上人送来的盐酱，你们若有人道得即不打破，若全体都不能道得就打破！”

一寺学僧大众面面相觑，无人回答。

百丈禅师见大众无语，“砰”的一声，便用拄杖子把三坛酱缸都打破了。

侍者从大雄山回到马祖禅师那里，马祖禅师便问道：“你把酱送到了吗？”

侍者答道：“送到了。”

马祖禅师再问道：“百丈收到我的盐酱以后，有什么表示？说了些什么？”

侍者回答道：“百丈禅师收到盐酱后，就集合大众上堂，因没有人道得，就用拄杖子把酱缸都打破了。”

马祖听后，哈哈大笑，非常高兴地赞美道：“这小子不错！”

后来马祖带了口信给百丈禅师，希望他将修行的近况不时地写信回来报告。

百丈禅师在回函上诚恳地报告说：“老师！谢谢您的关心，自从将酱缸打破以后，三十年来，弟子从来不曾缺少过盐酱。”

马祖道一禅师非常满意，特别再写了八个字送给百丈禅师，此八字为：“既不缺少，分些给人。”

后来马祖创了丛林，百丈就立了清规，从此中国供给青年学者参学的禅林就繁衍不绝了。

禅师们彼此来往，也有世俗人情的一面，但他们都另有一番含意。盐酱是生活中不可缺的食用东西，将盐酱送给百丈禅师，意即要他照顾生活中的禅道，不可离开了生活而去盲修瞎炼。百丈禅师打破了酱坛，意即我们的禅道什么都不缺，就不用老师烦心了。今日学道的弟子，能像百丈禅师一样，不用人烦心吗？

咸淡有味

由艺术家入佛的弘一大师，把佛道修行和艺术生活集合起来，更见出他的人生境界。有一天，名教育家夏丏尊前来拜访。吃饭时，只见他吃一道咸菜，夏先生不忍心地说："难道你不嫌这咸菜太咸吗？"

弘一大师回答说："咸有咸的味道！"

过一会儿，弘一大师吃好后，手里端着一杯开水，夏先生又皱皱眉头道："没有茶叶吗？怎么每天都喝这平淡的开水？"

弘一大师又笑一笑说："开水虽淡，但淡也有淡的味道。"

弘一大师的"咸有咸的味道，淡有淡的味道"，这是一句多么富有佛法禅味的话啊！弘一大师把佛法应用在他的日常生活中，他的人生无处不是味道。有一条毛巾用了三年，已经破了，他说还可以再用；住在小旅馆里臭虫爬来爬去，访客嫌恶，他说只有几只而已。可说他真正体会了"随遇而安"的生活。

断指求法

唐代仰山慧寂禅师，广州人，俗姓叶，九岁时，父母便送他到广州和安寺出家，到了十六岁时，父母又后悔不该送他出家，故又想尽方法把他接回家来，令他还俗，准备完婚。慧寂知道后，大惊，着急地问道："这是为什么呢？

慧寂的父亲回答道："从前我和你母亲之所以要送你到寺院里出家，是因为有一个算命先生说你命中犯凶煞，如果不投入僧门求菩萨的庇护，便无法抚养长大。现在你已经度过了厄运，可以还俗，以继承叶家香火。我与你母亲已为你安排好一门美满姻缘，你又何必执意回到寺里过清苦的生活呢？"

慧寂听后，不觉悲痛万分：一方面觉得父母用心良苦，恩情深重；一方面又觉得双亲在利用佛门，以保全儿子生命，如今厄运一过，就要立刻背弃佛门，这种伪善伪信、自私自利的行为，实在罪过。

想来想去，慧寂决心不造孽缘，不能顺着父母心愿成婚，可是又知道语言上的争执是没有用的，于是就趁家人不注意时，将自己左手的无名指和小指一刀斩断，鲜血淋漓地盛在盘里，捧着去见双亲，长跪不起地请求道："孩儿已身入佛门，为正信弟子，此生誓愿求取无上正等正觉，双亲大恩大德，孩儿当时时祈愿回向，却绝不再还俗成家。今断二指以示决心，请双亲成全我的愿心！"

做父母的看到慧寂盘里血渍斑斑的两截断指，知道其意志坚决再难更改，只好让慧寂返回佛门。

后来，慧寂十八岁时到江西吉州，拜访耽源禅师，传授圆相九十六种；二十一岁，参访灵佑禅师，侍从十五年；三十五岁后，领众出世，成为沩山灵佑座下的大弟子，创立中国禅宗里沩仰宗一派；七十三岁时示寂，大家都尊称为"小释迦"。

中国人对出家为僧一直没有正确的认识，有的人认为出家生活清苦，有的人认为必定受什么刺激才会看破红尘。殊不知"出家乃大丈夫之事，非将相所能为"，如顺治皇帝说："黄金白玉非为贵，唯有袈裟披肩难。"仰山慧寂禅师若无大心大愿，不能入佛门为僧，怎能成为一代宗师？

圆梦

沩山灵佑禅师是福州人氏，俗姓赵，二十三岁时参丁百丈怀海禅师，并嗣其法，开创湖南沩山，大振法门宗风。门下弟子数百人，其中仰山慧寂、香严智闲最为杰出。

有一天，沩山禅师正在小憩，仰山冒冒失失地闯进禅室。沩山听到有人进来，便转身面壁，不看来人。仰山禅师说道："我是您的弟子，老师何必如此不看我一下呢？"

沩山听后动了一下，但并没有转身。仰山只好往门口走出去，却被沩山叫了回来。

沩山禅师道："刚才我做了一个梦。"仰山禅师不答声，只是静静地听着。

沩山禅师又道："你替我圆圆看。"

于是仰山禅师到外面打了一盆水来，沩山禅师迅速地洗过脸。不久，香严禅师也进来了。沩山禅师对香严禅师也同样地说道："我刚才做了一个梦，仰山慧寂禅师帮我圆梦，慧寂真是一个有心人。"

香严禅师道："我在外面，不知这里的事情。"

沩山禅师不放过他，就指着香严道："既然这样，你也替我圆圆看。"

香严禅师听后，便到外面替沩山禅师端了一碗茶来。沩山禅师很高兴地说道："你们两个人智慧多么高！你们的智慧和不可思议的作为，甚过舍利弗与目犍连。"

香严禅师和仰山禅师不约而同地答道："老师！禅也要分胜负吗？"

沩山禅师哈哈大笑："不错！男儿自有冲天志，不向如来行处行。"

此事不久，仰山禅师收到老师沩山禅师送来的一面镜子，仰山拿着镜子对门下的弟子问道："沩山禅师送来一面镜子，你们说说看，到底是沩山禅师的镜子，还是我仰山的镜子？如果是仰山的镜子，为什么又是沩山禅师送来的？若说是沩山禅师的镜子，为什么又在我仰山手里？如果你们答得对，便把镜子留下来，答不出，便把它打破。"

仰山禅师连说了三遍，没有一个人答话，于是，仰山便把镜子打破，离座而去。

是你的镜子，是我的镜子，有了你我，已落于我相、人相的对待法，不是超越的禅心，难怪没有一个人能够回答这个问题。其实将你我之相泯灭，把对待之念去除，那不就是一个超越的世界吗？你要圆梦，打一盆水洗脸，倒一杯清茶享受，何必作痴人说梦，这就是禅师之间的论道了。

禅心与经语

日本道元禅师，三岁时丧父，八岁时丧母，从小就由叔父收养，十四岁时在京都建仁寺出家。中国宋朝时代，道元禅师前来留学，当船在庆元港停泊时，一位年约七十岁的老禅师上船来购买木耳。道元禅师很亲切地跟他招呼，言谈中知道老禅师名叫有静，是浙江阿育王寺的典座，于是就对他说道："禅师！天色已暗，您就不要急着赶回去，在我们船上过一宿，明天再回去吧！"

有静老禅师也非常有礼地回答道："谢谢您的好意，明天阿育王寺里正好煮面供养大众，今天特地出来买木耳，晚上带回，以便赶着明天应用，所以不方便在此过宿。"

道元禅师道："就算您不在寺里，难道就没有人代理吗？"

有静老禅师道："不，不能让人代理，我是到了现在这种年纪才领到这份职务的，怎可轻易放弃或请人代理？何况我未曾获得外宿的同意，不能破坏僧团的清规。"

道元禅师道："您已是年高德劭的长者，为什么还要负责典座这种职务呢？应该安心坐禅，勤于读经呀！"

有静老禅师听后，开怀大笑，说道："外国的青年禅者，你也许还不了解何谓修行，请莫见怪，你是一个不懂禅心经语的人。"

道元禅师羞愧地问道："什么叫禅心经语？"

有静老禅师不假思索，立刻答道："一二三四五。"

道元禅师再问道："什么叫修行？"

有静老禅师咬字清楚地答道："六七八九十。"

道元禅师在宋代时到中国来学法，走遍我国名山丛林，后在浙江天台寺如净禅师处得法。回日本后，努力弘扬禅道，成为曹洞宗的开宗祖师，著有《正法眼藏》《普劝禅仪》等禅门重要著作。道元禅师初到中国时，即遇到有静这位老禅和子，可以让他知道中国禅林里真是藏龙卧虎：一个煮饭的老者，禅风高峻，深不可测。

什么叫禅心经语？什么叫修行？有静老禅师回答的"一二三四五"、"六七八九十"，当然这不一定指的什么，也可以说"一即一切"，"一二三四五"还不够包括禅心经语吗？

禅与牛

石巩慧藏禅师有一次正在厨房作务，马祖道一看到就问道："你在做什么？

石巩禅师回答道："放牛。"

马祖禅师再问道："怎么牧？"

石巩禅师再答道："牛想跑时，我就扭转牛的鼻子。"

马祖禅师听后，非常欢喜，就高兴地赞美道："你真的知道牧牛了。"

与百丈是师兄弟的南泉普愿禅师，有一天在散步时看到管理浴室的职事正在烧水，就顺口说道："水烧好后，不要忘记请水牯牛洗澡。"

浴头烧好水，就来方丈室请南泉入浴，还没开口，南泉就问道："你来此做什么？"

浴头答道："要请水牯牛洗澡。"

南泉禅师道："拿了绳索来没有？"

浴头一时无言。

南泉禅师道："要是百丈禅师来，他就不会忘记带绳索。"

嗣承百丈禅师的沩山灵佑禅师，将要示寂时，有学僧问道："老师如果百年之后，会到什么地方去呢？"

沩山禅师道："到山下人家去做一头水牯牛。"

学僧道："那我能跟老师一起去吗？"

沩山禅师："你若跟我去，别忘了带一把草。"

沩山灵佑禅师，不求证涅槃，不求生佛国，但愿百年之后，在山下寻常百姓家做一头水牯牛。自古禅师皆不求作佛，但求开悟，实是禅者伟大之处。有其师必有其徒，有一学僧也要跟去做水牯牛，沩山禅师还叫他别忘记带一把草，意谓要独立生存，此点使人生起"稽首沩山水牯牛，一把青草万事辉"。

不曾空过

仰山禅师出外度过一个暑假后回来，看望他的师父沩山禅师，沩山禅师便问道：“一个暑假不见，你在那边做了什么？”

仰山回答道：“我耕了一块地，播了一篮种子。”

沩山赞美说：“这样看来，你这个暑假未曾闲过。”

仰山用同样的话问沩山道：“这个暑假，老师做了些什么？”

沩山毫不犹豫地说：“白天吃饭，晚上睡觉。”

仰山听后，也同样地赞美师父道：“那么老师这个暑假也未曾白白空过！”

禅者非常重视自力更生的生活，所谓自食其力，如百丈禅师的“一日不作，一日不食”，务农的叫农禅，做工的叫工禅，也就是“搬柴运水，无非是禅”。仰山的耕种是参禅，沩山的吃睡也是参禅，一个人如果吃饭吃得自在，睡觉睡得安然，这不就是禅吗？

处世秘诀

唐代丰干禅师住在天台山国清寺，一天在松林漫步，山道旁忽然传来小孩啼哭声音。他循声一看，原来是一个稚龄的小孩，衣服虽不整，但相貌奇伟。问了附近村庄人家，没有人知道这是谁家的孩子，丰干禅师不得已，只好把这男孩带回国清寺，等待人家来认领。因他是丰干禅师捡回来的，所以大家都叫他“拾得”。

拾得在国清寺安住下来，渐渐长大，上座就让他担任行堂（添饭）的工作。时间久后，拾得也交了不少道友，尤其一个名叫寒山的贫子，相交最为莫逆。因为寒山贫困，拾得就将斋堂里吃剩的渣滓用一个竹筒装起来，给寒山背回去用。

有一天，寒山问拾得说："如果世间有人无端地诽谤我、欺负我、侮辱我、耻笑我、轻视我、鄙贱我、恶厌我、欺骗我，我要怎么做才好呢？"

拾得回答道："你不妨忍着他、谦让他、任由他、避开他、耐烦他、尊敬他、不要理会他。再过几年，你且看他。"

寒山再问道："除此之外，还有什么处世秘诀，可以躲避别人恶意的纠缠呢？"

拾得回答道："弥勒菩萨偈语说：老拙穿破袄，淡饭腹中饱，补破好遮寒，万事随缘了；有人骂老拙，老拙只说好，有人打老拙，老拙自睡倒；有人唾老拙，随他自干了，我也省力气，他也无烦恼；这样波罗蜜，便是妙中宝，若知这消息，何愁道不了？人弱心不弱，人贫道不贫，一心要修行，常在道中办。如果能够体会偈中的精神，那就是无上的处世秘诀。"

有谓寒山、拾得乃文殊、普贤二大士化身。台州牧闾丘胤问丰干禅师何方有真身菩萨，告以寒山、拾得，胤至礼拜，二人大笑曰："丰干饶舌，弥陀不识。"意指丰干乃弥陀化身，惜世人不识。说后，二人隐身岩中，人不复见。胤遣人录其二人散题石壁间诗偈，今行于世。

寒山、拾得二大士不为世事缠缚，洒脱自在，其处世秘诀确实高人一等。

如虫御木

有一次，沩山灵佑禅师在百丈禅师身旁，百丈禅师问道："谁？"

沩山禅师答道："灵佑！"

百丈禅师道："你拨一拨火炉中，看看还有火没有？"

沩山禅师在炉中拨了一拨，回答道："无火。"

百丈禅师亲自站起来，走到炉边，用火钳在炉中深深一拨，拨出一点火星，取出来给沩山看，然后说道："你说无，这个不是火吗？"

沩山灵佑禅师说道："我知道是有，只是未能深深一拨！"

百丈禅师道："这只是暂时的歧路，经典上说，要了悟佛性，当观时节因缘，时节因缘一到，如迷忽悟，如忘忽忆，那时才知道自己本来一切具足，不是从外而获得的。所以，祖师说：悟境同未悟，无心如有心。凡圣虚妄，本来心法，原自备足。你现在已经如此，好好保护并把握它吧！"

第二天，沩山禅师随同百丈禅师入山出坡，百丈禅师问沩山道："火种带来了吗？"

沩山禅师答道："带来了。"

百丈禅师追问道："在什么地方？"

沩山禅师捡起一枝柴，吹了两下，然后交给百丈禅师。百丈禅师欢喜地说道："如虫御木，偶尔成文。"

"火种"，代表了什么？暗示了什么？此即所谓佛性也。百丈禅师要沩山到炉中拨火，此即暗示他要找到自己的佛性。找到佛性本心，谈何容易？百丈禅师不得不亲自示范，要深深一拨，自性才能现前。甚至师徒在出坡时都在策励生活中不要忘自性，一句"火种带来了吗"，这里面多少慈悲、多少智慧、多少生活禅也。

菩提本无树

当五祖弘忍想将大法衣钵传给弟子们继承的时候，先告诉弟子们每人各作一首偈子，然后从偈子中所呈现的境界来判别对方是否见道，见道的人就可以得到衣钵，成为六祖。其中最受大众推崇的上座弟子神秀，作了一首偈子说："身是菩提树，心如明镜台；时时勤拂拭，勿使惹尘埃。"

大众看了都赞叹神秀境界很高，五祖却批评说："作得不错，但是尚未见道。"

这时在舂米房工作的慧能，半夜里也请人在墙上代写了一首偈子说：

“菩提本无树，明镜亦非台；本来无一物，何处惹尘埃？”

五祖见了，认为他才是见到诸法空性、悟入佛道的人，因此把大法衣钵传给了他，成为禅宗的六祖大师。

从这两首偈子可以看出：神秀的境界虽然很高，但是仍然不免于有相有为，有所造作，而慧能大师则体证“诸法无所得空”的智慧。世间上的一切本来无所失，又何来所得呢？一个在“有”上用功，一个在“无”上见真章，难怪五祖要将衣钵传给慧能大师了！

卷五 你做什么来

禅师：“谁在喊痛呀！”云门：“老师，是我！”禅师：“你在哪里呢？”云门：“我在门外啦！”“你人在外面，为什么叫痛呢？”“因您把我的脚关在门里面了。”禅师：“脚在门里，为什么人在门外呢？”云门：“您确实把我分成里外了。”禅师：“愚痴！一个人还有里外之分？”

风动，幡动?

禅宗慧能大师得到衣钵之后，在猎人群中隐居了十几年，后因机缘成熟，开始行化于世间。有一天，途经法性寺，看到两位出家人对着一面幡面红耳赤争论不休。慧能上前一听，才知道他们在争论旗幡所以会飘动的原因。一个说："如果没有风，幡子怎么会动呢？所以说是风在动。"另一个则说："没有幡动，又怎么知道风在动呢？所以说是幡在动。"两人各执一词，互不相让。

慧能大师听了，就对他们说："二位请不用争论，我愿意为你们做个公正的裁判——其实不是风在动，也不是幡在动，而是二位仁者的心在动啊！"

从这则公案可以看出禅师对外境的观点，完全是返求自心，而不是滞留在事物的表象上面。现象的存在是片面的，其所以有分别，完全因为我们的起心动念。心静则万物莫不自得，心动则事象差别现前，因此要达到动静一如的境界，其关键就在吾人的心是否已经去除差别妄想，是否能够证得涅槃寂静。

不肯承担

利踪禅师有一次在深夜里，站在僧堂前大叫道：

“有贼！有贼！”

叫声惊动了堂内的大众。这时，刚好有一位学僧从堂内跑出来，利踪禅师就一把抓住他道：

“纠察师父！我抓住贼了。”

学僧推拒道：“禅师！你弄错了，不是贼，是我！”

利踪不放手，大声道：“是就是，为什么不肯承担？”

学僧惊吓得不知如何是好，利踪禅师说偈道：“三十年来西子湖，二时斋粥气力粗；无事上山行一转，借问时人会也无？”

有道是“擒山中之贼易，捉心内之贼难”。一个人在日常生活中，常用眼、耳、鼻、舌、身、意六根，向外执取色、声、香、味、触、法这六尘欲乐，从而引生种种烦恼痛苦。三十年的修行，每日的二时粥饭，都只为了降伏心中的盗贼。能够如此领会，上山一转，心贼一捉，佛法就此当下了！

利踪禅师对僧人的一番考验，实在是禅师的大机大用。“六根门头尽是贼，昼夜六时外徘徊；无事上街逛一趟，惹出是非却问谁？”昼夜二十四小时，如何守护我们六根的门户，不使它蠢动妄为，是修禅不可忽视的功课。

凡圣两忘

南塔光涌禅师初参仰山禅师时，仰山问他：“你来做什么？”

光涌答：“来拜见禅师。”

仰山又问：“见到了禅师吗？”

光涌答："见到了！"

仰山再问："禅师的样子像不像驴马？"

光涌说："我看禅师也不像佛！"

仰山不放松再追问："既不像佛，那么像什么？"

光涌则不甘示弱地回答："若有所像，与驴马有何分别？"

仰山大为惊叹，说道："凡圣两忘，情尽体露，二十年之中，再也无人优胜于你，你好好保重。"

事后仰山禅师一见到人就赞叹说："光涌为肉身佛也。"

这则公案究竟有何含意呢？譬如有人问人像什么，这是很难回答的问题，因为假如有所像，就有所不像。如果回答说人像鬼，鬼中也有人；如果说鬼像人，人中也有鬼。《金刚经》说："凡所有相，皆是虚妄。""若见诸相非相，即见如来。"虚空像什么？虚空无相无所不像，正因为虚空无相，才能包容万有；虚空无相，所以像一切的样子。仰山禅师和光涌禅师议论不像驴，不像佛，那么究竟像什么？像自己。唯有见到自性，才能与虚空一个鼻孔出气，像什么？像虚空无相之相。能够凡圣两忘，体用一如，那就是见到无相的真理了。

慧可安心

神光慧可翻山越岭来到嵩山少林寺，拜谒达摩祖师，要求开示，并请为入室弟子。达摩面壁静坐，不理不睬。慧可于是在门外伫候，时值风雪漫天，过了很久，雪深及膝。达摩看他确实求法虔诚，才开口问他："你久立雪中，所求何事？"

慧可道："唯愿和尚开甘露门，广度群品。"

达摩说："诸佛无上妙道，旷劫精勤，难行能行，难忍能忍，尚不能至，汝公以轻心慢心，欲冀真乘，徒劳勤苦。"

慧可听此诲励，即以刀断臂在达摩座前。

达摩说：“诸佛求道为法忘形，你今断臂，所求何在？”

慧可答道：“弟子心未安，请祖师为我安心！”

达摩喝道：“把心拿来，我为你安！”

慧可愕然说道：“我找不到心呀！”

达摩微笑说道：“我已经为你将心安好了。”

神光慧可于找不到处，得到一个转身入处，终于豁然大悟。我们的烦恼本空，罪业本无自性，识心寂灭，没有妄想动念处，就是正觉，就是佛道。如果能够保持一颗平实不乱的真心，佛性当下就会开显。

谁的罪过

有一位居士，在江边散步，看到一个船夫将沙滩上的渡舟推向江里，准备载客渡江。此时刚好有一位禅师路过，居士一个箭步向前，作礼请示道：“请问禅师，刚才船夫将舟推入江时，将江滩上的螃蟹、虾、螺等压死不少，请问这是乘客的罪过，还是船夫的罪过？”

禅师没有考虑，就回答道：“既不是乘客的罪过，也不是船夫的罪过！”

居士非常不解，怀疑地问道：“两者都没有罪过，那么是谁的罪过呢？”

禅师两眼圆睁，大声道：“是你的罪过！”

佛教虽然讲六道众生，但是以人为本，站在人本的立场，真理有时不能说破，事相有时也不能说破。船夫为了生活赚钱，乘客为了事务搭船，虾蟹为了藏身被压，这是谁的罪过？这不但是船夫和乘客两者的罪过，而且是船夫、乘客、虾蟹三者的罪过；但又不是三者的罪过，因为这三者都是无心，“罪业本空由心造，心若亡时罪亦无”。无心，怎能造罪？纵有罪，也是无心之罪。而这位居士无中生有，妄自分别，难怪禅师要毫不客气地呵斥他：“是你的罪过！”

得意忘言

洞山禅师走到泐潭的时候，看到一个职僧对大家说法，他不引经据典，只是自言自语地道："也大奇！也大奇！佛界、道界，不思议！"

洞山禅师听后，走上前便问道："我不问佛界和道界，只问刚才在这里说佛界、道界的是什么人？"

那位说法的人在本寺是一位很重要的职事，是一位首座大师，人们叫他初首座。

初首座听后，默然不作一语。

可是洞山禅师不饶过他，一直追问道："为什么不快说呢？"

初首座不甘示弱，回答道："快了就无所得。"

洞山不以为然，反驳道："你说都没说，还谈什么快了就无所得？"

初首座又默然。

洞山禅师这才觉得遇到了对手，因此就温和地说道："佛和道都只是名词而已，我问你的，你为什么不引证教义来说呢？"

初首座好像遇到好的机会，迫不及待地反问道："教义是怎么说的？"

洞山禅师拍掌大笑回答道："得意忘言！"

禅者与禅者对话时名为机锋，有时听起来，不知两人说些什么，好像牛头不对马嘴，但当事者彼此实有至理在焉。如洞山禅师要他快说，初首座沉默以对，初首座反问他怎么说，他说"得意忘言"，实则忘言的境界才是真正的禅啊！

禅非问答

有一位禅师写了两句话要弟子们参究，那两句话是："绵绵阴雨二人行，怎奈天不淋一人。"

弟子们得到这个话题便议论了起来。

第一个说："两个人走在雨地里，有一个人却不淋雨，那是因为他穿了雨衣。"

第二个说："那是一个局部的阵雨，有时候连马背上都是一边淋雨，另一边是干的，两个人走在雨地里，有一个人不淋雨，却是干的，那有什么稀奇。"

第三个弟子得意地说："你们都说错了，明明是绵绵细雨嘛，怎可说是局部阵雨，那一定是有一个人走在屋檐底下。"

这样你一句、我一句，说得好像都有理，争得没有个完。

最后，禅师看时机已到，就对大家揭开谜底道："你们都执著于'不淋一人'的话题，且也执著得过分厉害，那当然争论不休。由于争论，所以距离真理越来越远。其实啊，所谓'不淋一人'，不就是两人都在淋雨吗？"

所以，要谈禅，不要从问的方面回答，要从不问的方面去体会。禅门语录数千卷，看起来都是问答式的教学。其实，有时问的并不要回答，回答的也不是要问的。问答有争论，自悟无争论，问答不是猜谜语，在回答之外，还有这个吗？

是什么

云居禅师在洞山良价禅师处结一草庵，独自专修，有一次连着十天都没有至斋堂用餐。洞山禅师非常关心，也非常奇怪，就特地召见他问道：“这些天你怎么没有赴斋？”

云居禅师非常喜悦自得地说道：“每天都有天神为我送食！”

洞山听后，很不以为然地说道：“我以为你是个修行的禅人，原来只是个执著世间福德的庸俗之辈！明天再见吧！”

到了第二天，云居禅师依言拜见洞山禅师。洞山大声地呼唤云居的名字，他恭谨地回应。洞山突然问道：“福德为最呢？证悟福德性为最呢？”

云居听后，哑然无语，他知道福德是有修有证的，福德性是无修无证的，原来他的修行已堕入到有为法中去了。他怀着满腹的疑团返回草庵。

在庵中，他沉浸于寂静时，一连三天，天神再也不到庵中为他送食，但他获得了“禅悦为食”的无为法境界。

修行的人，报感人天，虽然是可羡慕的，但福报一完，五衰相现（天人福尽有五衰：一、头上花萎；二、腋下出汗；三、身上有臭；四、不乐本座；五、衣裳垢腻），仍不免生死轮回，故禅者不以世间荣辱为准，不以世间善恶为是。在荣辱善恶之外，能会禅心吗？

骨裹皮

有一学僧在庵侧旁看见一只乌龟，就向大随禅师请示道：“众生都是皮裹骨，为什么乌龟却是骨裹皮呢？”

大随禅师听后，并不作答，仅将自己的草鞋脱下，覆盖在乌龟背上。

守端禅师曾为大随的举止作了一首偈颂：“分明皮上骨团团，卦画重重更可观；拈起草鞋都盖了，这僧却被大随瞒！”

佛灯禅师也跟着作了一首偈颂云：“法不孤起，仗境方生，乌龟不解上壁，草鞋随人脚行。”

宝峰禅师更明显地指出：“明明言外传，信何有古今？”颂云：“掷金钟，辊铁骨，水东流，日西去！”

吾人生在这世界上，到处都有好奇心，即此好奇心，求知则可，悟道则远。悟道者乃由平常心。学僧见龟骨裹肉，即起好奇心，大随以草鞋盖覆，即盖覆此一虚妄之根源的好奇心。佛灯禅师的“乌龟不解上壁，草鞋随人脚行”，这是多么平常的事！宝峰禅师的“水东流，日西去”，这又是多么平常的事！可是在平常里，有一个世间不平常的原则：缘起性空！明乎此，则佛道也，禅心也，解脱也，均在此中心！

通身是眼

有一次，道吾禅师问云岩：“观世音菩萨有千手千眼，请问你，哪一只眼睛是正眼呢？”

云岩：“如同你晚上睡觉，枕头掉到地下去时，你没睁开眼睛，手往地下一抓就抓起来了，继续睡觉。请问你，你是用什么眼去抓的？”

道吾禅师听了之后，说：“哦！师兄，我懂了！”

“你懂什么？”

“遍身是眼。”

云岩禅师一笑，说：“你只懂了八成！”

道吾疑惑地问：“那应该怎么说呢？”

“通身是眼！”

“遍身是眼”，这是从分别意识去认知的；“通身是眼”，这是从心性上无分别智慧上显现的。我们有一个通身是眼的真心，为什么不用它彻天彻地地观照一切呢？

石头路滑

隐峰禅师向马祖道一禅师告辞他去。

马祖："向什么地方去？"

隐峰："南岳石头希迁禅师那里去。"

马祖："石头路滑。"

隐峰："竿木随身，逢场作戏。"

马祖允准了隐峰的辞别，隐峰从江西到了湖南专程去拜会石头禅师。

隐峰绕禅床一圈，振动锡杖，问："是什么宗旨？"

石头禅师不理睬，过了许久，只说了一句："苍天，苍天。"

隐峰不知所以，不能应对。

不得已，隐峰又回到马祖道一禅师那边，把会见石头希迁的情形说了一遍。

马祖道一禅师指示道："你再去，听到石头禅师说'苍天，苍天'，你便嘘他。"

隐峰再到南岳，一依前问："是何宗旨？"

石头希迁禅师毫不犹豫，立即从口中发出："嘘！嘘！"

隐峰不知所以，又一次黯然归来，向马祖报告一切。

马祖不得已，安慰地说："向汝道石头路滑！"

禅，不是依样画葫芦可以学的，禅完全是"用己心去接师心"的。石头禅师叫"苍天，苍天"，就已说明禅的宗旨不可言说，隐峰再问，石头禅师"嘘！嘘"，仍是不可说。禅，要在不可说处下手，才是平坦大道。

怎可心动

仰山禅师有一位比丘尼弟子，名叫妙信，因寺中知客师解职，仰山就命她负责寺中接待事宜，寺中大众也认为非常适合，因为妙信能干、发心，有相当魄力。

一日，从四川来了十七名行脚僧挂单寺中，预备亲近仰山，向其问道。晚餐后，行脚僧们无事，开始讨论佛法，当内容涉及“风动幡动”的问题，互相不能解决，争执吵闹的声音闻于妙信。妙信也就大声呵斥道：“十七个门外汉，明天走的时候要把房钱饭钱算清楚。”

妙信的威严一点也不像女人，行脚僧一起默然相对，不知如何是好。妙信命令道：“不要争执，到我面前来，我告诉你们！”

十七个人不自觉地走到妙信的面前，妙信说道：“既不是风动，也不是幡动，怎可以心动？”

行脚僧们一听，顿然眼前一亮，心开意解。

大家商量，不再等到仰山禅师开法堂的时候闻法请示了，第二天全体告别妙信而去。

当初慧能大师为了二僧争论风幡谁动，慧能说：“不是风动，不是幡动，是二位仁者的心动。”今妙信禅尼曰“既不是风动，也不是幡动，怎可以心动”的举唱，又更进一步。慧能主张把客体、主体融合在一起的妙境；今妙信禅尼超越融合，不立主客，所谓动念即乖，此乃更有深义。

默然无语

黄龙禅师住在净戒寺的时候，有一次在那里与洞山圆禅师相见，黄龙默然无语，两人只是焚香对坐而已。从下午一直坐到深夜，洞山圆禅师起来说道：“夜深了，妨碍你的休息。”

说完，就走了出去。

第二天两人各自回去，黄龙一回到自住的禅院，首先迫不及待地向永首座问道：“你当初住在庐山的时候，认识洞山圆长老吗？”

“不认识，只听过他的名字。”

停了一会，永首座问道：“老师这次见到他，看他是什么样的人？”

黄龙答道：“奇人！”

首座退下以后，询问侍者：“你跟老师见到洞山的时候，他们夜间谈话，谈些什么？”

侍者把两人对坐默然无语的实际情形告诉首座，首座深深呼吸后，喟然大叫一声：“疑煞天下人！”

人与人之间，要用语言文字才能交换思想意见，有时语言文字把理路越说越混淆不清。禅，不立语言文字，禅师传道，有时扬眉瞬目，有时棒喝笑骂，都是直截了当的教育。如黄龙、洞山二老，虽然无言，岂不已心心相印？老首座又何必多疑？不过，由疑亦能入禅。

谁在井中

有一年轻学僧问性空禅师：“什么是祖师西来意？”

性空禅师回答道：“假如有人落在千尺之深的井中，你能不假寸绳把他救出来，我就告诉你。”

学僧说：“近日湖南畅禅师去世，也是像你一样，讲的话不合乎常识。”

性空禅师就叫仰山慧寂禅师把年轻的学僧赶了出去。

仰山后来问耽源禅师说：“依你看，怎样才能救出那井中的人呢？”

耽源反问道：“痴汉，谁在井中？”

仰山无法回答，后来又问沩山禅师道：“老师！依你看，怎样才能救出井中之人？”

沩山出其不意地大声叫道：“慧寂（仰山的名字）！”

仰山应诺。

沩山禅师说：“从井里出来了。”

以后仰山慧寂曾举这些话告诉众人说：“我在耽源禅师处得命，沩山处得地。”

禅者讲话不合乎常识，是的确不错。禅，本来就是超越常识的。一般人思想观念总在事相上解释来解释去，殊不知这都是妄心上的知见，不是禅心上的体悟。

堕落在万千尺的坑井中，要假他人的绳索才能救得起来，这从事相上去做是多麻烦的事，如果能直下承当，从理上去会，自己跌倒自己爬起来，那真实的世界不是又为自己所有了吗？

云门内外

云门禅师去参访睦州禅师，到了睦州禅师的道场正是黄昏薄暮的时分。云门用力敲着两扇紧闭的大门，久久以后，睦州才来应门。云门道明来意之后，正将一脚跨入门槛的时候，睦州出其不意地用力把门关上，云门大叫：“哎哟！哎哟！好痛哟！”

禅师：“谁在喊痛呀？”

云门：“老师！是我！”

禅师：“你在哪里呢？”

云门：“我在门外啦！”

禅师：“你人在外面，为什么叫痛呢？”

云门：“因您把我的脚关在门里面了。”

禅师：“脚在门里，为什么人在门外呢？”

云门：“您确实把我分成里外了。”

禅师："愚痴！一个人还有里外之分？"

云门于此言下，好像一槌击在心上，顿时粉碎虚妄的身心世界，终于大悟。

云门禅师虽然腿被压痛，但这一关一合却截断了虚妄纷纭的意识，证悟了内外一如、平等无二的道理。世间，在禅者的眼中都是虚妄对待的，内外、你我、善恶、大小等，所以吾人给虚妄对待紧紧束缚，无法超越，而今截断众流，返归本源，统一了内外，超脱了你我，不悟而何？

是邪是正

渐源仲兴禅师在道吾禅师处任侍者时，有一次端茶给道吾禅师，道吾禅师指着茶杯道："是邪，是正？"

仲兴走近道吾禅师的跟前面对着他，一句话不说。道吾禅师道："邪则总邪，正则总正。"

仲兴摇摇头，表示意见道："我不认为如此。"

道吾追问："那你的看法？"

仲兴就把道吾手中的杯子抢到手里，大声反问："是邪，是正？"

道吾拊掌大笑，说道："汝不愧为我的侍者。"

仲兴便向道吾禅师礼拜。

道吾禅师开示"是邪，是正"内中的道理，所谓"邪人说正法，正法也是邪；正人说邪法，邪法也成正"。有些人天天说道，却破坏人的信心；有些好打喜骂的人却能让人入道。名医治病，砒霜毒药皆成良药。因此说"邪则总邪，正则总正"。

仲兴禅师认为宇宙有"诸法因缘生，诸法因缘灭"。能体会时则不执断，亦不执常，作如此会时则一切皆正；若将手中物执有执空，则皆是邪。以此见地反问老师，道吾禅师欣慰嘉勉，终于师资相契了。

说究竟法

佛光禅师向学僧提一则公案道——

古时，人们大多用纸糊的灯笼点上蜡烛照路，某日一位盲者拜访了他的一位朋友，辞别时，因为天色已暗，他的朋友就给他一只灯笼，让他照路回家。

盲者谢绝朋友的好意说道："我不需要灯笼，无论明暗，对我都是一样。"

朋友解释道："我知道你不需要灯笼照路回家，但如果你不提灯笼的话，别人也许会撞着你，因此你最好还是带着。"

话说得有理，这位盲者就提着灯笼回家了，但走不了多远，却被来人撞个正着。盲者骂来人道："看你走到哪里去了？难道你没看见我手里的灯笼？"

路人除致歉意外，说道："老兄！你的蜡烛已经熄了。"

盲者道："是你的心灯灭了，岂关我的蜡烛灭了？"

见性的人，光照着般若与黑暗的无明，在他都是一样，没有分别，黑暗的烦恼固然苦人，光明的烈日又何尝不炙人？虽然如此，何妨运用慈悲方便，提一只灯笼（慧炬）照开众生的心灯？

众生无始以来，我执深重，生死死生，长夜冥冥，虽然长了两只眼睛，却不见眼前路人，责怪盲者灯笼熄灭，自己睁着眼睛却不用心，心灯的熄灭，才更可悲！世人未明佛法大义，到处误解佛法，毁谤三宝，即如明眼人撞了瞎子的灯笼，还怪灯不亮。

糟蹋僧

有名的大颠宝通禅师，曾住在潮州三十多年。写《谏迎佛骨表》而触怒皇帝的韩愈，“日贬潮阳路八千”，也在潮州。韩愈向大颠禅师问禅论道，终于皈信佛教，成为大颠禅师的弟子。大颠禅师在去潮州之前到湖南衡山参访石头禅师。

石头：“你是参禅僧，还是糟蹋僧？”

大颠：“参禅僧。”

石头：“什么是禅？”

大颠：“扬眉瞬目。”

石头：“除掉扬眉瞬目之外，把你的本来面目呈现出来看看。”

大颠：“请禅师除掉扬眉瞬目来看某甲。”

石头：“我已经除掉了。”

大颠：“我已经呈现给禅师了。”

石头：“你既然呈现了，你心怎样？”

大颠：“跟禅师没有两样。”

石头：“我的心不关你事。”

大颠：“本来无你无我。”

石头：“你我之间，一物也无。”

大颠：“既然无物，即是真物。”

石头：“真物不可得，你心中的见解这样，还必须大大地护持。”

江西颍川的大颠禅师到湖南石头禅师处，才真正开悟，得无畏法，发心到蛮荒瘴气的边陲之地弘法，可见其勇猛精神。

大颠禅师的禅风，正如其赞云：“彻证至理，岂拘正偏？扬眉瞬目，一任风颠。语默动静，妙阐幽玄，昌黎拜倒，衣书纪传。”

僧有多种，在工作上分弘法僧、事务僧、苦行僧等，在行为上分隐居僧、粥饭僧、应赴僧、糟蹋僧等。什么僧都能做，就是不能做糟蹋僧。

谁是禅师

佛光禅师在参禅的生活中，经常忘记自己。一些从各方前来参学的禅者，要求拜见禅师，面请教益；侍者通报时说，某位学僧从某地来，想见禅师问禅。

佛光禅师总是自然地反问："谁是禅师？"

有时，佛光禅师在吃饭时，侍者问："禅师！你吃饭吃饱了吗？"

禅师也像茫然地问道："谁在吃饭？"

一次，佛光禅师下田锄草，从早到晚都没有休息一下，寺里大众见到他都慰问说："禅师！你辛苦了！"

佛光禅师礼貌地答道："谁在辛苦？"

"谁在辛苦？""谁在吃饭？""谁在经行？""谁在说话？"佛光禅师经常忘了自己这样回答别人，也反问别人。

不少的禅者学人因佛光禅师的话而寻回了自己，认识了自己。

世上的人，有时肯定自己的思想、自己的知识、自己的拥有，反而失去真正的自己；有时候什么都不认同、不肯定，又迷失了自己，像行尸走肉，没有灵魂，没有立场。如果一旦有了禅，虽然否定了一切，其实拥有了一切；虽然肯定了一切，其实解脱了一切。

所以，禅者的语默动静都另有一番深意，禅者的生活作息都另有一番境界。他们的机锋险峻，言行虽然朴素单调，但妙味无穷；他们的警策虽然严厉，但风度亲切，达观超凡。"谁是禅师？"其实，这就是禅师了。

比大

韩国代表佛宝的通度寺（因收藏佛陀穿过的袈裟），拥地两千余甲，另一代表法宝的海印寺（因收藏藏经木刻版全部），拥有土地四千余甲。这两寺的禅者，在行脚的途中认识，他们就结伴同行。途中，坐在一棵树下，谈起自己的常住（寺院），便互相比较起自己常住的大。

通度寺的禅者先开口说："我们通度寺之大及住众之多可能在全国第一。"

海印寺的禅者不信似的问道："何以见得？"

通度寺的禅者解释道："我每次当行堂（供应饭菜），必得坐船去舀汤呢！"

海印寺的禅者也不甘示弱地说："我们海印寺才大呢！可以说，在韩国的寺院丛林，没有一个比得上海印寺！"

通度寺的禅者也不信，用怀疑的口气问道："何以见得呢？"

海印寺的禅师想了一下，说道："我们在海印寺上厕所大解时，要等三分钟后才能听到粪便掉到粪池的声音。"

这时另外一棵树下坐着代表僧宝的松广寺（历代以来，此寺被各王朝加封过的有十六位国师）的一位禅者，听到后，很不以为然地说道："我们松广寺才大啦！我们常住的禅者个个拥有了虚空，你们能走得出虚空吗？"

谁大？禅者的口气都很大，所谓"心如虚空，量周沙界"，这不愧就是禅者的境界了。

承受信物

有一天，沩山灵佑禅师告诉他的弟子仰山禅师道："有一位俗家信徒拿了三匹白绢来，要我为他敲钟祈福，并且希望世人和平、安乐。"

仰山禅师听老师说后，故意问道："既然信徒对佛法这么诚心，并且又这么希望祈福，老师您收了他的白绢，请问将何物酬谢回报他呢？"

灵佑禅师即刻以拄杖敲床三下，说道："我将这个酬他！"

仰山禅师不以为然地说道："若是这个，用作什么？"

灵佑禅师再敲三下，说道："你嫌这个还不够吗？"

仰山禅师解释道："我不是嫌'这个'，'这个'是大家的，我只是以为老师不应以大家的东西酬谢他。"

灵佑禅师道："你既然知道这是大家的，为什么要我另外找东西给他人呢？你说，除'这个'外，另外还有什么东西可以酬谢他呢？"

仰山禅师仍不以为然地说道："自己已备，何劳他人？"

灵佑禅师道："自己虽然已备，但无他人，何缘得识？你忘了当初达摩大师东来我国，不也是如此将'这个'予人吗？你们每一位禅者都是承受他信物的人！"

"这个"，是指什么？禅师说的"这个"，即指吾人的本来面目，既是本来面目，何劳他人赐给？话虽如此，若无师承，何能得识本来面目？如禅门不着语言文字，所谓直指本心，见性成佛，但若舍语言文字，又何能直指本心，见性成佛？黄檗禅师说："不著佛求，不著法求，不著僧求，当作如是求！"此一句"当作如是求"，实是着力之处。

语言文字虽系工具，不是目标，如渡船过河，河尚未渡，何能舍船？但若到达彼岸，即应舍船而去。沩山灵佑站在教育立场上苦口婆心，仰山禅师站在过来人的立场上讲话，虽是所论不一，实则理性一也。

无道心

文道是个云水僧，因久仰慧熏禅师的道风，所以跋山涉水不远千里地来到禅师居住的洞窟前，说道："末学文道，素仰禅师的高风，专程来亲近、随侍，请和尚慈悲开示！"

因时已晚，慧熏禅师就说："日暮了，就此一宿吧！"

第二天，文道醒来时，慧熏禅师早已起身，并已将粥煮好了。用餐时，洞中并没有多余的碗可给文道用餐，慧熏禅师就随手在洞外拿了一个骷髅头，盛粥给文道。文道踌躇是否要接时，慧熏禅师说："你无道心，非真正为法而来，你以净秽和憎爱的妄情处事接物，如何能得道呢？"

善恶、是非、得失、净秽，这是从分别心所认识的世界。真正的道，不思善、不思恶，不在净、不在秽。文道的憎爱之念，拒受之情，当然要被呵为无道心了。

不在别处

洞山良价禅师有一次对云岩禅师问道："老师！如果您老百年以后，有人问我您的相貌风姿长得如何，我该怎么回答？"

云岩禅师答道："我不在别处！"

对此回答，洞山禅师沉思不已。

云岩禅师道："良价上座，对这种事情，你以此种态度处理，可要加倍慎重小心。"

洞山良价禅师仍满怀疑惑，不解云岩禅师为何如此提示他——难道这种问题犯了什么忌讳？

后来，有次洞山禅师在过河时，看见了自己映在水中的影子，才醒悟到以前云岩禅师对他说的话，于是便作了一首偈：

“切忌从他觅，迢迢与我疏；我今独自往，处处得逢渠。渠今正是我，我今不是渠；应须恁么会，方得契如如。”

洞山禅师回到云岩住的地方，说道：“老师！不管什么时候，就算无量阿僧祇劫以后，您的风姿道貌我已经知道了。”

云岩禅师道：“我不在那时！”

洞山连忙说道：“不在别处，不在那时！”

一个修行者的道貌风姿，百年后，我们怎么来形容他的样子？假如这个样子可以形容、可以说明的话，这一定是假相假貌了，因为道貌风姿是无常假相，怎可认假为真呢？修道者的真假，不从他觅，不假形容，不在别处，不在那时，超一切时间，超一切空间；法身无相，而无所不相，那就是云岩禅师的真正道貌了。

反主为宾

年关将届，在外云游行脚的佛光禅师，除夕夜里终于赶回弟子平遂住的北海道场过年。禅师风尘仆仆地回到寺前，只见寺内一片暗黑，举手敲门没有回响，心想大概是平遂外出未归，不得已只好盘腿禅坐寺前等候。等了一会儿，同行的侍者不耐烦地在寺院四处探望，终于发现一扇窗户没有上锁。侍者身手矫健爬入，并且开门请禅师进去。佛光禅师进去之后，转身交待侍者说：“把所有的门窗都反锁起来。”

大约过了两炷香之久，平遂终于回到了寺中，掏出怀中的钥匙，试了又试，就是无法把门打开。平遂纳闷地自言自语道：“咦！真奇怪，这钥匙明明没有带错，怎么打不开呢？莫非是这扇门太久没有使用，所以生锈打不开？”平遂不死心地再开，那扇门顽强地关得紧紧的，不得已只好也撩起衣裾从厕所边的一个小窗子破窗而入。哪知头才刚刚伸入室内，突然从黑暗中传来一声低沉浑厚的声音：“你是什么人？爬窗做什么？”平遂一惊，跌了下来——莫非自己走错了人家？还是寺内遭了宵小？

佛光禅师唯恐弟子平遂惊吓过度，命令侍者赶快开门，把平遂迎了进来。平遂一看是师父回来了，赶忙上前礼座道：“师父！刚才弟子着实被吓坏了，师父那一声轻喝，如同狮子吼声，让弟子真不知道谁是主、谁是客了。”

常有人说，慈悲实在不易奉行，其实假如把自他互易，就容易实践慈悲了。平遂的宾主互易，实在也不知道我是谁了，明明自己是寺主，但给屋内的轻轻一问，顿然使自己有反主为宾的感觉。平常执著的自我，也有这么忘失的时刻。这种忘失仍不离对待和分别执著，假如从禅观中悟道，从无分别中忘失自我，那就能超越生死苦海了。

快乐与痛苦

昙照禅师每日与信徒开示，都离不开：“快乐呀！快乐呀！人生好快乐呀！”

可是有一次他生病了，在病中不时叫：“痛苦呀！痛苦呀！好痛苦呀！”

住持大和尚听到了，就来责备他：“喂！一个出家人有病，老是喊苦呀苦呀，不好看呀！”

昙照：“健康快乐，生病痛苦，这是当然的事，为什么不能叫苦呢？”

住持：“记得当初你有一次掉进水里，快要淹死时你还面不改色，那种无畏的样子，视死如归，你那豪情如今何在？你平时都讲快乐、快乐，为什么到生病的时候，要讲痛苦、痛苦呢？”

昙照禅师对住持和尚道：“你来，你来，你到我床前来！”

住持到了他床边，昙照禅师轻轻地问道：“住持大和尚！你刚才说我以前讲快乐呀快乐呀，现在都是说痛苦呀痛苦呀，请你告诉我，究竟是讲快乐对呢，还是讲痛苦对呢？”

人生有苦乐的两面，太苦了，当然要提起内心的快乐；太乐了，也应该明白人生苦的真相。热烘烘的快乐，会乐极生悲；冷冰冰的痛苦，会苦得无味。人生最好过不苦不乐的中道生活。

寸丝不挂

净居寺的比丘尼玄机常在大日山的石窟中打坐参禅。有一天忽然兴起一个念头，心想：法性湛然深妙，原本没有来去之相，我这样厌恶喧哗而趋于定寂，算不得是通达法性的人。

于是她立刻动身往访雪峰禅师。

雪峰初见时问道："从什么地方来？"

玄机回答道："大日山。"

雪峰用机锋语问道："太阳出来了没有？"

玄机不甘示弱道："假如太阳出来的话，会把雪峰给融化了。"

雪峰见其出语不凡，再问："你叫什么名字？"

"玄机。"

"一天能织多少？"

"寸丝不挂！"

玄机礼拜而退，才走了三五步，雪峰道："你的袈裟拖在地上了！"

玄机听后，赶快回头看一下袈裟的衣角。雪峰哈哈笑道："好一个寸丝不挂！"

玄机和雪峰的对话，可以看出禅的不同境界：玄机的话是捷辩，不是禅；雪峰禅师的一句"好一个寸丝不挂"，那才是禅机！

残缺的鬼

有一次慧嵬禅师在山洞内坐禅时，来了一名无头鬼，若是一般人见了，必定吓得魂不附体，而慧嵬禅师却面不改色地对无头鬼说："你原本就没有头，所以不会头疼，真是好舒服啊！"无头鬼听后，顿时消失了行踪。

又有一次，出现了一个没有身躯只有手脚的无体鬼，慧嵬禅师又对此无体鬼说："你原本就没有身躯，所以不会为五脏六腑的疾病而感到痛苦，这是何等幸福！"无体鬼一听，也突然地失去了踪影。

有时，无口鬼现前时，慧嵬就说没有口最好，免得恶口两舌，造业受罪；有时无眼鬼现前，慧嵬就说没有眼最好，免得乱看心烦；有时无手鬼现前，慧嵬就说无手最好，免得偷窃打人。各种幽魂野鬼只要一出现在他眼前，慧嵬就将前述的话说出，他们就会销声匿迹。

一般说来，无头、无体，而且对方是鬼，应该感到恐怖才对，无眼、无口、无手是非常狰狞的样子，而慧嵬禅师却对他们说无头、无体是多么好，无眼、无口、无手是多么幸福的事。能将祸视为福，所谓转迷为悟，转秽为净，就算鬼也畏惧而不敢出现了。

生乎，死乎？

道吾禅师带着弟子渐源到一信徒家诵经吊祭超度。

渐源敲着棺木问师父："棺木里的人是生，抑是死？"

道吾："不说生，不说死！"

渐源："为什么不说？"

道吾："不说就是不说。"

回寺途中，渐源道：“师父若不说，我以后就不再去檀家诵经超度了。”

道吾：“不去就不去，我就是不说。”

渐源真的从此就不去为人诵经超度。

后来，道吾禅师圆寂后，渐源到石霜禅师的道场参学。一日，以相同的话问石霜禅师。

石霜：“不说生，不说死。”

渐源：“为什么不说？”

石霜：“不说就是不说。”

渐源这时终于在言下大悟。

生死轮回，这是事相上的话，吾人的本性哪有生死？真如佛性都不许说，岂准更说生死轮回？

棺材里的人，从有为法的体相上说，有生有死；若从无为法的自性说，就无生无死。人，应该死不了的。人的身体可死，精神（佛性）则不死。

道吾的不说生不说死，渐源功行因缘未熟，故不能深入了解；石霜的不说生不说死，虽是同样的话，但渐源修行进步了，领会自是不同。

谁去住持

百丈禅师会下有一位司马头陀，他懂天文、地理、算命、阴阳。有一天，头陀从外面回来，告诉百丈禅师说：“沩山那个地方是一个一千五百人修行的好道场。”

百丈说：“我可以去吗？”

头陀回答说：“沩山是肉山，和尚是骨人，你老如果前去，恐怕门徒不会超过千人。”

百丈乃指众中的首座华林禅师，问：“他可以去吗？”

头陀：“他，也不相宜。”

百丈又指典座灵佑问：“他可以去吗？”

头陀说："他可以去。"

华林对百丈说："我忝居第一座，尚不能去住，灵佑为什么能去呢？"

百丈回答道："若能于众中下一转语出奇制胜，当去住持。"就指座前的净瓶说："不得叫净瓶，你们唤作什么？"

华林说："不可叫做木楔（门闩）。"

百丈不以为然，乃转问灵佑；灵佑什么也不说，便上前一脚踢倒净瓶。

百丈笑着说："华林首座输给煮饭的人啰！"遂遣灵佑住沩山住持。灵佑禅师在沩山大阐宗风，后成禅门沩仰宗一派。

禅的体验，不讲地位高低，不谈知识有无，只论证悟深浅。"不得叫净瓶，唤作什么？"这是试题，灵佑一脚踢倒净瓶，什么不说，这就是最好的答案。禅，不必解说是什么，扬眉瞬目，语默动静，那都可以表达微妙的真理。

放下什么

佛陀住世时，有一个名叫黑指的婆罗门来到佛前，运用神通，两手拿了两个花瓶，前来献佛。佛陀对黑指婆罗门说："放下！"

婆罗门把他左手拿的那个花瓶放下。

佛陀又说："放下！"

婆罗门又把他右手拿的那瓶花放下。

然而，佛陀还是对他说："放下！"

这时黑指婆罗门说："我已经两手空空，没有什么可以再放下了，请问现在你要我放下什么？"

佛陀说："我并没有叫你放下你的花瓶，我要你放下的是你的六根、六尘和六识。当你把这些统统放下，再没有什么了，你将从生死桎梏中解脱出来。"

黑指婆罗门才了解佛陀放下的道理。

放下，这是非常不容易做到的。吾人有了功名，就对功名放不下；有了金钱，就对金钱放不下；有了爱情，就对爱情放不下；有了事业，就对事业放不下。

吾人在肩上的重担，在心上的压力，岂止手上的花瓶？这些重担与压力，可以说使人过得非常艰苦。必要的时候，佛陀指示的“放下”，不失为一条幸福解脱之道！

不如小丑

白云守端在杨岐方会禅师处参禅时，久久不悟，杨岐挂念，很想方便开导。有一天，杨岐方会禅师问守端以前拜过谁为老师，守端回答：“茶陵郁山主。”

杨岐又问道：“我听说茶陵郁山主是因为跌了一跤而大悟，写了一首偈，你知道吗？”

白云守端：“知道！那诗偈是这样的：‘我有明珠一颗，久被尘劳关锁；今朝尘尽光生，照破山河万朵。’”

杨岐听了之后，便发出怪声，呵呵地笑着走了。守端却因方会禅师的一笑，饭食不思，整夜失眠。第二天便至法堂请示方会禅师，为何一听到茶陵郁山主的诗偈便发笑不已。

杨岐：“昨天下午你可看到寺院前马戏班玩猴把戏的小丑吗？”

守端：“看到了。”

杨岐：“你在某方面实在不如一个小丑。”

守端：“为什么呢？”

杨岐：“因为小丑的种种动作就是希望自己博得别人一笑，而你却怕别人笑。”

一个人的自我认识不够，心中不能自主，就会经常受外境的影响。别人的一句赞美，自己就会扬扬得意；别人的一句谤言，自己就会怨恨嗔怒。所以自己喜乐忧苦，全为别人左右，可说已失去自己。杨岐方会禅师的一笑，还不够吾人觉悟吗？

我也可以为你忙

佛光禅师有一次见到克契禅僧，问道："你自从来此学禅，好像岁月匆匆，已有十二个秋冬，你怎么从不向我问道呢？"

克契禅僧答道："老禅师每日很忙，学僧实在不敢打扰。"

时光迅速，一过又是三年。一天，佛光禅师在路上又遇到克契禅僧，再问道："你参禅修道上有什么问题吗？怎么不来问我呢？"

克契禅僧回答道："老禅师很忙，学僧不敢随便和您讲话！"

又过了一年，克契禅僧经过佛光禅师禅房外面，禅师再对克契禅僧道："你过来，我今天有空，请到我的禅室谈谈禅道。"

克契禅僧赶快合掌作礼道："老禅师很忙，我怎敢随便浪费您老的时间呢？"

佛光禅师知道克契禅僧过分谦虚，不敢直下承担，再怎样参禅，也是不能开悟。

佛光禅师知道不采取主动不可，所以又一次遇到克契禅僧的时候，问道："学道坐禅，要不断参究，你为何老是不来问我呢？"

克契禅僧仍然说道："老禅师您很忙，学僧不便打扰！"

佛光禅师当下大声喝道："忙！忙！为谁在忙呢？我也可以为你忙呀！"

佛光禅师一句"我也可以为你忙"的话，打入克契禅僧的心中，禅僧克契立刻言下有所悟入。

有的人太顾念自己，不顾念别人，一点小事，再三地烦人；有的人太顾念别人，不肯为己，最后失去好多机会。禅的本来面目就是直下承担！当吃饭的时候吃饭，当修道的时候修道，当问的时候要问得必要，当答的时候要答得肯定。不可在似是而非的里面转来转去！

我可以帮忙，你为什么不要我帮忙呢？你要我帮忙，我为什么不可为你忙呢？人我，不是要分得那么清楚的！

锁虚空

金碧峰禅师自从证悟以后，能够放下对其他诸缘的贪爱，唯独对一个吃饭用的玉钵爱不释手，每次要入定之前一定要先仔细地把玉钵收好，然后才安心地进入禅定的境界。

有一次，因为他的世寿已终，应该把业报还清，阎罗王便差几个小鬼要来捉拿禅师。金碧峰预知时至，想和阎罗王开个玩笑，就进入甚深禅定的境界里，心想：看你阎罗王有什么办法？几个小鬼左等右等，等了一天又一天，都捉拿不到金碧峰。眼看没有办法向阎罗王交差，就去请教土地公，请他帮忙想个计谋，使金碧峰禅师出定。

土地公想想，说道："这位金碧峰禅师最喜欢他的玉钵，假如你们能够想办法拿到他的玉钵，他心里挂念，就会出定了。"小鬼们一听，就找到禅师的玉钵，拼命地摇动它。禅师一听到他的玉钵被摇得砰砰地响，心一急，赶快出定来抢救。小鬼见他出定，就拍手笑道："好啦！现在请你跟我们去见阎罗王吧！"

金碧峰禅师一听，了知一时的贪爱几乎毁了他千古慧命，立刻把玉钵打碎，再次入定，并且留下一首偈曰："若人欲拿金碧峰，除非铁链锁虚空；虚空若能锁得住，再来拿我金碧峰。"

当下进入了无住涅槃的境界。

金碧峰禅师能和业力挑战，能和阎罗王开玩笑，他是自以为有"自受用三昧"。在自受用三昧里，他能灭除时空、人生、生死等一切对待，才不受后有，假如对钵起了爱憎，这是在境界上生起了涉境心，生死就会现前，小鬼就可捉拿。所幸金碧峰禅功深厚，立刻进入自受用三昧，安住在自性无住之内，真心和虚空融为一体，所以他能自豪地说“虚空若能锁得住，再来拿我金碧峰”。

无位真人

岩头、雪峰、钦山等三位禅师，有一天在路上遇到定上座，岩头禅师问定上座说：“您是从哪里来？”

定上座答道：“从临济院来。”

岩头顺口又问道：“临济老师还好吗？”

定上座老实地回答道：“已经圆寂了。”

岩头禅师等三人一听，非常意外，悲伤地道：“我们三个人特地要去礼拜老师，无奈福缘浅薄，未能见面他就走了。请您把老师在世时的教诲说一些给我们听听好吗？”

定上座道：“临济禅师常开示说：‘在我们肉体中，有一个无位真人，常常从你们的眼、耳、鼻、舌、身、意中出入，换言之，你们看到的时候，听到的时候，思想的时候，都可以产生活生生的活动感觉，没有这种自觉体认的人就要展开心眼看看。’”

岩头禅师听完之后，不自觉地伸出舌头。但钦山禅师说道：“为什么不称为非无位真人呢？”

定上座突然抓住钦山禅师道：“无位真人和非无位真人有什么不同？你说说！”

钦山禅师无言以对，脸上青一阵白一阵的。

岩头禅师和雪峰禅师赶快靠近向定上座谢罪，说道：“这个人是新参者，不知好歹，得罪了上座，请原谅！”

定上座道：“如果不是你们两位说情，今天我便捏死这个初参者！”

无位真人，这个“位”字是指空间而言，无位真人即是不落空间的绝对真人。那真人是谁？即吾人之佛性。无位真人，即是超越时空的吾人本来面目，委屈地暂住在我们肉体之中，其实这时也可以说他是“非无位真人”，定上座要打钦山，主要怪他多嘴：无位真人已经难寻难觅，非无位真人，又怎么证悟呢？好在有岩头禅师的调和，定上座才认为“无位真人”与“非无位真人”没有给钦山禅师斩断！

人面疮

悟达知玄禅师还是云水僧时，有一天途经京师，看到一位西域异僧身患恶疾，无人理睬，于是就耐心地为他擦洗敷药，并照顾他的疾病。病僧愈后，就对悟达禅师说：“将来如果有什么灾难，你可以到西蜀彭州九陇山间两棵松树下面找我！”

多年后，悟达禅师的法缘日盛，唐懿宗非常欣仰其德风，备极礼遇，特尊他为国师，并钦赐檀香法座，禅师亦自觉尊荣。一日，禅师膝上忽然长了个人面疮，眉目口齿皆与常人无异。国师遍寻群医，都无法医治。正在束手无策时，忽忆起昔日西域异僧的话，于是就依约来到九陇山，并道明来意，西域异僧怡然地指着松旁的溪水道：“不用担心，用这清泉可以去除你的病苦。”

悟达国师正要掬水洗涤疮口的时候，人面疮竟然开口说话：“慢着！你知道为什么你膝上会长这个疮吗？西汉史书上袁盎杀晁错的事情你知道吗？你就是袁盎来转世，而我就是当年被你屈斩的晁错，十世以来，轮回流转，我一直在找机会报仇，可是你却十世为僧，清净戒行，故苦无机会可以下手。直到最近你因为集朝野礼敬于一身，起贡高我慢之心，有失道行，因此我才能附着你身。现在蒙迦诺迦尊者慈悲，以三昧法水洗我累世罪业，从今以后不再与你冤冤相缠。”

悟达国师听后，不觉汗如雨下，连忙俯身捧起清水洗涤，突然一阵剧痛，闷绝过去，苏醒时，膝上的人面疮亦已不见，眼前也没有什么西域异僧。

参禅悟道，虽然明心见性，但三世因果业报却历历分明，谁也逃脱不了。只有广做善事，多结善缘，忏悔消业，灭罪离愆，庶几方可得救。在自性上虽然没有罪业可言，但在事相上因果俨然，丝毫不爽。所谓现报、生报、后报，但不会不报。悟达国师所幸遇圣僧迦诺迦尊者，施药护病，尊者报以解冤消业。后悟达国师作《水忏》流行于世，普劝世人“但愿随缘消旧业，更莫招愆造新殃”，三世业报，可不慎哉？

道在何处

僧问惟宽禅师：“道在何处？”

“只在目前。”

“我何不见？”

“汝有我故，所以不见。”

“我有我故不见，禅师还见否？”

“有我有汝辗转更不见。”

“无我无汝还见否？”

“无我无汝阿谁求见？”

又有人问禅师：“谁是佛祖？”

“我不敢告诉你，告诉你恐你不信。”

“禅师指示，谁敢不信！”

“那汝即是！”

“如何保任？”

禅师回答：“一翳在眼，犹若空华；但离妄缘，即如如佛。”

“道在何处？”“谁是佛祖？”吾人何必舍近求远，舍己求人！

骑牛觅牛

长庆大安禅师，福州人氏，在石头禅师处得法后，因为平时对经典颇为深究，但对禅道心性玄极最高之理始终不得其门而入，经常觉得愧对石头禅师，后来特别去礼拜百丈怀海禅师，道："学人欲求识佛，何者即是？"

百丈禅师回答道："大似骑牛觅牛。"

大安禅师再问道："认识佛陀后如何？"

百丈禅师又回答道："如人骑牛回家。"

大安禅师对这种解释似乎很不放心，追问道："不知要如何保任？"

百丈禅师开示道："如牧牛人，执杖视之，不令其犯人苗稼。"

大安禅师听后，并依此修行，把持自己，肯定自己，更不向外驰求。后来与同参灵佑禅师创建沩山，大安禅师躬耕助道；灵佑禅师圆寂后，他由大众推举而任住持。

大安禅师晚年回到福建，住怡山院，终日端坐，不言不语，无所事事，大众背后称他为"懒安禅师"，如有禅僧道："终日不言不语，如木石一样，那就是禅吗？"

另一禅僧道："终日端坐，既不领众梵修，也不指导作务，这就是禅吗？"

大安禅师的懒已经引起大众的不以为然。一天，他集合大众，宣告道："请大家今天跟我终日端坐，不言不语，只要三天，当可令大家识得自己。"

大众随大安禅师静坐一日，腰酸腿痛；第二日，个个请求，宁可作务，不愿静坐。大安禅师这时才告诉大众道："老僧坐一日，胜过千年忙。"

大众无言。

大安禅师不是一个懒者，他年轻时，助灵佑禅师开创沩山，终日耕作，虽然搬柴运水是禅，但禅不是搬柴运水，等如善恶是法，法非善恶。作务是禅，端坐亦禅；语言是禅，不语亦禅；动固是禅，静更是禅。何必将语默动静分割？何必将忙闲看作两事？骑牛觅牛，皆因不识自己佛性；骑牛回家，就已经万事放下。《华严经》云：“若人欲识境界，当净其意如虚空。”故大安禅师有“老僧坐一日，胜过千年忙”之说。

卷六 顿悟

一日夜晚，德山禅师站在崇信禅师身旁，久久不去。龙潭禅师说道："时间已经不早，你怎么不回去休息？"德山禅师向门外走了几步，回头说道："外面天黑！"龙潭禅师点了纸烛给德山禅师，德山禅师正想用手去接，龙潭禅师一口气又把纸烛吹灭，德山禅师于此大悟。

云水随缘

法眼文益禅师在庆辉禅师处参禅时始终不能契悟入道，于是，他就辞别庆辉禅师，开始云游四方。

有一次下大雨，途中就在一座地藏院挂单，寺里的知客师问他："禅师你要往哪里去？"

法眼："我没什么目的，只是随便走走罢了！"

知客师："你对四方来去的云游方式有何感受？"

法眼："云水随缘。"

知客师："'云水随缘'这句话最逍遥自在了！"

法眼禅师听后，对逍遥自在顿有所感！

吾人生活于世，虽然东奔西走，却少能云水随缘，更何况逍遥自在？

善恶一心

四祖道信禅师到牛头山访问法融禅师，见其端坐习禅，旁若无人，绝不举目看他一眼，不得已，只好向前问道："你在这里做什么？"

法融："观心。"

道信："观是何人？心是何物？"

法融无法回答，便起座向四祖作礼，并问道："大德高栖何所？"

道信："贫道不决所止，或东或西。"

法融："那么，你认识道信禅师吗？"

道信："你问他做什么？"

法融："向德滋久，冀一礼谒。"

道信："我就是！"

法融："因何来此？"

道信："我特意来访，请问除此之外，还有哪里可以宴息？"

法融："东边有一个小庵。"

四祖道信便叫他带路。到了那里，看到茅庵四周有许多虎狼之类的脚印，四祖便举起两手作恐怖的状态。法融禅师看到时，便说："你还有这个（恐惧）在吗？"

四祖反问："你刚才看见了什么？"

法融又无法对答，便请四祖道信坐下。道信在法融入内取茶时，在对面他的座位上书写一个"佛"字。当法融回来将要坐下时，一看"佛"字悚然震惊，认为怎可坐在佛上，这是大不敬的事。四祖也笑着问："你还有这个在吗？"

法融听后，茫然不知所对。

生死勘不破，就有恐怖；荣辱勘不破，就有得失；贵贱勘不破，就有分别；生佛勘不破，就有颠倒。难怪四祖道信禅师和法融禅师的悟境不同了。

自了汉

黄檗禅师自幼便出家为僧，有一次他游天台山时，碰到一个举止奇怪的同参，两人谈笑，一如故人。当他们走到一条小溪前面时，正好溪水暴涨，那个同参叫黄檗一起渡河，黄檗便说道：“老兄，溪水这么深，能渡过去吗？”

那个同参便提高裤脚过河，好像在平地上行走一样自然，他边走边回过头来说：“来呀！来呀！”

黄檗便叫道：“嘿！你这小乘自了汉，如果我早知你如此（早知你是有神通的小乘人），便把你的脚跟砍断。”

那同参被他骂声所感动，叹道：“你真是位大乘的法器，实在说，我不如你啊！”

说罢，便消失了。

佛教分大乘小乘，小乘重自度，大乘重度他，小乘圣者，纵然得道，也不及初发心的大乘行者。“拔一毛而利天下，吾不为也”的作风，永远不能成佛。“自己未度，先能度人，才是菩萨发心”。黄檗斥责自了汉，难怪小乘圣者感动，并赞叹其为大乘法器。

到地狱去

有人问赵州禅师：“师父平时修福修慧，人格道德至为完美，假如百年之后，不知会到哪里去呢？”

“到地狱去！”

“以师父您的修持德行，百年以后怎么会去地狱呢？”

“我若不去地狱，你所犯的杀、盗、淫、妄罪业，谁去度你呢？”

赵州禅师到地狱去，和地藏菩萨的精神一样，怀着无限的慈悲，带着广大的行愿，所谓“我不入地狱，谁入地狱”。难怪慈航法师也说：“只要一人未度，切莫自己逃了。”

我们走吧

龙德村的李侯非常敬仰善昭禅师，三番两次表示要善昭禅师至承天寺当住持。禅师厌烦俗务，但使者苦苦哀求，禅师不得已就考问众弟子说：“我怎么能够丢下你们而一个人去做住持呢？如果带你们去，你们又都赶不上我。”

有一个弟子便向前说：“师父！我能跟您去！我一天可以走上八十里路。”

禅师摇摇头，叹口气说：“你走得太慢了，赶不上我。”

另一个弟子高声喊道：“我去！我一天能走一百二十里路！”

禅师还是摇摇头说：“太慢了！太慢了！”

徒弟们面面相觑，纷纷猜测师父的脚程到底快到什么程度。这时又有位弟子慢慢地走出来，向善昭禅师叩首道：“师父！我跟您去。”

禅师问：“你能走多快？”

那弟子说：“师父走多快，我就走多快。”

善昭禅师一听，便高兴地微微一笑道：“很好！我们走吧！”

于是善昭禅师就一动也不动地坐在法座上微笑圆寂了，那个弟子也恭恭敬敬地站在法座旁立化了。

禅者，什么功名利禄都不会动心，连生死都不畏惧，在生死前那么自由，他还要做什么住持呢？

大无畏

有一次五台山隐峰禅师推着车子搬运物品赶路，马祖道一禅师正好伸着脚坐在路中休息，隐峰禅师请求马祖把脚缩回去，以便让他的车子可以顺利通过，马祖却说："我只伸不缩。"

隐峰也不甘示弱地说道："我只进不退。"

两人相持不下，于是隐峰禅师不顾一切，仍然推车向前，结果碾伤了马祖禅师的脚。马祖回到寺里，立刻登堂说法，手里还拿着一把斧头，对聚集的寺中大众说道："刚才是谁碾伤了我的脚，快站出来！"

隐峰禅师便走到马祖面前，伸出了脖子，马祖放下斧头说道："你肯定了的前途，毫无犹豫，三千大千世界你都可以走了。"

隐峰缩回脖子，向马祖跪拜顶礼，然后弯腰退走。马祖称赞道："能进也能退，才是真正法器。"

禅者的行为，初看都好像非常怪异：为了推车，怎可将老师的脚碾伤？受伤的老师怎可用斧头报复？但师徒之间原来在以此论道说法。进，是肯定前途；退，是真正法器。看起来"能进能退"，都是禅者的大无畏了。

冷暖自知

禅师六祖慧能大师从五祖黄梅处得法，获得衣钵心印，即刻向远方而去，但消息走漏，被一位叫陈慧明的禅者沿途追赶。当追赶到的时候，陈慧明称此来不是为了衣钵，而是为了求法，因此恳请慧能接引。于是慧能便说："既然你是为求法而来，那么希望你先抛弃一切外缘，断绝一切思念，我便为你说法。"

过了一会儿，慧能接着说："你不要想到善，也不要想到恶，就在这个时候，请问什么是你的本来面目？"

听了这话，慧明立刻大悟，接着又要求慧能再告诉他一些秘密的意思，慧能便说："我能告诉你的，就不是秘密的意思了；如果你能反照自己，秘密的意思就在你心中。"

慧明听了，非常感激地说："我在弘忍大师门下很久，都不知道自己的本来面目，现在，谢谢你的指点，使我感觉得道是‘如人饮水，冷暖自知’。我对自己，现在都明白了。”

慧明在六祖慧能言下觉悟，但如果没在弘忍大师门下多年，可能不会有今日的觉悟。木有本，水有源，当下的一刻，原来是从历史时间中得来的。所谓“因缘成熟”，也就是这个意思了。

你无佛性

潭洲慧朗禅师初参马祖时，马祖禅师问道：“你来求什么？”

慧朗：“求佛知见。”

马祖：“佛已超越知见，有知见就是魔。”

慧朗听了，恭敬礼拜。

马祖禅师问道：“你从什么地方来？”

慧朗回答道：“南岳！”意思是说他从湖南南岳石头希迁禅师那儿来的。当时马祖道一禅师在江西大振禅风，石头希迁禅师在湖南阐明心要，因此当时学者不是向江西马大师问道，就是向湖南石头和尚请法，来往“江湖”成为一时美谈。

马祖不客气地指示道：“你从南岳来，辜负石头的慈悲，你应该赶快回去，其他地方并不适合你去！”

慧朗于是再回到石头禅师那儿，请示道：“如何是佛？”

石头答道：“你没有佛性。”

慧朗满怀疑惑：“蠢动含灵都有佛性，为什么我没有佛性？”

“因为你不是蠢动含灵。”

“难道慧朗不如蠢动含灵？”

“因为你不肯承担！”

慧朗终于言下大悟。

学佛之人要肯定自己，肯定自己修学的处所最为重要。有些学人不了解自己，不信任常住，到处盲冲瞎撞，最后回头，才发觉“踏破铁鞋无觅处，得来全不费工夫”。

为人处世，应先认识自己，忠于自己，忠于工作岗位，切莫因为未受重用而东奔西跑，只因自己不肯承担，导致最后一事无成。

善知识

皓月供奉，有一次问赵州禅师道：“普天之下，所有的善知识，是不是都已证得涅槃解脱了？”

赵州：“大德问的是果上涅槃，还是因中涅槃？”

皓月：“果上涅槃。”

赵州：“天下的善知识未证。”

皓月：“为什么未证？”

赵州：“功未齐于诸圣。”

皓月：“功未齐于诸圣，为何称为善知识？”

赵州：“明心见性，悟入佛之知见，亦得名为善知识。”

皓月：“未审功齐何道，才名为证大涅槃？”

赵州禅师说偈道：

“摩诃般若照，涅槃解脱法；欲识功齐处，此名常寂光。”

皓月：“果上三德涅槃已蒙开示，如何是因中涅槃？”

赵州：“大德是也。”

学佛的人，未见法性之前不能离去善知识，因为佛陀曾说，亲近善知识是证悟法性必备的条件之一。末法时代，欲求全德（果上涅槃）的善知识确实不易，如于佛法的行解、弘法的热诚，只要有一分胜过自己，都可亲近。更重要的是对所亲近的善知识必须随顺恭敬，经上说：“若彼于师，住嫌恨心、坚恶心，或恚恼心，能得功德，无有是处。”

经上也说：“如有八分之一的功德，也可以亲近。”因为正在修持因中涅槃者，即具少分功德，亦可名为善知识，所以赵州明示皓月：因中涅槃，即你（大德）就是！

一室六窗

仰山禅师有一次请示洪恩禅师道：“为什么吾人不能很快地认识自己？”

洪恩禅师回答道：“我向你说个譬喻，如一室有六窗，室内有一猕猴，蹦跳不停，另有五只猕猴从东西南北窗边追逐猩猩。猩猩回应，如是六窗，俱唤俱应。六只猕猴，六只猩猩，实在很不容易很快认出哪一个是自己。”

仰山禅师听后，知道洪恩禅师是说吾人内在的六识（眼、耳、鼻、舌、身、意）追逐外境的六尘（色、声、香、味、触、法），鼓噪繁动，彼此纠缠不息，如空中金星蜉蝣不停，如此怎能很快认识哪一个是真的自己？因此便起而礼谢道：“适蒙和尚以譬喻开示，无不了知，但如果内在的猕猴睡觉，外境的猩猩欲与他相见，且又如何？”

洪恩禅师便下绳床，拉着仰山禅师，手舞足蹈地说道：“好比在田地里，防止鸟雀偷吃禾苗的果实，竖一个稻草假人，所谓‘犹如木人看花鸟，何妨万物假围绕’！”

仰山终于言下契入。

吾人为什么不能认识自己？主要是因为真心久被尘劳封锁。好比明镜，尘埃遮盖，哪能显现明镜的光照？真心不显，妄心反而成为自己的主人，时时刻刻攀缘外境，所谓心猿意马，不肯休息。人体如一村庄，此村庄中主人已被幽囚，为另外六个强盗土匪（六识）占有，拟此兴风作浪，追逐六尘，人体村庄一室六窗，从此怎么平安？

穿衣吃饭

有人问睦州禅师道："我们每天都要穿衣吃饭，并且天天重复，实在非常麻烦，如何才能免除这些麻烦？"

睦州禅师回答："我们穿衣吃饭。"

"我不了解你的意思。"

睦州禅师斩钉截铁地道："如果你不了解，那你就穿衣吃饭吧！"

禅的妙用，正如禅师们所常惯用的偈语："你有拄杖，我给你拄杖子；你无拄杖子，我夺却你的拄杖子。"

禅，并不离开生活，平常人要穿衣吃饭，成佛悟道以后仍然一样要穿衣吃饭。所不同的只是穿衣吃饭的感受和意义有区别罢了，所谓"平常一样窗前月，才有梅花便不同"。

百味俱足

云岩昙晟禅师初参药山禅师时，药山禅师问道："你从什么地方来？"

昙晟："百丈怀海禅师那里来。"

药山："百丈有何言句开示？"

昙晟："平常都说：我有一句，百味俱足。"

药山："咸则咸味，淡则淡味，不咸不淡是常味，什么是百味俱足的一句？"

昙晟禅师无言以对。

药山："我亦有一句：争奈目前生死何？"

昙晟："目前无生死。"

药山："你在百丈禅师处有多久？"

昙晟："二十年。"

药山："二十年在百丈处，俗气仍未去除。"

有一天，药山禅师又问道："百丈禅师除一句百味以外，更说些什么佛法？"

昙晟："有时道三句，要我们省去六句会取。"

药山："三千里外且喜没交涉。"

药山禅师喜形于色，接着又问道："更说什么法？"

昙晟："有时上堂，大众立定，便用拄杖将大家一时赶散，然后又召回来，自已不说，反而问人：'是什么？'"

药山："你何不早这么说，从你的口边，我今日得见怀海师兄。"

昙晟禅师也因此于言下省悟。

如果要认识一个人，有时要经过许多年月，要知道一些事理也须费些周折。二十年不长，三千里不远，直到说无所说才认识百丈怀海，此即所谓一句百味了。

无响无闻

皓月供奉有一天请示赵州禅师道："如何是陀罗尼（密咒）？"

赵州禅师不开口，以手指指着禅床右边。

皓月："这个？"

赵州："你以为这不是陀罗尼咒吗？僧却诵得。"

皓月："还有人诵得否？"

赵州禅师又指着禅床左边。

皓月："这个？"

赵州："有什么不对？僧亦诵得。"

皓月："我为什么听不到呢？"

赵州："大德岂不知道，真诵无响，真听无闻。"

皓月："这么说则音声不入法界性了。"

赵州："离色求观非正见，离声求听是邪闻。"

皓月："如何是不离色是正见，不离声是正闻？"

赵州禅师示偈道：

"满眼本非色，满耳本非声；文殊常触目，观音塞耳根。会三元一体，达四本同真；堂堂法界性，无佛亦无人。"

一般人想从咒语音声求得即身成佛，就如皓月供奉不解色法音声当体即空一样。皓月虽经赵州指点总持一切义（陀罗尼）——即色即空，仍然不解，以为音声不入法界性。岂知法界性不离色相而显，所谓"佛法在世间，不离世间觉，离世（色法音声等俗谛）求菩提（胜义谛），犹如觅兔角。"

好事不如无事

有一次赵州从谂禅师提起一句禅话道："佛是烦恼，烦恼是佛。"

学僧不解，因而纷纷要求赵州解释。学僧们问道："不知佛在为谁烦恼？"

赵州从谂回答道："为一切众生烦恼！"

学僧再进一步问道："如何可以免除这些烦恼呢？"

赵州从谂严肃地责问学僧道："免除烦恼做什么？"

又有一次赵州从谂禅师看到弟子文偃在礼佛，便用拄杖打了他一下，问道："你在做什么？"

文偃答道："礼佛！"

赵州从谂斥责道："佛是用来礼的吗？"

文偃道："礼佛也是好事。"

从谂道："好事不如无事。"

烦恼是病，佛道也是病，佛菩萨是真有病吗？不是的！佛菩萨是为一切众生而病。佛陀降诞娑婆，观音行化苦海，地藏菩萨地狱不空誓不成佛，所以佛菩萨悲悯众生，免除众生的烦恼，是为了什么呢？

礼佛虽是好事，但却莫执著此“好事”——功德，无事才是真正的好事。

画饼充饥

香严智闲因百丈禅师圆寂，就到师兄沩山灵佑禅师处参学。沩山一见香严智闲就问道：“我听说你在先师百丈处闻一知十，闻十知百，不过那只是知解上的问答。我现在不问你生平体会到的以及经卷册子上记得的知识，我要问你在未出娘胎前，什么是你的本分事？试说一句看看，我为你印证。”

香严智闲懵然不知应对，沉思了一会后，才说：“请师兄替我说！”

沩山禅师道：“我说，那是我的见解，对你，又有什么益处呢？”

香严智闲于是回到僧堂，把所有语录经卷搬出来，左翻右翻，竟然没有一句合乎应对的话，叹息道：“说食不能当饱，画饼岂可充饥？”因此便把所有典籍付之一炬，发誓说：“这辈子不研究义学了，从今后，好好做个粥饭僧，免得浪费心神。”

香严智闲拜辞沩山禅师，到南阳慧忠国师住过的遗址禁足潜修。有一天，在割除杂草时，无意中瓦砾击中竹子，发出响声，他廓然顿悟，说偈云：

“一击忘所知，更不假修持；动容扬古道，不堕悄然机。处处无踪迹，声色外威仪；诸方达道者，咸言上上机。”

从这段公案看，就可以明白：知识是知识，悟道是悟道。知识是从分别意识上去认知的，悟道是从无分别智上体证的。禅，也不是从枯坐默守中可以悟的，仍然要经过分别意识到无分别智的。设若香严智闲没有慧解，就是用铁锤把竹子打破，一样也不会开悟入禅。

圆融之道

药山禅师向石头希迁禅师问道："我对佛法三藏十二分教，已略有所知，但对于南方所谓'直指人心，见性成佛'的道理却始终不能了解，恳请禅师为我指点！"

石头希迁禅师说道："肯定的不对，否定的也不对，肯定的否定，否定的肯定也不对，恁这么时，该怎么办？"

药山禅师虽有契入，但未接心。过了一会，石头希迁说道："你的因缘不在我这里，还是到马祖大师那边去吧！"

药山禅师去参拜马祖时，提出同样的问题。马祖说："我有时叫他扬眉瞬目，有时又不叫他扬眉瞬目；有时扬眉瞬目是他，有时又不是他。你究竟怎样去了解他呢？"

药山听罢，一句话不说，便向马祖礼拜。马祖问道："你见到了什么，要向我礼拜？"

药山回道："我在石头禅师那儿，正像蚊子叮铁牛。"

听明白后，融会于心，那是理解；见到什么，体会实践，那是境界。境界的深浅，不可言语，如人饮水，冷暖自知。药山禅师游走"江湖"，从湖南的石头希迁禅师，到江西的马祖道一禅师，江湖问道。所谓禅心，所谓本性，如果要能实践，石头禅师对他把肯定与否定放在一边，马祖禅师用扬眉瞬目也说是他不是他。是他是肯定，不是他是否定；其实，道，是否一如，空有一如。禅，原来是圆融之道。

一路顺风

洞山良价禅师有一天夜里说法没有点灯，有禅僧能忍问洞山禅师："为什么不点灯呢？"洞山禅师听过能忍问话以后，才叫侍者把灯点亮，然后对能忍说道："请你到我的面前来！"

禅僧能忍走向前来。

洞山禅师对侍者说："你去拿三斤点灯的油送给这位上座！"

洞山禅师的意思，是慈悲？抑是讽刺？或还有别的意思？但能忍甩甩袖子就走出讲堂。经过一夜的参究，能忍若有所悟。于是拿出全部积蓄，举办斋会，供养大众。他在此随众生活，一过三年，三年后他才向洞山禅师告辞，意欲他去。

洞山禅师没有挽留，只是说："祝你一路顺风！"

这时雪峰禅师恰好立在洞山禅师身边，等禅僧能忍转身外出，他就问洞山禅师道："这位禅僧走了以后，不知要多久才能回来？"

洞山禅师回答道："他知道他可以走，他却不知自己什么时候可以再回来。你如不放心，可以去僧堂看他一下！"

雪峰到了僧堂。岂知能忍回僧堂以后，就坐在自己的席位上往生了。雪峰禅师赶紧跑去报告洞山禅师。

洞山禅师说道："他虽然是往生了，但是如果和我相比较，却比我慢了三十年。"

从这段公案看来，禅僧能忍责问洞山禅师说法开示为什么不点灯，在黑暗的时候需要光明，这是人之常情；洞山禅师因嘱侍者点灯，这种随顺舆情，也是人之常情；但洞山禅师嘱侍者再增加三斤灯油送他，这就不平常了。可以说这是洞山禅师特别慈悲，也可以说，这是洞山禅师讽刺他的贪求。但不管怎么说，禅僧能忍悟道了，施财设斋，这表示舍去了贪求。

禅僧能忍悟道后，在洞山处一住三年，三年后，世缘已了，告辞入灭，洞山还祝他一路顺风，在禅者眼中生死如回家一样。但洞山禅师自己还活着，却说禅僧能忍比他迟死了三十年，表示洞山禅师早于三十年前悟知法身理体是无生无死。

自己的住处

赵州禅师一生疏散不羁，过着随遇而安、随缘随喜随众的生活，从来都是“处处无家处处家”，而他一生云水，到八十多岁都在外面行脚，有诗说：“赵州八十犹行脚，只为心头未悄然；即至归来无一事，始知空费草鞋钱。”有一天，他行脚到云居禅师处，云居禅师问道：“你年纪这么大了，仍到处奔跑，为什么还不找个长居安身的住处？”

赵州禅师听后，像什么都不懂似的问道：“怎么样才是我长居安身的住处呢？”

云居禅师道：“山前有一处荒废了的古寺基地，你可以把它修复好居住。”

赵州不以为然，反问道：“老和尚为什么不自己去住呢？”

又有一次，赵州禅师到茱萸禅师处，茱萸禅师道：“你年纪这么大了，仍然到处云游行脚，为什么不找个地方住下来安心修行呢？”

赵州禅师感慨道：“你说什么地方可以给我住下来安心修行呢？”

茱萸禅师不以为然地反问道：“你不必问人，总之，你年纪这么大了，连自己的住处都不知道，像你这样说话可以吗？”

赵州禅师闻言，不禁肃然起敬地回答：“我三十年纵马驰骋山水，随缘生活，想不到今天才被驴子踢了一脚。”

赵州禅师行脚，是因当初有僧问他：“将来劫火焚烧的时候，四大五蕴的身体还坏也不坏？”赵州答说：“会坏。”僧再问：“既然身体会坏，那就随他去了。”赵州答：“随他去！”对赵州的回答，其僧甚疑，赵州也犹豫起来，所以就遍历山川，到处行脚，访师决疑，所谓“一句随他语，千山走衲僧”。赵州年八十岁，仍行径百邑，以求抉择去疑痛快而已。其实赵州行脚，早就找到长久住处，所谓“来时自有去处，动中自有静趣”。驴子踢了一脚，不过多一次提起。

什么冤仇

中国禅宗初祖达摩祖师的坟墓，在今河南省熊耳山的吴坡。自古相传，凡是作为一位禅师，一生之中必须到这里来参拜一次。有一位禅僧，从来没有见过达摩祖师的面，却甘愿为达摩祖师终身守墓。这座达摩祖师的坟墓，唐代宗时曾赐颁“圆觉大师空观之塔”的封号，所以大家称这位守墓的禅僧为塔主。

有一次，誉满天下的临济禅师来到达摩祖师的墓边，临济禅师应是达摩祖师的第十一代传人，塔主见面后就问道：“请问长老，您法驾光临，请问您是先礼佛呢，还是先礼祖呢？”

临济禅师道：“我到此目的，既不礼佛也不拜祖！”

塔主听后非常不解地问道：“请问大德，佛陀及祖师与你有什么冤仇？”

临济禅师一听这话，反问道：“您为佛陀与祖师这么讲话，佛陀与祖师有什么恩惠给你吗？”

塔主一听，茫然不知所答。许久，塔主请问道：“那我该如何自处呢？”

临济禅师开示道：“泯灭恩仇，体会佛法平等，才能见到祖师的本来面目。”

塔主又问道：“如何才是佛法平等呢？”

临济禅师以三祖僧璨禅师的《信心铭》中的偈语说道：“至道无难，唯嫌拣择；但莫憎爱，洞然明白。”

塔主终于言下大悟。

临济禅师得法于黄檗禅师，黄檗的“不著佛求，不著法求，不著僧求”的禅境，临济一定深有所契。今见达摩祖师的塔墓，以至尊的无求之礼，契入祖心，而塔主不知，用对待的差别知见之心，问先礼佛抑或先礼祖，临济禅师不是佛与祖均不礼，而是自性中的佛与祖早就打成一片，所谓佛与祖已无分无别，何必妄加恩仇执著呢？

从心流出

雪峰禅师和岩头禅师同行至湖南鳌山时，遇雪不能前进。岩头整天不是闲散，便是睡觉。雪峰总是坐禅，他责备岩头不该只管睡觉，岩头责备他不该每天只管坐禅。雪峰指着自己的胸口说：“我这里还不够稳定，怎敢自欺欺人呢？”

岩头很是惊奇，两眼一直注视着雪峰。

雪峰道：“实在说，参禅以来，我一直心有未安啊！”

岩头禅师觉得机缘成熟，就慈悲地指导道：“果真如此，你把所见的一一告诉我。对的，我为你印证；不对的，我替你破除！”

雪峰就把自己修行的经过说了一遍。岩头听了雪峰的话后，便喝道：“你没有听说过吗？从门入者不是家珍。”

雪峰便说：“我以后该怎么办呢？”

岩头禅师又再放低声音道：“假如你宣扬大教的话，一切言行，必须都要从自己胸中流出，要能顶天立地而行。”

雪峰闻言，当即彻悟。

世间的知识，甚至科学，都是从外界现象上去了解的，而佛法，则是从内心本体上去证悟的。雪峰久久不悟，是因外境的森罗万象在心上还没有获得统一平等，“从门入者不是家珍”，要能“从心流出，才是本性”。这就是不要在枝末上钻研，要从大体上立根！

三心不可得

德山禅师对《金刚经》作了很深的研究，著作了一部《青龙疏钞》。听说南方提倡“顿悟成佛”之说，颇不以为然，便带着《疏钞》南下，准备破斥此一邪说。

到了南方，路过一所卖饼的小店，德山腹饥，欲买饼作为点心充饥。店中仅一老婆婆，见德山买点心，当即问他：“你肩上担的是什么啊？”

“《金刚经青龙疏钞》。”

“那我考你一个《金刚经》的问题，如果答得上来，点心免费供养。”

“请说来听听！”德山满腹信心。

“《金刚经》说：‘过去心不可得，现在心不可得，未来心不可得。’请问大德要吃点心，点的是哪个心？”

德山愕然不知所对，最初的一番气势消逝得无影无踪。他才知道南方慧能大师的顿悟之说在老婆婆那里就有了印证。

时间上有过去、未来、现在之说，但无住真心没有时间上的过去、现在、未来分别，只那一念，吾人的本来面目，“自古今而不变，历万劫而常新”，有何过去、现在、未来呢？

不能代替

道谦禅师与好友宗圆结伴参访行脚，途中宗圆因不堪跋山涉水的疲困，因此几次三番地闹着要回去。

道谦就安慰着说：“我们已发心出来参学，而且也走了这么远的路，现在半途放弃回去，实在可惜。这样吧，从现在起，一路上如果可以替你做的事，我一定为你代劳，但只有五件事我帮不上忙。”

宗圆问道：“哪五件事呢？”

道谦非常自然地说道：“穿衣、吃饭、屙屎、撒尿、走路。”

道谦的话，宗圆终于言下大悟，从此再也不敢说辛苦了。

谚语说：“黄金随着潮水流来，你也应该早起把它捞起来！”世间上没有不劳而获的成就，万丈高楼从地起，万里路程一步始，生死烦恼，别人不能代替分毫，一切都要靠自己啊！

禅非所知

智闲参沩山禅师，沩山问道：“听说你在百丈禅师处问一答十，问十答百，是真的吗？”

智闲：“不敢。”

沩山：“这是世间上聪明的辩解，对了生脱死毫无助益，现在我问你：如何是父母未生前本来面目？”

智闲茫然不知如何回答，沉思甚久，故请示道：“请禅师为我解说。”

沩山：“我知道的，那是我的，不干你事；我若为你说破，你将来眼睛开时，会骂我的。”

智闲不得已，回寮翻遍所有经典，想从中找寻答案，但始终都不可得，故发誓说：“今生再也不研究佛学了，做个到处行脚的云游僧吧！”

智闲于是辞别沩山，到南阳，看到慧忠国师的遗迹，就留了下来。有一天正在除草时，偶然弹起一块瓦砾，击中竹子，发出清脆的一声。智闲因而大悟，于是便回房沐浴焚香，遥拜沩山禅师道：“老师！您对我恩惠胜于父母。如果你那时为我说破这个秘密，哪有今天的顿悟？”故写一诗偈寄给沩山禅师。偈云：“一击忘所知，更不假修持；动容扬古道，不堕悄然机。处处无踪迹，声色外威仪；诸方达道者，咸言上上机。”

禅，不从慧解入门，而从体悟下手。禅，不是言语说的，不是文字写的，各人说的是各人的，各人写的是各人的。禅，离开语言文字，向上一着，当可透个消息，参！

你就是佛

一天，灵训禅师前来参访归宗禅师。灵训禅师请问归宗禅师说："禅师！什么是佛呢？"

归宗禅师十分为难地望着灵训禅师说："这，不可以告诉你，告诉你，你也是不会相信的。"

灵训禅师听后马上说："不！禅师！我是诚诚恳恳地来向您问道，您的话，我怎敢不相信呢？"

归宗禅师点点头说："好！你既然肯相信，你靠过来，我告诉你！"然后归宗禅师把嘴巴贴在灵训禅师的耳朵上，细声地告诉他说："你就是佛啊！"

灵训禅师听后，先是一愣，然后放声大笑说："我就是佛！哈！哈！我就是佛！"

这个公案告诉我们："道"不必到外界去追求，无需心外去寻觅，因为道就在每个人的内心。如果我们心外求法，就好比骑驴寻驴，缘木求鱼。事实上，每个人都有与生俱来的佛性，"佛在灵山莫远求，灵山就在汝心头"，不要舍弃自心的灵山，要向自我内心去提炼自性的宝藏。

去了依赖性

德山宣鉴禅师，四川剑南人氏，参龙潭崇信禅师悟道。德山禅师初到龙潭的时候，因为受点心婆子的教训，似乎牢骚满腹，在山门外大声叫道："说什么圣地龙潭，既不见龙，又不见潭！"

崇信禅师在山门内应道："你已到了龙潭！"

德山禅师闻此应声，有所契悟。从此，德山禅师随侍龙潭崇信禅师参禅。

一日夜晚，德山禅师站在崇信禅师身旁，久久不去。龙潭禅师说道："时间已经不早，你怎么不回去休息？"

德山禅师向门外走了几步，回头说道："外面天黑！"

龙潭禅师点了纸烛给德山禅师，德山禅师正想用手去接，龙潭禅师一口气又把纸烛吹灭。德山禅师于此大悟，立刻向龙潭禅师顶礼，良久不起。龙潭禅师便问道："现在一片漆黑，你见到了什么？"

德山禅师说道："弟子心光已亮，从此不再疑天下老和尚的舌头了。"

德山禅师悟道后，侍奉龙潭禅师三十余年，八十四岁圆寂！

德山禅师因为不同意禅门顿悟的说法，特地担了他的《金刚经》批注，到南方挑战。刚到南方，被点心婆子一番教训，指示他参访龙潭禅师。德山禅师未能服膺顿悟的禅道，总因众生一向对自我的自信不够、肯定不够，而总希望诸圣加被，渐渐觉悟。他以为不见龙不见潭，但崇信禅师告诉他，已到了龙潭，这便是给他一个"当下即是"的感受。崇信禅师又把烛光吹熄，这也说明了不可依赖别人，一切要靠自己。德山禅师终于顿悟，即刻表明心迹，依赖性一除，所谓心灯亮了。

师姑是女人

智通禅师在归宗禅师处参禅时，有一天晚上巡堂，大叫："我开悟了！我开悟了！"

大众听了吓一跳。

第二天上堂，归宗禅师集合大众问道："昨夜是谁自称已开悟了，请站出来！”

智通走出来，直下承担地说道：“是我！”

归宗：“你是悟了什么呢？”

智通：“我悟的道不能说。”

归宗：“如来降世，为示教利喜，总可方便一说。”

智通禅师低声细语地说道：“师姑原来是女人做的。”

师姑是在家学佛的女居士，师姑是女人的问题，自古就没有人怀疑过，但智通经过千辛万苦才懂得这个问题。

越是平常的道理越是不平常，智通悟的，当然不是师姑是不是师姑，女人是不是女人，主要的是智通悟到了真如佛性不变的道理，但这种道理确实是不好说的，说了也等于白说，不如来一句“师姑原来是女人做的”，这一句话多么平凡，又多么微妙！

我在哪里

无根禅师有一次入定三日，被人家误为已经圆寂了，便将他的身体给火化了。又过了几天，无根禅师的神识出定时，却找不到他的身体。全寺大众经常听到他悲惨的自言自语的声音：“我？我在哪里呢？”尤其是到了晚上，无根禅师寻找身体的声音更加悲切，闹得大家都非常不安。有一天，无根禅师的道友妙空禅师知道了这件事，就对寺中大众说道：“今天晚上，我要住在无根禅师的房间里，他来时，我要好好和他谈谈。请你们为我准备一盆火及一桶水来，我要让他了解什么是‘我’。”

夜深时，找身体的无根禅师来了，很悲伤地叫道：“我呢？我到哪里去了？”

妙空禅师很安详地答道：“你在泥土里。”

无根禅师钻进了泥土，东找西找，找了很久，但未找到，非常悲伤地说道：“土里面没有我呀！”

妙空禅师道："那可能在虚空中，你到虚空中找找看。"

无根禅师进入虚空中寻找了很久，但仍凄切地说道："虚空里也没有我呀！我究竟在哪里呢？"

妙空禅师指着水桶说道："大概在水里吧？"

无根禅师自在地进入水中，不久，哀伤地出水说道："我在哪里？水里也没有呀！"

妙空禅师指着火盆说道："你在火里面！"

无根禅师进入火中，仍没有找到。

这时妙空禅师才认真地对无根禅师说道："你能够入土、下水，也能进入熊熊火中，更能自由自在地出入虚空，你还要那个浑身肮脏、处处不自由的色壳子做什么呢？"

无根禅师听后，猛然有省，从此再也不吵闹找"我"了。

真我，应该不是色身，色身有碍有病，色身是无常之物。真我是法身，法身是遍满虚空，充塞法界，乃"亘古今不变，历万劫常新"之体。禅者证悟真心，应与法身相应，而无根禅师念念不忘臭皮囊，焉能解脱？所幸道友妙空禅师的方便开示，方能找回真我。

卷七

抬杠禅

赵州禅师说：“我是一头驴子。”文偃接着说：“我是驴子的屁股。”赵州又说：“我是屁股中的粪便。”文偃不落人后地说：“我是粪便里的蛆虫。”赵州禅师无法再比喻下去，反问：“你这蛆虫在粪便中做什么呀？”文偃回答：“我在粪便里避暑乘凉啊！”

卖油翁

有一天，赵州禅师到桐城县，与安徽舒州投子山大同禅师相遇于途中，赵州便问道："你是投子山主吗？"

大同禅师将手摊开道："盐、茶、油，请随意买一些。"

赵州不睬他，先快步走到寺院，大同禅师随后也提着一油瓶到了寺中。赵州一见，不以为然地斥责道："久闻投子山大同禅师之名，但是我看到的却是一个卖油翁。"

大同禅师也不甘示弱地回答道："我也久闻赵州是禅师，原来却是个俗人！"

"我何以是一个俗人？"

"你只认识卖油翁，却不认识投子！"

赵州问："如何是投子？"

大同禅师提起油瓶道："油！油！"

投子山胜因禅院的开山投子大同，圆寂前曾说："吾塔若红时，可以再来。"一百余年后，信徒修塔，果然发现玛瑙色的舍利塔，恰巧义青禅师来挂单，大家于是称他为"开山再来"。义青作有开山塔颂："白云锁不住，青峰以何收？月色笼寒塔，松声半夜秋。"投子义青，其实就是大同禅师的再来人。舒州太守杨杰曾赞大同禅师说："一只履，两片皮，金乌啼处木鸦飞，半夜卖油翁发笑，白头生得黑头儿。"如何是投子？油！油！柴米油盐日常生活的亲切处，就是投子禅师的法脉源流！

一切现成

浙江的法眼文益禅师往闽南参访时，行脚途中遇雪，就暂在地藏院中借住，因为风雪多日，与院主桂琛禅师相谈甚契。雪停后，文益辞别桂琛禅师，拟继续行脚。桂琛想送法眼一程。两人走到山门外时，桂琛禅师指着路边一块大石头问道："大德常说三界唯心、万法唯识，不知道这一块石头在你心内或心外？"

法眼文益毫不考虑地回答道："依唯识学讲，心外无法，当然是在心内。"

桂琛禅师抓住了话柄，就问道："你不是在行脚云游吗？为什么要放一块石头在心内？"

法眼文益瞠目结舌，不知如何回答，因此就决定留下来解开这个谜团。法眼在地藏院中的岁月，每天都向桂琛禅师呈上自己的见解，但桂琛禅师总认为法眼的见解不够透彻。有一天，桂琛禅师就对他说道："佛法不是这样子的！"

法眼不得已，再从另一个角度报告自己的心得，桂琛禅师仍然否定说："佛法不是这样子的！"

法眼经过多次呈报，均不蒙桂琛印可，只得叹道："我已经词穷意尽了。"

桂琛禅师听后，补充一句道："若论佛法，一切现成！"

在这句言下，法眼文益禅师大悟，后开法眼宗，门徒千余，得法者八十三人。

在佛法里，所谓马上长角，头上安头，总是多余的事；"若论佛法，一切现成"，是多美妙的境界！吾人心上负担岂止一块石头，所谓金钱、名位、爱情、生活等，已经把人压得喘不过气，还有那是非、得失、荣辱、苦乐等，更是奇重无比。如果明白一切现成，何用劳烦于唯心与唯识？

不得不说

道忿禅师是温州永义人氏，有一次去参访雪峰义存禅师，初见面时，雪峰禅师就问道："你是什么地方人氏？"

道忿回答道："温州。"

"那么你和一宿觉（永嘉玄觉永嘉禅师，因参访六祖慧能大师，留住一宿而觉，故名一宿觉）是同乡了。"

道忿不知玄觉和他同是温州永嘉人，所以不解，故再问道："一宿觉是什么地方的人啊？"

雪峰禅师认为道忿孤陋寡闻，就责备道："好！好！应该要打你一顿棒，今天且放过你。"

有一天雪峰禅师集合大众开堂说法："堂堂密密地。"

雪峰禅师只此一句话，就静默不再说下去，一山大众均不会其意。

道忿走出大众，问道："什么是堂堂密密地？"

雪峰禅师责备道："你讲什么？"

道忿恭谨肃立。

雪峰禅师等大众无语，又再说道："向上宗乘事，堂堂密密地。"

道忿听后，立刻长跪，举手抱拳说道："道忿自来本山已经数年，还没有听过禅师这样慈悲的示诲。"

"向来虽然没有这样说过，今天已经说出来了，是不是对你有所妨碍呢？"

"不敢，禅师是不得已说的。"

"不，这是你使我不得不说的。"

从此师资契入，雪峰禅师座下又多一个禅人。

心离语言相

宝通禅师初参石头希迁禅师时，石头禅师问道：“哪个是你的心？”

宝通回答道：“见语言者是！”

石头禅师不以为然地说道：“有见有言即是妄心，在言语的上面还见不出你的真心！”

宝通惭愧，日夜参究什么才是自己的真心。经过十天以后，宝通禅师又回来请示道：“上次的回答不对，今天，我知道什么是我的心了。”

石头禅师问道：“什么是你的心？”

宝通回答道：“扬眉瞬目。”

石头禅师继续问道：“除却扬眉瞬目，请将心来！”意即不可用动作，心不是扬眉瞬目的动作。

宝通道：“若如是则无心可将来！”

石头禅师提高声音说道：“万物原来有心，若说无心尽同毁谤。见闻觉知，固是妄心，但若不用心，又如何悟入？”

宝通禅师终于言下大悟。

心者，离一切相，离文字相，离语言相，离一切动作（扬眉瞬目）相，更要离一切虚妄心缘相，此离一切相之心体，说有即不对，说无也是过。正如慧能所说：“不思善，不思恶，就恁么是上座的本来面目？”参禅者会也否？

为什么禅师们经常都说无心才是禅心呢？因为有心都是虚妄心，时而天堂，时而地狱，每天从天堂、地狱不知有多少个来回。禅者若能将自己安住于无心之处，正如《金刚经》所云“应无所住，而生其心”，唯有“山重水复疑无路，柳暗花明又一村”才是此义。

听与不听

青林师虔禅师初参洞山禅师时，洞山禅师问道：“你是从什么地方来的？”

青林禅师回答道：“武陵！”

洞山禅师再问道：“武陵的佛法与我这里的有什么不同？”

青林禅师道：“如在蛮荒的沙石上开放着灿烂的鲜花。”

洞山禅师听后，回头吩咐弟子道：“特别做一些好饭菜供养这个人！”

青林禅师听后反而拂袖而出。

洞山禅师对大众道：“这个人以后必然使全天下的学僧都争先恐后地聚集在他的门下！”

有一天，青林禅师向洞山禅师辞行，洞山禅师问道：“你准备到哪里去？”

青林禅师道：“太阳是不会隐藏而不让人看见的，因为既是太阳，它必然是遍界绝红尘。”

洞山禅师印可道：“你要多多保重，好自为之！”

于是洞山禅师就送青林禅师走出山门，分手时，洞山禅师忽然说道：“你能不能用一句话说出你此番远游的心情？”

青林禅师不假思索地道：“步步踏红尘，通身无影像。”

洞山禅师沉思了许久。青林禅师问道：“老师！您为什么不说话呢？”

洞山禅师以问代答道：“我对你说了那么多的话，你为什么诬赖我不说话呢？”

青林禅师跪下说道：“你说的，弟子没有听到；你没有说的，弟子都听到了。”

洞山禅师扶起青林师虔禅师道：“你去吧！你可以走到无说无示的地方去了。”

禅师们非常认真，他们不是说谎，明明别人说了的话，他说没有听到，别人没有说的，他说他听到了，这是非常耐人寻味的禅境。其实，听到无言无说的开示法语，那他已真正听到禅语的法音了。

晒海苔

日本永平寺道元禅师在中国天童寺时，看到一位八十多岁驼着背的老禅师，在大太阳下晒海苔。道元禅师忍不住地说："长老！您年纪这么大了，为什么还要吃力劳苦地做这种事呢？请老人家不必这么辛苦！可以找个人为您老人家代劳呀！"

老禅师毫不犹豫地道："别人并不是我！"

道元："话是不错！可是要工作也不必挑这种大太阳的时候呀！"

老禅师："大太阳天不晒海苔，难道要等阴天或雨天再来晒吗？"

禅者的生活，无论什么都不假手他人，也不等到明天。"别人不是我"、"现在不做，更待何时"，这是现代人应该深思的问题。

砍头落地

有一次，龙牙禅师对德山禅师道："假如我现在手中有一把锋利无比的宝剑，准备要砍下您的头时，不知您有何感想？"

德山禅师听完这话后，就伸出脖子往前走了几步说道："你砍吧！"

龙牙禅师哈哈大笑道："你的头已经落地了！"

德山禅师也哈哈大笑道："我的头已经落地了。"

后来龙牙禅师在洞山良价禅师处参学时，曾将砍德山禅师头的经过说了一遍。

洞山良价禅师道："当时，德山禅师说了些什么？"

龙牙禅师道："德山禅师也跟我哈哈大笑说头已砍下了。"

洞山良价禅师道："你不可以说德山禅师头被你砍下来了，实在说，现在你的头才被德山真正砍下来了！"

龙牙禅师一听，辩解道："老师！我的头在这里，并未被德山砍去。"

洞山良价禅师哈哈大笑说道："德山被你砍下的头，你亲自拿给我看！"

龙牙禅师听后，顿然天崩地裂一声，他这时才真正的大彻大悟。

龙牙禅师最初起意，要砍下德山禅师的头，这是从自我出发，没有忘记对方，而洞山良价禅师却提醒龙牙禅师，要砍下自己的头，以便斩断自我的执著。这绝对不是空无的幻想，从自己把自己斩下的头拿给人看，这就是禅的空诸所有，但不否定所有。宾主对待一如的看法也好，自他圆融的一体说法也罢，一旦接触到中道平等的超越禅境，是非虚妄的世界粉碎，不悟而何？

爬山

洞山禅师问云居禅师道："你不在禅堂用功，到底跑到哪里去了？"

云居禅师道："我去爬山！"

洞山禅师问："爬哪一座山？"

云居禅师答："没有一座山值得我爬！"

洞山禅师问："你的意思是说，所有的山你都已经爬过了吗？"

云居禅师道："也并非如此。"

洞山禅师问："那么你总得找个出路呀！"

云居禅师道："没有出路。"

洞山禅师问："假如你没有出路，又怎么能和我相见？"

云居禅师道："如果我有出路，那我就跟老师隔山住了！"

不久，洞山禅师又一次对云居禅师问道：“你去哪里？”

云居禅师答道：“我去爬山！”

洞山禅师进一步问：“有没有爬到山顶呢？”

云居禅师至诚地回答道：“有！”

洞山禅师再问：“山顶上有人吗？”

云居禅师照实说道：“没有！”

洞山禅师用嘲笑的口吻道：“可见你根本就没有爬上山顶！”

云居禅师不服气地说道：“假如我没有爬上山顶，怎知山顶上没有人呢？”

洞山禅师道：“你为什么不暂住那里呢？”

云居禅师道：“我并非不愿住在那里，而是那里有人不允许我住！”

洞山禅师哈哈大笑道：“我很早就怀疑你早就到过那山上了。”

山上究竟有人抑或是无人，云居禅师的答话显得矛盾。时而说山上无人住，时而说山上人不准他住，其实，这种说法并不矛盾。五蕴山上哪儿有真我吗？五蕴山上哪儿准真我常住吗？在世俗看，有和无是迥然不同的两面，但在禅者的眼中，有和无并不是对峙的，有无之间只是一物两面，其间并无鸿沟，能把有无调和起来认识中道，那就是禅者的智慧了。

拂尘说法

洞山良价禅师在沩山灵佑禅师处参学时，曾请示沩山禅师道：“老师！南阳慧忠国师的‘无情说法’公案，我不明白，有情说法，这是公认的，但无情怎么会说法呢？例如桌、椅、板凳怎么会说法呢？老师！能否请您方便指示一下？”

沩山禅师竖起拂尘说道：“这个你明白吗？”

洞山禅师诚实答道：“不明白！请老师慈悲指示！”

沩山禅师道：“我这张父母所生的嘴，绝对不会告诉你有关个中的秘密！”

洞山禅师不以为然，说道：“佛法也有秘密吗？”

沩山禅师再把拂尘竖起道：“这就是秘密！”

洞山禅师道：“你如不肯告诉我此中的秘密，那我可以请问老师的同参道友！”

沩山禅师道：“在醴陵的攸县，一连串的石窟中，有一位云岩道人，假如你能找到，他一定会告诉你！”

洞山禅师追问道：“不知道他是怎样的一个人？”

沩山禅师道：“这个人曾在我门下参学。”

洞山即刻问道：“他向您参学些什么？”

沩山禅师道：“他问我必须怎样断除烦恼才有效果。”

洞山道：“你怎样回答他呢？”

沩山禅师道：“我告诉他，你要能顺应老师的心意才行。”

洞山禅师道：“他顺从你的意思吗？”

沩山道：“他非常顺从我的意思，他懂得无情怎样说法。你看！拂尘在说法了！”

洞山禅师终于言下大悟！

“拂尘说法”，这真是一点不假。有人看到拂尘竖起，这表示人格的尊严；有人看到拂尘垂下，表示一切应从基础做起。

“无情说法，有情点头。”这有如花开生起繁荣茂盛之思，看到花落，顿然兴起无常苦空之感。“有情说法，无情点头”，历史上有名的生公说法，顽石点头，可说就是最好的明证。

法，是真理，说法，真理哪能说得清楚！你说，真理未增一分；不说，真理亦未减少分毫。即使你说得天花乱坠，于真理又有何干？所以《金刚经》云：“知我说法，为筏喻者，法尚应舍，何况非法？”

要眼珠

云岩禅师正在编织草鞋，洞山禅师从他身边经过，一见面就说道："老师！我可以跟您要一样东西吗？"

云岩禅师回答道："你说说看！"

洞山不客气地说道："我想要您的眼珠。"

云岩禅师很平静地道："要眼珠？那你自己的眼珠呢？"

洞山道："我没有眼珠！"

云岩禅师淡淡一笑，说："要是你有眼珠，如何安置？"

洞山无言以对。

云岩禅师此时才非常严肃地说道："我想你要的眼珠，应该不是我的眼珠，而是你自己的眼珠吧？"

洞山禅师又改变口气道："事实上我要的不是眼珠。"

云岩禅师终于忍不住这种前后矛盾的说法，便对洞山禅师大喝一声道："你给我出去！"

洞山禅师并不讶异，仍非常诚恳地说道："出去可以，只是我没有眼珠，看不清前途的道路。"

云岩禅师用手摸一摸自己的心，说道："这不早就给你了吗？还说什么看不到！"

洞山禅师终于言下省悟。

洞山禅师向别人要眼珠，这是很怪异的事，就算高明如云岩禅师，起初也只能告诉他：眼睛长在自己额头上，为什么向别人要呢？最后知道洞山要的不是"肉眼"，云岩禅师提示出"心眼"的妙道，洞山才有所契悟。

肉眼，是观看世间万象长短方圆、青红赤白的，这种观看只是表面的、生灭的、现象的，而心眼才能观察宇宙万有的本体。这种观察是普遍的，里外一如的，难怪洞山虽有肉眼，仍看不清前途的道路，此道路即自己的本来面目，即成佛作祖的目标。当云岩告诉他心眼的妙用，洞山就有省悟了。

刹那不离

洞山禅师披袍搭衣，正式向云岩禅师辞行他去，云岩禅师问道："你要去哪里？"

洞山禅师回答道："我只想换个地方去参学，一钵千家饭，孤僧万里游，至于目标地点到现在我自己也不知道。"

云岩禅师故意提示道："你是否计划去湖南？"

洞山禅师毫不犹豫地答道："不是！"

云岩禅师问："那么是回家喽？"

洞山禅师答："也不是！"

云岩禅师问不出一个所以然，只得换个话题道："你打算什么时候回到此地呢？"

洞山禅师道："等我找到可以落脚的地方，我会马上回来！"

云岩禅师感到洞山禅师心中已有主宰，如果仍在去回的问题上议论，反而给人觉得在知见上仍停滞在对待的上面，所以就揭开人生的底牌感慨似的道："你离开此地，法界宽广，若要再相见那实在是不容易的一件事！"

洞山禅师合掌答道："尽是相对，其实刹那不对；亿劫相别，其实刹那不离。"

洞山说后，头也不回就走了。云岩禅师默默看着他的背影，消失在无尽之中。

弟子告假，要换地方参学，这是很平常的事，但是没有目标就想游方，这就不该。但洞山良价在云岩禅师处一待就数十年，他的参学是寻找一个落脚的地方，这个落脚的地方是永恒归宿的寂灭境界，所以云岩禅师要说今后相见不易。但洞山不辜负老师的苦心，他最后的结论是："就是每天大家相聚在一起，心灵不交流，思想不沟通，精神不相依，也等于没有一刻相处相聚，但如心连心接在一起，就算亿万劫不相聚，也是一刻没有离开啊！”

因缘所成

桂琛禅师参访玄沙禅师，玄沙知道他深研唯识法相之学，故而指着一张竹椅问道：“三界唯心，万法唯识，这个汝作么生会？”

桂琛禅师答道：“既曰唯识，又曰唯心，那就作唯识唯心会好了。”

玄沙禅师不以为然，说道：“理则是矣，无如破坏事相了，唯识唯心并不破坏宇宙万有。”

桂琛禅师指着一张桌子道：“那请问老师，您唤这个作什么？”

玄沙禅师答道：“桌子！”

桂琛禅师摇头道：“老师不会三界唯心，万法唯识，这个不唤作桌子，桌子者，乃是假名假相。”

玄沙禅师立刻改口气道：“的确这个不是桌子，这个的真相乃是木柴，木柴做成桌子则唤做桌子，做成窗子则唤成窗子，实则桌子、窗子的本来面目仍是木柴。”

桂琛禅师不住地点头，但玄沙禅师指着木桌又改口道：“此这个非木柴，非窗子，此乃山中大树。”

玄沙禅师见桂琛禅师正要开口，举手制止，故又再说道：“此亦非大树，此乃一粒种子为因，再集阳光、空气、水分、土壤等为缘而成树、成木、成窗、成椅，实则树木窗椅，乃宇宙万有之因缘所成。”

桂琛禅师道：“宇宙万有，仍是唯识唯心。”

玄沙禅师道：“汝既来此参学，不如说宇宙万有一切都是禅心。”

桂琛禅师与玄沙禅师所论，涉及唯识、性空、禅等学理，但玄沙禅师最后仍会归禅心，因桂琛禅师既从唯识而转归参禅，对过去所知所学不能舍去，怎能入禅？如一茶杯，已留有其他汁液，如今再装茶水，总会变味，桥路虽然相通，但仍应桥归桥，路归路，平等中示现差别，差别中亦平等。

深不可测

有一位研究经律论的三藏法师，问大珠慧海禅师道："请问吾人本性真如到底变异与否？"

大珠禅师："会变异！"

三藏法师："您错了。"

大珠禅师："你有没有真如？"

三藏法师："当然有。"

大珠禅师："如果你说真如不变动，那么你一定是个平凡的僧人。你难道没有听过真的修道者，可以转三毒贪嗔痴为三学戒定慧，转六识成六种神通，转烦恼成菩提，转无明为佛智吗？如果你说真如无变异，你就是外道！"

三藏法师语塞，认输说道："这么说来，真如就有变动了。"

大珠禅师："如果说真如有变动，也是外道。"

三藏法师："您刚才说真如有变动，怎么现在又说不变？"

大珠禅师："如果您清清楚楚地见到自性，就会知道真如和万物的关系，您说变也是，不变也是。如果你没有见性的话，说变也不是，说不变也不是。如今一听人说真如会变动就作变的解释，又听说不变就作不变的解释，你怎能称为杰出的三藏法师？"

三藏法师听后非常惭愧地说："禅，真是深不可测！"

禅，不能说有，也不能说无；不是动，也不是静；变而不变，不变而变；此即是彼，彼即是此。这不是一笔糊涂账，这是禅的一统天下！

无情说法

洞山良价禅师初次见云岩禅师的时候，问道：“有情说法，说给谁听？”

云岩：“有情听！”

洞山：“无情说法时，谁能听到？”

云岩：“无情能听到。”

洞山：“你能听到吗？”

云岩：“假如我能听到的话，那就是法身，你反而就听不到我说法了。”

洞山：“为什么呢？”

这时云岩举起拂尘，对洞山道：“你听到了吗？”

洞山：“听不到。”

云岩：“我说的法你都听不到，何况是无情的说法呢？”

洞山仍不明白，再问：“无情说法出自何典？”

云岩回答说：“《弥陀经》不是记载说，八功德水、七重行树，一切皆悉念佛念法念僧吗？”

洞山听后，不禁失声叫道：“是啊！是啊！”

洞山终于心有所得，便作偈曰：“也大奇！也大奇！无情说法不思议，若将耳听终难会，眼处闻声方得知。”

所谓无情说法，见到天空的明月，忽然兴起思乡之念；看到花落花谢，不禁有了无常之感。巍巍乎，山高愿大；浩浩乎，海宽智远。这不是无情跟我们说法吗？因此经云：“情与无情，同圆种智。”

真正的自己

一所寺院的监院师父参加法眼禅师的法会，法眼禅师问：“你参加我的法会有多久了？”

监院说：“我参加禅师的法会已经有三年之久。”

法眼：“为何不特别到我的丈室来问我佛法呢？”

监院：“不瞒禅师，我已从青峰禅师处领悟了佛法。”

法眼：“你是根据哪些话而能领悟了佛法呢？”

监院：“我曾问青峰禅师说：学佛法的人怎样才能认识真正的自己？青峰禅师回答我说：丙丁童子来求火。”

法眼：“说得好。但是，你可能并不真正了解这句话的含意吧！”

监院：“丙丁属火，以火求火，这就是说凡事要反求诸己。”

法眼：“你果然不了解，如果佛教是这么简单的话，就不会从佛陀传承到今日了。”

监院听后，非常气愤，认为禅师藐视了自己，便离开了。

中途他想：“禅师是个博学多闻的人，而且目前是五百人的大导师，他对我的忠告，一定自有其道理。”

于是他又返回原处，向法眼禅师忏悔，再次问道：“学佛之人真正的自己是什么？”

法眼：“丙丁童子来求火。”

监院闻言，突然有所领悟。

同样的一句话，有两种不同的层次，可能有更多的层次。天上的月亮，小偷与恋爱中的情人，可能有不同的看法。所以对于真理，不要钻牛角尖，“反求诸己”固然重要，广为通达更重要。

未到曹溪亦不失

石头希迁禅师，他的肉身现在还供在日本横滨总持寺，石头希迁十二岁时，见到六祖慧能大师。六祖大师住在广东曹溪，而石头希迁正是广东人，六祖一见到他，非常高兴地说："可以做我的徒弟。""好啊！"于是他十二岁就做了六祖的徒弟了。但是不幸，三年后六祖就圆寂了。圆寂前，十五岁的小沙弥希迁见师父要去世了，就问他："老师百年以后，弟子要依靠谁呢？"

"寻思去！"六祖告诉他。

希迁把"寻思"误为"用心思量去"，就天天用心思参禅。后来有一位上座告诉他："你错了！师父告诉你'寻思去'，因为你有一个师兄行思禅师，在青原山弘法，你应该去找他。"

石头希迁听后，立刻动身前往。当他从曹溪到青原山参访行思禅师时，行思禅师问他："你从哪里来？"

石头希迁回答道："我从曹溪来！"说了这句话很了不起，意思是说我从师父六祖大师那里来的。

行思禅师又问道："你得到什么来？"

"未到曹溪也未失！"

这意思是：未去以前，我的佛性本具，我也没有失去什么呀！

"既然没有失去什么，那你又何必去曹溪呢？"

石头希迁回答："假如没有去曹溪，如何知道没有失去呢？"

这意思是说：不到曹溪，我也不知道自己有本具的佛性。像他们之间这许多对话，其中的意义，有些并不直接明白地说出，这就是禅宗的暗示教学法。

我们大家，知道自己心中有个未失去的无尽宝藏吗？

何法示人

临济禅师与凤林禅师交往时，有一次凤林禅师问道："我有一个问题想请教您，不知您愿不愿意回答？"

临济禅师回答道："谁不知道凤林上人是位大诗人，我可不要挖自己的肉作疮！不过我倒很好奇您的问题是什么。"

凤林："海月澄无影，游鱼独自迷。"

临济："海月既无影，游鱼何得迷？"

凤林："观风看浪起，玩水野帆飘。"

临济："孤轮独照江山静，长啸一声天地秋。"

凤林："任将三寸辉天地，一句临机试道看。"

临济："路逢剑客须呈剑，不是诗人莫献诗。"

凤林至此已无话可说，于是临济禅师乃吟诵着："大道绝同，任向西东；石火莫及，电光罔通。"

后来沩山禅师看到这句颂词，就问仰山禅师道："其速度之快，既然连石头的火花都追不上，甚至连闪电的光线也都达不到，那么古圣先贤又用什么方法来教导后学呢？"

仰山："老师您的意思呢？"

沩山："只要是能言说的，皆无实义。"

仰山："我并不以为然。"

沩山："为什么呢？"

仰山："凡所言说，皆是佛法；凡所佛法，皆在心源；心念一动，遍十方界；石头之火，雷电之光，均不及心快。"

沩山："确实不错，海月也好，游鱼也好，风浪也好，帆船也好，寂静的江山，萧条的秋天，诗人剑客，天地机遇，总在心中，何关迷悟？何关迟速？"

禅者好问，因为他们对人生、佛道、禅心充满疑问，但另一方面的回答往往又答非所问，看起来答问没有关联，实际上丝丝入扣，紧密相连。所谓真理，有时同中有异，有时异中有同，其实同异皆一如，动静皆一如，东西皆一如，空有皆一如，迷悟皆一如。

进入深山

洞山禅师去访问龙山禅师。龙山禅师问道："应该没有进入这座山的路，你是从哪里来的呢？"

洞山禅师道："这座山有没有路，以及我怎么进来的一事暂且不谈，现在先问老师：您究竟是从哪里进入这座山的呢？"

龙山禅师道："反正我不是从天上云和地下水来的。"

洞山禅师道："请问老师，自从你住进这座山以来，到现在究竟有多少年了？"

龙山禅师回答说："山中无甲子，世上的岁月推移都跟我无关。"

洞山禅师道："那我再请问老师，是你先住在这里呢，还是这座山先住在这里呢？"

龙山禅师道："不知道！"

洞山禅师不解地追问道："为什么不知道呢？"

龙山禅师回答道："我既不是凡尘的人，也不是天上的仙，我又怎么会知道呢？"

洞山禅师道："你既不是人也不是仙，难道你已经成佛了？"

龙山禅师道："不是佛！"

洞山禅师道："那似什么？"

龙山禅师道："说似一物即不中！"

洞山禅师终于提出他的主题："你是什么缘故才住进这座深山呢？"

龙山禅师也就着主题回答道："因为我以前曾看见有两头泥牛在打斗，

一边斗一边竟坠入大海中，一直到今天也没看见牛的踪影。”

洞山禅师一听这话，不由得肃然起敬，立刻恭敬地对龙山禅师礼拜。

这里所说的深山，应该是指我们身体的五蕴山。我们怎样才会进入这座山的？当然不是从某一条路进入的，也不是从天上掉下来的，应该是业缘进入这五蕴山的！不过，深山好修道，借着我们这座五蕴山，所谓“借假修真”，怎能不值得恭敬礼拜呢？

宛尔不同

临济禅师有一次到襄阳去参访华严禅师，碰巧华严禅师正倚着拄杖在打瞌睡。临济禅师就轻轻地摇醒他，并婉言问道：“禅堂僧众大家莫不精进修持，老禅师为什么有空在这里打瞌睡？”

华严禅师好像无动于衷地回答道：“一个真正有修持的人，其作风与行为是不同于一般人的，你可不能随便拿我比人！”

临济禅师好像抓住了华严禅师的把柄，立即说道：“这么说，您对待不同的参学者，其摄受的方式也就不能千篇一律了！”说着便回头寻找侍者，大声呼唤着：“哪一位是侍者呀？哪一位是侍者呀？请给这位真正有修持的华严禅师一杯茶！”

华严禅师对临济禅师如此命令自己侍者奉茶并不以为忤，反而非常愉快地吩咐维那道：“维那！请你把这位远来的学僧好好地安顿在禅堂里，他能呼唤天下的禅僧！”

临济禅师对华严禅师如此安排，不但不欢喜感谢，反而拂袖而去！走到门口，回头对华严禅师说道：“你是有资格打瞌睡的，天下的禅僧没有人像你会接待禅者了。”

华严禅师听后反而生气说道：“你走吧！你叫侍者倒给我的一杯茶，我才不喝哩！”

禅门对临济禅师一向赞美他善于摄化，所谓“临济儿孙满天下”，其实临济禅师也非常受教，在他眼中“善知识也是满天下”。

临济叫侍者倒给华严的一杯茶，华严不肯回敬临济，这不是看不起临济禅师；因为自己有的，已不需要别人的赐予，自己圆满清净的自性，所谓自家宝藏，何必在乎别人的一杯茶？

有我在

云岩昙晟禅师与长沙的道吾圆智禅师，同是药山惟俨禅师的弟子，两人友谊非常亲密。道吾禅师四十六岁时才出家，比云岩大了十一岁。有一天，云岩禅师生病，道吾禅师便问道：“离却这个壳漏子，向什么处再得相见？”

云岩禅师毫不迟疑地道：“不生不灭处。”

道吾禅师不以为然，提出不同的意见道：“何不道非不生不灭处，亦不求相见？”

道吾禅师说后，也不等云岩的回答，就提起斗笠往外走去。云岩禅师便道：“请停一下再走，我要请教你，拿这个斗笠做什么？”

道吾禅师答道：“有用处。”

云岩禅师追问道：“风雨来时，作么生？”

道吾禅师答道：“覆盖着。”

云岩：“他还受覆盖也无？”

道吾：“虽然如此，要且无漏。”

云岩病好时，因渴煎茶，道吾禅师问道：“你在做什么呢？”

云岩：“煎茶！”

道吾：“煎茶给谁吃？”

云岩：“有一个人要吃！”

道吾：“为什么他自己不煎？”

云岩："还好，有我在。"

云岩和道吾是同门兄弟，两人道风不同，道吾活泼热情，云岩古板冷清，但两人在修道上互勉互励，彼此心中从无芥蒂。他们谈论生死，有道在生灭处相见，有道在无生灭处相见。生灭与不生灭，其实在禅者心中均一如也。道吾拿一斗笠，主要是让本性无漏。房屋漏水，茶杯有漏，皆非好器，人能证悟无漏（远离烦恼），即为完人。病中的云岩，论生死，非常淡然；论煎茶，"还好，有我在"，如此肯定自我，不随生死，不计有无，此即禅之解脱！

一与三

玄沙师备禅师有一次向雪峰义存禅师说道："有拄杖子吗？向你化缘一支拄杖子。"

雪峰禅师慷慨地回答道："我有三支拄杖子，你拿一支去好了。"

玄沙禅师惊讶地说道："每个人都只有一支，那你为什么却有三支呢？"

雪峰禅师解释道："三支有三支的用处。"

玄沙禅师不以为然道："是即是，我却不如此用法。"

雪峰禅师问道："那你作么生用呢？"

玄沙禅师答道："是三是一。"

此时，轮到雪峰禅师不以为然，他道："三是三，一是一；三不是一，一不是三；是三是一，是一是三。此事如似一片田地，一任众人耕种，大家无不靠此为生，是一是三，你怎可只说是三是一？"

玄沙禅师道："你凭什么说是一片田地？"

雪峰禅师用手在虚空中一画，说道："看！这就是一片田地！"

玄沙禅师道："是即是，我不这么说。"

雪峰禅师问道："你为什么不这么说呢？"

玄沙禅师道："那是各人的事，各人生死各人了，各人吃饭各人饱。"

雪峰禅师问道："既然人人如此，为什么跟别人借拄杖子，何不用自己的拄杖子呢？"

玄沙禅师下一结语道："达摩不来东土，二祖不往西天，当来的则来，当去的则去，用一支拄杖子助他，莫用三支拄杖子累他！"

禅宗说的拄杖子应该是人人本具的清净本性，不可说有，也不可说无；不可说一，岂能说三？你无，我夺却你的；你有，我就给你。禅师与禅师之间，只是一来一去，一去一来，何必分别二三呢？

活水龙

梁山缘观禅师是宋初人，住湖南梁山，付法于大阳警玄禅师，有偈云："梁山一曲歌，格外人难和；十载访知音，未尝逢一个。"

有一天，一位学僧来向他请示道："知音难逢，是人生的憾事；家贼难防，更是吾人的困扰。如何提防家贼，请师道一句。"

缘观禅师答道："认识他，了解他，变化他，运用他，何必防他？"

学僧问道："家兵家将容易使用，家贼如何用他？"

缘观禅师答道："请他住在无生国里。"

学僧进一步问道："难道说连安身立命之处也无吗？"

缘观禅师道："死水不藏龙。"

学僧问道："那么，什么是活水龙？"

缘观禅师道："兴云不吐雾。"

学僧不放松，再问道："忽遇兴云致雨时如何？"

缘观禅师下床抓住学僧道："莫教湿却老僧的袈裟！"并以偈开示道："赫日犹亏半，乌沉未得圆；若会个中意，牛头尾上安。"

王阳明曾是禅门的高手，他说："防山中之贼易，防心中之贼难。”“心如国王能行令，心如冤家实难防。”当吾人真正的禅心未找到时，无名的妄心确实不易预防。但缘观禅师说得好，识他、解他、化他、用他，不必防他！正如国家边防之患难除，而诸葛孔明对孟获七擒七纵，用化他之法，才能永绝后患。

心，住在哪里才好，无生国就是无住生心，以无住而住。心不能安住在五蕴之身或六尘之境上，因为这死水里不能藏龙，假如真龙兴云致雨，不可湿却老僧的袈裟，意即干净利落，不可拖泥带水。“日有升沉，月有圆缺”，你能从生灭中会意安住那不生不灭的真心，也就天下太平了。

不得见

曹山本寂禅师初参洞山良价禅师时，洞山禅师问道：“从什么地方来？”

曹山禅师回答道：“西院来。”

洞山禅师又问道：“阇黎名什么？”（你大德叫什么名字？）

曹山禅师答道：“某甲！”

洞山禅师大声道：“说清楚一点！”

曹山禅师也大声回答：“不说！”

洞山禅师问：“为什么不说？”

曹山禅师答：“因为我不名某甲。”

洞山禅师满意地称许着，并接受曹山禅师在其座下参学，并时常于个人的禅室中指示他的法要。

有一天，曹山禅师向洞山禅师辞行他去，洞山禅师问道：“你要到什么地方去？”

曹山答：“不变易处去。”

洞山问：“不变易处，岂有去也？”

曹山答：“不去亦不变易。”

曹山禅师受法后，参学于江湖，众请住于抚州吉水山，改名为曹山，法席越盛，学徒不下千二百人。南平钟陵王，闻其道誉，三请而不应。于是南平钟陵王大怒，便对专使道：“若请不到曹山大师，就不要来见我。”

专使不得已，苦苦地对曹山禅师要求道：“禅师！您若不赴王旨，弟子一门便见灰粉。”

曹山禅师于是道：“专使不必忧虑，我有一偈面呈大王，必保无事，偈云：‘摧残枯木倚寒林，几度逢春不变心；樵客见之犹不顾，郢人何得苦追寻？’”

南平钟陵王看偈后，遥望吉水山（曹山）顶礼道：“弟子今生决定不再妄求一见曹山大师。”

有的人唯恐他人不知，一直急于廉价出售；有的人唯怕人知，一直隐藏陆沉。如曹山本寂禅师，虽不出山应世，而能影响当道，起恭敬仰慕之心，此亦禅门道风。

一杯茶

稽山章禅师还是一个云水僧时，在投子禅师座下参禅，并领了柴头的职事。

有一天，章禅师做完工作之后，在庭院里碰到投子禅师，投子禅师以一杯茶慰劳他，一面斟茶，一面问道：“这杯茶如何？”

章禅师双手接过茶后，说道：“这杯茶，可以说森罗万象都在这里！”

投子禅师道：“森罗万象都在这里，如此说来，这是一杯非比寻常的茶，假若随随便便喝下去，谁知有何严重的后果？”

稽山章禅师有恃于自己对禅的心得，在禅师尚未说完话时就突然把茶泼掉，并且机锋严厉地说道：“森罗万象在什么地方？”

章禅师自以为表现了灵敏的禅机，而投子禅师这时轻言慢语，非常平静地说道：“可惜！一杯茶。”

章禅师转变话锋，道：“这只是一杯茶。”

投子禅师不放过章禅师，以他的话重复道：“虽只是一杯茶，森罗万象都在这里！”

稽山章禅师终于无话可说。

一杯茶的内容，可以说很不简单：先是培养一棵茶苗，要它成长，不断地灌溉、施肥，所谓阳光、空气、水，可说一棵茶苗集合了宇宙万有的力量才能生长，岂非森罗万象都在一杯茶中？当初佛陀于一毫端中现宝王刹，蜗牛角上藏有大千世界，滴水三千，我只取一瓢饮。喝一杯茶的后果，岂不严重吗？

无如章禅师虽有见解，但不肯定，唯有投子禅师彻头彻尾，全始全终，认定宇宙就是一杯茶，一杯茶就是宇宙的心。

继承密付

风穴延沼禅师在南院慧颙禅师处参学，六年之中任职园头。

有一天南院禅师到田里问风穴禅师道：“你从南方来，请问南方禅门的一棒，作何商量？”

风穴禅师回答道：“好商量！”

此话刚说完，立即反问道：“这里的禅门怎么样呢？”

南院禅师用力握住一根棒子，道：“棒下无生忍，临机不让师。”

风穴禅师于言下立即大悟。

（南院禅师问南方禅门是怎样参究，风穴并不满意禅门的形式化。“好商量”，意即指各有各的家风，他的禅法是教学理论化的大成。现在问南院禅师，南院禅师告诉他“棒下无生忍，临机不让师”，意即不可以商量！风穴禅师故此契入。）

南院禅师道：“现在你能深入禅道，这并不是偶然的。你听过临济禅师临终时的事吗？

“临济禅师临终时，端坐着说：‘我圆寂之后，我的正法眼藏不得灭却。’学僧三圣马上走向前去，说道：‘弟子怎么会灭却老师的正法眼藏？’临济禅师道：‘今后如果有人问你的时候，你要如何回答？’于是三圣大喝一声！临济道：‘身心终要归于寂灭。’说完，仍然坐着迁化。”

南院禅师接着问道：“临济禅师说过：‘谁知吾正法眼藏，向这瞎驴灭却。’他平常像一只猛狮，逢人即欲杀，但是临终的时候却如此屈膝摇尾巴，为什么？”

风穴禅师答道：“正法的密付将终时，身心终会毁灭。”

南院禅师又问：“三圣为什么只喝不说？”

风穴禅师道：“因为他已经能够继承密付，成为入室的真子，和门外游手好闲的人不同。”

禅门悟道，最忌聪明分别，所谓商量，应该在无商量处才可商量。棒下没有一法，临机要直下承担！风穴禅师悟道以后，已不是游玩的闲人，他负担起佛法，勇往直前去！

借住与你

挑水禅师是禅林寺的住持，却时常在外云游，过着云水僧的生涯，所以大家都称他为“叫花子挑水”。

有一次，挑水禅师云游至京城时，在一位有钱人家的仓库旁搭了一座小茅屋，贩卖草鞋过生活。对街住了一个赶马车的车夫，一天兴冲冲地跑来对挑水禅师说道：“禅师！昨天我的马车送一位信徒到寺院礼佛，寺院的知客师父送我一幅弥陀佛像，我想敬奉给您礼拜，跟您结个佛缘好吗？”

挑水禅师非常高兴地答道：“真是谢谢你的好意！”说着就把画像挂在墙上，并用黑炭题上赞词：

“虽嫌斗室小如窝，借住与您阿弥陀；他日我若到您处，望借莲台作我窝。”

与挑水禅师一样在乞丐群中修持的大灯国师，因染有痼疾，一条腿不方便，终年无法盘坐，临终前说道：“从前都是我听你的，这次你得听我的了！”说完一下子就把腿折断，想要结跏趺坐而往生。正当此时，挑水禅师驾到，把自己供养的弥陀佛像送给大灯国师，并对他说道：“知道你即将往生佛国，不知你是否认识净土的主人阿弥陀，特地送你圣像一尊，免得见面不认识，多么可惜！”

大灯国师用手推开弥陀佛像，说道：“你留着自己作纪念吧！我的净土在心中，我的弥陀在性里，你没有听过‘唯心净土，自性弥陀’的佛法吗？”

挑水禅师听后，大喜，说道：“还是让这尊弥陀佛借住我的房子吧！我们还是建设我们心中的净土、本性里的弥陀吧！”

大灯国师含笑而逝！

挑水禅师隐藏在乞丐群中参禅，甚至卖履生活，他挂上弥陀佛像，是借住而非自愿供养，也是窝与窝的互惠关系，也即是每个人有自己的净土、自己的弥陀。大灯国师就这样表示，只自住于心性，不住于事相，所以不肯接受赠像。原来两个禅者一个鼻孔出气，所以彼此都哈哈大笑了。

情与无情

晦堂祖心禅师号宝觉，广东南雄邬氏子，曾亲近过黄龙惠南禅师，平时与文人黄山谷私交甚为密切。有一天黄山谷前来谈论禅道，晦堂禅师问道：“孔子不为二三子隐，这可能与禅法不说破相同，你认为呢？”

黄山谷回答道：“这个，我也不太清楚。”

后来两人一起去巡山，看到满山满谷百花开放，花香扑鼻。

晦堂禅师又问道：“怎么样？闻到花香了吗？”

黄山谷答道：“闻到了，好香噢！”

晦堂禅师别有所指地说道：“所以说嘛，我并没有对你隐瞒什么！”

黄山谷似懂非懂的。两人巡山以后，归来午餐，黄山谷忽然问道：“禅师！经云‘有情无情，同圆种智’，此话当真？”

晦堂禅师答道："此话本真，但因出自你口，所以非真！"

黄山谷不解："这为什么呢？"

晦堂禅师不回答黄山谷的话。此时刚好有一只狗趴在桌子底下，晦堂禅师随手用筷子打狗，狗"汪"的一声跑掉了。禅师用筷子也打了桌子一下，这才以问代答道："狗属有情，遭打即跑；桌子则为无情，任打仍在；情与无情，如何得成一体？"

黄山谷茫然不知所对。但禅师又随口更正道："山有山神，水有水神，花有花神，树有树神，大地山河无尽妙用。青青翠竹无非般若，郁郁黄花皆是妙谛，故情与无情，当能同圆种智。"

晦堂禅师的话，听得黄山谷疑云满腹，认为禅师的话前后矛盾。禅师总结道："才涉思维，即非禅道，何曾万物为己哉？"黄山谷终于有所契悟。

吾人身心生活的空间，面对森罗万象的世间，生公说法，顽石点头，这是有情对无情的说法；净土里的花树水鸟说法，这是无情对有情的说法。看到流水，顿觉光阴迅速；看到落花，兴起无常之感。所以吾人不必将自己孤立，将情与无情分开，应该相互调和，相互存在，因为一切都流露自法性之内，花香鸟语，一切都没有隐瞒什么，禅心慧眼还不能开吗？

净秽一如

赵州禅师和徒弟文偃谈论佛法时，一信徒送了一块糕饼供养他们。赵州禅师就对徒弟文偃说："这一块饼，我们两人怎么好吃呢？我们来打赌，如果谁能把自己比喻成最脏最贱的东西，谁就赢得这块饼！"

"您是师父，就由您老人家先开始吧！"文偃说。

赵州禅师说："我是一头驴子。"

文偃接着说："我是驴子的屁股。"

赵州又说："我是屁股中的粪便。"

文偃不落人后地说："我是粪便里的蛆虫。"

赵州禅师无法再比喻下去，反问说："你这蛆虫在粪便中做什么呀？"

文偃回答说："我在粪便里避暑乘凉啊！"

我们认为最污秽的地方，而禅师们却能逍遥自在。因为他们有了禅，世界就不一样，任何地方都是清净国土。在禅师们心中，清净和污秽是一如不二的，"随其心净，则国土净"。一个没有禅的人，纵然住在高楼大厦，有着冷气地毯、豪华沙发，一样不能安心自在啊！

青梅子

耽源禅师有一次提着篮子要往方丈室去，路途中，慧忠国师就叫住他问道："你盛那么多的青梅子做什么用？"

耽源："供养诸佛菩萨用的。"

慧忠："那么青的梅子，尚未长熟，吃的时候又酸又涩，怎能供养呢？"

耽源："所谓供养者，用以表示诚意耳。"

慧忠："诸佛菩萨是不接受如此酸涩的诚意，我看，你还是供养你自己吧！"

耽源："我现在就已在供养，心、佛、众生三无差别，何必那么计较？国师你呢？"

慧忠："我不如此供养，我非常认真计较，我要等梅子熟了才肯供养！"

耽源："国师的梅子什么时候才熟呢？"

慧忠："其实我的梅子早就熟了。"

耽源："既然早就熟了，国师为什么不供养？"

慧忠："因我喜爱梅子，留着它，不随便给人。"

耽源："国师何必这么悭贪？好的东西，如果有慈悲心的人，愿意与人分享。"

慧忠："我不知道什么才是好东西。"

耽源："就是青梅子。"

慧忠："如果好的东西是青梅子，更应该好好珍惜它，不能随便给人。"

耽源："说不过你，你太吝啬了。"

慧忠："吝啬的应该是你，可不是我呀！"耽源无语而应。

慧忠："青梅子还是留着自己用，不能随便给人，那才是慈悲呀！"

耽源于言下大悟。

梅子，是水果的名称。梅子没有成熟，所以称它为青梅子。耽源用没有成熟的梅子作为供品，慧忠自然就给他一些意见。梅子，在这里是象征着佛性。梅子未熟，酸涩无比，但梅子一熟，又甜美无比。佛性在缠（烦恼），就如青梅子；佛性离缠，那酸涩就是甜美。此所谓烦恼即菩提。慧忠国师的意思，青梅子要好好珍惜，不要急于给人，对自己也要慈悲。

禅者，见性成佛才是最大的目的，慧忠国师的譬喻，耽源终于大悟。

一圆相

南阳慧忠国师俗姓冉，浙江会稽道出身，十六岁时谒见六祖慧能大师后，便隐居在长江和黄河间的南阳深山里苦修四十年，晚年才应肃宗皇帝之召，担任长安光宅寺的住持。很多学生都慕名前去参访，慧忠国师常以画一圆圈说法教示学人；有人问他这圆相具有什么意义，他总告诉人这圆相有六种含义：一、表示一真法界的意义；二、表示统一意识的三昧境界；三、表示一切对立关系尚未发生前的作用；四、象征佛教一大总相法门；五、表示对真理领悟的范畴；六、表示禅的根本之真义。

当时在马祖道一禅师座下的南泉、归宗、麻谷三位禅师相约想去参访慧忠国师。在途中，南泉普愿禅师忽然停下来，随手在地上画了个大圆圈说道："如果你们能对这个圆圈表示自己的感想，而此心得能和这圆圈相似，我们再去向他问道吧！”

归宗禅师听后，立刻跑到圆圈的中央一坐，以坐禅的姿态表示他的心得。

麻谷禅师却双手合十，学着女孩子的姿态在圈外低头礼拜，表示他对慧忠国师的尊敬。

南泉禅师看到两个人的举止，非常失望地说道：“我们可以不用去了！”

归宗禅师和麻谷禅师反问道：“这是为什么？”

南泉禅师回答道：“我们不能用有相参拜无相。”

“无相”，是宇宙人生最真实的真理，例如若有人问虚空像什么，虚空非长非短，非方非圆，实乃无相。因其无相，而又无所不像，如虚空在方为方，在长为长，无相虚空为体，才有世间森罗万象。慧忠国师画一圆圈，借此表示实相无相，要人从有念归无念，从有相到无相。难怪南泉禅师说，我们不能以有相去参拜无相了。

一与十

龙潭崇信禅师，湖南人氏，未出家前非常穷困，在天皇道悟禅师寺旁摆一个卖饼的摊子，连一个住所也没有。道悟禅师怜他穷苦，就将寺中一间小屋给他居住。崇信为了感恩，每天送十个饼给道悟禅师。道悟禅师收下以后，每次总叫侍者拿一个还给崇信。有一天，崇信终于向道悟禅师抗议道：“饼是我送给你的，你怎可每天还我一个，这是什么意思？”

天皇道悟禅师温和地解释道：“你能每天送我十个，为什么我不能每天还你一个？”

崇信不服气地抗辩道：“我既能送你十个，何在乎你还我一个？”

道悟禅师哈哈笑道：“一个你还嫌少吗？十个我都没有嫌多，一个你还嫌少？”

崇信听后似有所悟，便决心请求道悟禅师为其剃度，准他出家。

道悟禅师说道："一生十，十生百，乃至能生千万，诸法皆从一而生。"

崇信自信地应道："一生万法，万法皆一！"

道悟禅师为其剃度，后在龙潭结庵居住，世称龙潭崇信禅师。

这一段公案，完全表现的是自他一体、能所不二的禅心。天皇道悟禅师的房子，要让给龙潭崇信禅师去住，这表示我的就是你的；龙潭崇信禅师的烧饼，天皇道悟禅师收下以后，又再还一个给龙潭崇信禅师，这表示你的就是我的。当然，那时天皇道悟禅师的苦心，不是一个卖饼的俗人所知，但经常如此，终于触动崇信的灵机；从参究这个疑团到直接的抗辩论争，龙潭崇信终于觉悟到多少不二、你我不二、心物不二、有无不二，原来宇宙万有，千差万别，皆一禅心。

自性与法性

神会禅师初参六祖慧能大师时，慧能大师问道："你从远处来，路途遥远，太辛苦了，自性禅心带来了吗？可看见本体的法性是什么吗？"

神会禅师道："报告老师：我有来去，自性没有来去，本体法性，普遍法界，怎可言见，抑或不见？"

慧能大师道："好敏利的词句。"接着拄杖就打了下来。神会并不退缩，反而紧问道："老师坐禅时，是见或不见？"

慧能大师并没有马上回答神会的问话，先用拄杖打了他三下，说道："我打你，是痛或不痛？"

神会回答道："感觉痛，又不痛。"

慧能大师顺着他的口气说道："我坐禅是见，也不见。"

神会不放松，追问道："为什么是见又不见呢？"

慧能大师开示道："我见，是因为常见自己的过错；我不见，是因为我不见他人的是非善恶，所以是见又是不见。至于你如果是不痛的话，那么你便像木石一样的没有知觉；如果是痛的话，那么你便像俗人一样会有怨愤之心。我要告诉你，见与不见都是两边的执著，痛和不痛都是生灭的现象，你连自性都摸不清楚，居然还说无来无去？”

神会听后，大为惭愧，立刻向慧能大师行礼，并亲近依止，誓为老师服务。

后来，慧能大师要圆寂时，每一个听到这个消息的弟子都放声大哭，唯独神会默默不语，也不哭泣。慧能大师道：“为什么你们要哭呢？我很清楚自己要到什么地方去，如果我对自己一无所知，如何能预先告诉你们？只有神会一人超越了善恶的观念，达到了毁誉不动、哀乐不生的境界。你们大家要切记，法性是不会生灭去来的。”

世间万事万物，皆名对待法，如有无、大小、好坏、善恶、男女、净秽、里外、上下等；今言见与不见、痛与不痛，六祖大师先让神会说出了毛病，然后再告以见与不见都是两边的执著，痛与不痛都是生灭的现象，而佛性禅心是超越一切的。要截断两边，不思善、不思恶，不谈生、不论灭，还他中道一如，才算见本来面目。

我不是众生

惟宽禅师有一次被一学僧问道：“狗有没有佛性？”

“有。”惟宽禅师答。

“你有没有佛性？”

“我没有。”

“为什么一切众生皆有佛性而你没有？”

“因为我不是你所说的众生。”

“你不是众生，是佛吗？”

“也不是。”

“那你究竟是什么？”

“我不是一个‘什么’！”

学僧最后问道：“那是我们能够看到或想到的吗？”

“那是不可思议的不可思议。”

我是什么？我就是我。如果人人都能肯定自我，那就是真我，所谓真我非众生，非不众生，那是个什么呢？

责骂与慈悲

黄龙慧南禅师在庐山归宗寺参禅的时候，坐必跏趺，行必直视。后来云游至泐潭澄禅师道场时，泐潭澄就令他分座接引，指导禅法，这时他的声誉已经名闻诸方了。

云峰悦禅师见到他，就赞叹道：“你虽有超人的智慧，可惜你没有遇到明师的锻炼！泐潭澄公虽是云门禅师的法嗣，但是他的禅法与云门禅师并不相同。”

黄龙禅师听后，不以为然，问道：“为什么不同？”

云峰禅师回答道：“云门如同九转丹砂，能够点铁成金；澄公如同药物汞银，只可以供人赏玩，再加锻炼就会流失。”黄龙听后愤怒异常，从此不再睬云峰。

第二天，云峰向黄龙道歉，再对他说道：“云门的气度如同帝王，所谓君叫臣死，臣不得不死，你愿意死在他的语句下吗？泐潭澄公虽有法则教人，但那是一种死的法则，死的法则能活得了人吗？石霜慈明禅师的手段超越现代所有的人，你应该去看他！”

后来，黄龙在衡岳福岩寺参访慈明禅师，慈明禅师道：“你已经是有名的禅师了，如果有疑问，可以坐下来研究。”黄龙因此更是真诚地哀恳。

慈明禅师说道：“你学云门禅，必定了解他的禅旨，例如，放洞山顿棒，是有吃棒的份儿，或是无吃棒的份儿？”

黄龙答道：“有吃棒的份儿。”

慈明禅师很庄重地说道："从早到晚，鹊噪鸦鸣，都应该吃棒了！"

于是慈明禅师端正地坐着，接受黄龙的礼拜。然后又问道："假如你能会取云门意旨，那么赵州说'台山婆子，我为汝勘破了也'，哪里是他勘破婆子的地方？"

黄龙被问得冷汗直流，不能回答。第二天黄龙又去参谒，这次慈明禅师不再客气，一见面就指骂不已。黄龙问道："难道责骂就是我师慈悲的教法吗？"

慈明禅师反问道："你认为这是责骂？"

黄龙在言下，忽然大悟，就作了一首偈：

"杰出丛林是赵州，老婆勘破没来由；而今四海明如镜，行人莫与路为仇。"

在受苦的时候感到快乐，在委屈的时候觉得公平，在忙碌的时候仍然安闲，在受责的时候知道慈悲，那就是体会出真正的禅心了！

一宿觉

永嘉玄觉禅师从年轻时就开始学习经论，本是一位精通天台止观的秀才居士，读《般若经》之后豁然大悟，出家参禅。六祖慧能大师的弟子玄策禅师曾忠告永嘉禅师说道："无师自悟是天然外道。"

永嘉禅师听后，反复思维，决定去参访六祖大师。

永嘉禅师到曹溪见到六祖慧能大师时，既不参拜，也不问话，只是手执锡杖，在六祖的禅床四周绕行三圈，然后站在六祖面前一动也不动。

六祖大师道："出家人应具有三千威仪和八万细行，大德从何而来，如此我慢？"

永嘉禅师道："无常迅速，生死之间只是刹那，哪里有时间顾及什么礼仪不礼仪！"

六祖大师道："既然你担心生死无常，那么，为什么不体认无生以达成无灭的境地呢？如能这样，哪里还有时间快慢的存在呢？”

永嘉禅师道：“既已真正体认无生，既已真正达其境地，所以早就没有快慢的说法了。”

六祖大师听后，连声称赞，并为其印可。

这时永嘉禅师脱笠整衣，正式礼拜，然后就向六祖大师告辞欲去。六祖大师问道：“为什么急着回去？”

永嘉禅师道：“自性本来就是不动的，并无急与缓、来和去！”

六祖大师道：“那么，又有谁知道不动的呢？”

永嘉禅师回答道：“就是自己本身。”

六祖大师听了这话，拍拍永嘉禅师的背说道：“住一宿再走吧！”

由于永嘉禅师在六祖大师处住了一宿的故事，所以禅宗史上称“一宿觉”。

永嘉禅师跟六祖大师对话的时候是三十一岁，四十九岁时示寂，他的近两千字的《证道歌》，不但是禅门文字的精华，更是明心见性的必读佳作。我们从永嘉禅师和六祖会面的经过来看，永嘉禅师是一个非常自负的人，如非六祖，何有“一宿觉”的佳话美谈？永嘉禅师住了一宿以后，第二天辞别他去，行十步，振锡说道：“自从认得曹溪路，了知生死不相关。”可见两位禅家惺惺相惜了。

卧如来

赵州从谂禅师，山东人，十八岁时到河南初参南泉普愿禅师时，因为年轻，南泉禅师正躺着休息，就没有起身，看见赵州时就仍睡着问道：“你从哪里来？”

赵州：“从瑞相院来。”

南泉：“见到瑞相了吗？”

赵州：“不见瑞相，只见卧如来。”

南泉禅师对赵州颇欣赏，于是坐起来，问道："你是有主沙弥，还是无主沙弥？"

赵州："我是有主沙弥。"

南泉："谁是你的师父呢？"

赵州恭敬地顶礼三拜后走到南泉的身边，关怀地说道："冬腊严寒，请师父保重！"

于是南泉禅师非常器重他，因赵州是以行动来代替语言。从此，师徒相契，佛道相投，赵州成为南泉禅师的入室弟子。

有一天，赵州禅师请示南泉禅师一个问题："什么是道？"

南泉："平常心是道。"

赵州："除了平常心之外，佛法无边，另外是否还有更高层次的趣向呢？"

南泉："如果心中还存有什么趣向，就有了那边，没有这边，就会顾了前面，忘了后面。因此，所谓全面、被扭曲了的东西，怎会是圆融无碍的道呢？"

赵州："如果佛法没有一个趣向，回顾茫茫，我怎么知道那就是道呢？"

南泉："道不属知，不属不知；知是妄觉，不知是无记。若欲真达到不疑之道，你应当下体悟，道犹如太虚，廓然荡豁，岂可强说是非耶？"

赵州禅师自小就聪明颖慧，出言吐语自有禅味，一句"不见瑞相，只见卧如来"，赢得了南泉普愿禅师的欣赏，即至问他是有主的沙弥还是无主的沙弥，他不用一般的语言回答，他用行动表示，顶礼、侍立，这不就是无言说的禅风吗？赵州禅师的禅，重在自我肯定，自然随缘，所谓从平常心流露，不作斧凿，自有一番禅心慧解！

真正回答

云岩昙晟禅师是药山禅师的弟子，是洞山良价禅师的老师。有一次，他对众人说：“有一个人，凡是向他提问题，他没有不能回答的。”

洞山问道：“他屋里有多少典籍？”

昙晟：“一个字也没有。”

洞山：“何以他如此多知呢？”

昙晟：“他日夜都不睡觉。”

洞山：“我可以问他一件事情吗？”

昙晟：“他的回答，就是不回答。”

洞山：“既是没有不能回答的，为什么不回答呢？”

昙晟：“因为不回答，才是真正的回答。”

禅门的疑问，是心智的开花；老师的答案，是神秘的果实。神秘，就是不说破。不说破才是禅者用力之处。“家藏万卷书”，这是迷时的纸上知识；“日日不睡觉”，那才是悟时的主人翁。不睡觉的真如佛性，还要回答些什么呢？

所以，有时候，不回答就是最好的回答。

如何见道

马祖道一年轻时初遇怀让禅师，即请示道：“怎么用心，才能契合无相三昧？”

怀让：“你学心地法门，犹如下种，我说佛法譬如下雨，只要缘合必能见道。”

马祖："禅师！你说的见道，是见什么道呢？道并非有形相的，如何才能见无形无相的道呢？"

怀让："即此心地法眼，就能见道，道本来就是无相三昧，也是从心地法门自见其道的。"

怀让担心道一禅师还不明白，又再补充道："若契于道，无始无终，不成不坏，不聚不散，不长不短，不静不乱，不急不缓。如果由此理会得透，应当名之为道。"

道是什么？道，没有时间，无始无终；道，没有空间，无内无外。所谓真理，应该是"竖穷三际，横遍十方"。道是亘古今而不变，历万劫而常新。如何见道？明白自己的常住真心，就是见道。

卷八 棒喝禅

学僧们异口同声："大喝一声，这是非常简单的事。"径山禅师立刻大喝一声，问："这一喝，是什么意思？"众学僧茫然不知如何应对。径山禅师道："那一喝上通天堂，下达地府，竖穷三际，横遍十方，你们五百学人大多放逸散漫，犹如聋哑，怎能懂得狮子吼声？"

棒与喝

古代的禅师大德们喜欢手持禅杖，作为领众的威信象征。禅师们的棒，不是用来时常打人的，只在研讨问题的时候有时轻轻表示一番，作为赏罚的象征。后世的宗门，以及学禅的人，若是在老师那里碰了钉子、受了批驳都叫“吃棒”。而“喝”则是大声的一叱，表示责罚的意思，和“棒”的作用是一样的。

有师兄弟二人一起至无德禅师处学禅，于每次小参请示时总例行似的老是吃棒，不管他们两人躲得多快，棒棒都落实地打在身上。无德禅师举棒之快与准，实在是百发百中。

有一天，师弟就对师兄说道：“我们来此参学多时，却老是吃棒，仍不能开悟，真想他去。可是要找一位比无德禅师有道行的禅师实在不容易。”

师兄也无可奈何，不过他建议道：“这样好了，以后我们小参问法时，我们就站在法堂外，不要进去，任凭禅师的棒再怎么快，也不至于打得到我们。”

于是，第二天师兄弟二人就站在法堂外恭谨地问道：“请问如何是西来意？”

无德禅师大喝一声：“你两个慢法者！”

师兄弟二人一听到此喝，如雷贯耳，吓得屈膝下跪，不约而同地说道：

“想不到禅师的‘喝’比‘棒’来得迅速而有威力！”

参禅求道，不可存侥幸的心理，亦不可求速成。看起来禅师一语能使学者开悟，但学者若无穷年累月的积聚功行，不说禅师一语不能给你开悟，即使千言万语，甚至棒喝亦无功。当然，积聚功行，棒喝亦能助其悟道。

知恩报恩

临济禅师向老师黄檗禅师告辞他去。

黄檗禅师就问道：“你要到哪里去？”

临济禅师答道：“不是到河南，就是去河北。”

黄檗禅师当场就打临济禅师一拳，临济禅师抓住黄檗禅师回打他一巴掌。黄檗禅师被打后，哈哈大笑着呼叫侍者道：“你去把百丈先师的禅板和经案给我拿来！”

临济禅师也高呼道：“沙弥，顺便将火拿来！”

黄檗禅师道：“我话虽然如此说，火也烧不着的，你尽管去你的，今后你必须堵塞天下人的嘴巴！”

后来沩山灵佑就这件事问仰山禅师道：“像临济的言行，是否背叛了老师黄檗？”

仰山：“并非如此。”

沩山：“你的想法究竟如何呢？”

仰山：“只有知恩的人才懂得报恩。”

沩山：“在古代圣贤之中，有没有类似的事情发生？”

仰山：“有的，只是时代已经很远，我不想叙述。”

沩山：“虽然事情已经过去，可是我并不知道，还是请你说说看！”

仰山：“例如在《楞严经》中，阿难赞叹佛陀说：‘我愿把一颗赤诚之心奉献给像尘埃那么多的国家和众生。’其实，那就叫做‘报佛恩’，这不就是报恩的实例吗？”

沩山：“的确如此，的确如此！见识和老师的程度相同时，会减损老师的一半盛德；唯独见识超出老师时，才可以传授老师的遗教。”

在禅宗史上，黄檗希运和临济义玄禅师传承禅法，叫做临济宗；沩山灵佑和仰山慧寂禅师传承的禅法叫做沩仰宗，他们同是百丈怀海禅师的门人或再传弟子。沩山的年岁比黄檗和临济都长，而且宗风不尽相同，能一再推崇黄檗和临济，此亦即所谓量大德大、恩大禅大了。

抢不走

一日，临济禅师跟随老师黄檗禅师一同下田工作，临济禅师走在黄檗禅师的后面。黄檗禅师回头一看，发现临济禅师空着手，就对他说道：“你怎么把锄头忘记带来呢？”

临济禅师回答道：“不知谁给我拿走了。”

黄檗禅师停下脚步道：“你走过来，我有事跟你商量。”

临济禅师向前，黄檗禅师就竖起锄头道：“单单是这个，世界之上就没有一个人能拿得动。”

临济禅师一听这话，就毫不客气地立刻从黄檗禅师手中把锄头抢过来，紧紧地握在自己手中，说道：“刚才老师说谁也拿不动这个，现在为什么这个在我的手中呢？”

黄檗禅师道：“手中有的未必有，手中无的未必无，你说，今天有谁给我们耕田呢？”

临济禅师道：“耕田的由他耕田，收成的由他收成，关我们何事？”

临济禅师这么说了以后，黄檗禅师一句话也没说，转身就回到僧院。

不久，沩山禅师就这件事问仰山禅师道：“锄头在黄檗禅师手中，为什么却被临济夺去？”

仰山禅师答道：“强取豪夺虽然是小人，可是他的智慧却在君子之上。”

沩山禅师再问仰山道：“耕种和收成，临济为什么要说不关己事呢？”

仰山禅师不答，反问道："难道就不能超脱对待关系之外吗？"

沩山禅师一句不说，转身也回到僧院。

黄檗禅师的转身，沩山禅师的转身，转身的世界，就是肯定一切的世界。世人有理话多，无理更是话多，若能在真理之前回头转身，那不是另有一番世界吗？

石头狮吼

石头希迁禅师刚来南台，次日就对怀让禅师道："昨天我来到你这里，有一个荒唐的青年禅僧如如不动地坐在石头上面。"

怀让禅师听后问道："你有没有弄错？"

希迁禅师道："没有弄错！"

于是，怀让禅师就吩咐侍者道："你到山门外调查一下，坐在石头上的那个禅僧是谁。假如是昨天刚来的那个青年禅僧，你就责备他玩弄什么玄虚。假如他承认，你就问他说：'石头上的东西，移植后还有活的可能吗？'"

侍者就用这句话回报希迁禅师，希迁回答说："诸佛如来的世界里，没有可搬动的东西，也没有死活这句话。"

于是侍者回来将希迁的回答报告怀让禅师，怀让禅师自语似的说道："这个禅师，他的后代子孙将使天下人的嘴噤若寒蝉。"

接着他又派侍者去考问希迁道："如何才算是真正的解脱？"

希迁："谁绑住了你？"

侍者："什么才是净土？"

希迁："谁污染了你？"

侍者："什么才是涅槃？"

希迁："谁把生死给了你？"

侍者回来把这些问答报告给怀让禅师，怀让禅师听后双手合十，一言不发。

六祖慧能大师门下两大弟子青原行思、南岳怀让已是当代宗师，而他们都认为："在那石头上能听到狮子的吼声。"

石头希迁禅师对于讨论问题以问作答，正如六祖的"本来无一物，何处惹尘埃"的说法。所谓束缚，原来是自己束缚了自己；所谓污染，原来是自己污染了自己；所谓生死，原来是自己沉沦生死苦海，并不是由谁造成。本是石头如如不动，无死无活，我们定要庸人自扰，所以要怀让禅师叫我们听听石头上的狮子吼声！

变与不变

岩头禅师在唐武宗毁灭佛法时缝制了一套俗装，准备到不得已的时候可以应变。不久圣旨下来，强令僧尼还俗，有声望的高僧还要被逮捕判刑，岩头禅师为了躲避，他穿了俗装，戴了低檐帽子，悄悄躲进一个在家修行的师姑佛堂里。当时师姑正在斋堂吃饭，岩头大摇大摆地走进厨房，拿起碗筷也开始吃饭。这时一个道童看见他，立刻告诉师姑，师姑拿起棒子，作准备打人的姿势，并且口中说道："啊！原来竟是岩头上座，怎么变形了？"

岩头禅师不慌不忙，安然说道："形可变，性不可变。"

后来，大彦禅师初次参见岩头禅师时，岩头正在门前拔草。大彦戴着斗笠大摇大摆走过来，直直地站在岩头的面前，用手敲敲斗笠举手说道："你还记得我吗？"

岩头抓起一把草，朝着大彦的脸上打过去说："世间变化无常，不记得了。"

大彦不肯让步说道："世间无常，但法性永恒，怎可不认账？"

岩头禅师一听，当场打了大彦三拳。于是大彦站好姿势才进僧堂，岩头禅师这时说道："已经寒暄完了，根本没有再进僧堂的必要。"

大彦立刻转身往回走，可是第二天早粥吃完时他却又走进僧堂。刚进门，岩头禅师立刻从法座上跳下来，一把抓住大彦的衣襟道："你快说，你快说，不变的前账在哪里？"

大彦禅师也一把抓住岩头禅师，说道："师姑家里，形可变，性不可变！"

说罢，两人哈哈大笑。

世间一切诸法，形相是生灭变异的，法性就不会变异了。就如世界是成住坏空，人是生老病死，心是生住异灭。唯有诸法本性，即吾人的本来面目，是"亘古今而不变，历万劫而常新"。

岩头禅师在没有信仰自由之暴政下，换着俗装，如他所说，形相可变，心性不变。吾人如能体悟到自己不变的真心，如黄金尽可变形为耳环、戒指、手镯，而其黄金本性不变，人在生死五趣中流转，其本性实亦未变。

虎头长角

黄檗希运禅师有一次到厨房，看到典座就问道："你在做什么？"

典座："我正在盛禅僧吃的米。"

黄檗："每天需要多少米？"

典座："每天三餐，约吃两石半。"

黄檗："是不是吃得太多了？"

典座："我还担心不够吃呢！"

黄檗一听这话，顺手就打典座两个耳光。典座就把这事告诉临济禅师。

临济禅师听后很不以为然，认为这样的答话也没有罪过，为什么要打人呢？他就安慰典座道："我替你问一问这个老和尚！"

临济禅师到黄檗禅师那里，黄檗禅师就提起先前的事。

临济禅师说："由于典座不明白老师为什么打他，所以才托我替他问老师一声。"

黄檗禅师道："为什么？你说为什么打他？"

临济禅师不服道："难道担心不够吃也不行吗？"

黄檗禅师："为什么不答'明天还要吃一顿'呢？"

临济禅师竖起拳头，大声说道："说什么明天，现在立刻就要吃！"说完，拳就顺势挥过去。

黄檗禅师挡开临济的拳头，责怪道："你这个疯和尚，又来这里拔虎须了！"

临济禅师怒吼着走出了僧堂。黄檗禅师反而欢喜，说这只小虎的头上长角了。

后来沩山灵佑禅师就这件事问仰山慧寂道："这两位禅师究竟是在做什么？"

仰山："老师的用意如何呢？"

沩山："生了孩子才知道亲情伟大。"

仰山："我却不认为如此。"

沩山："那你又作何想法呢？"

仰山："这就恰如把小偷领进自己家中，偷自己的东西。"

沩山灵佑禅师听后哈哈大笑。

临济义玄禅师是黄檗希运禅师的弟子，弟子打老师，这是忤逆，但黄檗不以为忤，反而赞美临济。俗语说："打是亲，骂是爱。"在禅宗接心上看，这倒别有意义了。

去问他

径山禅师门下有五百位学僧，但真正用心参学的并没有几人，黄檗禅师就叫临济禅师到径山禅师那儿去。当临济要出发时，黄檗禅师问道："你到径山禅师那儿时要如何？"

临济禅师回答道："到时我自有方法。"

临济禅师到了径山禅师那儿以后，就直入法堂去拜见径山禅师。径山禅师刚一抬头，临济禅师就对着他大喝一声；径山禅师正要开口，临济禅师掉头就走。

有一学僧问径山禅师道："刚才那位法师对老师说了些什么？为什么敢对你大声吼叫呢？"

径山禅师道："他是黄檗禅师门下的弟子，如果你想知道为什么，何不自己去问他？"

学僧道："我们就是不知道怎样去问他。"

径山禅师道："你们会大喝一声吗？"

学僧们都异口同声地说："大喝一声，这是非常简单的事。"

径山禅师立刻大喝一声，问道："这一喝，是什么意思？"

众学僧面面相觑，茫然不知如何应对。

径山禅师道："那一喝上通天堂，下达地府，竖穷三际，横遍十方，你们五百学人大多放逸散漫，犹如聋哑，怎能懂得狮子吼声？"

径山禅师的五百位学僧，大部分就此分散各自去各处参访了。

径山禅师在古德中是一位证悟很高的禅匠，从不方便地观机逗教，启发后学，经临济禅师这一喝，真有振聋发聩之功；他知道禅者教导后学契理容易，契机不易，故自己也大喝一声，遣散十方学子，到各方寻找有缘。自古以来，所谓大德者，风格虽各有不同，但不会蒙混学者。

西来意

龙牙居遁禅师在临济禅师处参学，一日，请示临济禅师道："如何是西来意？"

临济禅师道："把香板拿来给我。"

龙牙禅师把香板递给临济禅师时，临济禅师拿起香板就朝龙牙禅师打过去。

龙牙禅师："老师打我没有关系，但总要告诉我如何是祖师西来意吧！"

临济禅师道："刚才的香板难道没有告诉你吗？"

后来，龙牙禅师到翠微无学禅师处参学时，又请示道："如何是祖师西来意？"

翠微无学禅师道："把蒲团给我拿来！"

龙牙禅师将蒲团交到无学禅师手中时，无学禅师顺手就把蒲团往龙牙禅师身上打去！

龙牙禅师道："别急着打我！您还没有告诉我如何是祖师西来意呀？"

翠微无学禅师道："刚才的蒲团难道没有告诉你吗？"

龙牙禅师经过多年的参究，终于明白了香板和蒲团的西来意了。

一日，在禅堂里有位学僧问龙牙禅师道："和尚行脚时，曾参学访问临济与无学二位大德，对他们印象如何？"

龙牙禅师道："印象很好，就是没有告诉我如何是祖师西来意！"

学僧道："为什么他二老不告诉你呢？"

龙牙禅师非常开心地回答道："因为香板和蒲团都早有消息了。"

禅宗常常用法器和法物来象征禅道、传衣、传钵，就是用衣钵代表禅法。香板打人，这也是将禅交给你担当，所以香板就是西来意。蒲团打你，蒲团是礼拜之物，作为凡心接触佛心之用，因此蒲团也可告诉你西来意了。但是，要从香板和蒲团中懂得西来意，那还需要长年累月的参究！

一起活埋

临济义玄禅师有一次与大众出坡，看到黄檗禅师远远地走过来，就拄着锄头不动地站在那里。黄檗禅师看到后就问："你是不是太累了？"

临济禅师："我还没有开始工作，怎么就说累了呢？"

黄檗禅师将手中的棒子随手向临济禅师打了过去，临济禅师抓住黄檗禅师的棒子，一推，就把黄檗给推倒了。

临济禅师赶忙对黄檗禅师说："对不起，我把你推倒了，现在，我拉你起来！"

当临济禅师正要拉的时候，黄檗禅师道："不必了，我根本就没有动，何必你拉？"

临济禅师将手缩回，黄檗禅师就叫道："维那（僧职）！维那！快把我扶起来！"

维那赶快向前去扶起黄檗禅师，说道："老师！您怎能原谅这个无礼的临济呢？"

黄檗禅师刚爬起来，一听此话，立刻就举手打维那，临济禅师在旁锄地说："其他的地方都是火葬，可是我这里却是一起活埋。"意指参禅要把动静、来去、荣辱、起卧等对待分别的意识全部抛弃。

后来，沩山禅师听到此事，就问仰山禅师道："黄檗禅师打维那，不知其用意如何？"

仰山禅师回答道："真正的小偷跑掉，却让追捕的人挨揍。"意即超越的人永远解脱，拘泥的人只有挨打了。

禅门的打骂，我们不可用世俗的观念来衡量，因为禅师们的打骂其实是在接心，是在传法。黄檗禅师举棒要打临济，其实要把禅法交给他负担，临济禅师推拒，意即自己早已直下承当，何必传授。临济举手要拉黄檗，黄檗禅师只有说"我在如如不动之中，何劳你拉"。维那的挨打，只怪他多嘴，不懂得禅心罢了。

不能代替

临济禅师将圆寂时，曾开示弟子道："我入灭后，你们不可将正法眼藏也随着灭却！"

座中三圣惠然禅师听后说道："身为弟子的我们，怎敢将老师的正法眼藏灭却呢？"

临济禅师于是问道："那么，假如有人问起道是什么，你们要如何回答？"

惠然禅师马上就学着临济禅师一向教导学人的方法，高声大喝！

临济禅师非常不以为然地说道："谁能想象，我的正法眼藏以后却在这些大喝一声的人处灭却！说来真叫人伤心！"

说完，就坐在法座上端然而寂，时为唐咸通七年。

临济禅师入灭后，惠然禅师非常不解地说道："老师平时对来访者都大喝一声，为什么我们就不能学着老师也大喝一声呢？"

临济禅师忽然又活回来："我吃饭，你们不能当饱；我死，你们不能代替。"

惠然禅师急忙跪叩说道："老师！请原谅，请住世给我们多多指导。"

临济禅师大喝一声，说道："我才不给你们模仿！"

说后，临济禅师真的就入灭了。

禅者，最不喜欢人模仿，所谓依样画葫芦，终究不像原样。黄檗禅师的棒、临济禅师的喝、赵州禅师的茶、云门禅师的饼，各家接待学人有各家的家风，不是依样可学。禅者要能"上无片瓦盖头，下无寸土立足"，一切都要自家重新来过。

今天不方便

临济禅师云游至金牛禅师处时，金牛禅师一看到临济禅师，就把禅杖横过去挡住门，临济禅师用手敲打禅杖三下，然后回头就往禅堂里的首座位置上坐下。金牛禅师看到这种情形，不悦地说道："凡是行脚云游的学僧，在谒见寺院禅主时，无不按照一定参学规矩，行宾主之礼，你是从哪里来的？为什么连这点基本的礼节行仪都不懂？"

临济禅师诚恳地回答道："我不知道老禅师您在说什么？我敲打禅杖三下，不是早就跟您行礼打招呼了吗？"

金牛禅师听后，更加不悦这种回答，刚要开口，临济禅师就动手用禅杖打他。

金牛禅师此时若有所悟，临济禅师却又忽然道："我今天不方便！"

金牛禅师顺手一掌打去，口中道："我此时倒很方便！"

临济禅师挨了一掌，反而哈哈大笑道："的确不错！我们今天不方便遇到了方便！"

后来，沩山禅师就问仰山禅师道："这两位前辈的对话，到底哪一个占了上风？"

仰山禅师回答道："占上风者上风，居下风者下风！"

此话一出，旁边座主不以为然地道："占上风者未必上风，居下风者未必下风。上风何在？下风何在？"

仰山禅师和沩山禅师不约而同地说道："正如座主所说，无风起浪！"

两位禅师的对话，最初都以礼相见，但一言不合，拳杖相打，但他们互传了方便与不方便的消息。什么是方便？什么是不方便？只有两位禅师心中知道，但仰山禅师、沩山禅师却讨论他们谁占了上风、谁居下风，这就犯了无事生非的错误，在真正禅者的眼中这只是"无风起浪"而已。

灵利道人

南泉普愿禅师住持河南一所庵堂时，赵州禅师从山东来拜访求道。南泉禅师就对赵州说道："你今天来得不巧，我要上山去工作，没时间和你谈话，到时请自己做饭吃，并且不要忘记送一份上山来给我吃。"

南泉禅师说后，就独自上山作务去了，赵州禅师就自己做饭吃，吃后，一时闲散，在床上躺着就睡着了。南泉禅师不见赵州送饭来，就下山回庵，看到赵州正呼呼大睡。南泉禅师也上床躺在他身边睡觉。当赵州醒来时，南泉禅师就对他说道："我以前曾经看过一个灵利活泼的道人，直到现在没有再见过。"说着，便拿起禅杖摇一摇，指着禅杖对赵州问道："那个灵利的道人，像是这个吗？”

赵州回答道：“不一样。”

南泉禅师再问道：“你看过吗？否则怎知他不一样？”

赵州答道：“如果您想知道我在哪里见过那位灵利道人，请老师先放下禅杖来。”

南泉禅师非常欢喜道：“我印证了你那对智慧的眼睛！”

停了一会儿，赵州问南泉禅师道：“老师！道非物外，物外非道，如何是物外之道？”

南泉禅师一句也没有回答，拿起拄杖子就朝赵州打去。赵州也不客气地伸手捉住南泉的拄杖子说道：“以后不要打错人了。”

南泉禅师非常高兴地说道：“龙蛇易辨，真和尚不可欺呀！”

赵州禅师在童年的时候也曾礼过南泉普愿禅师做师父，再次回来问道，竟然师父工作、弟子休息，弟子吃饭、师父挨饿，弟子睡觉、师父还不敢吵醒他，真如“三分师徒，七分道友”。

老师用禅杖打来，不但不认打，还要老师不要认错人，老师到这时才非常高兴地说：“像你这个真正的禅者不容易遇到啊！”

禅，就是这么不一定，从正面看的，或从外面看的，禅是从内证悟才成的！

个人承担

杨岐方会禅师，江西袁州人，原姓冷。少年时代就很机警聪明，在湖南潭洲道吾山出家，阅读经典有过目不忘之誉。

他追随慈明禅师很长一段时间，自愿负责监院工作，虽然十年岁月，但未能有所省悟。每次请求参问，慈明禅师总是回答他道：“你的工作繁重，以后再说吧！”

后来，有一天，杨岐禅师又去参问，慈明禅师说道：“监院以后的儿孙满布天下，急急于悟道，忙什么呢？”

有一天，慈明禅师外出，忽然下雨，杨岐在小路上遇到他，就拉住慈明禅师说道：“老师！你今天必须说给我，不说我就不让你回去！”

慈明禅师说道：“监院，你如果知道这个事，一切便休！”

话刚说完，杨岐耳中忽然如雷轰然一声，心中忽觉灵光一闪，即刻大彻大悟，当时就跪拜在雨地上，汗水、泪水和雨水一齐流下，说道：“至今一切便休！至今一切便休！”

有一天，慈明禅师上堂说法，杨岐禅师出众问道：“‘幽鸟语喃喃，辞云入乱峰’时如何？”

慈明禅师说道：“我行荒草里，汝又入深村！”

杨岐禅师便又道：“万事虽休，更借一问。”

慈明禅师便喝，杨岐禅师赞道：“好喝！”

慈明禅师又喝，杨岐禅师也喝。慈明连续地喝了三喝，杨岐便顶礼三拜。

杨岐禅师礼拜后，恭谨诚恳地说：“报告老师，这个事，必须是个人才能承担！”

慈明禅师听后拂袖便行，他面是冷峻的，心是滚热的，从远处传来一句：“这个事，必须是个人才能承担！”

禅宗有五宗七派之说，五宗即临济、沩仰、曹洞、云门、法眼等五宗，加上杨岐、黄龙是为七派。慈明尊者不肯急急为他说破，是希望杨岐禅师养深积厚，再待机缘，但杨岐悟道心切，只有早说。好个杨岐禅师，先说至今一切便休，再说一切必须自己承担，慈明拂袖，意即让其自己承担。杨岐禅师有偈曰：“心随万境转，转处实能幽；随处认得性，无喜亦无忧。”

身心自在

有一年，临济禅师在夏安居（夏季的四月十五日至七月十五日三个月中，不得随便外出的禁足修行）的半途破禁而出，跑到黄檗山，去找老师黄檗希运禅师。

到了山上，看到黄檗禅师正在佛前诵经，他觉得很奇怪，便说道："以前我一直以为老师是一个伟大的人物，但今天一见，原来老师也只不过是一个念经的和尚而已。"

黄檗禅师不辩解什么，只留临济禅师住下来。临济认为老师也像一般人以音声求佛，以身相求佛，甚为不满，因此住了几天便又要告假下山。

黄檗禅师道："你在夏安居的中途就来到这儿，已经是违犯禁戒了，现在夏安居时期还没有结束，你又要离去？"

临济禅师道："我来此本意只是想向老师请安，作一个短期的参访，现已做到，不走又如何？"

黄檗禅师听后举手便打，打后，把临济禅师驱赶出去。

临济禅师走了好几里路，心中觉得这样匆忙地离去确实不好，于是他又回到黄檗山，请老师继续打他。但黄檗禅师立刻将双手袖起来，就是不肯出掌。

有一天，结束安居，临济禅师要辞别时，黄檗禅师问道："你准备往哪里去？"

临济禅师回答道："不是河南，便是河北。"

黄檗禅师听后，举起手来就要打临济，临济禅师立刻用左手接着，并且以右手反打了老师黄檗一掌。

黄檗禅师被打得哈哈大笑，随即给临济印可道："很好！很好！你有来处，也有去处，现在，河南你可以去，河北也可以去。"

临济义玄在黄檗希运禅师座下参禅，三年中被黄檗打了三次，后来向大愚禅师诉说被打之事，真是罪过。而大愚则劝慰他道：“黄檗老婆心切，如此呵护你，怎可说是罪过？”临济终于言下大悟，即至后来反打黄檗，黄檗哈哈大笑，意谓临济已了解他的心意，既已印心，则东西南北均可去。

谁是后人

天皇道悟禅师在径山禅师处参学五年后，即到处云游，当他云游到石头希迁的道场时，请示道：“如果超脱定慧以外，请问你还能告诉别人什么吗？”

石头禅师回答道：“我这里本来就没有束缚和压迫，谈超脱，请问要超脱什么呢？”

道悟禅师不满意这样回答，道：“你说这样的话，教人如何了解呢？”

石头禅师反问道：“你是否懂得般若真空？”

道悟禅师点点头道：“这一点，我早有心得，所谓真空不碍妙有，妙有不碍真空。”

石头禅师表示非常失望：“想不到你也是那边过来的人！”

道悟禅师赶快否认道：“我不是那边的人！因为有了那边，就有这边，你意谓我的来处还有踪迹吗？”

石头禅师肯定地说道：“我早就知道你的来处了。”

道悟回答道：“你没有证据怎么就诬赖我！”

石头哈哈大笑，指着道悟说道：“你的身体就是证据，那不是有来处吗？”

天皇道悟低下头，沉思许久，再问石头希迁禅师道：“你的话虽这样说，来处自他来，去处自他去。我现在只请你告诉我，我们究竟应该拿什么去启导后人呢？”

石头大声喝道：“请问！谁是我们的后人呢？”

天皇道悟于言下豁然大悟！

石头希迁禅师和天皇道悟禅师两个人所谈的“这边”“那边”，主要是指在生死轮回中流转之意。“我知道你从那边来的”，这是指仍在生死迷妄之中，所谓证据，有漏的业报色身不就是证据吗？天皇道悟经过深思，承认了自己还没有超脱，故说：“来处自他来，去处自他去。”此即生死由他之谓也，但天皇道悟又挂念后人，前前后后，生生死死，此则生死如何得了？难怪石头禅师要喝问：“谁是我们的后人？”

大机大用

有一次，百丈怀海禅师参访马祖道一禅师时，站在他的身旁。马祖道一禅师转眼注视着绳床的角上挂着的拂子，怀海禅师顺着马祖禅师的眼光说道：“就是这个作用，应离开这个作用！”

马祖道一禅师道：“你以后要如何接引学人？”

百丈怀海禅师拿下拂子，竖了起来。

马祖道一禅师道：“就是这个作用，应离开这个作用！”

怀海禅师就把拂子挂到原来的地方。

忽然，马祖禅师振威大喝一声，震得怀海禅师的耳朵聋了三天。

后来，怀海禅师住持百丈山，此山山岩险峻高绝，所以又叫大雄山。

一天，百丈怀海禅师对弟子开示道：“禅教大法不是微小的事，我从前被马大师一喝，耳聋了三天。”

黄檗禅师听老师这么说后，不自觉地吐出舌头。

百丈禅师问道：“你以后不是要继承马祖的禅法吗？”

黄檗禅师答道：“今天老师举出这个公案，使我们见到马祖禅师的大机大用，但是还不能了解马祖大师；假如继承他的方法，以后将会接引不到学人了。”

百丈禅师说道：“如是！如是！见解与老师一样，见解超过老师，才可以承当禅教大法的传授，你有些地方超过了我。”

黄檗禅师听后，便恭恭敬敬地礼拜。

后来沩山禅师问仰山禅师道："百丈再参马祖因缘，此二尊宿意旨如何？"

仰山禅师道："此是显大机大用。"

沩山禅师道："马祖座下出八十四位善知识，几人得大机？几人得大用？"

仰山禅师道："百丈得大机，黄檗得大用，余者皆是倡导之师。"

禅门的大机大用，主要就是直指本心，见性成佛。吾人在生活里，要能自由、自主，要能圆满、喜悦。精神和物质要合一，内心和外境要一如，随佛道而不成佛，随众生而不入众生，只讲开悟，只讲机用，此即所谓禅！

喝之妙用

有一沙弥，很想学禅师们棒喝的妙用，苦无明师可问。一天，无相禅师光临到他们的道场，他就非常恭敬地请教无相禅师道："禅师！喝的法门如何学？"

无相禅师告诉他道："你去向你的师父说'正当恁么时作么生？'不管你师父回答什么，你这时只要'嘎'的一声大喝就好。"

虽然无相禅师告诉了沙弥妙诀，但是"恁么时"三个字难以记忆，更难发音，沙弥便以"硬麻薯"来代替。练习了好久，沙弥自以为相当纯熟，就鼓起勇气走到法堂，站在师父面前，问道："师父！请问您，正当硬麻薯作么生？"

师父听后，忍着笑，顺着他的话道："硬麻薯吗？煮了也好，烤了也好。"

于是乎，沙弥就发出"嘎"的一声叫，那叫声非常可爱，沙弥也非常得意。师父临机应变地说道："沙弥！你哽住喉咙了吗？"

沙弥赶快应道："师父！没有，没有，没有哽住喉咙，因为那不是真的麻薯！”

沙弥说后，所有在法堂里的大众哄堂大笑！

所谓“临济喝，德山棒”，棒喝被用为禅门机用的代表，很多人都在一棒或一喝下而能开悟，而临济禅师与德山禅师两人均被视为祖庭的棒喝英雄。

“喝”这个字，本身的意义极为单纯，只是一种叱咤的叫声，所以无法用语言说明其领悟的境界。一声吆喝，石破天惊，适以表现不为任何东西所拘泥的悟境，禅者的大机大用往往在此一喝之中。

所谓一喝，不是随便地一叫，这一喝的妙用，可以彻天彻地，可以粉碎迷妄的世界，直达佛心，而沙弥画虎不成，留为笑话。故禅不是鹦鹉学话，要真正从心中悟道。

师家揵槌

滴水禅师年轻时，初参仪山禅师，因仪山的家风森严而绵密，不轻易用方便接人，对游方云水的禅者，常以住众已满而不接受行脚僧的挂单。但滴水禅师并不因仪山禅师的拒绝而退转，他蹲居在门口三天，虽然雨水打湿身体，他也如如不动。到第七天，门头始允许他入内拜见仪山禅师。

在仪山禅师座下苦参的滴水，有一次请示道：“无字与般若有何分别？”

“你这个傲慢的小辈！”吼声中，仪山一拳打去，将滴水赶出法堂。懊恼异常的滴水回到僧堂，那关门的声音冲击到耳朵，豁然开悟，再而入室，报告无字与般若皆在一吼之声中，得到仪山禅师的印可。

有一次，仪山禅师入浴，因水太热，遣人加冷水；滴水匆匆地提了一桶冷水来加，便顺手将剩下的水倒掉。仪山禅师不悦地指责道：“因地修行，阴德第一，你怎么如此不惜福？虽是一滴水，给树，树也欢喜，给草，草也欢喜，水也不失其价值，为什么如此不惜物呢？”这个训诫使滴水铭刻于心，遂将自已的法名改为“滴水”。

又有一次，滴水用白纸擤鼻涕时，仪山禅师很不客气地喝道："你的鼻子就这么尊贵？清净的白纸，得之不易，你实是损德的法贼，修什么行呢？"

滴水禅师承袭了仪山禅师严峻的家风，故后来在接待学人时也非常严格，有时甚至会揍人，很多学僧都受不了他这种禅风而打退堂鼓。学僧中只有峨山禅师坚持下去，并说："僧有三种，下等僧利用师家的影响，中等僧欣赏师家的慈悲，上等僧在师家的揵槌下日益强壮。"

滴水禅师是上等僧，因为他能在揵槌下日益强壮，所谓佛门法器者。而今日青年，师教稍严则立即他去；待遇不足则借故他求，如此心态焉能成才？峨山禅师将僧分成三等，即下等僧，能运用师门影响，再加以发扬光大，已不多见，何况中上等僧？故吾人不得不为滴水禅师所谓师资相契、师严道尊而赞叹。

老婆心切

临济义玄禅师在黄檗禅师座下参学了三年，不曾一问，后来还是受了睦州上人的鼓励，前去法堂向黄檗请示"什么是祖师西来意"，前后问了三次，三次都挨了打。打得临济百思不解，深感自己根钝，业障太重，不能彻悟，于是就辞别了黄檗禅师下山参学。

临济禅师到了江西请谒大愚禅师，大愚禅师问道："你老师黄檗禅师近来有什么法语教你？"

临济禅师就将自己的三次请问三次都被打、百思不解的经过和盘托出，并且自认罪过。

大愚禅师听后，不觉哈哈大笑道："黄檗啊！黄檗！你未免太老婆心切了，你为弟子这样解除困惑，而他居然还到我这里问有无过错。"

临济禅师听后忽有所悟，说道："原来黄檗佛法无多子。"意谓黄檗的佛法原来不是那么简单。

大愚禅师一把抓住临济禅师道："刚才你才说百思不解，现在却说黄檗的佛法不那么简单，你究道看到了什么？快说！快说！"

临济禅师不答，却在大愚禅师肋下打了三拳。大愚禅师也不还手，只是慈祥微笑地说道："现在既已明白，还不快回去谢谢你老师的苦心教导。"

临济禅师依教奉行，又回到黄檗禅师处。黄檗禅师看他回来，说道："来来去去，没有一个了期！"

临济禅师道："只因老婆心切。"接着就将在大愚禅师处的经过告诉黄檗禅师。

黄檗禅师道："这个多事的大愚，等他来时要好好打他一顿。"

临济禅师马上答道："还等什么？要打现在就打……"说完就劈头一拳向黄檗禅师打过去。

黄檗禅师却笑逐颜开："只有你才能回报我对你的恩情。"

打骂，本是最粗鲁的行为，但禅师们用来传达消息，甚至还说这是"老婆心切"。回打老师，老师非但不生气，认为这才是回报他的恩情。如果用世俗感情来推想，"打是情，骂是爱"，慈母棒打爱儿，所谓爱之深责之切，何况禅者超越形象，打骂更能表达他们的禅心。

茶道

一休禅师的弟子珠光一向有打盹的习惯，致使在公共场合里常常失态，为此他非常苦恼，便前去请教医生，医生劝珠光应多喝茶。珠光听从医生的指示，而后果真不再打盹了。因此，他逐渐喜欢喝茶，且认为喝茶时也应具备礼节，于是创立了茶道，而有"茶祖"之誉。

完成茶道之后，一休禅师就问道："珠光！你是以何种心态在喝茶呢？"

珠光答道："为健康而喝茶。"

于是，一休禅师便给他说"赵州吃茶去"的公案："有学僧请示赵州禅师以佛法大意，赵州答道：‘吃茶去！’你对这件事有何看法呢？”

珠光默然。

于是一休禅师叫侍者送来一碗茶，当珠光捧在手上，一休禅师便大喝一声，并将他手上的茶碗打落在地。珠光依然一动也不动。过了一会儿，珠光向一休禅师道过谢便起座，走向玄关。

一休禅师叫道：“珠光！”

珠光回头道：“弟子在！”

一休禅师问道：“茶碗已打落在地，你还有茶喝吗？”

珠光两手做捧碗状，说道：“弟子仍在喝茶！”

一休禅师不肯罢休，追问道：“你已经准备离此他去，怎可说还在吃茶？”

珠光诚恳地说道：“弟子到那边吃茶！”

一休禅师再问道：“我刚才问你喝茶的心得，你只懂得这边喝、那边喝，可是全无心得，这种无心喝茶，将是如何？”

珠光沉静地答道：“无心之茶，柳绿花红。”

于是，一休禅师大喜，便授予印可。珠光完成了新的茶道。

在日本所流行的茶道、剑道、拳道、书道、花道等，都与佛教有密切的关系。“赵州茶”，在中国禅学史上是有名的公案。喝茶，要喝清凉之茶、平和之茶、禅味之茶、无心之茶。所谓无心之茶的里面，包罗万象，柳绿花红，另有一番世界。《般若心经》云：“以无所得故。”此之谓也。

如此一棒

有一个学僧从定州禅师处（北宗神秀门下）到乌臼禅师门下参学，乌臼禅师问道：“定州那儿和我这里，相较之下有什么不同？”

学僧回答道：“没有什么特别的不同。”

乌臼禅师听后不以为然，立即发挥马祖门下的大机大用，说道：“如果没有什么特别不同的话，那么你就不必留在这里，回原处去吧！”说着，便一棒挥打去。

学僧回答道：“如果你真具有使棒的眼光，应该要先看清楚了人再打，虽是禅棒，也不可以随便打人！”

乌臼禅师道：“我今天发现了真正值得我打的人！”说完又重重地打了学僧三下。

学僧被打以后，立刻回头要走，心想：大名鼎鼎的乌臼禅师的能耐，也不过如此而已，禅门棒喝尚未入道，怎可乱打？

乌臼禅师见学僧要走，说道：“就是盲棒，也应该有甘心接受的人呀！”

学僧听后，于是便又转过身来，以宾位的身份说道：“棒子在您手中，我有什么办法？”

乌臼禅师道：“如果你这么想，那我就将棒子给你。”

学僧听后依言走过去，夺取乌臼禅师手中的棒子，并朝乌臼禅师打了三下。乌臼禅师状似害怕地说道：“屈棒！屈棒！”意思是说，真是太委屈了，真是太委屈了。

学僧立刻针锋相对道：“虽是盲棒，但也是有甘心接受的人啊！”

乌臼禅师终于说道：“对于这样优秀的人才，随便使棒，实在很对不起。”

学僧听后，立刻礼拜下去。

乌臼禅师立刻大喝道：“这就算了吗？”说后，又是一棒打了过去！

学僧不禁跪下来说道：“使得好！使得好！原来打是亲，骂是爱！”

在如此的棒下，师资终于契合。

我们非常不了解禅师们为什么使棒，原来他们彼此在棒下说法，较量禅功，原来使的不是盲棒，而是慧棒。你越是打我，我越是感谢你。你打得对，我礼拜你；你打得好，我长跪你。原来打是亲，骂是爱！在吾人学习时，受得了如此的一棒吗？

图字01-2007-2796

图书在版编目（CIP）数据

吃茶去：与星云大师一起参禅/星云大师著.
—北京：现代出版社，2010.8
ISBN 978-7-80244-804-9

Ⅰ.①吃… Ⅱ.①星… Ⅲ.①佛教—人生哲学—通俗读物 Ⅳ.①B948-49

中国版本图书馆CIP数据核字（2010）第138533号

本书版权由“上海大觉文化传播有限公司”授权

作　　者	星云大师
责任编辑	张　晶
策划编辑	一恒盛辉
特约编辑	程军川
装帧设计	利　锐
出版发行	现代出版社
地　　址	北京市安定门外安华里504号
邮政编码	100011
电　　话	（010）64267325
传　　真	（010）64245264
电子邮箱	xiandai@cnpitc.com.cn
网　　址	www.xiandaibook.com
印　　刷	三河市鑫金马印装有限公司
开　　本	787×1092　1/16
印　　张	24.5
版　　次	2010年8月第1版　2010年8月第1次印刷
书　　号	ISBN 978-7-80244-804-9
定　　价	39.80元